MÉMOIRES D'UN ARYTHMIQUE

GUILLAUME DURAND

MÉMOIRES D'UN ARYTHMIQUE

BERNARD GRASSET
PARIS

p. 5 : Coll. Part. p. 25 : Francis Bacon. *Study from the Human Body*, 1949. National Gallery of Victoria, Melbourne, Australia. © The Estate of Francis Bacon / All rights reserved / ADAGP, Paris 2015. © Cliché Bridgeman. p. 26 : Alberto Giacometti, *Homme qui marche*, 1960, coll. Fondation Alberto et Annette Giacometti. © Succession Alberto Giacometti (Fondation Alberto et Annette Giacometti, Paris et ADAGP, Paris) 2015. © Cliché Bridgeman p. 32 : Linda Davidson / The Washington Post © Gettyimages. p. 42 : Coll. Part. p. 44 : Coll. Part. p. 76 : © Claude Azoulay / Paris Match / SCOOP. p. 90 : Coll. Part. p. 95 : Coll. Part./Présidence de la République. p. 138 : Bertrand Rindoff Petroff © Gettyimages. p. 171 : Sylvain Sonnet © Gettyimages. p. 182 : Coll. Part. p. 210 : Kevin Mazur © Gettyimages. p. 225 : Kevin Mazur © Gettyimages. p. 250 : Archives INA. p. 252 : Jean-Michel Basquiat, *Sans titre*. © The Estate of Jean-Michel Basquiat / ADAGP, Paris 2015. Cliché : Banque d'images de l'ADAGP. p. 268 : Barnett Newman, *Ornement IV*, 1949. / © 2015 The Barnett Newman Foundation / ADAGP, Paris. / © Cliché Bridgeman. Portrait : The Estate of David Gahr © Gettyimages. p. 271 : Joan Miró, *Constellation 3* © Successió Miró / ADAGP, Paris, 2015. Cliché © Corbis. Portrait : Sabine Weiss © GammaRapho. p. 276 : Coll. Part. p. 277 : Madonna : Deborah Feingold © Corbis. Basquiat : William Coupon © Corbis. p. 283 : Pierre Suu © Gettyimages. p. 354 : Skip Brown © Gettyimages. p. 362 : © Roger Viollet. p. 364 : © Gettyimages

Photo de couverture : Yan Pei-Ming, *Guillaume Durand*, 2015, aquarelle sur papier, 47,70 x 36 cm. © Yan Pei-Ming, ADAGP, 2015. Photographie : André Morin

ISBN : 978-2-246-60781-6

En souvenir du 19 de la rue Mazarine.

N'est pas con qui veut.

Robert FILLIOU

Je ne connais absolument rien à la musique.
Pour ce que je fais, je n'en ai pas besoin.

Elvis PRESLEY

Un cœur fragile

Très jeune, un type a voulu m'assassiner et a failli tuer mon père à Belle-Ile-en-Mer. Le flirt, l'amour, la musique, la littérature et la réussite n'auront jamais le goût du bonheur. Le marin qui voulait nous trucider, abruti par l'alcool, a planté le couteau de trop dans mon âme. Intact, je ne le fus jamais. Mal à l'aise toujours. Souvent à l'écran, me revoyant par hasard, j'ai surpris cette ride, cette crispation qu'on ne peut évoquer qu'à travers un texte.

Il n'y a pas un lieu de vacances, au bord de la mer, où je n'aie demandé à ma femme et mes enfants d'aller cacher les couteaux. Pas un. Le face-à-face avec une lame me terrifie. Tarantino, jouant avec ironie de la violence, me consterne. S'il avait rencontré mon marin, ou si son père l'avait emmené à Oradour, il n'aurait peut-être pas réalisé *Inglourious Basterds*, un sommet d'obscénité. Des générations entières et successives n'ont pas ma chance, car c'est une chance, d'avoir été violemment confronté à l'angoisse.

Ce pas de côté est aussi une mise à l'écart. Tarantino est un bon exemple. Que pouvais-je dire à mes fils, mes collègues, mes contemporains, qui bramaient d'admiration devant *Pulp Fiction* ? C'est un destin que d'avoir des emmerdements jeune.

Depuis longtemps j'admire Roman Polanski. Lui sait ce qu'il filme : l'Art, la Tragédie, le Rire, le Huis Clos. Du *Couteau dans l'eau* au *Pianiste*. Un soir de feux d'artifice, au Pays basque en août, je l'ai vu aider nos enfants à allumer des mèches avec dextérité et presque une certaine forme de transe. Cette application, cet engagement pour un homme de 80 ans étonna. Il gambadait, donnait des conseils aux apprentis artificiers. Plus tard dans la nuit, il expliqua à l'assistance que jouer avec des pétards lui rappelait l'après-guerre en Pologne du côté de Cracovie. Il s'amusait avec des grenades abandonnées dans une usine d'armement désaffectée. Le ton était calme. Nous sentions qu'il voulait nous dire quelque chose d'important. Tristesse ou excitation, ses yeux brillaient. Il raconta qu'il avait croisé, sur le terrain vague miné, un adulte portant les restes de son fils dans une brouette. Croyant se distraire, le gosse avait été déchiqueté. L'inconnu à la brouette demanda même à Roman s'il n'avait pas vu quelque part une jambe de son enfant.

On ne fait pas n'importe quel cinéma lorsqu'on a vécu ça.

Voir ma mère quitter la Bretagne, à bord d'une petite décapotable où gisait mon père couvert de sang, fut une seconde naissance. C'était à la fois l'histoire de ma famille et un spectacle, une vision et un tableau. Le dingue a été enfermé à l'asile. Mon père a été sauvé mais est resté paralysé un an. Lui qui adorait danser. Je me suis agité trop longtemps sur des courts de tennis comme un improbable hommage à son immobilité forcée.

À partir de cette époque, je n'ai jamais pu être totalement l'ébahi de service. Fan des Stones, oui !

Con oui, mais triomphant certainement pas. Dans un brouillard d'intentions vagues, à travers mon métier, j'ai cherché à rencontrer des personnalités fondées sur des traumatismes. Le *Souffrir par toi n'est pas souffrir* de Julien Clerc et Roda-Gil. Modiano oublié en pension par son père, pendant des mois en Haute-Savoie puis à Henri-IV, alors que son cher papa, gentiment collabo, vivait à quelques rues. Un pedigree dévastateur, mais finalement créatif. Ces mots-là m'ont bouleversé. Comme les autoportraits de Rembrandt, l'endetté. Comme Mark Rothko, immigrant humilié par Brooklyn à 10 ans, qui inventa sa propre transcendance par la couleur et la lumière.

Au début de ma carrière de journaliste, face à Giscard, aucun point de jonction possible : où était son drame, où cachait-il ses larmes ? François Mitterrand fut vite une bénédiction. Lui et d'autres sont les héros de ce livre. Des femmes et des hommes croisés, par hasard et nécessité. Tous ceux qui sont évoqués ici ont cherché à sortir de la caverne, grâce à une conscience que je n'ai jamais eue. Ma force, c'est ce regard affolé qu'on trouve dans certaines peintures. Delacroix par exemple. Car il a bien fallu que je le regarde en face ce couteau, pour y échapper en m'enfuyant. Il suffit que j'entende par hasard la musique stridente de *Psychose*, pour que mon corps se paralyse. Ce qui est arrivé il y a cinquante ans à Belle-Ile-en-Mer ne passera jamais.

Par ailleurs, je dois écrire par honnêteté que j'ai le cœur qui tremble. Cela se vérifiera un samedi matin au début de 2013, en avalant par mégarde une tasse de Nespresso noir. Arythmique définitif. C'était l'opération ou les médicaments à vie. Mais cette arythmie à la Durand a une histoire qui court sur une dizaine d'années.

Des millions de gens dans le monde souffrent de cette horloge interne dérangée (on évoque 5 % de la population mondiale, 750 000 personnes en France). Certains depuis toujours. Parfois ils ne s'en rendent même pas compte alors que d'autres vivent ça comme un cauchemar permanent qui les épuise et les terrifie. C'est le cas de la jeune chanteuse Miley Cyrus qui reconnaît être perpétuellement menacée par un déluge de tachycardie.

Dans mon cas, pas le moindre signe à l'horizon avant une après-midi rayonnante du mois d'août à Paris. À l'époque, j'habitais boulevard de Beauséjour, dans le fin fond d'Auteuil, séparé du jardin du Ranelagh par une très ancienne voie de train désaffectée. Un quartier bourgeois, ni gai, ni triste.

Des immeubles haussmanniens, avec parfois une plaque pour commémorer le passage d'un ancien président (Albert Lebrun), d'un écrivain disparu ou d'un résistant fusillé. L'enchaînement des événements reste fixé dans ma mémoire comme un long plan séquence.

Le père (moi) rentre à Paris à la fin du mois d'août 2007 pour reprendre contact avec le boulot. Il cherche à joindre l'un de ses fils, sans succès, depuis le début de la matinée. Soudain, le regard qui traîne devient un œil qui fixe. Trois cents mètres avant d'arriver, je repère un attroupement de jeunes Blacks collés à la vieille Mercedes qui les a transportés. En un quart de seconde, j'ai perçu que mon bien-aimé chérubin avait des problèmes de factures avec ses dealers. Son silence au téléphone n'était que la prémonition du savon que j'allais lui passer. Soyons franc, je n'en menais pas large. Ils me repérèrent très vite, descendant lentement. Leur attitude était clairement agressive, mais sans le moindre mot. Mon cœur n'apprécia pas cette promenade. Je m'engouffrai dans l'immeuble, puis dans l'escalier après avoir pianoté le code d'accès. Trois étages plus tard, je claquai la porte et la fermai à triple tour pour être certain qu'ils ne puissent pas envisager de réclamer leur dû. C'est lors du demi-soulagement que je me rendis compte de palpitations cardiaques... anormales. J'attribuai cet état à la panique et à la colère. La nuit finit par tomber, les types dégagèrent. Par précaution, j'avais prévenu le commissariat du coin.

Et ce fils toujours introuvable. Mon corps retrouva une certaine forme de tranquillité.

Plutôt que de me morfondre, je décidai vers 21 heures de rejoindre des copains dans un restaurant vietnamien du XVIIIe arrondissement. Le bo bun était délicieux, le vin dégueulasse, les gens charmants et la conversation ressembla peu à peu à une fin d'été avec récits de vacances, dans mon cas les vagues sur la Côte basque, mâtinés de nouvelles concernant les familles respectives. J'omis délibérément l'épisode de l'après-midi. On n'accable pas son fils en public. Globalement, je vis dans une sorte de dévotion maladroite à l'égard de mes enfants. C'est la culpabilité classique du divorcé. Peu avant minuit, un taxi me ramena vers le Ranelagh. Nous roulâmes au ralenti les cent derniers mètres pour bien vérifier que ne rôdaient pas des silhouettes menaçantes. Au téléphone, le fiston restait injoignable, comme une hypothèse silencieuse. J'étais dans un tel état d'exaspération maîtrisée que j'entrepris, ce que je ne fais jamais, d'ouvrir une bouteille de bordeaux, pour prendre un dernier verre et respirer à la fenêtre.

Puis je me suis installé sur un vieux canapé blanc, seul. J'ai enclenché la télévision uniquement pour regarder des images sans même choisir la chaîne, le son coupé. Et là, j'ai senti que quelque chose n'allait pas… mais alors pas du tout. Un grand désordre intérieur.

Ça a commencé par une oppression. Puis une goutte de sueur et presque une sensation de hoquet répété. Un truc totalement inédit qui n'avait aucun rapport avec les emballements postsportifs de la tachycardie classique de l'effort. D'effort, il n'y en avait pas puisque j'étais assis. L'effroi de l'après-midi s'était estompé. J'étais totalement perdu. Incapable d'appeler qui que ce soit. Et surtout incapable d'identifier ce qui m'arrivait.

Je venais de passer la cinquantaine. Le rationnel revenant peu à peu, j'entrepris quand même de comprendre ce qui m'arrivait avant d'aller aux urgences. À ce stade, on mesure le désarroi qui peut vous accabler lorsqu'un centre vital, le cœur, décide de ne plus vous obéir. Presque au ralenti, je pris mon pouls, sachant à l'avance que la terreur était au rendez-vous. Constat implacable : il battait à plus de 180 pulsations par minute, de manière totalement irrégulière, avec ces grands vides paniquants qui peuvent durer une ou deux secondes, marquant le moment où le cœur s'absente avant de repartir comme un dératé.

Au cours de cette nuit d'isolement, je pris conscience que mon palpitant pouvait devenir sans raison et sans autorisation une sorte de fête foraine. L'épreuve de l'arythmie déclenche la peur, et une intense fatigue. À l'hôpital de Boulogne, l'interne de garde diagnostiqua immédiatement l'arythmie. Je lui expliquai que c'était une première fois. L'infirmier me colla brusquement une perfusion dans le bras pour m'injecter des médicaments qui finirent par faire partie de mon quotidien. Notamment la Cordarone à haute dose. Il y eut psychologiquement un moment de répit lorsque le médecin m'expliqua que, sur un cœur sain comme le mien, il ne pouvait pas y avoir d'énorme danger puisque la tachycardie allait finir par céder devant les médicaments et les anticoagulants nécessaires pour que ne se forme pas un caillot dangereux qui puisse remonter violemment au cerveau.

Pendant dix minutes je finis par trouver un calme relatif, mais la panique reprit au rythme des soubresauts. Cette première nuit de ma carrière d'arythmique dura sept heures. Sept heures d'effroi durant lesquelles je décidai de n'appeler personne.

Sur le moment, je n'imaginai pas les conséquences sociales de cette nouvelle maladie. La première d'entre elles est la solitude. Car les mois qui suivirent, à chaque nouvelle crise, il n'était plus question d'aller à l'hôpital. Les consignes étaient de tout arrêter, de s'étendre, de prendre une dose massive de Cordarone et encore une fois des pilules ou une piqûre pour fluidifier le sang. En attendant la fin…

Tous les arythmiques le savent. Dans les vingt-quatre heures qui suivent une crise, nous vivons épuisés, comme des rescapés de l'Himalaya. Mon entourage a très vite compris qu'il fallait faire preuve de compassion mais se sentait totalement impuissant. J'ai même rencontré des arythmiques célèbres, un ministre de l'Économie et un essayiste, qui ont toujours choisi de dissimuler cette faiblesse.

Plus grave, des mois plus tard, je constatai une certaine forme d'indifférence compréhensible. Que pouvaient faire femme et enfants ? Rien. Tout arythmique sait qu'on finit par le prendre en société avec le mépris qui est généralement accordé aux hypocondriaques. Combien de réunions ai-je dû quitter me sentant au bord de la crise et prétextant n'importe quoi pour sortir ? Paradoxe : plus vous êtes mal, plus vous exaspérez. Les autres finissent par s'habituer à l'idée que de toute façon vous n'allez pas mourir. Parfois, discrètement, j'en ai pleuré. Parfois, il a fallu retourner à l'hôpital, car les crises étaient trop longues. Et là, une vraie terreur retrouve très vite le chemin de ma conscience erratique. Des heures pour que le malaise s'arrête.

Ce n'est pas facile de constater qu'un père et un mari sont brutalement assaillis par la trouille.

Miraculeusement, ça ne s'est jamais produit lors d'une phase de travail à la télévision ou à la radio. Des mois après ma première attaque, mon cardiologue me prescrivit d'ajouter à la Flécaïne (qui est le traitement de base) une petite dose de bêtabloquants. Cette arme porte le joli nom d'Avlocardyl, un petit comprimé blanc que je prends par quart, mais que des gens sont obligés de prendre à dose massive et à vie. Les bêtabloquants existent par dizaines sur le marché, mais ont pratiquement tous les mêmes effets secondaires : le ralentissement du cœur et sa régulation. Ces médicaments vous protègent de toute émotion. Courir devient quasiment impossible. Quant au désir…

Mais le pire, dans mon cas, pour les deux années suivantes, fut la résurgence perpétuelle de la crainte à chaque soubresaut, chaque tremblement paranormal. Le regard de l'autre est vital dans toutes les maladies. Pour les uns j'étais le farceur de l'hypocondrie ; pour les autres, le cardiaque au bout du rouleau. Ce qui me plongeait dans un état de rage, car ayant mené toute mon existence une vie relativement saine et sans excès, j'eus l'impression d'une punition incommunicable.

Scientifiquement, quelques éclaircissements me furent donnés. J'appris que le cœur, lorsque certains tissus qui l'entourent vieillissent, peut être soumis à une électricité non contrôlée. Une adrénaline à froid, sans la moindre raison. Et il décolle, vous laissant décontenancé. Forcément, à ce moment de la vie, on prend conscience qu'on vient d'ouvrir une porte qui vous amène dans une des dernières pièces au fond de l'appartement et qu'après il n'y aura plus rien. Fragile jusqu'à la mort. Professionnellement j'en tirai assez vite des conséquences. Pourquoi lutter et rester à tout prix un de ces visibles incontournables de la télévision ? Le stress est le frère de l'arythmie.

Il y eut une longue période d'adaptation, puisque la Flécaïne contrôla pendant des années ma maladie. Je savais qu'il existait des interventions chirurgicales, à la fois efficaces et risquées, qui permettent de limiter la casse et d'interrompre toute forme de médicament. Mais le nombre de chirurgiens qui pratiquent cet art délicat était assez faible. Et puis tant que le médicament est efficient, les cardiologues ne vous poussent pas à l'opération qui est à l'origine une invention française d'un Bordelais. Que Dieu rende grâce au professeur Michel Haïssaguerre ! Que Dieu rende grâce aux solistes du genre qui pratiquent cette intervention en France. Un samedi matin, j'ai dû m'y résoudre.

C'est ma version personnelle de « What else ».

Malgré les craintes, je m'étais forcé par discipline à reprendre le sport, notamment la course à pied. Il m'a fallu des mois, après la première crise massive, pour trouver le courage de remettre mes Nike. Les médecins vous incitent à repartir à l'assaut. Ils n'arrêtent pas de vous dire que l'arythmie n'est pas vraiment dangereuse, tout en vous confessant qu'ils n'ont qu'une seule trouille : que cela finisse par leur arriver !

En général, je cours le samedi matin et nous étions un samedi matin de tout début de printemps.

Météo parisienne ni plus ni moins déprimante qu'à l'ordinaire. Au bout de 25 minutes, me sentant particulièrement crevé, je suis rentré au bercail, convaincu qu'un supplément de sommeil était urgent après une semaine où je m'étais levé aux alentours de 5 heures et demie chaque matin. Passant par la cuisine, une envie de café me poussa vers la machine Nespresso. Tout arythmique sait que les excitants, même les plus anodins, sont proscrits à vie. J'ai donc chez moi une réserve colossale de capsules rouges, c'est-à-dire des doses décaféinées. Pourquoi ai-je baissé la garde ? Un début de pluie qui égare les certitudes ? L'envie de ne pas réveiller ma famille ? Avec le recul, je ne peux absolument pas expliquer pourquoi j'ai machinalement enclenché une capsule NOIRE que je me suis empressé d'ingurgiter sans une once de réflexion. Le résultat a été immédiat : ce qu'on appelle un flutter, c'est-à-dire une accélération de l'oreillette du cœur qui peut aller jusqu'à l'évanouissement.

Pardonnez cet accès de vulgarité, mais là, ce samedi matin, j'en ai eu brutalement plein le cul. Contrairement à toutes les consignes de précaution, j'ai pris ma voiture pour débarquer chez mon cardiologue au fin fond de la très jolie rue Mallet-Stevens où traînent parfois des touristes japonais venus admirer cette merveille de ruelle Art déco. Je devais être blême de colère et moins effrayé que d'habitude. Lorsque Jean-Yves a ouvert la porte, je l'ai pratiquement engueulé :

— Bon écoute cette fois, j'en ai vraiment ras le bol, tu téléphones à Bruno Cauchemez, je veux me faire opérer avant cet été. Je préfère crever sur le billard que de continuer à vivre comme ça.

Le « baratineur tunisien », surnom de mon ami médecin, tempéra mon ardeur et me fit immédiatement un électrocardiogramme avec une mallette d'urgence qui traînait. Car les cardios sont de grands sceptiques. Il faut qu'ils constatent flutter ou fibrillations auriculaires sur un tracé. Il constata. Et je repris ma diatribe.

— Franchement Jean-Yves, j'ai pris ma décision, je n'en parle même pas à Diane, à mes parents et aux enfants. Je VEUX me faire opérer. J'en ai marre de tout ce vocabulaire qui est devenu ma vie : Avlocardyl, tachycardie paroxystique. Ça me fait chier. Ce n'est plus une vie de se faire surprendre un matin par une capsule Nespresso !

Garçon subtil, excellent médecin, le Tunisien polyglotte, grand admirateur du Caravage, rendit les armes. Il allait intervenir auprès de Cauchemez.

Trois mois plus tard, j'étais sur un brancard à la clinique Ambroise Paré où opère l'artiste. J'avais revêtu ce petit costume de papier vert nécessaire à toute intervention. Je me suis retrouvé à 8 heures du matin dans un sous-sol, comme souvent les salles d'opération, sauf que l'ensemble ressemblait à un mélange de régie de télévision et de centre opérationnel de la NASA. À 50 ans, Cauchemez a tous les aspects de l'honnête homme. Je ne sais pas comment il parvient à plonger tous les matins de sa vie au fin fond de notre corps pour tenter de ralentir notre rythme vital en brûlant des tissus par radiofréquences. Je crois, et j'ai toujours cru, à la passion et à la sainteté de certains médecins.

Ne pensez pas que l'on vous ouvre en deux à l'ancienne !

La technique est ultra-sophistiquée et consiste à passer par les artères de l'aine pour remonter vers le cœur, et commencer pendant quatre ou cinq heures, un travail d'horlogerie dont je n'ai jamais voulu savoir le détail. Quand on décide d'y aller c'est pour ignorer ce qui va se passer. J'eus une dernière vision. Un infirmier bronzé, genre pirate des Caraïbes avec diamant dans les oreilles, me demanda si je voulais une légère sédation ou une anesthésie générale à laquelle je m'étais préparée. Ça peut paraître incroyable, mais c'est à la carte ! Ils proposent même d'écouter de la musique.

Il y a des patients courageux qui choisissent d'assister sur écran de contrôle à leur opération en regardant le chirurgien avancer millimètre par millimètre. J'ai bien fait d'opter pour le coup de massue car j'ai eu une crise d'arythmie en plein milieu de l'opération. Encore aujourd'hui, je n'imagine pas comment les médecins maîtrisent leur stress quand ils travaillent sur une technique aussi délicate. Et que, tout d'un coup, le cœur de leur malade s'emballe comme un cheval fou. Je suis resté plus de quatre heures et demie sur le billard. Dans les vapes, en me réveillant, je me suis entendu dire par Cauchemez qu'il était content du résultat. Qu'il allait me garder deux ou trois jours en observation. Qu'il était important que je continue les médicaments pendant trois mois.

— Après, si tout a bien marché, ce sera la délivrance pour au moins les dix prochaines années…

Je devais avoir l'air très las lorsque je l'ai remercié. Mais après m'avoir rassuré, il a ajouté cette petite phrase à laquelle je ne m'attendais pas :

— Normalement, après l'intervention, pendant un mois ou deux, vous allez avoir quelques débuts de crise d'arythmie avant qu'elles ne s'éteignent…

J'ai encaissé avec fatalisme. J'avais pris la décision de l'opération, il fallait maintenant assumer. Quatre jours plus tard, complètement assommé, je me suis forcé à aller à La Cantina avenue de Ségur, l'un de mes restaurants préférés, pour retrouver le goût de la polenta et des tagliatelles au citron. Entre-temps, je me suis rué sur Internet pour tenter de répondre à cette question… il était temps… pourquoi moi ? Une étude paradoxale a retenu mon attention. Ceux qui ont fait beaucoup de sport avec intensité sont parfois plus que les autres sujets à l'arythmie. Pour le reste, c'est flou. J'ai préféré ignorer l'hypothèse de l'usure et de la feuille qui se fane.

Les deux mois d'été furent laborieux, notamment pour digérer l'anesthésie générale. L'on prétend qu'il faut une semaine de récupération par heure d'anesthésie. Moi, j'étais presque resté cinq heures sur la table d'opération. Les vacances étaient foutues. Heureusement, il y eut les livres et ma petite famille, mais rester allongé sur un balcon de Biarritz, quand le soleil frappe l'écume des vagues et que vos gosses surfent, est une épreuve morale. J'avais une énorme envie d'océan. Et toujours cette question qui revenait comme le ressac : pourquoi moi ? Probablement l'âge, comme une curieuse sonate d'automne déséquilibrée.

Souvent, après les malaises les plus éprouvants, je restais là, planté, évacuant le bruit, les paroles et les objets autour de moi. Je me souviens particulièrement d'un jour d'hiver où je me suis concentré sans effort pour dévaluer sciemment tout ce qui m'avait été dit, y compris par des gens que j'aimais. Résultat, malgré la faiblesse de mon corps heurté par son horloge, j'ai ressenti la curieuse sensation satisfaisante d'être le dernier représentant de l'humanité sur terre. Presque une euphorie. Je me berçais d'illusions abstraites, de silences, de mantras à l'occidentale naviguant dans une douce mélancolie qui n'avait comme objectif que d'entrebâiller la porte de la vérité.

Du George Harrison hindouisant sans les guitares.

Pourquoi n'enseigne-t-on pas, dès l'école, l'irréversible fragilité ? Aucun livre visionnaire, et Dieu sait qu'ils sont nombreux, ne vous prépare vraiment à votre propre faiblesse. Mes camarades d'Europe occidentale et moi avons échappé à tous les conflits. Nous avons bénéficié des progrès massifs de la médecine. Mon père, qui a aujourd'hui 95 ans, a, comme ce fut le cas de François Mitterrand, une grande conscience de la mort. De la disparition. Des brumes éternelles. Le long épisode de l'arythmie eut cet avantage : prendre conscience de soi.

Au XIXe siècle, à part Victor Hugo et quelques autres, tout le monde mourait avant 50 ans. La chaise longue m'a obligé à regarder en face ce que je ne voulais pas voir. Officiellement, nous sommes une génération (60-70 ans) à son apogée. Jagger s'agite encore. Hollande préside. Sarkozy veut sa revanche. Modiano est prix Nobel et Juppé découvre qu'on l'aime.

Mais il suffit de fouiller attentivement dans la liste des contacts de son portable pour constater le début de la tragédie. Jean-Marc Roberts, éditeur, né en 1954, témoin de mon premier mariage, mort en 2013, cancer du poumon. Patrice Dominguez, des années de compagnonnage, cancer du poumon. Mon beau-frère, Jean-Marc, beau, polytechnicien, fils de résistant, cancer du poumon. Un matin, il est parti mourir en Suisse.

Ma première morte fut Cécile Guillemaut. Nous nous étions embrassés à la campagne l'été de nos seize ans. Après hypokhâgne, elle disparut à Goa. Overdose ! Mon cousin Philippe, lorientais, allure de pâtre blond, découvrit au milieu de la vie qu'il avait une tumeur au cerveau. On ne se voyait plus beaucoup. Mais entre 18 et 30 ans, nous avons partagé la vie. Au tapis à moins de 50 ans !

J'aurais dû concentrer mon regard avec plus d'intensité sur l'œuvre du peintre Francis Bacon. Mon tableau préféré est l'un des plus simples : un homme nu écarte

des rideaux pour s'enfoncer dans le noir. Mais le plus souvent avec Bacon, tout saigne. Même ses papes hurlent. Un livre est rarement un avertissement pour un homme jeune, même lorsqu'il est dévoré avec attention. Les tableaux vont plus directement à l'essentiel : les écorchés flamands, les crucifixions italiennes et espagnoles, la fusillade de Goya. *Guernica* de Picasso. La moindre corrida. C'est probablement pour ça que j'aime passionnément la peinture. Tout est dans un cadre. Tout est montré. Le monde entier sait vers où se dirige *L'homme qui marche* de Giacometti.

Vers le tombeau.

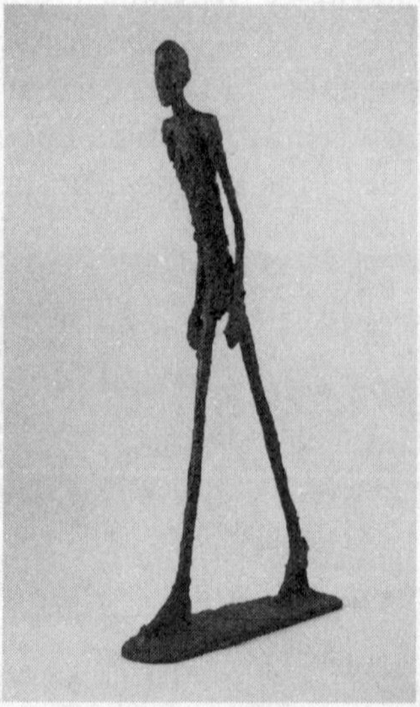

Le danger précède le salut de l'âme, paraît-il. En attendant, nous ramons, épuisés, derrière nos vies consacrées essentiellement à la chasse aux euros. Petit souvenir qui revient comme on traverse un pont fleuri en Provence.

J'avais lu dans *Libé* un article hilarant de Vincent Ravalec qui, après des années de labeur et de livres, essayait de savoir ce que ses semblables lui verseraient chaque mois pour vivre, à partir de 62 ans. Le garçon n'est pas un grand spécialiste de la règle à calcul, ni du cumul emploi-retraite. Le chiffre n'est pas son domaine, mais après avoir sué des heures, il poussa un hurlement de joie : 1500 euros de retraite par mois. (C'est à peu près ce que dépense par minute la femme de Beckham lorsqu'elle s'arrête à un feu rouge sur les Champs-Élysées.) Mais attention, mirage ! Ravalec a une fille qui sait faire fonctionner sa calculette. Elle révéla à son père, en reprenant la même base de données, que les fameux 1500 euros ne lui seraient pas versés par mois mais par an !

Quelle idée divine d'avoir choisi la littérature à l'adolescence ! À quelques exceptions près, parfois les pires, on est sûr de finir dans la pauvreté.

Il viendra un temps où Madame Beckham engagera à son service des centaines d'écrivains pour épousseter ses résidences. Car aujourd'hui, tout repose sur le succès. Les gens ont oublié que Dostoïevski n'avait plus de manteau pour vivre, oublié que *La Règle du jeu* de Renoir fut un bide, oublié ce qui fit notre gloire : un certain goût de l'échec comme voie paradoxale vers l'éternité.

Pour ce qui est de l'échec, j'ai vite compris que j'avais un petit don vorace qui n'allait pas se laisser intimider par les bonnes résolutions. Au lycée, où je fus extraordinairement heureux, j'ai enchaîné avec grâce tableaux d'honneur et parfois félicitations. Plus tard, les cheveux s'épanouissant sur les épaules comme la marque paradoxale d'un début de virilité, j'entrepris, sans en être conscient, d'affronter la vie comme on entre dans la pénombre étincelante d'une salle où se déroule un bal masqué de la bourgeoisie cultivée qui ne souhaitait pas ma présence. Pourquoi ressent-on immédiatement cette hostilité ? Peut-être parce que les inconnus croisés, hommes ou femmes, adolescents ou adultes, décidèrent de m'ignorer tout en me surveillant. Curieux comme les gens sont braves et attentionnés ! Ne croyez pas au délire d'un victimaire. Je n'avais simplement pas les armes ni les codes d'un certain fonctionnement des élites françaises. Probablement parce que je voulais rester un enfant inquiet.

Plus tard, j'eus la confirmation que le danger précède bien le salut.

Dans la nuit qui s'est installée au moment où je vous écris, je perçois le signal de ma messagerie. Pas plus distancé que ma progéniture, je retourne brutalement l'objet pour identifier l'émetteur. Et ce que je découvre est curieux. Un anonyme m'envoie des photos où l'on voit, sur une route déserte, des panneaux indiquant le nom d'une intrigante ville : Utopya. Le nom est rédigé avec un *y*, sur une tôle ondulée bleu émaillé. L'objet sent l'Europe centrale et déclenche chez moi une bizarre inquiétude : ce n'est pas la première fois que je reçois cette photo sans humanité. Toujours au début de la nuit. Donc provenant de quelqu'un qui sait que je vais m'endormir avec cette image. Une utopie inquiétante qui envahit mon petit écran.

Chez les enfoirés, l'anonymat est un sport de masse, comme la délation.

Sous « Utopya » est inscrite une distance kilométrique qui signifie l'infini. Le panneau bleu donne l'impression d'avoir été brûlé. Il est planté dans une plaine de neige où surgissent des brindilles, comme des crucifiées du froid. Mon esprit patine sur cette image, qui revient depuis plusieurs jours. Puis je me remets à écrire et à penser tendrement à vous, avec ces *Mémoires d'un arythmique*.

Mais l'anonyme m'a ferré. Il renvoie dix minutes plus tard « Utopya » pris sous trois angles photographiques différents. Plus haut. Plus bas. Légèrement de profil.

Quand on a pris l'habitude d'un métier public, le dingue ou le gentil gêneur s'identifient assez vite. Là, j'ai la certitude qu'à l'origine de cet envoi répété, se trouve quelqu'un de mon entourage. C'est bizarre comme on peut gamberger vite à partir d'une image fixe. « Utopya » se présente comme l'antiwestern. Pas d'action, pas de narration, juste une envie de m'intriguer et plus probablement de me faire gamberger. Je sens comme une présence ancienne qui reviendrait se venger en accaparant mon esprit, touche après touche. Un délicat violeur de cerveau. Certainement pas une fille. Un type qui insiste. Qui n'a peut-être pas digéré que j'aie pu oser courir plus vite que lui lors des épreuves de gymnastique au lycée.

Au cours de la vie, le retour de la photo de classe est un classique… Tu te souviens de moi ?

« Utopya » échappe à cette mélancolie des brèves retrouvailles.

Je suis convaincu de me faire chatouiller la mémoire et l'attention par un gros Salopard à moitié dingue. Un peu le personnage de John Malkovich dans le film *Dans la ligne de mire*. Je ne peux me détacher de cette intuition d'emmerdements lorsque je réentends le déclic caractéristique de ma messagerie. Le photographe est aussi un prosateur.

— Pas possible, c'est un malade…

Et là je découvre l'habituel paysage de neige, la plaque bleu émaillée et un texte envoyé le 9 octobre 2013 à 23 h 46 :

« Ils pourront voir l'esclave se ruant vers la récompense de son consentement à demeurer esclave. »

— Je rêve… !

Et je relis :

« Ils pourront voir l'esclave se ruant vers la récompense de son consentement à demeurer esclave. »

Guy Debord a disparu. En seize mots, je flaire la littérature d'époque. Du situationnisme mal digéré. Un type seul dans la nuit d'automne, qui tripote son ordinateur comme dans une mauvaise série américaine pour me délabrer un peu. Je ne me crois pas une seule seconde victime d'un remake du traumatisme bellilois. Pas une goutte de sueur, le cœur bat à soixante. Les yeux cherchent une hypothèse dans le reflet de l'ombre portée sur un miroir du salon. Mais quelle est cette ombre qui veut me nuire et pourquoi ? Et quelle raison me pousse à identifier immédiatement ce galimatias comme une menace ?

J'ai arrêté d'écrire depuis dix minutes. Referme l'ordinateur puis passe par la salle de bains. Toujours se laver les dents ! Et je me colle autoritairement mon Xanax 0,25 sous la langue avant d'entrer doucement dans mon lit pour ne pas réveiller mon épouse. Je dormirai très mal.

Quelqu'un revient.

Les adieux difficiles

La nuit est une saloperie qui m'épargne rarement. Je n'ai jamais sommeil. Je suis un skieur de neige imparfaite.

Il y a cinq ans, j'ai choisi une curieuse vie. Tout a démarré porte d'Auteuil à l'occasion d'un café. Deux jeunes gens bien élevés et sympathiques, leurs corps n'étaient qu'un sourire, m'ont suggéré de reprendre une carrière de matinalier à la radio. Exactement ce qui ne correspond pas à mon fonctionnement d'insomniaque. Pour des raisons obscures, que certains peuvent considérer comme suicidaires, j'ai dit oui, dans un enthousiasme inepte. Un défi, accepté dans la brume, car j'ai toujours eu beaucoup de difficultés avec les murs mous d'une liberté absolue. Je suis un homme de contraintes. À l'époque, j'avais envie d'écrire, je m'en suis privé sciemment en cinq minutes. Et puis, cinq années se sont écoulées.

Que s'est-il passé ce soir-là, le 12 septembre 2014 peu avant minuit ?

Le souvenir reste précis. Plus le moindre bruit dans l'appartement, circonstance nécessaire pour que j'échappe au ridicule en me livrant à l'un de mes délires pendant que ma famille dort : trouver sur YouTube toutes les vidéos qui concernent Led Zeppelin, the best rock'n'roll band, ever !

Je dévorais pour la énième fois l'hommage qui leur était rendu au Kennedy Center en décembre 2012 à Washington en présence de Michelle et Barack Obama. Les trois survivants trônaient au balcon en smoking. Mince, les cheveux blancs soyeux noués par un catogan, Jimmy Page, le guitariste le plus démoniaque du genre, souriait à un parterre de stars. Lui, qui revient de cent vies, m'a toujours fait l'effet d'une réincarnation de Shakespeare pilotant un Spitfire sous la mitraille allemande, armé d'une Gibson double manche. Page, capable dans son désordre de jouer comme John Coltrane, ressemble maintenant à un aristocrate des tableaux de Thomas Gainsborough. Il a presque effacé la trace de tous ses excès. À 71 ans, ses dents sont blanches comme un piano qu'on vient de livrer. À leurs débuts, ils avaient entre 20 et 24 ans.

À ses côtés, Robert Plant, le hurleur mélodieux. Le noir lui sied parfaitement. Musicalement peut-être le plus aventureux puisque à la fin du groupe, au début des années 80, il s'est promené sur les crêtes de la musique arabe et du bluegrass. Sa voix a toujours été pour moi la quintessence du frisson. Probablement le bruit, le son, le registre, la tonalité, la violence mélodique qui m'ont définitivement arraché à l'enfance. Plant avait la hanche de velours, la taille étroite. Il puait la sexualité. Pour les avoir rencontrés à plusieurs reprises pour des interviews, Page comme Plant, je peux témoigner que les diables sont sensibles après plus de 300 millions d'albums vendus. Robert Plant ressemblait cette nuit-là, à Washington, à un épagneul anglais et romantique portant l'habit. On devine que l'hommage de l'Amérique au plus haut niveau pourrait presque leur tirer une larme. Presque.

Car avec Led Zep on n'est jamais sûr de rien.

Sur le siège voisin des deux mythes (le phénoménal batteur John Bonham est mort depuis longtemps), le délicat John Paul Jones, le bassiste de *Whole Lotta Love*. Multi-instrumentiste, compositeur, producteur de REM, attiré maintenant par la musique symphonique. Il toise, énigmatique, une salle show-biz : Dustin Hoffman, Alec Baldwin et tant d'autres. Jones a le profil, le sérieux et la beauté d'un Samuel Beckett du rock.

Ils sont époustouflants, mes trois héros.

Ils regardent droit devant eux, échangeant parfois des minauderies de duchesses. Foo Fighters et Lenny Kravitz reprennent leurs principaux titres avant que la scène ne soit envahie par un gigantesque chœur composé d'une centaine de Ray Charles psalmodiant *Stairway to Heaven*.

Le début du solo qui fait exploser la gentille mélopée gaélique est probablement ma scène primitive. Barack Obama est aux anges.

La mémoire est une marche arrière gracieuse. Je me souviens très précisément avoir cassé trois guitares d'exaspération en essayant désespérément de reproduire le crescendo de ce morceau qui est un des plus téléchargés au monde. Sur le Net, vous trouverez des milliers de guitaristes, même des lapons, qui courent derrière *Stairway to Heaven*. Des concertistes donnent des versions piano. Lester Bangs, célèbre critique rock qui à mon sens n'a rien compris, considère que cette chanson se vautre dans le pompeux et dans un conte à la Tolkien mettant en scène une jeune fille matérialiste que personnellement, à l'époque, j'aurais bien emmenée faire un tour dans une prairie pour qu'elle me joue du pipeau ! Plant, l'auteur du texte, qui refuse de reformer le groupe, a toujours été mal à l'aise après l'invraisemblable succès de ce titre.

Jusqu'à l'enregistrement de *Stairway to Heaven*, Led Zeppelin était, d'abord et avant tout, un groupe qui fanatisait les petits Blancs dans mon genre. Les filles n'aimaient pas encore leurs torses dénudés, leurs sexes moulés dans le velours et leurs violences camouflées sous des accoutrements de troubadour. Page est arrivé en studio une première fois avec une ébauche qui ne fut pas utilisée lors de leur troisième album. Des mois plus tard, il se remit au travail. Peut-être cherchait-il un public plus féminin avec la douceur folk de l'introduction. En 1970, alors que le groupe séjournait dans le Hampshire, le guitariste ressortit la partition et collabora toute une nuit avec John Paul Jones pour y ajouter clavier électrique et ligne de basse. Plant s'enferma dans une petite pièce et composa les paroles en deux heures. Un ange était passé ? Plus probablement un bon joint celtique.

Le solo de Page fut longtemps classé comme le plus brillant de tous les enregistrements de l'histoire du rock. Le magazine *Rolling Stone* l'a incorporé dans la liste des 500 plus grandes chansons de tous les temps. Enregistrée en décembre 1970 à Londres, elle fut jouée le 5 mars 1971 pour la première fois sur une scène de Belfast alors que la ville était embrasée par les affrontements. Pour moi qui ne négligeais pas, lors de la sortie du disque, l'approvisionnement en shit marocain, *Stairway to Heaven* reste l'hymne de ceux qui veulent planer avant de prendre une décharge électrique. À New York, Lester Bangs était probablement déjà passé à la coke. La poudre et le joint ne se nourrissent pas des mêmes émotions. D'où son hostilité à Led Zep et son amour des Ramones et du punk rock qui m'emmerdent à périr.

À Boston aujourd'hui, au Berklee College of Music (Miles Davis, Quincy Jones, Alexandre Desplat et Aerosmith y sont passés), les étudiants répètent *Stairway to Heaven* comme on planche sur Pythagore ou les mathématiques du risque de l'autre côté du fleuve, au MIT ou à Harvard. En France, rien. D'ailleurs quelques amis, éditeurs lettrés, ont encore beaucoup de mal à concevoir que l'on puisse s'appesantir sur ces sujets alors qu'ils n'ignorent rien des méandres du maoïsme à la française que tout le monde nous envie ! C'était déjà le cas dans ma classe de prépa HEC. Le fils de Bourvil, élève sérieux, le jeune Raimbourg, qui ressemblait étrangement à son père, paraissait totalement extérieur à l'ouragan rock. Alors que le trio Guillaume Durand, Pierre Mesguish et Patrick Zerbib (futur journaliste à *Actuel*) était déjà piqué par le démon. Et violemment.

Depuis 69, Led Zep me donne envie de pleurer. Ma pétrification date d'un concert donné à l'École centrale dans la banlieue de Paris, un an avant mon baccalauréat. J'avais 16 ans. Déguisé en guitariste joufflu, je me suis éclaté comme jamais à un concert, toutes catégories de musique confondues. À Londres en 2007, pour la seule fois où ils se sont réunis depuis leur séparation, plus de 20 millions de personnes, aux quatre coins du globe, ont cherché, en quelques minutes, à obtenir des places pour cette unique soirée. Le Gotha du rock mondial, Paul, Mick, Dave Grohl et leurs copains, plutôt blasés habituellement, se sont rués vers la capitale de l'Empire britannique. Les jeunes comme les vieux. Des Blancs dingues de blues. Rien n'est confortable chez Led Zep, les ennemis du punk, les anti-McCartney. La critique les idolâtre et les déteste depuis leurs débuts, comme Wagner.

Ils n'ont rien fait pour qu'on les aime, tout pour qu'on les admire.

Avant 1968, ils flottaient agréablement sur des lagunes quasi inconnues : musiciens de studio, chanteur de groupe de deuxième zone. Le milieu les connaissait et ils profitèrent d'un curieux moment de l'histoire de cette musique où tout le monde cherchait, la retraite des Beatles se profilant, à monter des super groupes pour défier le monde, en mélangeant le blues rock et le psychédélisme du moment.

Cream, avec Clapton, Ginger Baker et Jack Bruce, ouvrit la voie. Mais le bel Eric, en pleine période de défonce, préféra s'éclipser après quatre albums dont plusieurs titres restent d'une modernité incroyable :

Sunshine of Your Love, *White Room* ou *Strange Brew*. Eric Clapton (qui vient de prendre sa retraite !) n'a jamais vraiment apprécié Led Zeppelin, qu'il doit assimiler à un vacarme enfantin. Sur YouTube, vous constaterez que Eric et Jimmy ont pourtant joué ensemble sur scène à de multiples reprises. Depuis les Yardbirds, tout le métier avait croisé Page à Londres. Des années plus tard, John Paul Jones a raconté que, lors de leur première répétition, il avait immédiatement compris, en écoutant la batterie déchaînée de John Bonham sonner comme un big band dirigé par un Elvin Jones blanc, qu'ils tenaient tous les quatre une formation qui ne se laisserait pas dominer par Hendrix le vaudou.

Je n'ai jamais pensé que Led Zep avait simplement inventé le hard rock, comme on l'écrit beaucoup trop souvent.

Leur musique n'a rien à voir avec un hard rock basique. Il s'agit d'un choc sonore monumental, de musiciens extrêmement doués qui, sur scène pendant dix ans, dans des shows haletants, décadents, vont enterrer définitivement une époque et son style sans être d'aussi grands compositeurs que les Beatles.

Wagner a enseveli le romantisme du XIXe siècle en le sublimant et en l'interprétant de plus en plus fort. Mes quatre Anglais ont mimé cette scène, cent ans plus tard, en prolongeant la cérémonie funéraire du rock jusqu'en 1980. Année où John Bonham périt étouffé dans son vomi. Mais la messe créative londonienne était dite depuis longtemps.

Il faut être prétentieux et déjanté pour abattre une deuxième fois le romantisme. Wagner et Led Zeppelin, même combat d'hommes qui veulent devenir inhumains.

L'Anglais drogué et électrifié, comme l'Allemand de Tannhäuser assassinent magnifiquement les rêves.

Quelle ne fut pas ma surprise, un jour récent, de croiser mon fils Joseph, 17 ans, isolé dans sa chambre, tâchant de trouver sur sa guitare le chemin de *Stairway to Heaven* ! Il a levé la tête avec un joli sourire et m'a décoché cette phrase définitive à laquelle je ne m'attendais pas de la part d'un ado de 2015 :

— Pap's, depuis la mort de Led Zep, le rock fait marcher la photocopieuse !

Nirvana a essayé de reprendre le flambeau avant de s'effondrer avec la mort de Kurt Cobain le 5 avril 1994. On vient d'exhumer les images du premier concert du groupe en 1987 dans un bled de l'État de Washington. Il jouait Led Zeppelin.

Puisqu'on nous bassine à longueur d'année sur notre identité, j'accepte volontiers de me rattacher culturellement à une tradition chrétienne mais ne me demandez pas d'être *Charlie* : je suis *Rock & Folk*. Le clergé comprendra.

La nuit fut inconfortable comme prévu. Probablement parce que je déteste l'idée qu'un jour, ces trois survivants puissent disparaître.

Après avoir changé trois fois de T-shirt et bouleversé les couvertures, je me suis réveillé vers 4 h 30, tremblant de sueur glacée après un cauchemar merdique. Mon portable, resté allumé, me ramena à la cérémonie. Seulement, j'étais face à un drame cocasse. Je m'étais endormi avec la Royal Shakespeare Company électrifiée par des Vikings sataniques au charisme planétaire et je me réveillais, petit bourgeois, au pays des variétés françaises !

En quelques mots, le songe de cette nuit particulière.

J'avais rêvé d'un acte totalement étranger à ma vie d'éternel locataire. J'achetais un appartement dans une ville de province impossible à identifier. L'océan Atlantique n'était pas loin. Tout était en ruine et je devais partager la terrasse avec un voisin. Soudain inconscient, et réfléchissant aux travaux à entreprendre, je découvris que ledit voisin était Claude François se promenant, nu, dans l'appartement contigu avec son architecte d'intérieur.

Curieux réflexe d'amateur de rock sous Xanax : j'entrepris une vigoureuse chasse aux frelons qui se succédaient par vagues pour tenter de me couvrir de piqûres dévastatrices. La veille, je m'étais efforcé une partie de la nuit d'empêcher un serpent rouge de me noyer de venin. Des ombres s'emparaient de moi. Il était temps de mettre de l'ordre dans mes jours et mes nuits. À 60 ans, des amis commençaient à disparaître. Mon père Lucien et ma mère Nicole survivent dans des conditions d'extrême fragilité. J'en ai tiré comme conclusion qu'il fallait que je reprenne contact avec mon éditeur. Comme l'ont suggéré nos prix Nobel de 1965, Jacques Monod, François Jacob et André Lwoff, ce livre est le pur produit du hasard noctambule et de la nécessité vitale. À 95 et 90 ans, mes parents ont parfois avec moi des conversations assez joyeuses de cimetières ! Un emplacement leur est réservé à côté de leur petite maison de campagne dans le charmant village d'Autouillet dans les Yvelines, près des lions de Thoiry. Cette modeste résidence fut un des grands amours de leur vie. Mais comme, l'un et l'autre, ont une peur distancée du macabre, je leur ai souvent fait remarquer qu'il serait très compliqué, pour mes frères et moi, d'aller les voir le matin à la rosée pour déposer des fleurs sur leur tombe et bavarder. Mon père, un voltairien peu amateur de transcendance, m'a tout de suite fait remarquer qu'il n'y avait plus de place à Paris sauf du côté de Bagneux. Et il a enchaîné sur cette évidence qui le concerne directement : « Je n'y ai jamais foutu les pieds, ce serait quand même curieux d'y passer des siècles ! »

Lucien et Nicole, mariés depuis soixante-cinq ans, se sont rencontrés du côté de la maison des lettres près de la place Saint-Sulpice et dans une troupe de théâtre de l'après-guerre qui jouait des mystères moyenâgeux, les Théophiliens, où ils croisèrent des gens comme l'écrivain René de Obaldia. Ma mère travaillait gaiement pour le plan Marshall. Ce cher papa croyait à une mort imminente et envisageait de vendre des tableaux, ce qui, à l'époque, était la trace d'une loufoquerie intense. Lucien était bien élevé, son notaire de père parlait latin à table, sa mère distribuait des pourboires dans les grands magasins comme le Printemps et le jeune homme présentait une qualité commerciale indéniable qu'il a gardée aujourd'hui à 95 ans : un fort joli garçon né le 14 juillet 1920.

À un moment, les lumières s'éteignent et subsistent quelques bougies, largement suffisantes pour dîner avec la lucidité. Ma génération va quitter le navire mais feint de l'ignorer.

Je suis un con. Est-ce un hasard ?

Au regard de la logique des sciences les plus basiques, il est probable que je suis un garçon ordinaire. Ce qui m'amuse, dans le bien-aimé milieu qui m'a accueilli avec épines et pétales de rose, c'est qu'on ne se pose jamais cette question : sommes-nous une joyeuse bande de cons ? Pas des imbéciles heureux, des benêts, des crétins… mais des êtres limités, des hommes qui carburent au diesel, largués dès la moindre intégrale triple ! Béats et bloqués dès qu'on leur présente un concept sophistiqué. Honteux lorsque au détour d'une conversation, un perfide leur demande, évitant

Heidegger, d'expliquer rapidement pourquoi les avions tiennent en l'air.

Appartenez-vous à cette catégorie ?

Le test est simple : quel est le produit de la racine carrée de 1958 par le cube de 137 ? Vous avez trente secondes. Détendez-vous ! Pour Ettore Majorana, théoricien fulgurant de la physique en Italie, mystérieusement disparu en mer à 32 ans, ce genre de devinette relève de la plomberie de base. Pour se relaxer, il vous aurait trouvé en dix secondes le logarithme de 1,802 ou l'exponentiel de 2,36. Encore ne s'agit-il que de calculs sans la moindre réflexion.

Comme Majorana, Diego Maradona pratique l'agilité. Magicien de son corps et de ses gestes sur les terrains de foot, il a mystifié toutes les défenses de la planète, marqué des buts invraisemblables et chaloupés. Qui d'entre nous aurait osé « la main de Dieu », devant les caméras du monde entier, en quart de finale de Coupe du monde pour éliminer l'Angleterre en 1986 ?

Et Björn Borg le Suédois de Roland Garros (six fois vainqueur) et de Wimbledon (cinq fois) ?

En début de match, comme en fin de set, toujours léger et chiant, il ne rate pas le moindre passing. Roger Federer (dix-sept victoires en Grand Chelem) partage avec Borg une caractéristique frappante : ils ne transpirent presque jamais. Alors que la plupart d'entre nous inondent les draps après le moindre câlin. Je me suis sérieusement frotté à ce sport de raquette que l'on pratique avec la main, mais qui se gagne avec les jambes et l'anticipation. Je fus un joueur médiocre de troisième série.

Au lycée, j'ai commencé à croiser de jeunes champions français qui ne firent qu'accroître ma fascination, comme Éric Deblicker qui fit carrière et Jean Mazzella qui disparut, du côté d'Aix, après avoir été jeune espoir nonchalant. Jean, champion de France cadet en double avec Jean Lovera, me ridiculisait dans la cour du lycée sur un terrain de fortune au filet imaginaire. L'amitié s'en mêla très vite avec Patrice Dominguez, Georges Goven, Patrick Proisy, Denis Naegelen, Gilles Moretton, Jean-Louis Haillet, Régis Brunet, Jean-François Caujolle, Dominique Bedel, Pascal Portes et ensuite évidemment Yannick Noah, Henri Leconte, Fabrice Santoro et Cédric Pioline.

L'éducation du jouvenceau passe fréquemment par le short et le plein air.

Plus tard, à la moindre heure de liberté, il m'est arrivé de les suivre à l'autre bout du monde. Pour un tournoi du Grand Chelem ou une Coupe Davis. L'amitié fut même une occasion de remonter le temps avec Gérard Pilet, Pierre Darmon et François Jauffret. Puisque mon destin consiste à attendre la funeste fièvre ou le nocturne fatal du regard dans un miroir, autant s'agiter, sauter en l'air, humer le givre des sous-bois comme un trotteur à l'entraînement.

Mon père, le curieux Lucien D., m'avait montré le chemin des chemises blanches et des raquettes en bois. Il n'eut qu'un seul défaut : le refus obstiné de me présenter un professeur. Il trouvait absolument ridicule d'apprendre à jouer. D'ailleurs, globalement, à 95 ans, il considère toujours qu'il est loufoque d'apprendre quoi que ce soit. Pour lui il n'existe que deux types d'individus sur terre : les doués et les autres. Commissaire-priseur de formation, lassé de vendre des bidets et des armoires normandes après la guerre, il optera vite pour le monde de l'art qui est féroce avec les tâcherons.

Ces types, les joueurs, je les ai tellement aimés, soutenus, admirés qu'ils ont fini par me prendre en pitié, tapant la balle avec moi lorsque le soir tombait. Sur les cours du vieux Forest Hill, à Roland Garros ou dans un petit club du bois, le tennis club de Boulogne-Billancourt. Yannick Noah reste un parfait imitateur de mon service invraisemblable marqué par un geste proche du bas-relief assyrien. Patrice Dominguez m'a pulvérisé des dizaines de fois avec son énorme coup droit de gaucher. Goven, à Montpellier peut-être, m'a fait comprendre ce que pouvait être l'asphyxie lors d'un interminable échange où il me déportait, à chaque coup de raquette, un peu plus à gauche, puis un peu plus à droite. Ma seule arme présentable, le revers, fut la cause d'un de mes premiers malaises.

Une année, il y eut au Racing Club de France un tournoi autorisant la raquette à double cordage. Je connaissais un peu Guillermo Vilas, qui traînait dans les allées à la recherche d'un partenaire d'entraînement. Il était en toute fin de carrière et je lui expliquais très vite que sur le coup droit, je ne tiendrais pas le moindre échange. Il m'embarqua quasiment de force. Le buffle trépignait. Son corps avait besoin de se déplacer, de frapper, de chercher les lignes… Nous nous concentrâmes d'entrée sur la diagonale des revers pour qu'il puisse avoir l'illusion d'un dialogue. Très vite, il lifta de plus en plus brutalement. La seule solution pour moi était d'avancer dans le court en coupant mon revers au sommet du rebond. Pendant une dizaine de minutes régna une demi-illusion. Et puis, malgré les pauses, je commençai à étouffer. Son petit entraînement de fin de journée devint ma mort. Je sentis mon cœur, comme un personnage étranger, me supplier d'arrêter sa souffrance. Je devais avoir une bonne trentaine d'années mais il fallut que je trouve d'urgence une excuse pour que l'Argentin ralentisse l'extermination.

Lorsque le malaise devint patent, je prétextai une brutale envie de toilettes pour m'échapper. J'ai mis deux heures à revenir sur terre. Et une semaine à ne plus trembler, après avoir joué seulement trente minutes avec lui, sur un demi-court, dans la fameuse diagonale des revers.

Dans mon cas, le con est plutôt bien élevé.

Je n'aurais jamais dû accepter cet entraînement suicidaire. Après, il m'est arrivé de jouer avec des grands joueurs, mais en prenant d'emblée la précaution de préciser que nous étions là pour rire. J'ai toujours aimé le tennis, comme une métaphore de la civilisation. Les lignes sont les règles, le sol appartient à la culture locale (terre battue, herbe, ciment) et le filet sépare les combattants.

On frappe mais on ne touche pas. On cherche l'humiliation de l'autre mais on lui serre la main. Les détracteurs parlent d'un sport bourgeois mais feignent d'ignorer la poésie et l'angoisse de ces incroyables duels que furent McEnroe/Lendl à Roland Garros en 1984, Nadal/Federer à Wimbledon ou, plus loin dans le temps, Mecir le Tchèque anesthésiant le Boris Becker de la grande époque à l'US Open. J'ai la mémoire pleine de matchs depuis le début de l'ère Open en 1968. Je lâchais les manifs et le Quartier latin pour voir Ion Tiriac, le bûcheron roumain (aujourd'hui richissime homme d'affaires), résister à Rod Laver en cinq sets porte d'Auteuil. Rod le rouquin disgracieux, le seul au monde à avoir réussi à remporter tous les tournois du Grand Chelem à deux reprises en 1962 et 1969. Comment oublier ce jeune Marseillais gaucher, quasi inconnu, Guy Forget, qui eut le culot de sortir du court Ilie Năstase, gloire planétaire des années 70-80 ? Ilie qui, après une carrière grandiose de numéro un mondial, me mystifia un nombre fréquent de fois dans des matchs du dimanche. Il faut dire qu'il n'avait plus de dos et que nous jouions en double ! Comme la soi-disant école démocratique républicaine ou le jeu d'échecs, le tennis vous explique très rapidement qui vous êtes : un hargneux, un dilettante, un fluide, un sous-doué… Vous tapez dans la balle et il en sort, comme avec un Polaroid, un portrait assez ressemblant de jeune homme. Jeune, je balançais facilement les rares matchs de compétition où j'étais inscrit deux fois par an. Ne croyez pas à ma négligence mais il m'insupportait de voir des adversaires ostensiblement tricher en maquillant, de l'autre côté du filet, les traces de mes balles. Si, en plus, l'adversaire était accompagné d'un père hostile, je les laissais jouir tranquillement d'une victoire abandonnée. Pour moi, la jeunesse était d'abord et avant tout une passion pour l'inutile.

De ces aventures je garde trois souvenirs baroques.

En 1984, je pars en Tchécoslovaquie derrière l'équipe de France de Coupe Davis qui affronte, dans un bled totalement perdu, Hradec Králové, l'équipe d'Ivan Lendl, alors numéro un mondial. C'est la première fois que le Tchèque revenait jouer à domicile, puisqu'il s'était installé aux États-Unis. Le soir, certains joueurs de l'équipe couraient derrière les jeunes femmes tchèques à poils longs. L'absence d'épilation n'empêchait pas les petites sœurs d'Eva Herzigova de porter des bas. Et de regarder les joueurs de l'équipe de France comme des affamées.

À un moment, avec Patrice Dominguez, nous traînâmes dans la salle de sport sinistre, théâtre du match à venir. Le capitaine des Français, à l'époque l'élégant Jean-Paul Loth, donnait à Henri Leconte des conseils stratégiques et tactiques pour affronter le surpuissant Ivan. Henri, la bouille ronde et butée, resta muet. Le mollet nerveux, la Lacoste blanche tendue sur ses abdominaux risottos, il testa les cordages de deux de ses armes. À jamais je me souviendrai de la seule phrase qu'il adressa à son capitaine :

— T'inquiète pas Jean-Paul, reste calme, le Tchéco je vais l'exploser !

Le match fut du tir à balles réelles. Jamais plus de trois échanges. Leconte le pulvérisa dans tous les coins du court, le laissant, au service comme au retour, à trois mètres de la balle. Lendl était livide. Il encaissa rarement une telle gifle.

En 1991 à Lyon, j'avais réquisitionné toute ma petite famille pour la finale de la Coupe Davis contre Sampras/Agassi et le double Flach/Seguso. Rebelote ! Henri blessé, au-delà de la centième place mondiale, mais galvanisé par Yannick Noah, rentra sur le court contre Pete Sampras. Guy Forget venait de perdre en quatre sets face à Andre Agassi. Dans les travées, je croisai les regards de mes potes anciens joueurs internationaux. Plus personne n'y croyait. Sauf Yannick sur la chaise et Henri sur le court, qui corrigea Sampras en trois sets dans une ambiance de corrida insensée. Les bleus gagnèrent le double et, porté par la foule, Guy Forget écœurera Pete Sampras avant le célèbre *Saga Africa*.

Après la cérémonie, comme un dingue, je rejoignis les vestiaires pour tenter de féliciter tout le monde. Là, je tombai sur la mère de Yannick qui m'engueula ! Elle avait repéré dans la foule mon adorable fille Juliette qui, pendant deux jours, fut la seule à encourager les Américains, qu'elle trouvait beaucoup plus sexy. Juliette avait 18 ans. Je ne savais pas comment m'excuser.

Pourquoi, adulte, embarque-t-on ses enfants sur le navire de ses névroses ?

Troisième étape baroque : Malmö en Suède en 1996, autre finale de la Coupe Davis gagnée par la France lors du dernier match remporté par Arnaud Boetsch, in extremis, contre Nicklas Kulti. Là encore, j'avais traîné ma famille et mes gosses qui découvrirent, dans une chambre séparée, les joies du porno scandinave non crypté ! Au fond, c'est dans l'avion du retour que j'ai commencé à percevoir ma fatale attraction pour ce sport. Jeune homme, j'eus l'occasion de croiser Henri Cochet dans les vestiaires en bois sombre de mon club. Petit homme sec et plus grand palmarès français. Pas vraiment aimable. J'étais pétri d'admiration. Peut-être le souvenir des extraordinaires photos de Jacques Henri Lartigue, le meilleur témoin fitzgéraldien d'une époque révolue. On skiait au Mont d'Arbois. On plongeait à Antibes. La bourgeoisie croyait poursuivre son rêve aristocratique en promenant ses ombrelles sur la Grande Plage de Biarritz. Elle pouvait croiser de nobles russes, des milliardaires de l'étain venant d'Amérique latine et quelques stars américaines, comme Ginger Rogers qui trouva au Pays basque un énième mari qu'elle s'empressa de rapter vers Hollywood. Jacques Bergerac était sublime. Le colosse, gorgé de souvenirs, termina sa vie à Anglet, pas très loin du phare. Son extravagant livre de mémoires, *Une table chez Romanoff*, est un document inouï sur la dinguerie et la sexualité des actrices et des acteurs de l'époque. Au passage, après Ginger, il séduisit Dorothy Malone, plus toutes celles qu'il n'avoua jamais. Preuve que pour certains Français, descendants de Lafayette, même au pied des Pyrénées, le rêve américain est peu à peu devenu incontournable. Il y eut peu de Bergerac, mais, dès la fin des années 50, beaucoup de Johnny Hallyday (Smet), de Dick Rivers (Forneri), d'Eddy Mitchell (Moine).

Ma génération, leurs jeunes frères, a abandonné violemment Georges Brassens pour les Beatles. Il n'était pas question d'être de pâles copies de Sinatra et d'Elvis, nous décidâmes d'être anglais. Ceux qui sont nés dans les années 40 et les années 50 sont séparés par une sorte de cordillère des Andes symbolique et culturelle.

J'ai toujours vécu le punk et la reine comme un couple indissociable. Un pays idéalisé puisqu'il avait résisté pendant la guerre, contrairement au mien. La honte rétrospective de la rue Lauriston, nous précipita dans les bras des enfants de Churchill. Dans mon cas, Henri Cochet et Eric Clapton ne sont, en apparence, que des rapprochements confus. Car un jeune homme à la recherche d'une conscience est forcé de se poser la question du drapeau. Le gaullisme était d'une trop grande évidence pour satisfaire un adolescent. *La Marseillaise* s'effaça devant *God Save the Queen*. Claude Chabrol avait injustement, mais avec talent, détruit les années Pompidou dans des films atroces, comme *Le Boucher* ou *Que la bête meure*. Du coup, tout passa à la trappe : ma fascination pour les *Mémoires d'outre-tombe*, mon engagement vaseux, mon intérêt réel pour les historiens de l'école des Annales. Tout passa à la broyeuse au seul profit de l'excitation adolescente en provenance de Londres. Et à Londres, il y avait Wimbledon et les guitares électriques.

Je suis le produit d'une subtile bouillie entre la fin du *Guépard* de Visconti, le royaume de Sa Très Gracieuse Majesté et ses plus géniales inventions : le sport et les Rolling Stones, le plus grand orchestre de bal musette du monde ! Comme la galerie de mon père était installée au cœur de Saint-Germain-des-Prés, rue Mazarine, j'ai ressenti très vite un curieux mélange de proximité et de dégoût à l'égard de la population du cru. Le cœur du vrai pouvoir en France.

Je devins totalement allergique aux VIe et VIIe arrondissements de Paris. À la bourgeoisie cultivée qui m'entourait. Je ne pouvais pas les blairer ! Tous ces gens croisés dans les galeries, les libraires et les cafés. Et pourtant, Dieu sait que j'ai adoré mes parents et leurs proches. Mais ce mélange de confort et de bonne conscience, *Le Nouvel Observateur* en bandoulière, m'exaspérait au plus haut point. Les femmes avaient des psychanalystes. Les maris et les amants du fric. Tout ce beau monde voulait que la gauche accède au pouvoir. Nous étions avant les législatives de 1978. Moi aussi, je le souhaitais. Mais je n'arrivais pas à tirer mon épingle du jeu dans ce relent de société mondaine et moralisatrice. La monarchie ne me gênait pas chez les Anglais. Mais sa version tricolore déguisée et hypocrite m'insupportait. Résultat : j'ai volontairement sabordé mes études pour cause de rock'n'roll. Ce qui vous fait très vite passer pour un médiocre dans un environnement où le normalien, l'écrivain et l'agrégé de philo sont la règle.

Croisant Jacques Lacan et ses cigares tortillés dans une exposition, j'éprouvai brutalement une envie de le buter. Il avait ensorcelé une ravissante copine de fac, Agnès, qui, séance après séance, dépérissait, tout en déversant les économies de son père, revenu des camps de concentration, dans les poches de l'escroc de la rue de Lille. À l'époque, je confondais volontiers la pensée et l'allergie.

Le nullard ne pouvait se rattraper socialement aux branches qu'en devenant journaliste. Mon goût du drapeau me vint rarement de la politique, mais plutôt des stades. Interrogation légitime au moment de passer à l'âge adulte.

La référence perpétuelle à la République, comme une religion laïque, ne me bouleversait pas. Encore aujourd'hui, j'ai un sacré doute.

Heureusement, il y eut les coups francs de Michel Platini. Platini avant Flaubert. Jean-Pierre Rives avant *Phèdre*. Une liste interminable de gens qui m'ont ému : Jean-Claude Killy, Michel Jazy, les Verts de Saint-Étienne. Sans oublier la lecture quotidienne de *L'Équipe*, le grand journal sportif français écrit, à cette époque, par des enfants de la littérature des Hussards. Antoine

Blondin, le Hemingway du cyclisme, se bourrait la gueule tous les jours dans un café adjacent à la galerie familiale : le Rubens.

Quand on manque de certitudes, on pratique les mélanges. J'adorais lire les comptes rendus de tournois de Denis Lalanne le matin, puis *Les Champs magnétiques* d'André Breton et Philippe Soupault l'après-midi. Sport et surréalisme me paraissaient parfaitement compatibles. Aujourd'hui, on l'accepte. Mais il y a quarante-cinq ans, le survêtement était une insulte à l'intelligence. Adidas contre Normale sup.

Lors de flâneries en sortant des cours de la Sorbonne, le seul de ces Parisiens « mondains » qui fixa mon admiration fut Louis Aragon. Croisé cent fois place Saint-Sulpice. Encore aujourd'hui son recueil de poèmes *La Diane française* me quitte rarement. « Que serais-je sans toi que ce balbutiement... » Même son côté stalinien/Saint Laurent me plaisait. Pas pour des raisons politiques, mais parce que cela tranchait avec le gauchisme faussement chic qui m'a toujours mis mal à l'aise.

Bizarre ironie, je n'ai aucun goût pour les gagnants, aucune fascination à l'égard des premiers puisque ma littérature matricielle fut celle de la Beat Generation (accompagnant la musique que j'écoutais) plutôt que les lectures qu'on nous enseignait dans les classes préparatoires. La philo me laissait de marbre. Derrière le structuralisme, je flairais l'escroquerie. Même si nous aimions les paumés, il fallait qu'ils accèdent au statut de héros. Comme les *Clochards célestes* de Jack Kerouac, *Huckleberry Finn* de Mark Twain ou le sulfureux *Ringolevio*. L'histoire d'Emmett Grogan, ce jeune Irlando-Américain de Brooklyn, cambrioleur, voyageur qui se retrouva à Paris pendant la guerre d'Algérie. Puis connut la prison, avant d'étudier le cinéma et s'engager dans l'IRA. Emmett, mon héros fantasmé, fut aussi le fondateur des « Diggers » de San Francisco, qui « libérèrent » tous les jours des vivres pour les distribuer à des milliers de pauvres.

Dans ma chambre, en écoutant les Beatles, Pink Floyd, Soft Machine, les Kinks, Aretha Franklin ou le Jefferson Airplane (souvent dans le « Pop Club » de José Artur sur France Inter), j'ai plongé dans cet univers littéraire et musical approximatif. Ajoutez quelques pétards avec des copains et les premiers directs TV en famille et vous obtenez une sorte de Durand.

Je pense que nous sommes des centaines de milliers à travers le monde à avoir eu plus ou moins la même vie à l'adolescence pimentée par un soupçon de danger.

Exemple : scotché devant un poste en noir et blanc, je restai médusé devant la Lotus de Jim Clark. Invariablement en tête dès le premier tour jusqu'à la ligne d'arrivée, avec la peur de la mort, permanente. Qu'il meure paraissait impossible. Pilotage admirable. Courage fou. Élégance scottish détruite le 7 avril 1968 à Hockenheim.

Je me souviens d'une confession de Jackie Stewart, trois fois champion du monde, expliquant à Roman Polanski, à l'issue d'un magnifique documentaire sur le Grand Prix de Monaco 71, qu'il avait perdu une cinquantaine d'amis en courses.

Tous ceux qui sont nés autour de la Seconde Guerre mondiale (avant ou après) sont taraudés par cette absurde envie : conduire vite ! Ce furent les obsessions de James Dean, Steve McQueen et Paul Newman, qui entretint même une écurie de courses. Mais prendriez-vous le risque d'une vie à la François Cevert, le plus beau des jeunes Français, décapité à 29 ans, le 6 octobre 73, sur le circuit de Watkins Glen ? Jamais. Nous sommes des timorés.

Sans le moindre héros, il n'y a pas de vie rêvée, de vie possible pour les gens ordinaires comme moi. Par génération, on croise rarement des femmes ou des hommes inouïs. Dostoïevski, sortant de chez lui, n'est pas la rencontre inopinée la plus fréquente. Dante au coin de la rue, rare. Vélasquez, en dehors de la cour de Philippe IV, peu accessible. Et Rimbaud, combien de gens l'ont réellement croisé ? Aujourd'hui, on se demande même combien d'adultes le lisent vraiment. Même si les *Illuminations* trônent dans toutes les bibliothèques…

Nous avons célébré les cent ans de 1914 et les soixante ans du débarquement de 44. La guerre est démocratique, contrairement à l'Art, aux Sciences, à la Littérature ou au Sport. La guerre est la seule activité, y compris dans sa version révolutionnaire, qui permette à des gens ordinaires d'accéder au statut de héros. Dans ma classe d'âge, on a inventé un truc super pour mimer l'héroïsme : Mai 68 ! Aucun risque pour personne. Nous avons liquidé le Vieux qui n'était plus assorti au canapé et on est repartis comme avant. Cohn-Bendit en plus, de Gaulle en moins.

Résultat, les surdoués à l'école, les stars, les héritiers occupent tout l'espace. Le con n'est pas un connard. Il se contente de regarder. Souvent d'ailleurs, il se plaint de ne pas être convié au banquet. La Faculté ne dit pas noir sur blanc aux abrutis qu'ils sont proscrits de Normale sup. Donc on leur propose un petit mémoire de maîtrise bien médiocre, qu'ils peuvent pomper intégralement sur Wikipédia. Mais jamais ce regard dur ou tendre sur l'adolescent papillon qui s'écrase sur le granit des concours. La République française est un summum d'hypocrisie. Qui peut croire qu'il existe un avenir commun entre les lycéens de Louis-le-Grand et la majorité des collégiens de banlieue ?

Einstein, Picasso et Mozart représentent d'impossibles destins pour les faibles. Même Attali, Juppé, Fabius et Bruno Le Maire, les forts en thème de la vie politique, appartiennent à un continent inatteignable pour l'andouille ou le défavorisé. La République ne dit jamais en face à ses adolescents qu'ils sont des braves gars sans envergure.

Con, j'emploie ce mot à dessein car il est violent. Il broie la métaphysique. Il nous installe dans un monde auquel on ne comprend rien, de la naissance à la vieillesse.

Les écrivains les plus malins tournent autour de la figure de l'Idiot. Le plus brillant d'entre eux, en France, Michel Houellebecq, nous montre les traces collectives de notre imbécillité : le touriste, qui fait des milliers de kilomètres pour se prendre en photo… devant sa voiture, avant de terminer, délabré par la tristesse, dans un bordel en Asie. Plateforme du débile. Ce qui n'exclut en rien la tendresse. Mais pour l'acide et poétique Michel, nous sommes souvent moins intéressants que son chien. Schopenhauer adorait son caniche. Houellebecq a longtemps caressé Clément.

La pièce de Francis Veber (le célèbre *Dîner de…*) passe pour un hommage à tous les « François Pignon » alors que les rires dans la salle ne servent qu'à enterrer plus violemment encore les personnages abrutis qui nous amusent sur scène. La connerie est le folklore des gens ordinaires. Parfois même une certaine forme de bonheur – ne dit-on pas « déconner » ? Quels sont les philosophes qui ont eu la lucidité d'écrire sur ce thème ? Qui a eu le courage de clamer que l'homme n'était qu'un rat surdimensionné ? Cioran, dans un livre d'entretiens publié chez Gallimard, le répète inlassablement. Sa sensibilité d'homme de l'Est lui fait dire que « l'homme est persuadé à tort d'être l'auteur de sa propre histoire ».

Reste le goût du fric, de plus en plus répandu chez les fourmis que nous sommes.

Adolescents, en classe préparatoire, nombre d'entre nous rêvaient de Miles Davis, de croiser Sartre ou Beauvoir, d'interviewer Camus ou Gary. Nous étions cons, mais avec des posters ! Le fameux Che Guevara. Le groupe de rock idolâtré. Un écrivain sulfureux. Une actrice. Parfois Maman. Si possible tous pareils, pour ne pas avoir la moindre chance de s'individualiser. Mêmes vacances, mêmes concerts.

Au tout début des années 70, notre génération n'envisageait même pas sa propre inanité puisque nous passions notre temps à pleurnicher sur le Chili, le Viêtnam, les dictatures, le capitalisme atroce, la difficulté du solfège : des professionnels de l'injustice ! Pourquoi pas ? Ces combats n'étaient pas tous vains. Je n'ai pas raté une manif mais je suis bien obligé de constater que j'ai raté une grande partie de ma vie. J'aurais dû lire Nietzsche plus tôt. L'Indigné est un menteur.

Les temps ont changé. Les jolis papillons d'époque ont été remplacés par de charmants moustiques – tout aussi cons – qui ont installé Steve Jobs à la place de Bob Marley et Frantz Fanon. Il m'arrive de courir au bois de Boulogne avec une jeune fille tout à fait accorte qui n'a que deux obsessions : maigrir le plus vite possible et voir son projet de société introduit en Bourse. Zoé veut des milliards ! C'est l'anti-Révoltée.

Existe-t-il un autre rêve que l'argent pour les jeunes filles et les jeunes gens d'aujourd'hui ?

Le mariage d'amour ne dure plus. Les familles explosent. Il existe même des braqueurs chez les enfants de ministres. Les rejetons de la petite bourgeoisie cultivée sont passés en quarante ans de l'obsession de la marge et de l'underground, à celle de la réussite. Leur *Sur la route* est le dernier classement des milliardaires de la planète par le magazine *Forbes*. Comment peut-on rêver d'inventer une application de type Snapchat qui a comme principal usage le recyclage des photos de cul ? Seraient-ce ces images, le génie du christianisme contemporain ?

Vincent, autre joggeur ami, n'en a strictement rien à cirer du Pauvre : héros dépassé, pleurnicherie de sacristain ! S'il pouvait mettre un coup de pompe dans la tête de tous les Roumains qui mendient, il le ferait avec plaisir.

Ces enfants de la transparence et de l'Internet triomphant, cons décomplexés, montrent leur bateau, leur femme, leur vie, leur fric, leurs achats, leurs cartes de crédit, leurs ghettos de luxe, leurs passe-droits. Un certain rap de ce point de vue-là est une bande-son parfaite de l'époque : des meufs, des piscines, l'homophobie, l'absence de mélodie, le pillage des auteurs plus âgés sous prétexte de « sampling ». Google cartographie tout. Je supporte difficilement Kanye West, sa femme et leur bande de tarés qui viennent heureusement de se faire huer par le public du plus célèbre festival rock du monde, Glastonbury. Eminem, lui, est magnifique pour sa violence « nasty ». L'actualité la plus récente nous a encore prouvé que l'un des plus charmants et des plus talentueux de la bande, Pharrell Williams, n'est qu'un gentil plagiaire. Les tribunaux viennent de l'obliger à payer sept millions de dollars d'amende à l'héritière de Marvin Gaye pour pompage intégral d'un titre. Et il s'écrit même, sur les réseaux sociaux, que des négociations seraient intervenues en coulisse après le succès stratosphérique de *Happy*. Il est très malin le snake à chapeau !

Le désarroi nous offre ce choix : l'usurpation ou l'obsession dégoulinante du patrimoine.

Je fus un prof d'histoire heureux et convaincu. Un malaise m'envahit lorsque je contemple les files d'attente pour visiter le château de Chantilly. N'y aurait-il pas plus urgent, pour notre pays, que le goût des jardins et des pierres ? Je ne digère plus les nappes à carreaux, encore moins le steak au poivre qui associe le sang et la crème.

Pour dompter en France l'angoisse de la non-créativité absolue, la télévision survole pendant des heures entières le château de Versailles comme s'il pouvait disparaître. Phase lancinante de vitrification culturelle qui consiste à vérifier à longueur d'année que la galerie des Glaces ne bouge pas ! On filme obsessionnellement ce que le pays réclame : la mélancolie du passé. Du Éric Zemmour avec des images. Le joli village, la douce vallée, le pâtissier du coin, le beau château, les Arabes invisibles. Et pour la centième fois l'affaire des poisons ! Marie-Antoinette, quel bonheur ! Hulot ou Yann Arthus-Bertrand survolent l'Afrique qui crève de faim, quelle beauté ! Mais surtout rien sur la Révolution française ! Je vous épargne faux gastronomes et vrais cuisiniers du petit écran, tâtant le Cantal authentique. Des cajoleurs de camembert, il y en a trois par chaîne. Comme si nous n'étions pas le pays d'Yves Klein et de Mallarmé, mais uniquement les enfants de Paul Bocuse et les cousins de Stéphane Bern.

Comme beaucoup, je n'en peux plus de l'authentique. De la vieille chaise au coin du feu ! Des chemises de trappeurs qui papotent à la lueur d'une cheminée. Le patrimoine et la bouffe sont les tombes prétentieuses et rassurantes de notre cimetière. Cela ne m'empêche pas d'adorer les frites, le saucisson, les coquillettes au jambon ou les remparts de Carcassonne. Mais là, on a passé toutes les bornes du contentement de soi. Et quand des types sortent du lot, prenons les seuls exemples de Houellebecq et de Daniel Buren à leurs débuts, le réflexe initial de la critique et du grand public est de les flinguer. Arrière Satan ! Et vive l'aimable Jean d'Ormesson ! Par ailleurs charmant.

En France récemment, les cohortes de Versaillais hexagonaux dévalant les rues pour manifester contre le mariage pour tous me donnèrent la nausée. Il faudrait expliquer à tous ces faux catholiques que Michel-Ange a peint la chapelle Sixtine, haut lieu de la papauté, poursuivi par des assistants avec qui il jouait à chat-bite ! Que fait-on d'André Gide, de Verlaine et Rimbaud, de Jean Genet, d'Andy Warhol ? On brûle leur envie d'adoption ? Comme beaucoup d'entre vous, je ne suis pas très favorable aux « ventres à louer ». Et comme journaliste, je me suis bien gardé de prendre parti. Mais un petit livre, c'est autre chose. Une part de soi.

Cette manif m'a dégoûté, comme d'ailleurs m'exaspèrent tous les chantres de l'anti-68. Les ennemis de la culture des années 60. C'est triste, de vivre dans un pays où des gens écrivent noir sur blanc qu'ils détestent la période la plus enthousiasmante de l'après-guerre pour la jeunesse. Je ne parle pas du 68 gauchisto-politicard. Je parle de Fassbinder. De Syd Barrett. Des Doors. De Mastroianni. De *Rosemary's Baby*. De la liberté tous azimuts, fût-elle destructrice. Le XXe siècle n'a pas été grandiose pour ses guerres atroces et ses régimes sanguinaires. Il a été fécond, parce qu'on a tout réinventé à Paris et à Berlin avant et après 1914, de Picasso à Stravinsky. Puis il y eut le Londres des années 60, le cinéma italien, Alberto Moravia et Ingmar Bergman, et le New York des années 70. Et depuis, on attend la vague qui ne soit pas simplement une technologie. La chute du mur de Berlin nous a menti, mais nous a fait espérer, car elle fut précédée de grands romans, comme *Le Maître et Marguerite* de Mikhaïl Boulgakov en 1967.

Peut-être y a-t-il aussi le ras-le-bol d'entendre toujours le même refrain de donneurs de leçons. En général des mecs qui ont fait allemand première langue en massacrant Mozart sur des pianos de famille. Ils écrivent. Ils hurlent :

— Ils ont été libertaires, ils sont devenus libéraux ! Comment ces tarés de soixante-huitards peuvent-ils nous faire croire que John Lennon et *Imagine* sont plus importants que Mozart et *Don Giovanni* ?

Comme si nous n'étions pas au courant ! Comme si les défoncés anglais et talentueux de Soft Machine étaient des préfigurations du software de la Silicon Valley. Il y a quand même en France en 2015 beaucoup de nostalgiques de la vie chiante, des rues grises et des baisers volés, des staliniens et du catholicisme étroit. De l'époque où les pères étaient servis en silence par leur femme. Des plaisanteries à la Sacha Guitry. Atrocités du « c'était mieux avant ! ».

Penser qu'un type comme Patrick Buisson s'est infiltré dans la République en enregistrant tout le monde fait froid dans le dos. Je parle de lui, parce que je l'ai vu un jour arriver à LCI où je travaillais depuis des années lors d'une soirée électorale. En cinq minutes, je l'ai trouvé détestable. La petite lunette du trotskard, mais un raisonnement d'extrême droite. Du Céline mal dégrossi. De la fausse culture. Un Chateaubriand de brasserie. Un contentement de soi gigantesque. À droite toute bien sûr, maintenant tout le monde est au courant. Mais surtout, dès l'abord, un type vénéneux. Je n'ai pas compris sur le moment pourquoi mes patrons de l'époque s'étaient rués sur lui. Le faisant sortir du néant et du journal *Minute* pour l'installer en première ligne dans ce qui était, à l'époque, la première chaîne d'information de France. Le lendemain de cette soirée électorale, mon premier mot fut pour Diane, mon épouse. Quelques contacts existaient avec Canal+, je suis parti. Ce n'est pas une reconstitution historique a posteriori. C'est une vérité personnelle. Ce type était infréquentable.

En 1967, en classe de troisième, l'un de mes meilleurs potes s'appelait Alain Dorizon. Juste un pote. Très jolie coupe au bol. Était-ce prémonitoire ? Il portait des culottes courtes. Facétieux, nous nous sommes fait virer du cours d'histoire. Puis, plus rien. Des années après, je l'ai retrouvé sous le joli sobriquet d'Hélène Hazera, dans les colonnes du journal *Libération*, chroniquant avec compétence, tact et amour les sorties de disques de chanson française. Ne boudant pas un certain goût pour le kitch. Lui n'en avait rien à foutre de l'authenticité de son corps ! Suivant l'expression consacrée par l'histoire, nous étions tous des Juifs allemands ou des pasoliniens rock.

Je n'y échappais pas, en fuyant ma prépa HEC en 1970. Une après-midi d'octobre, une rumeur s'était répandue au lycée. Keith Richards, l'un de mes modèles, achetait des pantalons pattes d'ef chez Renoma, au coin de la rue de la Pompe et de la rue de Longchamp à Paris, quartier central de la révolte ! Peu de gens se souviennent de l'importance incroyable de cette boutique et du talent de ses fondateurs : les frères Renoma. La célèbre veste en velours que John Lennon porte lors des premières images de son interprétation d'*Imagine* vient de là : de la rue de la Pompe. Ni une ni deux, je profitai d'une minute d'inattention de Madame Bluet, ma minuscule professeur de mathématiques, pour me casser en courant rejoindre les fans qui s'amassaient autour du marchand de fringues. Une attraction dingue. Un aimant d'époque. Aucun recul. Le non-respect absolu de mon identité. Surtout être le plus vite possible comme les autres. L'emprise des sens, de l'émotion, du cheveu qui flotte. Comme tous mes camarades crétins, j'ai vécu quelques semaines plus tôt le fameux concert de Led Zeppelin en 69 à l'École centrale, comme l'équivalent de l'attentat de Sarajevo en 1914 pour les jeunes apprentis surréalistes.

Tétanisé, béat, éructant, en transe, débile devant Led Zep, alors qu'ils camouflaient des standards du blues derrière une virtuosité incontestable. Tous les guitaristes étaient des héros et d'ailleurs on les classait religieusement chaque mois dans *Rock & Folk* : Hendrix, Clapton, Page, Alvin Lee… et tous ceux qui ne pensaient pas comme nous étaient des nazis !

Avec Alain Dorizon, nous chahutions. De jeunes lièvres sortant dans la clairière pour narguer les flingues. Quel pied !

La vie du médiocre est simple. Le réveil de sa conscience ne sonne jamais. Au premier infarctus, il a comme un doute, mais ne s'implique pas trop dans une introspection nécessaire, préférant lutter contre le cholestérol. Ne croyez pas que je sois le petit frère d'un Finkielkraut misanthrope de la modernité. Je suis simplement conscient que mon cœur va lâcher dans le dernier tiers de sa vie. La génétique est un premier pas vers la lucidité. Il y aura peu de monde à mon enterrement. Mon travail est jetable comme un vieux vélo. On me le répète assez souvent. Toutes ces raisons militent pour le même constat : la tragédie humaine ne naît pas dans la douleur mais de son insondable connerie.

Je ressemble à ce jongleur chinois exténué qui va bientôt prendre sur la tête les assiettes qu'il fait tourner depuis des années. Des histoires, fussent-elles personnelles, méritent d'être racontées car elles correspondent aux coulisses de nos souvenirs communs : le sexe comme du satin, incendie de la pop, amours, tragédies, arrivée de la gauche au pouvoir et nos amis Nicolas Sarkozy et François Hollande qui trépignent à l'idée de se retrouver, s'ils échappent à la canonnade bleu Marine. Le journalisme est un magnifique métier qui permet de finir pauvre, possiblement cardiaque, avec une retraite minable en ne parlant qu'une seule langue correctement : le français. D'éphémères frissons resteront gravés : le bonheur d'entrapercevoir de près, de très près, quelques moments d'anthologie. Le charme de la vie par procuration.

Les deux merveilles que sont *Pierrot le fou* et *Les Tontons flingueurs* ne sont pas étrangères à ce projet d'écriture. Blier et Ventura dissertant, grâce à Audiard, sur le con qui ose et Belmondo, le visage peint en bleu, essayant au moment ultime d'éteindre la mèche qu'il a allumée. La voix inoubliable : « Après tout, j'suis idiot ! » avant qu'il n'explose. J'ai toujours eu l'impression, malgré mon simple statut de spectateur, d'être dans ces films. Les revoir et les revoir encore, sans la moindre usure, avec l'impression d'être de plus en plus au cœur des dialogues.

Question classique : en racontant les autres, vais-je trahir des confiances ? Peut-être…

Un soir, à table, mi-décembre 2013 chez André Rousselet, exécuteur testamentaire de François Mitterrand. Le lieu est sublime, grège et parsemé de rares photos de Gisèle Freund. Notamment un portrait du jeune James Joyce. En face, un extraordinaire tableau de Joan Mitchell, d'un vert agité qui jaillit du fond blanc de la toile. Ce joli chef-d'œuvre habille le gigantesque salon de cet appartement 1930, sobre et dépouillé. Ailleurs, près d'un escalier permettant d'accéder à la mezzanine, un Martial Raysse, ceint d'un néon bleu et orange qui portraiture une jeune femme pop. La bouche de Julie Christie, la coiffure d'Elizabeth Taylor et l'impression que le joint n'est pas loin. Formule consacrée, les canapés nous enveloppent : nous sommes dix. Parlementaire, cinéaste, chaleureuse épouse d'un puissant resté à Los Angeles.

Rousselet sait qu'à la fin d'une vie, il faut que tout soit en ordre. On ne change plus d'amis et l'amour est réservé aux enfants et à son épouse Anouchka.

Avec ma femme, nous arrivons, comme souvent, en retard, mais pas les derniers puisqu'en gobant les premiers petits-fours, nous attendons Danièle et Albert. Albert est le double français de Warren Beatty. Tignasse anthracite perlée d'argent, il a été agent de photographes, comme David Bailey dans les années 60 à Londres. Pour le tragique, sa famille a connu les camps.

Pour le comique, depuis que je le connais, quels que soient les saisons ou les lieux, il est entièrement habillé par Yohji Yamamoto et ne néglige pas la pratique de l'autobronzant à outrance. De face, c'est incontestablement lui, de profil avec la progression par capillarité de l'autobronzant, il est tout à fait assorti à un Martial Raysse. Pendant des années, il a été, avec le parrainage de Bill Graham, le tourneur du rock mondial en Europe : Dylan, Santana, Stones... Mais cette brillante carrière fut assombrie par l'idée saugrenue de produire un jour un spectacle de Barbara avec Depardieu. Dire que le succès ne fut pas au rendez-vous relève de l'euphémisme. Danièle, fine stratège talentueuse du cinéma, cravacha pour les sortir de l'ornière. De souriants combattants de la vie, avec le plus beau carnet d'adresses et d'amitiés de France. Je les aime profondément et depuis très longtemps. Reprenons...

Frédéric Mitterrand fait partie des invités. Depuis des années, il est à la périphérie de la gloire. Mais lorsque Albert, Roi Lion septuagénaire, pénètre dans la pièce, les conversations s'arrêtent... Il projette sur nos élégances classiques un regard goguenard puisque lui, porte un petit pull noir moulant qui domine un pantalon jupe, masquant d'éternelles bottes fabriquées au Mexique par un artisan dont il est le seul à connaître l'adresse. Albert, comment ne pas l'admirer ?

Une nuit, chez eux, apparut, par je ne sais quel miracle, Harvey Keitel qui s'empressa de photographier, sous toutes les coutures, la manière dont Albert avait hissé sa coiffure vers le ciel. Même à New York et à LA, il n'avait jamais vu un tel art de la pièce montée capillaire.

Albert a une autre caractéristique: il a été la seule victime d'une atroce maladie nerveuse des pieds, nécessitant l'ingurgitation à haute dose d'antidouleurs, d'antibiotiques et autres saloperies euphorisantes qui ont fini par avoir une curieuse incidence sur son caractère. Dès qu'il arrive quelque part, il est à lui tout seul une sorte de «Jeu de la vérité». Albert ne dissimule plus rien... Au moment où il entre dans la pièce, je me souviens de l'une de ses répliques cultes à un ami chanteur que nous avions convié à table:

— C'est marrant qu'on dîne ensemble parce qu'on n'a jamais pu se blairer...

Le chanteur sortait de Saint-Eustache et d'un concert consacré à Haendel. Après la musique baroque, il trouva la force de sourire.

Lors du bavardage général, qui accompagne les petits-fours, j'avais prévenu l'assistance qu'avec Mister Albert, tout était possible. Un peu à l'écart des canapés, André Rousselet et Frédéric Mitterrand étaient assis sur des fauteuils, en mode «Frédéric susurre à André». Des bribes de phrases me parvenaient, me rappelant ce que Rousselet avait dit à Jacques Séguéla, alors qu'il quittait une réception. Je retranscris de mémoire, en vous laissant imaginer les sourires et les accolades entre le roi de la pub de Perpignan et le sphinx de la Mitterrandie:

— Ah mon cher André, je ne comprends pas pourquoi nous ne nous voyons pas plus souvent. Nous avons vécu une période tellement extraordinaire avec François Mitterrand. Déjeunons ou dînons quand tu veux?

Réponse du sphinx, 93 ans à l'époque:

— Étant donné l'intensité de ton récent sarkozysme, je pense qu'un petit déjeuner suffira!

La voix était fragile mais le ton fut ferme. La porte claqua. Jacques Séguéla ne s'offusqua pas. Malgré tout ce que l'on a pu dire ou écrire sur lui, l'encaissement et la générosité absolue en amitié sont ses deux marques de fabrique.

J'imagine donc en les observant à sept, huit mètres, qu'André et Frédéric abordent le même thème, à savoir : comment un Mitterrand peut-il avoir le culot de naviguer sur le lac sarkozyste ? Le plus jeune cherchant le pardon par l'argumentation. Le propos s'éclaircira dès que nous passerons à table. André distribue les places. Nous sommes tous debout, personne ne moufte. Il signifie à Anouchka de lui faire face puis s'adresse en souriant à Frédéric Mitterrand :

— J'ai longtemps pensé te faire dîner à la cuisine... (long silence que personne n'ose rompre) mais tu restes honorable...

Du côté de chez Fred, on encaisse. Et nous voilà partis, en même temps que les coquilles Saint-Jacques et le riz crémeux, sur la francisque de Tonton ! Fred (la famille de sa ravissante mère n'était pas très éloignée d'un dirigeant de la Cagoule) est un historien convaincant qui connaît bien les méandres de Vichy : les salauds, les traîtres, les demi-traîtres, les héros. À la troisième cuillère absorbée, il était entendu par l'assistance que Mitterrand résista dès 43 et que les francisques étaient automatiques pour ceux qui s'occupaient des prisonniers. Et puis, qui était la France légitime ? Celle de De Gaulle à Londres ou les pétainistes résignés ? Personnellement, je jouais la carte de l'hypocrite silencieux, car régnait une très légère violence feutrée. Plus le duel devint précis, plus l'assistance choisit de plonger dans son assiette. Face à moi, un avocat qui fut aussi un député rocardien notable, tenta quelques précisions pour faire l'intéressant. Sans rencontrer la moindre approbation. L'épouse du milliardaire français tenta une diversion à base d'art contemporain qui ne changea strictement rien à l'atmosphère. Du petit-four au dessert, le dîner se transforma en affrontement de familles, mais sans jamais sombrer dans la médiocrité. Après tout, l'un était le neveu de Tonton reconverti dans le « gaullo-sarkozysme » et l'autre l'exécuteur testamentaire du président que la France de gauche avait attendu pendant des années. Peu avant le fromage, je sentis une accalmie.

Une concentration sur les mets qu'avait choisis Anouchka. Une forme d'apaisement. J'avais oublié Albert qui, lui-même, s'était fait curieusement oublier. Funeste erreur pour l'ensemble de la tablée. Brutalement, le sosie de Warren Beatty s'est levé de sa chaise, arborant un sourire éblouissant, mais dont j'ai perçu immédiatement le danger avant qu'il ne prononce ces mots adressés à Rousselet pour qui il professe une réelle amitié.

— Et vous André, vous faisiez quoi pendant l'Occupation ?

On est passés de la moiteur générale à la pétrification des corps. Personne n'osa reformuler la question. Rousselet choisit le silence et le dédain. Pour que le dessert ne se transforme pas en un immense malaise, Frédéric, jongleur de mots, qui au départ était un peu l'accusé, en profita pour entamer une longue saga sur l'époque. Il nous fit du Modiano oral. Je crus y percevoir un plaidoyer pro domo. Comme s'il avait été contraint au sarkozysme comme François Mitterrand à Vichy.

Pourquoi aimer Albert et ses spasmes autobronzants ?

Parce que je suis philosémite ! Depuis le lycée, la plupart de mes amis sont juifs, le plus souvent athées. Ashkénazes, comme séfarades : Jean-Michel Jais, Michel Salfati, Pierre et Francis Mesguich, Muriel Zelikson, Jean-Michel Attal, Jean-Yves Rumani, Hervé Temime, Albert Koski, Danièle Thompson, Roman Polanski. Ça a commencé dès la toute petite enfance, avec les Crémieux, les Bernheim, clients de mon père, marchand de tableaux, 19 rue Mazarine, l'immeuble où habitait Robert Desnos. C'est bizarre ce goût forcené du pied-noir ou du Polonais dont la famille a été décimée, moi qui suis l'archétype du goy, tendance Châteaudun. Au lycée, j'adorais leurs frigidaires familiaux qui étaient pleins, notamment celui de Pierre et Francis Mesguich rue Fourcroy dans le XVIIe arrondissement, alors que celui de mes parents avait tout d'une œuvre d'art minimale. Une « vache qui rit » bâillait à côté d'une bouteille de jus d'orange. En Math spé, Francis dévorait le Coursodon Tavernier, bible consacrée au cinéma américain. Michel Salfati dansait comme Fred Astaire et avait déjà ses entrées au New Jimmy's de la flamboyante Régine, boulevard du Montparnasse. Avec Muriel Zelikson, nous achetions des gâteaux à la Marquise des Anges juste avant qu'elle n'aille militer à la Ligue communiste avec ses copains d'alors, Edwy Plenel et Daniel Bensaïd. Pour moi, la Ligue était d'abord et avant tout une synagogue trotskiste loufoque plus proche de Mel Brooks que de la révolution. Encore aujourd'hui Muriel, héritière d'une dynastie féminine du prêt-à-porter (qui partagea longtemps la vie de Pierre Mesguich), apporte son soutien financier à Mediapart. J'ai toujours adoré dans leurs histoires familiales, l'intense parfum des voyages, leurs cousins d'Amérique, la poétique et gourmande vapeur qui s'échappe des couscous, le goût du paprika et des boulettes d'Europe centrale. Et surtout la certitude, qu'en les trahissant pendant la guerre, nous leur devions une amitié éternelle.

Je suis un gosse qui aime les histoires.

Albert est né sur une vague plateforme d'un quai de gare à Bialystok le 1er décembre 1939. Sa mère a accouché en urgence en descendant du train qui les emmenait dans un camp. Des rescapés. Après la guerre, en 1946, ils sont rentrés chez eux en Pologne, avec l'espoir de récupérer leurs biens. Leur maison était près d'une usine de tuiles que les usurpateurs s'empressèrent de jeter à la tête de sa mère au crâne subitement enflé par cette lapidation d'une violence et d'une saloperie inouïes. Ils crurent que le calme allait quand même revenir dans leur vie et dans leur pays d'origine.

Mais l'homme est un méchant animal, écrivit Molière à la fin de *Tartuffe*. Ne pas trop faire confiance à la nature humaine. Billy Wilder résuma la condition juive de cette époque avec le talent qu'on lui connaît : les pessimistes sont encore aujourd'hui autour d'une piscine à Hollywood, les optimistes ont péri dans les camps.

Alors que le père d'Albert s'était refait une vie dans un commerce de tissus, un soir, des hommes frappèrent à leur porte, notamment un Polonais et un Ukrainien, qui se firent passer pour des Juifs. Il eut juste le temps de leur demander qui ils étaient pour constater que les lascars étaient armés et voulaient les massacrer. Le tout jeune homme Albert, 7 ans, se retrouva avec un canon de revolver dans la bouche. L'objectif était de voler, puis de massacrer. Mais Dieu devait regarder cette scène par hasard et décida d'intervenir. Par miracle, dans l'escalier d'accession à la maison, une planche s'effondra, faisant un bruit de pétarade que l'Ukrainien et le Polonais prirent pour des tirs ou des renforts venus à la rescousse de la famille Koski. Ils sursautèrent. Le flingue sortit de la bouche d'Albert. Son père tomba sur ses agresseurs, mêlée générale. La mort avait décidé de suspendre son vol.

Après un transit dans un camp américain, les Koski se retrouvèrent à Paris chez un oncle et une tante en janvier 1947 rue Rougemont, en face du Rex.

Albert put enfin aller au cinéma. Comment ne pas l'aimer ?

Avec le recul, ce qui fascine chez André Rousselet, en plus d'un incroyable charme, c'est le sentiment diffus qu'il réinstalle à table et partout la présence de François Mitterrand.

La profondeur et le goût de la vacherie. Depuis la question d'Albert, sans que cela puisse apparaître comme un quelconque aveu ou une quelconque faiblesse, Rousselet choisit de ne presque plus parler devant ses invités. Ce qui n'est pas facile à assumer. En tout cas pour moi. Je n'avais qu'une seule crainte, que l'on me demandât mon avis ! Frédéric, n'étant pas Emmanuel Le Roy Ladurie, commença à appuyer sur le frein historique, avec cette jolie phrase mondaine :

— J'arrête, je sens que je pontifie.

Retour violent du sphinx, ironique :

— Non, continue !

Est-ce le « Édouard m'a tuer » adressé à Édouard Balladur pour son éviction de Canal+ ? Est-ce une déception que l'on ne connaîtra jamais ? André Rousselet ne supporte pas Nicolas Sarkozy, pour lequel il a des mots très durs. Même si François Hollande ne le transporte pas.

Mais notre ancien, bien que récent ministre de la Culture, ne lâcha pas totalement l'affaire et trouva d'ailleurs des accents personnels assez touchants :

— Je n'intéressais pas François. Je ne l'ai jamais intéressé. Jamais. (Émotion.) Ce que j'ai fait pendant quinze ans avec mes cinémas dans un quartier populaire me paraît être beaucoup plus à gauche moralement que ce qui a été fait par beaucoup de gens, qui ont longtemps accompagné François.

Sous-entendu pour tout le monde : Patrice Pelat et quelques autres…

— Et j'ai accueilli de nombreux prisonniers politiques tunisiens ou marocains… Sans le clamer et avec beaucoup de constance.

À ce moment précis du dîner, j'ignorais que ma délicate épouse avait dû absorber les mêmes remèdes qu'Albert car elle balança à la cantonade, avec un sourire d'ange :

— Surtout les jolis garçons !

Rigolade générale. Et le sentiment pour moi d'une sorte de génie hexagonal. Des gens qui s'aiment mais qui ne s'épargnent rien. Café, cigares pour le sphinx et pour Frédéric.

Je pars le premier car je dois me lever à 5 heures pour la radio. Dans l'ascenseur, je me dis qu'à l'issue de ce genre de séance, mélange de mondanités et d'amitiés, les chasseurs prennent soudain peur de leur fusil. Ici, en France, on ne va jamais jusqu'au bout des mots. Mais règne une certaine grandeur. Nous ne sommes pas que le pays de la variétoche à la Cloclo.

Si ce soir-là, je fus quasiment le muet du sérail, c'est parce que l'observation, comme le regard, sont des activités intérieures. La qualité de conversation, bien supérieure à ma retranscription, laissait infuser dans ma conscience l'idée d'ouvrir ce livre par cette soirée, car elle résumait à mon sens l'intégralité de nos bavardages depuis trente ans. Quel que soit le statut social des participants, quel que soit le lieu, cette abrasive passion locale pour la politique : Mitterrand est-il légitime ? Sarkozy est-il fréquentable ?

Qui peut nier depuis des années que cela reste une de nos conversations majeures ? Les journaux n'ont vécu que de ça ! Les empoignades n'ont lieu qu'autour de ces deux destins.

Il m'est arrivé, une année, de reprendre le dîner inventé par Thierry Ardisson pour Paris Première. À table : pâtissier, acteur, clown, ministre, comique, écrivain, journaliste, starlette ou alors boucher, neurologue, négationniste, fleuriste, animateur, chanteur et encore starlette. Invariablement, une oppression invisible nous ramenait vers ces seuls sujets malgré l'ivresse : les deux avocats qui accédèrent à la présidence en 1981 et en 2007. Bizarre attachement. Bien sûr, il y eut d'autres causes de divorce, d'autres guerres, d'autres scandales, d'autres affaires. Mais qu'il s'agisse d'art, de littérature, de sport, d'économie ou de révolte, à chaque fois, par une petite fenêtre restée ouverte, malgré la nuit, descendait l'ombre portée bien vivante de nos deux dompteurs. Incontestablement, la politique est notre religion comme l'est le football en Italie ou en Espagne, l'argent aux États-Unis ou la reine au Royaume-Uni.

Notre passion est un jeu simple : nous nous choisissons des maîtres pour mieux les tuer.

La nuit post-Rousselet, je dormis peu. Depuis cinq ans, la matinale de Radio Classique m'oblige à une certaine forme d'ascèse qui n'est pas une des caractéristiques premières de ma personnalité. Sinon, vertige, fatigue extrême, sieste improbable dont on émerge comme si l'on venait d'atterrir à Sydney. Une vie abrasive qui me plaît. Il y a trente ans, lors de mon premier passage comme travailleur de l'aube, je m'étais obligé à arrêter la cigarette. Sans effort et avec succès. Depuis maintenant cinq ans, je ne m'autorise qu'un dîner par semaine, sans transgression possible. La règle peut être une joie quand arrivent l'heure et l'âge des bougies.

Depuis toujours, dans la glace, mon regard me glace, chante joliment Alain Chamfort. Sigmund Freud a tort de croire que la dépréciation de soi affichée (« je suis un con ») est la ruse d'un Narcisse qui attend sa réhabilitation par l'Histoire. Cela coïncide seulement avec le moment de l'extinction des feux. Le regard nocturne.

Au lycée, premier cours de philo. Mon prof avait de jolis foulards indiens. Il était léger comme une plume et portait un nom imprononçable. Était-ce Alrivy ? Alrivie ? Alérévy ? Mes condisciples, bourgeois ordinaires comme moi, le cataloguèrent immédiatement comme un homosexuel prétentieux. Inéxorablement, comme une acné résistante enjolivait son doux regard d'agrégé, le tableau noir se couvrit d'insultes. Nous étions des odieux, des jeunes crétins qui ne voulaient pas qu'on leur raconte, au moment où l'adolescence devient joyeuse et sexuelle, le mythe fondamental de l'humanité : la caverne de Platon. C'est tellement plus confortable de confondre les ombres et la réalité. Tellement plus simple de choisir la douillette caverne et de ne jamais sortir de soi, de sa condition, de son âge, de son milieu, de ses guitares.

Je n'ai aucun mérite à avoir fait ce pas de côté.

« Moi j'ai une chance de m'en sortir, vous aucune... »

L'été 95 je ne me doutais de rien en barbotant dans une piscine adjacente au meilleur buffet du monde : celui de l'Hôtel du Palais à Biarritz. Mélange de thon mi-cuit, de serrano, de salades asiatiques, de sorbets au fromage blanc qui dégouline sur des tartes à l'abricot. Pour des raisons compréhensibles, Biarritz a remplacé Belle-Ile dans ma vie. Mais c'est le même océan, le vent, les orages, la vague qui vous sert de thalasso et menace de vous écraser violemment sur la plage. Mes enfants et le surf. Mes enfants et la côte de bœuf assimilée à une liturgie qu'on dévore à la plancha, au Blue Cargo, à la Cucaracha, à Ostalapia ou à l'auberge d'Achtal à Arcangues. La frite vaut bien les madeleines de l'appartement du boulevard Haussmann.

Ne pas mégoter, les jours où il pleut, sur les promenades vers les aigles dans les Pyrénées. Aimer l'Adour et ses saumons. Le plus brillant d'entre eux fut Roland Barthes, originaire du coin, pas très loin d'Urt où Christian Parra produisit pendant des années le meilleur boudin du monde. Une sorte de caramel sombre avec du sang. Il vient de nous quitter.

Le Sud-Ouest n'est plus l'apanage des chemises Lacoste à l'ancienne. Se mêlent sur la côte, l'été et en automne, des Australiens et des Californiens qui viennent affronter des Hawaïens et des Basques sur les vagues de Lacanau, d'Hossegor et de Biarritz. Biarritz qui a été secoué par la fin de la Movida espagnole. Biarritz, une ville gay qui ne méprise pas les intellectuels. Frédéric Schiffter y enseigne la philo, au lycée, à des apprentis rugbymen. Clément Rosset n'est pas loin. Philippe Djian y écrit l'été. Frédéric Beigbeder se recueille en famille à Guéthary, oubliant Saint-Germain-des-Prés.

Les marchés sont extraordinaires. L'architecture totalement extravagante puisqu'en dehors des maisons à colombages traditionnelles, surgissent des châteaux gothiques qui jouxtent des palais mauresques, dans une ambiance délirante de milliardaires du cuivre au début du XXe siècle.

Au quartier Saint-Charles, la magnifique petite église orthodoxe est mitoyenne de la synagogue. Dans la rue on croise Gorbatchev ou la famille Poutine en vacances, Amélie Mauresmo ou Monica Bellucci. Mais le Basque n'a rien abandonné. Les autres sont d'abord chez lui. Et personne ne songerait à contester cette autorité morale et historique. L'indépendantisme basque est la trace invisible de leur fierté. Un grand flic m'a dit un jour : « En prison, seuls les Basques sont vraiment solidaires. »

Napoléon III a ouvert le bal en construisant ce qui est devenu l'Hôtel du Palais, pour sa chère Eugénie. Un gigantesque fraisier de pierres peintes qui donne sur la mer. Le beige et le lie-de-vin, couleurs des façades compliquées, sont dominés par un ciel d'acier, qu'il soit bleu ou noir. Et au sommet de la pâtisserie architecturale, un immense drapeau français flotte, comme une œuvre d'art contemporain. Le monde entier y a séjourné pendant que Sinatra se faisait couper les cheveux chez le marquis d'Arcangues. Je prends plaisir à écrire comme une notice d'office du tourisme !

L'été dernier, la Grande Plage recueillait des milliers d'adolescents déambulant comme des manchots en attendant de s'embrasser. Le fric existe mais ne se voit pas. Vous ne tomberez jamais sur un vieux beau en train de dévorer les lèvres d'une jeune fille en string. Sur la Côte basque, chacun chez soi. Ce qui d'ailleurs tient du mérite car les filles qui sortent de l'eau, bronzées et humides, n'ont rien à envier à Ursula Andress. La nuit, vers 4 heures du matin à la sortie des boîtes, quelques punks traînent avec leurs chiens et leurs sacs à dos. La plupart d'entre eux viennent d'Europe de l'Est pour s'évanouir dans l'alcool au soleil. La drogue n'est pas absente d'une région qui aime la fête. Je me suis souvent dit que le vrai choix de la présidentielle de 2017 serait un combat entre les amoureux de la Méditerranée (champion Nicolas Sarkozy) face aux passionnés de l'Atlantique (champion Alain Juppé).

À Biarritz, chaque journée démarre dans l'incertitude de la météo. On passe du bleu intense au gris plomb des nuages qui stagnent sur les Pyrénées. Mais le plus important reste de se laver l'âme en plongeant dans les vagues et surtout d'oublier une certaine forme de méchanceté parisienne qui m'a toujours profondément déplu.

À la plage, d'Erretegia à Ilbarritz, on ne se querelle pas avec le vent.

Sur cette côte, le sport est roi. Dans l'extrême verdeur de la région, le muscle est même une affaire d'esprit : rugby, golf à gogo, surf nuit et jour, chistera et pelote, joggeurs de l'aube, foulards rouges, excès des fêtes de Bayonne. Mais le souvenir règne sans être une mélancolie douçâtre et passéiste. Igor Stravinsky est passé par là. Il a probablement dévoré des chipirons sur le port.

Été 1995… François Mitterrand mourra le 8 janvier 1996.

Comme chaque année, je loue un appartement ou une maison. La vie se déroule entre plage et montagne. Mais le point névralgique de la communauté, mélange d'ambassade, de maison de la culture, d'endroits où le regard doit traîner sous prétexte d'embruns, reste la piscine de l'Hôtel du Palais. Et son petit jardin adjacent pour les gosses.

Au milieu de mon évanouissement sous le soleil, je constate que Jean-Claude, le maître des lieux, me tourne autour d'une manière étrange. C'est comme dans *Les Bronzés*, il y a toujours un Jean-Claude dans votre vie. Le mien est basque, grand, mince, compétent, éternelle chemisette bleu ciel, pantalon noir. Il fait régner sur l'endroit une discipline de fer pour les clients du monde entier. La légende veut que Jean-Claude le buriné, ou en tout cas ses supérieurs, aient même refusé l'entrée du restaurant à Jacques Chirac et son épouse, car ils ne pouvaient se séparer ni l'un ni l'autre de ces horripilants petits chiens qui font le bonheur du troisième âge et le désespoir de tous les autres. Chirac dut battre en retraite.

Soudain, car ce fut extrêmement soudain, Jean-Claude, slalomant entre les transats et mi-gêné, mi-décidé, ne put s'empêcher de me dire :

— Écoutez Monsieur Durand, y a un type qui se fait passer pour François Mitterrand, qui n'arrête pas de téléphoner depuis le début de la matinée. Une fois, deux fois c'est drôle, mais enfin, faites quelque chose, j'en ai marre qu'on me prenne pour une andouille !

Drame historique, un appel plus tard, Jean-Claude excédé me tendit le combiné : c'était effectivement François Mitterrand ! La standardiste de la piscine lui raccrochait au nez depuis le matin. Je me suis aplati en excuses, invoquant cette mode insupportable du comique et de l'imitateur télé. Pour seule réponse, une voix de fantôme qui m'invitait pour déjeuner à Latche. Il fut direct dans ses intentions : il s'agissait de me remercier pour le débat qui avait eu lieu à la Sorbonne trois ans avant.

« Ce fut très important pour moi, me dit-il, déterminant même. » Inconsciemment, peut-être que j'attendais ces mots depuis des mois car cette émission, dans l'amphithéâtre de l'Université, en septembre 1992, précéda de peu l'acceptation d'un référendum qui ouvrit la porte à l'euro sur tout le Vieux Continent.

Je me souviens très bien d'une cinglante réplique lors d'un rendez-vous à l'Élysée. Les gens ont tendance à croire que, comme un lèche-cul zélé, j'apportais des questions toutes faites à un président qui allait jouer son va-tout : l'Europe plutôt que le socialisme. Ensemble, nous bavardâmes de tout, peut-être des nuages, puis François Mitterrand esquissa une béance des maxillaires pour m'asséner la réalité, moi qui passe ma vie à la fuir :

— Vous savez, cher Guillaume Durand, si ça échoue, j'ai une chance de m'en sortir. Vous aucune.

L'avantage du con, c'est qu'il ne tremble pas. Sur le moment, je n'entendis même pas la menace.

On a tellement tendance à croire et à écrire que la télévision ne sert à rien, qu'elle n'est que l'expression d'un monde vain et sans gloire.

L'épisode qui suit est tragi-comique. Comme d'habitude je roule avec des voitures inavouables au cheval cabré, passion d'enfance, mais il est inenvisageable d'aller à Latche en Ferrari ! Donc je loue une poubelle respectable. Ma femme cherche une robe, parce que Biarritz reste l'empire du jean et de la tong. Nous roulons, muets et assez tendus l'un et l'autre, vers ce déjeuner improbable. Latche est un mythe de la Mitterrandie, la fameuse bergerie dans les Landes. Dans les derniers hectomètres de la route, flotte un parfum assez fort de gendarmerie, car même s'il s'agit d'un ancien président, la France veille sur son repos... Nous garons la guimbarde. Danielle Mitterrand nous accueille sur une pelouse gorgée de soleil et adjacente à deux bâtiments, la maison et, à côté, la bibliothèque.

Lorsque Mitterrand arrive, mon épouse Diane est très impressionnée. Accompagné de son fils Gilbert et du docteur Tarot, il est quasiment porté par les gardes du GSPR, le corps rétréci par la maladie. Une peine infinie s'empare de moi. Le déjeuner revigorera notre moral.

Avec Diane, arrière-petite-fille d'un président de droite et plutôt à droite elle-même, il fut tout simplement prodigieux, lui racontant mieux qu'elle ne la connaissait la vie de son ancêtre, le maréchal de Mac Mahon. Au passage, il flingua Chirac et Patrick Sébastien tout en avalant des kyrielles de médicaments, qui ne découragèrent pas son appétit de mourant.

Diane se souvient encore de l'intégralité de la conversation. Moi, je fus frappé par la lumière de cette extravagante rencontre et l'imprégnation de ce climat que j'aime tant : le vent, le soleil, une odeur d'arbres et le bruit des vagues au loin.

En 1981, habitant par hasard rue de Bièvre à Paris, celle de Mitterrand dans le Quartier latin, j'avais couvert la campagne électorale. Pierre Tourlier, son colossal chauffeur, était devenu un ami, aujourd'hui perdu de vue. Mais, une fois la victoire scellée, mon rédacteur en chef m'avait sorti du dispositif, considérant que je n'étais pas assez religieux, pas assez apte à faire comprendre et accepter les rapports nord-sud au peuple de gauche. En clair, pas assez lèche-cul.

Et pourtant me voilà, des années après, quittant la table à Latche, avec François Mitterrand qui me demande de l'accompagner vers sa bibliothèque. Sa basilique. Là, je suis immédiatement momifié au milieu de ses livres, une pièce archimodeste alors que, depuis l'affaire Pelat jusqu'à la vente de la raffinerie de Leuna, on n'arrêtait pas d'écrire dans les journaux sur l'argent détourné par son clan. À table, François Mitterrand nous avait dit :

— Les gens sont invraisemblables. Quand je les croise dans la rue, lors d'un déplacement, ils me demandent de leur dédicacer *Mitterrand et les quarante voleurs* de Jean Montaldo… comme si j'en étais l'auteur !

Ce fut la seule franche rigolade de tout le repas. Mais peut-être ai-je la mémoire qui flanche car l'accouplement « franche rigolade » ne fait pas vraiment partie de la geste mitterrandienne, sauf lorsque Roger Hanin était présent.

Chaises ou transats d'intérieur, je ne sais plus. Nous étions seuls maintenant, dans un silence effrayant. J'étais incapable de trouver le moindre sujet de conversation. Très proches l'un de l'autre. Il était de biais, effondré dans un fauteuil, et poursuivi par un mélange de douleur et de digestion. Son fameux profil, le cheveu rasé par la chimio, était à portée de ma main.

Putain, brutalement plus rien !

Brutalement, plus le moindre souffle exhalé de ses narines. Le silence total. Il va mourir, il est peut-être mort. Rien ne bouge. Une pétrification absolue fait ressortir le sordide de mon identité et surtout ses contradictions : en une seconde je passe de la panique à la recherche d'un téléphone pour prévenir ma rédaction. Je n'aurai pas besoin de poursuivre ce réflexe déplaisant. Un souffle est revenu. Il attendra l'Égypte pour disparaître définitivement. Après Latche, il réserva un dernier voyage à Assouan pour mourir le 8 janvier 1996 à Paris.

Ce matin-là, j'ai longuement pleuré sur un banc du boulevard Voltaire.

•

De toute cette aventure, j'ai tiré une conviction inébranlable, partagée par tous et assez profondément irrationnelle aux yeux des politologues et des historiens. Le pouvoir n'est pas une affaire de bilan. De ce qui a été fait ou défait. C'est une épopée pour s'imposer à une foule sentimentale : les Français.

Depuis la guerre : de Gaulle et Mitterrand. Point.

Étant donné ses origines et cette « jeunesse française » qu'on lui a tellement reprochée, qui peut douter que François Mitterrand ait perpétuellement tenté de sortir de la caverne ? D'ailleurs, qui a fait deux septennats complets ? Lui seul.

Beaucoup a été dit et écrit sur cette émission qui changea la face de l'Europe en instaurant l'euro. C'est certainement la seule émission politique qui ait envahi la presse mondiale et la une du *New York Times*. On a tendance à considérer que la télévision ne sert à rien. Cette soirée-là milite pour le contraire. Si François Mitterrand n'avait pas pris son courage à deux mains, alors qu'il était archimalade et qu'il avait gardé le lit tous les jours qui précédèrent l'événement… où serait l'Europe ?

Mélenchon, trublion national, a même voté Oui à l'époque, lui qui passe son temps maintenant à fustiger l'euro. Mais il est vrai qu'en septembre 92, il regardait Mitterrand comme un athée qui découvre l'existence de Dieu.

Plus tard, bien plus tard, me promenant sur une petite route ensoleillée de Normandie, une foule de souvenirs amusants et poignants me sont revenus.

À la fin de La Cinq, au printemps 1992, j'avais conçu l'idée saugrenue que le président de la République n'irait jamais, pour défendre son point de vue, chez les deux tenants du pouvoir médiatique de l'époque : Anne Sinclair et Patrick Poivre d'Arvor. Anne était trop proche, donc pas crédible. Quant à Patrick (mon ami), il ne pouvait pas le blairer ! Grand admirateur de García Márquez, Mitterrand ne supportait pas l'idée de soumettre *L'Automne du patriarche* aux desiderata du barde breton. Mais il considérait aussi que TF1 était incontournable car son audience était écrasante. Par l'intermédiaire de Jacques Pilhan, son conseiller, rendez-vous fut pris pour qu'il puisse tester la crédibilité de mon projet.

J'étais en train de passer de La Cinq à TF1 et en défendant ce projet, je me mettais d'entrée toute la rédaction à dos, avec à sa tête Michèle Cotta, à qui je dois mon arrivée sur France 2, et surtout le PDG de la Une, Patrick Le Lay, qui ne décolérait pas que cette émission fût une production privée dirigée par un célèbre politologue (!) : Jacques Marouani, qui avait quand même comme poulains dans son écurie, en dehors de moi-même et de François Mitterrand pour un soir, quelques chanteuses avec des bottes à franges, Patrick Sébastien, Philippe Bouvard et Nino Ferrer !

Sur le plateau, à la Sorbonne, à quelques heures du direct, Le Lay harcelait « Jacques le chasseur », un stylo à la main, pour que Marouani lui abandonne les droits. Il faut imaginer la scène : lors des ultimes préparatifs, je voyais passer Le Lay, la colère froide, poursuivant le dandy pied-noir du show-biz, entre des meubles « bleu Europe » que j'avais piqués à l'hôtel de Crillon pour le décor. Marouani ne céda rien. Encore aujourd'hui, quand n'importe quelle télé dans le monde passe un extrait de cette émission, ce qui est ultra-fréquent, il perçoit des redevances. Lui qui n'avait jamais vu François Mitterrand de sa vie. Fût-ce un quart de seconde.

Rien de tout cela ne fut possible sans la complicité d'Étienne Mougeotte qui fit bloc contre sa chaîne, et celle de Jacques Pilhan qui, lui, repoussa l'hostilité du gouvernement de l'époque dans son ensemble : le panel, ils étaient contre ; un opposant emblématique, ils étaient presque tous contre. Le brillant et solide Hubert Védrine m'avait suggéré d'opposer à François Mitterrand Jacques Calvet, l'ancien patron de Peugeot. Tu parles d'une affiche motivante : Mitterrand affronte Calvet en direct à la Sorbonne ! Mais comment en vouloir à des responsables et des collaborateurs qui passaient leurs journées à évaluer les catastrophes possibles ?

C'est là que François Mitterrand est irremplacé : classe tous risques. Officiellement, il n'aimait que la littérature, mais, avec la bénédiction de Pilhan, qui était bien plus qu'un conseiller, il a vite compris que les médias et la politique, c'était depuis le début des années 80 la même chose, le même objet social et historique. Y incorporant en toute conscience la notion de danger.

C'est ce que Chirac ne comprendra pas en 2005, lors du référendum raté : il reprit les tics de la Sorbonne (Pilhan malheureusement était mort), mais son propos s'était totalement dilué dans une assemblée de jeunes qui étaient déjà des désengagés de la politique. Il se heurta à un mur mollasson. Sans risque, mais sans bénéfice possible.

Le Sarkozy d'avant 2007 était, médiatiquement, assez mitterrandien. Deux avocats qui aiment le direct. Il a même repris publiquement cette idée qu'on ne va pas à la télévision sans danger (ses émissions de combat face à Jean-Marie Le Pen), mais bizarrement, pendant son quinquennat, il eut beau ratisser de multiples chaînes pour chacune de ses interventions, il ne se mit jamais dans la position d'être bousculé.

C'est ce trop grand confort, cette légère habitude d'allégeance, notamment de la part des journalistes qui l'interviewaient, qu'il paya cash en fin de campagne. Fatigué, assez seul, soumis à une presse hostile, il prit Hollande dans le buffet d'entrée. Buffet froid. L'uppercut qui sonne dès le début du match. L'exercice du pouvoir est aussi une écriture médiatique. François Hollande cherche désespérément la sienne, qui ne pourra pas être la simple « normalité » des conférences de presse enchaînées tous les six mois. Son arrière-pensée est connue : bricoler une alliance politique lorsque la reprise économique reviendra. Et comme tous les brillants étudiants (ENA, HEC), il est persuadé que son agilité intellectuelle lui permettra de battre sans difficultés Nicolas Sarkozy une deuxième fois. Personne n'y croit sauf lui. Hollande, nous l'avons souvent observé sous la pluie, mais je défie quiconque de l'avoir croisé désemparé en public. Ce petit homme, revenu à la rondeur, a des nerfs d'acier et ne transpire jamais, au Mali comme à Gandrange. Notre pays avait, dès les sondages de 2008, écarté toute hypothèse de deuxième mandat pour Nicolas Sarkozy. Aujourd'hui François Hollande est dans une situation encore bien plus défavorable. Avec ce petit défaut supplémentaire : personne ne se lève le matin avec l'envie dévorante d'aller déjeuner avec lui.

Hollande a flingué la passion qui habitait le journalisme politique depuis le général de Gaulle.

La France n'est pas qu'une monarchie déguisée en République : c'est également un pays qui entretient une relation distante avec la vérité. Nous sommes des catholiques peu puritains.

Retour à la fin de l'été 1992. Devant l'extrême détermination de François Mitterrand alors qu'il était très malade, Pasqua déclina l'invitation qui échut à Philippe Séguin. Charles Pasqua, autre grand fauve de l'époque, savait pertinemment que sur ce dossier, l'Europe, il se serait fait déchiqueter par la rhétorique mitterrandienne. Le député des Vosges et d'Épinal y alla pour défendre ses idées. Son camp lui reprocha, après coup, une tendresse d'Oriental à l'égard du vieux monarque cancéreux. Il n'en fut rien. Depuis le début de l'émission (dialogues avec les Français puis les journalistes), Philippe Séguin patientait dans une loge, pas très loin de Julien Clerc et de José van Dam qui devaient chanter en fin de programme, l'un *Terre de France* et l'autre l'hymne européen. Séguin fut frappé de stupeur et de compassion quand il découvrit une unité mobile de soins chargée de «régénérer» François Mitterrand l'espace d'une interminable pause de publicité.

Des années après, il faut être honnête, personne ne m'avait prévenu de ce dispositif lors de la préparation. Et il n'est pas étonnant que Séguin, le Falstaff de Tunis, homme sensible, soit rentré sur le plateau avec des arguments à la bouche plutôt que des armes à la main. Car, après tout, il aurait très bien pu dire en direct et en substance: «Cette émission est un hôpital, ce président est malade, je récuse ce débat…»

Il ne l'a pas fait, il ne l'a même pas envisagé. Et je ne crois pas que l'Élysée, avant le direct, lui ait téléphoné pour le mettre en garde ou plus simplement le prévenir. Non, Mitterrand/Pilhan, c'était, je le répète, classe tous risques[1].

Pour les plus anciens qui lisent ces lignes, comment ne pas se souvenir de la manière dont le président ridiculisa Jean d'Ormesson. Là encore en substance:

— Si je vous comprends bien, Monsieur d'Ormesson, si j'échoue vous voulez que je parte et si je réussis, vous

1. Ce texte publié dans la revue *Charles* d'Arnaud Viviant, fut l'élément déclencheur de ce livre.

voulez que je parte aussi, au nom d'une certaine forme d'élégance…

Le sourire accompagnant le propos fut un assassinat. Mais Jean d'Ormesson trouva sa vengeance. Il fut, trois ans plus tard, le dernier visiteur de l'Élysée et rédigea pour *Le Figaro* un papier expliquant que sa dernière conversation avec Mitterrand l'avait convaincu qu'il était assez profondément antisémite. Revanche posthume du différé sur le direct.

Il y a d'autres explications, mais en refusant la mort, Philippe Séguin se l'est donnée. Je l'aimais beaucoup. Nous nous retrouvions parfois dans un club de sport où il faisait semblant de nager et moi de courir.

— Tu comprends, m'expliquait-il, je ne retire pas un mot de ce que j'ai dit à l'époque. Relis mes propos. L'Europe est devenue un marché sans âme. L'argent a effondré la politique…

Puis il allait au Parc des Princes, soutenir un Paris qui était encore Saint-Germain.

Les préparatifs et le déroulement même du programme ont été souvent racontés.

Le lendemain, j'étais invité sur Canal+ pour parler du succès de la Sorbonne. Indépendamment l'un de l'autre, Jacques Chirac et Valéry Giscard d'Estaing me téléphonèrent pendant l'émission, reprenant à leur compte, entre l'amabilité et la menace, la prédiction de François Mitterrand : si j'avais échoué, ils m'auraient flingué. Je me suis d'ailleurs flingué tout seul en allant faire du toboggan dans une émission de deuxième partie de soirée, au théâtre des Variétés, que m'avait gentiment prêté Jean-Paul Belmondo, contre zéro centime. Le geste est suffisamment rare pour être consigné.

Mais ce n'est pas fini. Juste après l'hymne européen et le générique de fin, le gouvernement dans son ensemble, qui avait comploté contre moi, est venu chaleureusement me féliciter de cette réussite exceptionnelle. Il y eut même le « globissime » Georges-Marc Benamou (type plutôt marrant, aventurier tout-terrain) qui, le retroussis félin aux lèvres, me proposa de rejoindre « le Clan » pour un souper d'après-match que je m'empressai de fuir, avant d'engloutir une entrecôte avec mon meilleur ami Pierre Mesguich dans une brasserie proche.

Quelques jours plus tard, Étienne Mougeotte m'emmena faire un peu d'hélicoptère vers Deauville pour me montrer combien TF1 était fier de son transfert. La presse avait ironisé sur ma coiffure. Là encore il faut dire la comique vérité, j'étais tellement stressé que deux heures avant le début du direct, je m'étais endormi en survêtement sur un canapé.

Comme les vacances et l'été venaient de prendre fin, j'avais les cheveux mi-longs. Philippe Lallemant, le réalisateur, paniqué par ma disparition, me fit réveiller en sursaut. Le temps d'une veste, d'une cravate, d'un dernier briefing avec Mougeotte et je fus contraint de zapper le coiffeur, qui me laqua les cheveux en arrière, en désespoir de cause et de temps.

Seulement, c'était oublier l'automne. Je m'étais à peine avancé dans la cour de la Sorbonne pour accueillir le chef de l'État, qu'une violente rafale s'empara de ma laque et de mes quelques mèches. Jeune et souriant, je resterai quand même pour l'Histoire, une sorte de Monty Python ridicule.

Avec les mois s'installa un grand silence en provenance de l'Élysée. Quelques coups de fil, une rencontre surréaliste avec Jacques Pilhan et sa famille en Sierra Leone où il possédait un bel ensemble de bungalows au bord de la plage. J'étais là par hasard.

La vie est loufoque. Envoyé par Allan, un secrétaire de Johnny Hallyday, qui m'avait recommandé une résidence idyllique. Tu parles ! Villégiature qui tourna très vite au bain de sang. Sur la plage, les types étaient en armes et défoncés. Le pays était à quelques heures de *Blood Diamond*, sans qu'ils s'en doutent. La propriété de Pilhan fut détruite et des centaines de personnes égorgées au soleil. Révolte pour le contrôle des mines de diamant. Fin de la séquence. Je ne revis quasiment jamais cet homme malin, subtil, petit, à l'allure d'écureuil élégant.

Dans le canot pneumatique qui assura ma survie vers l'aéroport, je n'entendais plus le bruit du moteur. La crainte gomma les paysages, l'eau, les arbres magnifiques. Je paniquais plus que Diane car je tremblais pour elle. Nous étions en pleine *Apocalypse Now*. Le danger m'obligeait à envisager la question centrale de mon identité, y compris sous sa forme la plus banale :

Comment avais-je pu être assez con pour emmener ma ravissante épouse en vacances, à la veille d'un massacre prévisible ? Cette introspection, poussée par la peur, m'a sauvé. Nous a sauvés. Car au lieu d'être un bienheureux qui pousse un « ouf » de soulagement en quittant un complexe hôtelier promis au massacre dans la forêt, je me suis dit que le pire restait à venir. Qu'il allait falloir passer la barrière de gros bras surarmés et défoncés, à la douane.

Je précise à nos amis de la censure bien-pensante que les Blacks dealers du boulevard de Beauséjour et les Blacks surarmés de la Sierra Leone sont une coïncidence, pas une obsession refoulée. Donc la douane…

Un baraquement de campagne, bordant une piste unique pour gros porteurs. Ce minuscule moment de conscience m'a poussé à vider une valise pour retrouver quelques dollars planqués. J'ai visualisé à l'avance le barrage dont l'argent serait le seul sésame, ce que m'avaient déjà appris de nombreux reportages à l'étranger, à Beyrouth comme en Irak des années plus tôt. Quand ça chauffe et que la mort rôde, le baratin ne sert à rien. C'est comme aux cartes : une poignée de dollars comme seul viatique. Dans ce genre de situation, on ne survit pas en bluffant mais en payant.

Nous sommes passés grâce à des billets verts offerts discrètement au milieu de nos passeports. D'autres touristes houellebecquiens, généralement des femmes, ont été mis de côté. Je préfère ne pas savoir ce qu'elles sont devenues.

Quand on appartient à une génération qui, c'est le moins qu'on puisse dire, n'a pas été confrontée à des problèmes dramatiques, on peut vivre des années en s'évitant. De ce point de vue, le journalisme, comme le fut le rock'n'roll, est une gigantesque entreprise de vie par procuration. Je suis ce type qui a commencé à Rosny-sous-Bois pour plonger au Proche-Orient, avant de s'installer, par crainte et goût du confort, dans des studios de radio et de télévision.

À l'époque du basculement et de l'évolution de carrière, je me souviens parfaitement de ce qui m'a motivé. Au sud de l'Irak au début des années 80, un type formidable et beaucoup plus expérimenté que moi m'avait remplacé, sur le front à Bassorah. Malheureusement, il fut pris en otage par les Pasdaran pendant des semaines. Des semaines où ils firent semblant de l'exécuter, bouleversant à vie son psychisme et son équilibre. Alex Fronty le moustachu, dès son retour, a clos sa carrière de baroudeur. Fin du romantisme professionnel. Je pris la même décision alors que je venais à peine de commencer. Mais il n'y eut de ma part aucune hésitation car je voyais mal mon épouse de l'époque expliquer à ma fille, qui venait de naître, que son père était mort pour Europe 1, sur une rive du Chatt el-Arab.

Et depuis, la lumière des projecteurs s'est un peu emparée de moi. Il est tout à fait normal que, par spasmes périodiques, j'insupporte. Tous les visibles sont visés.

Mais ce qui est vrai pour moi, dans le sauvetage de ma conscience, l'est aussi pour Jacques Pilhan. Comment a-t-il pu être suffisamment dingue pour se faire construire des bungalows paradisiaques dans un coin du monde soumis à la violence des diamants et de la ganja ? Lorsqu'il a continué avec Jacques Chirac la mission entreprise avec François Mitterrand, il a surévalué ses capacités d'influence et de résultat auprès d'un nouveau client qui n'avait évidemment pas le même cuir, la même densité que son prédécesseur. Chirac est un jeune homme de la guerre d'Algérie. Mitterrand un homme jeune de la Seconde Guerre mondiale. Cela fait une énorme différence de violence et de sophistication.

D'ailleurs, tout a été écrit après l'échec de la dissolution de 1997… Pilhan redoutait tellement d'en porter la responsabilité qu'il est tombé gravement malade avant de mourir en quelques semaines d'un cancer mystérieux et soudain. L'Histoire a déjà raconté les huis clos glacials entre Jacques Chirac, Dominique de Villepin et Jacques Pilhan. Ils voulaient renforcer leur majorité (avec l'aval de Sarkozy et bien d'autres), ils ont donné le pouvoir à la gauche qui n'en revenait pas d'une telle bévue. Et Dieu sait que notre écureuil conseiller était intelligent.

La politique est souvent un théâtre terrifiant : Pilhan, Séguin, Giscard, romancier hagard n'ayant jamais supporté sa défaite de 1981. Lui aussi… Qui peut mettre en doute son intelligence ?

L'un de mes souvenirs les plus douloureux reste un dîner à six avec Jacques Chirac, un dimanche de 2012, chez Tong Yen, un restaurant asiatique du VIIIe arrondissement de Paris, proche du rond-point des Champs-Élysées. Ce matin-là, un couple d'amis, lui travaille comme antiquaire avec la Chine, elle dans la mode à Paris, m'invite avec mon épouse à rejoindre Jacques Chirac chez la célèbre Thérèse, maîtresse ès nems du Tout-Paris. Nous voilà repartis pour un face-à-face présidentiel.

Comme avec François Mitterrand, j'ai eu des relations professionnelles avec Jacques Chirac, qui reste le recordman absolu des années au pouvoir en France, car non seulement il a été deux fois président comme Mitterrand, mais lui, en plus, a été deux fois Premier ministre ! Et Premier ministre de ses pires ennemis : Giscard et Mitterrand. Avec Chirac, je n'avais jamais partagé le moindre repas d'ordre privé. Que du boulot, année après année.

C'est une banalité d'écrire que le Chirac jovial que tout le monde connaît masque tristesse et profondeur, derrière un paravent de mains serrées et de têtes de veau vite absorbées.

Au moment où je franchis la porte, je visualise les débats qui opposent Franz-Olivier Giesbert à Edwy Plenel sur la fréquentation des politiques. Faut-il les rencontrer hors contexte professionnel ? Oui pour Franz, le « traître » au magnifique talent assumé qui nourrit ses textes de confidences. Et non pour Edwy, qui n'en finit plus de prolonger les combats de son père, invoquant la Morale, entre les larmes et la colère. L'un, le fils de l'Américain, l'autre, l'enfant du militant anticolonialiste, ne font que poursuivre leur enfance. Dans les deux cas, Papa est leur surmoi. J'éprouve une certaine affection pour les deux, n'ayant aucun goût pour le flingage de mes contemporains. Quelle autorité me permettrait de braquer une arme sur eux ?

Concrètement, je n'ai jamais eu la moindre culpabilité en rencontrant des hommes politiques : meetings, rendez-vous, cafés, déjeuners, dîners. Si je ne l'avais pas fait, je vois mal comment j'aurais pu, ne serait-ce qu'une fois, sortir une information exclusive dans ma vie ou écrire un portrait original. On peut préférer, comme les journalistes d'investigation, déjeuner avec des magistrats ou des procureurs, mais pour le même résultat : publier ce qu'on vous raconte. Les informations ne se trouvent pas dans les poubelles. Cependant, en pénétrant dans la salle du Tong Yen, si ces diatribes m'assaillent, elles prouvent à quel point j'appartiens à une profession fragile sur le sujet de la connivence.

Je suis entré vite fait chez Thérèse car les débats déontologiques dans mon bien-aimé métier ont quand même une limite : celle de l'action et de la curiosité. Le rez-de-chaussée est une salle beige, compartimentée en box rectangulaires où les convives sont à la fois visibles et dissimulés. Le summum d'une certaine forme de parisianisme politique : « Je te vois, tu me devines mais on s'ignore. » Je pourrais remplir un bottin entier de ces déjeuners et dîners où le microcosme se croise.

Diane et moi sommes bons derniers. Jacques Chirac est à table, assis à côté de mon amie Sylvie. Diane s'installe à sa gauche. Je me glisse sur la banquette pour rejoindre le garde du corps de l'ancien président.

Probablement le bodyguard le plus inoffensif de l'histoire de la sécurité dans le monde. L'essentiel de sa mission consiste à dévorer des vapeurs en protégeant le bichon maltais de Madame Chirac ! Qu'il garde serré dans ses bras, même à table. Bernadette n'est pas là, ce qui n'a absolument pas l'air de consterner le grand Jacques. Depuis son attaque en septembre 2005, mis au régime par la Faculté, il survole les mets.

Dans ce genre de confrontation, la première phrase doit être soignée si on souhaite que cela se passe bien. Coincé entre le garde du corps et l'antiquaire, je procède à mes salutations en mitonnant d'interroger Chirac sur l'affaire DSK, le feuilleton du moment. Très rapidement, bien que m'ayant vaguement identifié, il me dévisage comme un grand Shrek vert, inclinant la tête à droite puis à gauche, puis à droite puis à gauche sans rien dire.

Ce qui me plonge immédiatement dans une timidité sans fond car, comme tous les Français, je sais que l'ancien président va mal. Que sa présence est à éclipse. En beau salaud, c'est évidemment ce que je suis venu voir ce soir-là. Observer un délabrement du pouvoir de près. De la tragédie à table. Faisant semblant de ne me rendre compte de rien, je poursuis le rôle du journaliste qui dévore son porc au miel, tout en essayant d'obtenir une petite phrase sur Strauss-Kahn. Elle ne va pas tarder. Brusquement, il passe du mutisme au clairon : « Dominique Strauss-Kahn à pêche ! », scande-t-il à la cantonade en rigolant pour enchaîner sur « Mardi, on va manger des moules », qu'il répète à différents moments du dîner. « Mardi, on va manger des moules. Mardi, on va manger des moules. Mardi, on va manger des moules. »

Je suis tétanisé. Diane n'en revient pas.

L'antiquaire, affable et diplomate, tente de nous persuader que par moments, il va très bien. Physiquement, il est apparemment intact. Géant amaigri, aux mains magnifiques, comme une sorte de Gary Cooper avant de quitter le monde. Pas une seule seconde, nous ne pourrons avoir une conversation structurée. Est-ce la timidité du malade qui déteste se montrer dans cet état ? Est-il déjà dans un autre monde ? Pas vraiment, puisque surgit Bernard Debré du fin fond du restaurant, qui vient le saluer et lui dire :

— Jacques, tu as vu, y a Jean-François Copé !

Et là, la réponse cingle, avec cet inimitable timbre haché qu'il partage, en plus grave, avec Louis de Funès.

— Par où on sort ?

L'erreur absolue : croire que le jovial est un gentil. Bernique !

Quand tout le monde se lève, le géant se déplace à tout petits pas vers la sortie. La politique, plus que l'AVC, l'a détruit. Un homme généreux, pétri de passions peu ordinaires et asiatiques, qui s'effondre peu de temps après avoir quitté l'Élysée.

Là encore, une histoire d'oubli de soi. Rester au pouvoir à tout prix. Colmater ses douleurs par des élections. Traverser des hivers de traîtrise et d'impopularité. Et bang ! Ce corps qu'on interpose entre soi et les autres, réagit violemment.

Nicolas Sarkozy marque bien son appartenance à ma génération : frondeuse, calculatrice et arrogante. Qui était-il, et encore aujourd'hui qui est-il, pour traiter Mitterrand et Chirac de rois fainéants ? A-t-il fait vraiment mieux ? Le débat est souhaitable mais c'est la formulation qui peut rester en travers de la gorge : ce ricanement guignolesque, lui qui déteste les Guignols !

Maintenant les présidents ont mon âge mais il n'est pas certain qu'on ait gagné au change. Hollande pratique le vaudeville en scooter et les rois fainéants n'auraient jamais eu l'idée invraisemblable de présenter Jean-Marie Bigard, apôtre du « lâcher de salopes », à Benoît XVI. J'imagine Sarko lisant ces lignes. Comme tous les baby-boomers, il a le regret difficile et le gun à portée de main. À Mitterrand, il reprocherait Bousquet et à Chirac ses liens avec Hariri. Et il va évidemment revenir, interprétant avec suspense sur la scène politique son remake personnel du *Comte de Monte-Cristo*. Nicolas Sarkozy, sur ce point, est comparable à François Mitterrand : aujourd'hui ceux qui l'enterrent se trompent lourdement. Sa défaite de 2012 est certainement pour son honneur et sa légende, pire qu'un séjour dans une prison de Marseille raconté par Alexandre Dumas.

La presse est complice de ces mises à mort politiques. Tous ceux qui ont suivi la campagne de Nicolas Sarkozy en 2007 ont été promus immédiatement après la victoire. Mimétisme total avec 1981.

Les jolis mois de mai de l'arrivisme avec carte de presse. Se débarrasser du vieux mâle dominant pour mieux remplacer son chef de service ou le présentateur qui obstrue votre avenir… En 2012 les zélotes du sarkozysme, flairant la défaite annoncée, se sont empressés de le larder de coups de couteau dans la dernière ligne droite. Je garde à l'esprit un mélange d'aveuglement, de courage et de détresse, notamment lors du meeting de

Villepinte. Le génial Depardieu avec ses grosses fesses débordait sur Bernadette Chirac et tous les hiérarques de l'UMP au garde-à-vous. En cette fin d'après-midi, leur champion devait retourner, par un discours, la funeste tendance des sondages. Longuement, les caméras balayèrent les visages. Sarko a tout donné comme disent ceux qui ne l'aiment pas et qui lui refusent le qualificatif de président. Il suffisait d'observer les masques silencieux de Copé, de Fillon et de tous les autres, ceints d'écharpes tricolores, pour mieux comprendre la vérité de la situation : à part Bernadette et le gros Gégé, personne ne voulait qu'il gagne. Le soutien de façade n'était qu'un étouffement poli. Seul dans la tempête, à l'exception de son épouse. En 2017, ils vont réclamer vengeance devant les Français. C'est juste une question de temps. Ni l'un ni l'autre ne sont de grands amateurs de pardon.

Et si le retour se dessine, il n'aura que des amis… En France, la politique est un sous-ensemble de la littérature. Une défaite ne suffit pas à faire disparaître le corps du roi. Ses prédécesseurs « fainéants » le comprirent assez vite. Mais il faut posséder dans ses aventures une capacité d'encaissement phénoménale. Sans équivalent dans d'autres secteurs de la société.

Malgré une double présidence triomphante, à part l'épisode Lewinsky, Clinton a fait deux crises cardiaques en s'éloignant de la Maison Blanche. La vie quotidienne à la tête du plus puissant État du monde a été tellement abrasive pendant deux mandats, qu'il demandait à son pâtissier français de lui garder les gâteaux officiels pour les bâfrer en famille lors de rares moments de détente le week-end. Des douceurs qui ont failli l'emporter mais qui étaient probablement nécessaires pour affronter l'angoisse quotidienne du pouvoir politique.

Un rythme absolument infernal pour tous ceux ou celles que j'ai croisés. Levés à l'aube, couchés hypertard. Des semaines en dormant moins de six heures, parfois quatre ou cinq. Pas de week-end. Des séances de nuit à l'Assemblée qui vous déposent, quand il le faut, après une simple douche, sur un fauteuil face à Jean-Michel Apathie, Jean-Pierre Elkabbach ou Jean-Jacques Bourdin.

Henri Guaino n'a pas tort : en plus, pour des sommes d'argent qui n'ont strictement rien à voir avec ce qu'ils pourraient gagner, pour la plupart d'entre eux, dans le privé.

Le goût du pouvoir est aussi souvent lié à la destruction de la famille, du malheur des épouses. Combien de fois ai-je entendu et écouté la souffrance de Marie-Laure de Villepin, qui ne supportait plus la guerre entre son époux et Nicolas Sarkozy. Un affrontement qui lui ravageait le cœur, l'âme, dans une vaine tentative de domination de soi. À la fin de son passage à Matignon, elle était mincissime, comme une sorte de blême guerrier massaï. Dévastée. Cécilia Sarkozy, elle, est partie vers une autre vie. Ça ne peut pas être le hasard !

Bien sûr des exceptions existent. Tony Blair prospère mais aujourd'hui une majorité d'Anglais le détestent. Gerhard Schröder a fait fortune. Mais quelles atroces fins de vie pour Ronald Reagan et Margaret Thatcher, ravagés par l'alzheimer alors qu'ils ont dominé leur époque, pour finir dans une inconscience absolue.

Sans doute y a-t-il eu quelques progrès. Les Romanov s'assassinaient en famille. Louis XIV a été enterré le 9 septembre 1715 après des journées entières de gangrène puante. À presque 77 ans, la Cour venait observer son délabrement, jour après jour, et cette jambe pourrie et noire que les médecins avait installée dans une vasque de vin parfumé. Je préférerais toutes les formes d'exécution radicale, une balle, la pendaison, un poinçon dans le cœur, plutôt que de finir comme Napoléon, cloîtré à Sainte-Hélène, dans un climat insalubre, avec quelques fidèles moisis que surveillaient nuit et jour des Anglais revanchards.

C'est en dévorant des livres d'histoire comme des romans que naquit en moi le virus de la politique et du journalisme. Avec un curieux détachement !

Si vous regardez ma photo de lycée, 1968/1969, dans la rangée du milieu, troisième rang à gauche, manteau beige, se trouve Stéphane Duhamel, l'un de mes grands amis de l'époque avec son voisin, le très chic Christian Mure. Avec Stéphane et sa famille nous partageâmes dix ans de vie intense. Son père Jacques Duhamel fut un grand ministre de la Culture et de l'Agriculture. Sa fin fut tragique à cause d'une sclérose en plaques. C'est avec Olivier, le frère de Stéphane, que je découvris les joies du Klaxon prioritaire des voitures officielles. Le plus souvent des DS Citroën noires. Qu'est-ce qu'on a pu griller comme feux rouges !

Jamais ne m'est venue l'idée de gagner de l'argent, de faire un métier technique, ingénieur ou médecin. Du romanesque, du pouvoir, en fait rien d'autre que de la littérature appliquée. Une illusion bien typique des gens de mon âge.

La prospérité des années 60 a construit une génération enfantine à laquelle j'appartiens. Nous pleurons tous papa Mitterrand et l'oncle Chirac car c'est un premier gémissement sur nous-mêmes. Nous sommes coincés entre de Gaulle et Xavier Niel, et même Clinton, le plus célèbre d'entre nous, a été infoutu de régler le problème du Proche-Orient. Il a failli y arriver.

C'est d'ailleurs un peu notre épitaphe :

Ci-gît Hollande, Sarkozy et des milliers de Durand,
la génération qui a failli y arriver

Plus généralement, si un miracle nous propulse vivants vers le ciel, nous constaterons une évidence pour l'Europe, notre vraie patrie, notre vraie culture : la dolce vita est terminée !

Je repense au joyeux Jean-Vincent Placé, sénateur Vert comme moi archevêque de Canterbury, je ne le connaissais absolument pas lorsque je l'ai croisé un soir dans un restaurant de la place des Invalides, avec le sémillant Pierre Charon, le Planchet de Sarkozy/d'Artagnan. Nous dînions à des tables séparées. Visiblement, ils ne s'étaient pas rués sur la partie light de la carte[1]. Le vin servi était raffiné. Du bordeaux, uniquement du bordeaux, pour pouvoir se lâcher dans la quantité sans voir apparaître des hippocampes déchirant la nuit. En fin de repas, nous prîmes un café ensemble.

Le duo complotait et rigolait ferme. Deux Machiavel de la vie moderne. Mélange de bobo et de troisième République pour Placé. Charon ayant, lui, servi Jacques Chaban-Delmas, Jacques Chirac, les balladuriens puis

1. Entre-temps, il a quitté les Verts et perdu 15 kilos.

Nicolas Sarkozy. Il peut être à hurler de rire juste avant de vous faire assassiner par ses complices dans la presse.

Je l'ai beaucoup aimé, beaucoup fréquenté jusqu'au jour où il a commencé à être odieux. Laissant entendre que je complotais avec Villepin en visitant des galeries d'art ou, pire encore, que je pleurnichais dans les bras de Carla Bruni parce qu'on m'avait supprimé une émission de télévision. Tout était faux, mais passé cinquante ans, il existe un plaisir à balancer ses amis vivants dans un four à pain. Charon a toujours eu le goût des flics et des combines.

Pour accéder à une place de sénateur, il a eu le courage d'affronter son maître contre les candidats officiels. Mais je l'ai quand même entendu, là encore un soir, dire cette phrase invraisemblable à propos de Nicolas Sarkozy, qu'il n'avait pas quitté d'une semelle pendant quinze ans : « C'est un dictateur en fin de règne. » Est-ce l'absence de guerre et de confrontation par les armes qui pousse à ces lâchetés de langage ?

Plus prosaïquement, je crois que tous les grands responsables politiques sont accompagnés de spadassins. Le tueur à gages dévoué est le grand point commun entre les mafias et la politique. Dans leur entourage, à gauche comme à droite, circulent des Joe Pesci qui sont là pour conseiller, puis par un glissement progressif, pour abattre les adversaires. Et quand le meurtre n'est plus un tabou, le goût du sang devient une habitude. Et puis ils s'aperçoivent, mission après mission, que le maître ne va pas les épargner, qu'une ombre, difficile à identifier, va demander leur tête. Pierre n'a pas échappé à ce dérapage : bourreau/victime expiatoire.

Le sarkozysme est clanique. Du talent à revendre mais un penchant pour le croc-en-jambe et la souffrance.

Quant à Jean-Vincent Placé son cadet, sénateur lui aussi, il est lucide et embarqué dans une histoire d'écolos à laquelle il ne croit pas une seule seconde[1]. Pendant une interview matinale d'octobre, plusieurs mois après le dîner des Invalides, il me donna du « Monsieur Durand, ne croyez pas que… », « Monsieur Durand, nous ne sommes pas… », « Nous voterons le budget mais… »

La lumière une fois éteinte, le vouvoiement s'envola et dans un gigantesque rire, en ouvrant la porte du studio, il me dit :

— Bon Guillaume, on s'téléphone, on déjeune… J'sais pas comment tu fais pour te lever tous les matins. Moi, au bout de deux matinales, j'suis rétamé. Putain, j'aurais jamais dû quitter la Corée. Là-bas au moins, ils bossent et ils sont moins cons que ce gouvernement de nazes…

Il plaisantait. Son rêve absolu serait d'être ministre de l'Intérieur, pour avoir enfin le bonheur de consulter les notes blanches qui racontent nos vies. Le type a beaucoup de talent, mais avec le recul son plus grand fait d'armes est d'avoir pulvérisé l'une des idoles de ma génération : Daniel Cohn-Bendit. Un Juif allemand et âgé maintenant de 68 ans poussé à la retraite par un Coréen français de 45 ans ! L'arme fatale de Jean-Vincent Placé est simple : comme Pierre Charon, il est extrêmement sympathique, contrairement à ce que leurs ennemis racontent sur eux. Lorsque leurs cibles trépassent, elles ne se rendent même pas compte qu'une lame est en train de leur perforer le ventre car les victimes hurlent de rire et agonisent à la même seconde. Le temps d'un corps qui se disloque et s'effondre sur lui-même.

1. Texte écrit il y a deux ans !

Il faut aimer la mort pour faire de la politique à haut niveau, car elle rôde partout.

Chirac tuant Giscard qui obtint en 1981 le coup de grâce de Mitterrand. Tonton qui au passage avait flingué Rocard. Avant que Chirac ne pulvérise Balladur et son rêve impossible de devenir président. Nicolas Sarkozy a failli se noyer dans cette aventure balladurienne avant d'instruire malicieusement le procès de Chirac (« sumo », « roi fainéant ») qui ne pouvait se représenter. Lequel Nicolas a été victime d'une anaphore mortelle d'un dénommé Hollande que personne n'avait vu venir si sur son trajet n'étaient pas morts en chemin Ségolène Royal, Martine Aubry et Dominique Strauss-Kahn.

« On ne peut guère loger à plus de vingt dans un siècle, écrit le poète Henri Michaux. De là les grandes disputes pour la célébrité. »

À force de vivre immergé dans le journalisme politique, il était inexorable que je fusse emporté un jour par un torrent. Récit où se mélangent forcément vie personnelle et vie publique. Durand aux prises avec la bagarre Villepin/Sarkozy.

Ma première épouse, Muriel, avait un père magnifique, Daniel, qui s'illustra très jeune dans la Résistance pour reconstituer après la guerre un groupe, un réseau, où comme souvent les amitiés accompagnèrent les affaires même si ce fut en toute honnêteté. Un climat chic, un phalanstère élégant et volontaire d'éditeurs, de banquiers, de grands médecins, dont les familles s'étaient toutes bien comportées. Les Lebey, Domange ou Dewavrin, en l'occurrence le fils du colonel Passy.

Mon confrère[1] Emmanuel Chain est un enfant de la même bande de gaullistes dignes.

En épousant Muriel, moi qui viens d'une famille bohème et germanopratine, j'ai découvert les joies particulières du poulet catholique le dimanche. Du golfe du Morbihan l'été. De sa beauté et de ses eaux glaciales.

J'ai alors entendu parler de Nicolas Sarkozy et de sa première épouse, Marie, pour la première fois, car il était un ami des Lebey, notamment de leurs deux filles, très proches de Muriel. Clara la militante gaulliste qui périra dans un accident de voiture, et Marie, brune, drôle, magnifique et atypique, qui épousa Dominique Rocheteau, l'ange vert, ce qui a priori n'était pas forcément l'objectif des familles bourgeoises de l'époque. Car, bien qu'intello, Rocheteau était d'abord un ailier droit, politiquement plutôt à gauche, c'est-à-dire à peu près le néant pour des chiraco-gaullistes de la grande bourgeoisie du CAC 40 de l'époque. En fait, Marie a été la première Française chic à expérimenter le crampon, sexuellement et sentimentalement.

Si ma mémoire est bonne, la connexion Sarkozy/Lebey se fit, entre autres, à la faculté de droit de Nanterre, que j'ignorais totalement, car l'autre versant de la bourgeoisie que je représentais (les bohèmes) vivait repliée comme des hiboux autour de la Sorbonne. On ne sortait pas de la Rive gauche. Jamais. Sous aucun prétexte. Rive droite, « chez ces gens-là » comme le chantait Jacques Brel, les fils avaient plus ou moins l'obligation de faire Polytechnique et souvent les filles, en attendant un mari, arpentaient les cafétérias des facs. Dans leur imaginaire déjà bien codifié, malgré l'épisode

1. … et ami.

soixante-huitard, la fac de Nanterre représentait le dépotoir des vulgaires des quartiers de l'Ouest, limite bons à rien, en tout cas incapables d'intégrer les grandes écoles ou Sciences-Po. C'était il y a presque trente-cinq ans. Je saute quelques étapes car elles ne sont pas clairement identifiées. Arrivent les années 90.

Sarkozy était un simple nom qui revenait dans la conversation, un jeune homme prometteur que je ne voyais jamais, qui était mon cadet et qui circulait à la périphérie de ma vie de famille. Lui devint maire de Neuilly, jeune député de droite, cherchant une existence dans une France clairement mitterrandienne secouée par des cohabitations. Moi, n'ayant pas rejoint l'élite de la nation, je m'étais rué avec gourmandise sur le journalisme et puis un jour, le croisement advint.

Jean-Luc Lagardère, en pleine tourmente de La Cinq au début des années 90, m'expliqua gentiment qu'il fallait abandonner le journal télévisé. Et m'offrit en compensation une soirée de prime time par semaine. Après la débâcle des variétés et avant le dépôt de bilan, il ne restait plus que l'information et des séries. Au printemps 90, une mouche me piqua. Attiré par la démocratie parlementaire britannique, je suggérai à Patrice Duhamel, rescapé comme moi de la période Hersant, de lancer un talk-show dingue, qu'on appellerait « Les absents ont toujours tort » et qui se déroulerait dans une réplique quasi exacte de la Chambre des communes. Ce que nous fîmes, grâce à un décorateur anglais de génie et branché, Nigel Coates.

À l'époque, une légère mégalomanie ne m'effrayait pas. Et si j'écartais l'idée de porter une perruque, ils devaient tous arborer, comme souvent les parlementaires britanniques, une fleur à la boutonnière, les costumes les plus chic possible, et pour les femmes, une quasi-tenue de soirée. Je choisis, avec la délicatesse de l'époque, un thème tranquille, alors que François Mitterrand était sur son trône: «La gauche est-elle foutue?» Et dans cet amphithéâtre cassé par un brutal face-à-face des travées, cinquante personnalités de gauche d'un côté et cinquante personnalités de droite de l'autre. Et en avant la guerre des mots et des répliques en direct. C'était le début de la mode débile «toutes les vérités sont bonnes à dire», «je vais vous poser la question que les autres n'osent pas poser…» et autres conneries promotionnelles.

Le soir de la première, le 23 septembre 1991, tout Paris se retrouva à La Plaine-Saint-Denis, Roger Hanin, Georges Kiejman, Michel Charasse, Jean d'Ormesson, André Glucksmann, Michel Piccoli, Jacques Toubon, Jean Piat et… Nicolas Sarkozy. Peu connu, considéré comme le maire d'une bourgade dont on ne sort jamais, même comme parlementaire: Neuilly…

C'était une époque de baston à l'Assemblée où les Léotard, Madelin et autres Toubon, fracassaient Mitterrand et ses gouvernements avec opiniâtreté nuit après nuit. De véritables batailles d'amendements. Mitterrand avait beau avoir été réélu triomphalement en 1988, comme aujourd'hui avec Hollande, la pilule ne passait pas, les parlementaires de droite étaient déchaînés.

Comment oublier Charles Pasqua, personnage formidable, disant avant chaque interview, le sourire de mérou corse aux lèvres, accent inimitable:

— Monsieur Duraaand, j'ai lu avaaant de venir votre fiche des reeenseignemeeents généraux, c'est pas terrible. Donc le mariôôôle, vous le gardez pour quelqu'un d'autre…

Le Pen père triomphait chez François-Henri de Virieu, à « L'Heure de vérité ». Tapie massacrait tous les journalistes qui tentaient d'inspecter sa vie. Les émissions politiques comme les émissions littéraires de Pivot provoquaient des annulations de dîners, des reports de week-ends. Même les personnages « secondaires » étaient inouïs : Lang, Chevènement, Bérégovoy, Jospin, Juppé, Pasqua, Séguin, Balladur, Léotard, déjà Fillon dans un coin avec les « Rénovateurs ». Mais Sarkozy, à l'aune de ces mastodontes chevronnés, violents et cultivés, cumulait les handicaps. Neuilly, toujours Neuilly, même s'il avait entamé une décapitation en règle de tous les pasquaïens des Hauts-de-Seine. Et puis surtout petit, tout petit avocat au milieu des énarques, des représentants de commerce comme Pasqua et des garagistes comme Monory.

Or ce soir du 23 septembre 1991, à partir de 20 h 45, tous les orateurs de gauche participant à cette émission repartirent en slip, totalement dézingués par un quasi-inconnu du grand public. Une sorte de Zapata du couteau et de l'argumentaire qui frappa pendant deux heures, de plus en plus fort, de plus en plus juste. Roger Hanin, le beauf officiel, fut collé au plafond, Kiejman, le brillant pénaliste et compagnon de promenade de Tonton, se transforma peu à peu en rollmops. Un triomphe d'audience pour une chaîne anémique. Tant mieux, c'était le soir de mon anniversaire, mais, au matin et au réveil, un carnage.

En une soirée, Nicolas Sarkozy était devenu célèbre aux quatre coins du pays. Et en une soirée, je devins le cauchemar du journal *Libération*. Émission détestable ! Antichambre du Front national ! Politique spectacle ! Mauvais goût ! Déviationnisme anglo-saxon ! Tas de boue ! Irresponsable ! Fossoyeur de la gauche (pour laquelle j'avais voté deux fois) ! Trou-du-cul prétentieux ! Mal coiffé ! Ne contrôle rien ! Comme s'il était question de contrôler un débat à cent personnes ! À côté des « Absents ont toujours tort » ce soir-là, l'émission de Michel Polac pouvait apparaître comme une joyeuse auberge de province recevant des convives peu satisfaits du menu. La seule différence, c'est qu'à la fin d'un Polac grand cru, la gauche avait toujours raison car le divin Michel était un anarchiste cultivé dont la savante mise en scène devait aboutir inéluctablement à la mort du bourgeois, insulté par Cavanna, Wolinski, Jean-François Kahn et autre Bénichou. Une seule victime programmée y a échappé, Robert Hersant.

Moi, sans m'en rendre compte, j'avais inventé pour ce premier numéro un Polac de droite, dans un décor vraisemblable d'Assemblée (et non pas dans un café enfumé)... avec victoire de la droite à la fin, ce qui rendait toute promenade du côté du Flore impraticable sans garde du corps dans les semaines qui suivirent.

J'étais devenu indécent.

Le lendemain, sur France Inter qui est l'église laïque de la gauche professorale, je dus affronter une sorte de Verdun des reproches. Alors qu'au contraire Nicolas Sarkozy enchantait *Le Figaro*, recrutant dès cette époque et peut-être même dès ce soir-là, une foule de fans qui, aujourd'hui encore, restent persuadés que pour exécuter la gauche en la privant de testament et en l'enfonçant six pieds sous terre, il n'y en a qu'un seul, lui : le viril de Neuilly.

Déjà complexe, charmant au téléphone mais implacable en public, il portait ses fameux blazers trop longs à boutons dorés qui, avec la lecture de *Mort à crédit*, font partie de la panoplie de son clan. Il n'y a plus que Brice Hortefeux qui n'ait pas changé de tailleur et de chemises rayées à bâtons bleu roi. Dans les jours qui suivirent l'émission, Nicolas Sarkozy s'employa beaucoup à la défendre, puisqu'elle fut sa rampe de lancement. Nous nous téléphonâmes. Il avait changé de vie puisqu'il était marié avec Cécilia. D'autres années s'écoulèrent. Des automnes, des hivers, du journalisme, de la politique. Mais à cette époque, j'étais plutôt sur la ligne Plenel… Le journaliste est atteint d'une sorte de varicelle permanente qui le contraint moralement à voir l'objet de son travail, mais de loin, presque dans une quarantaine perpétuelle. Donc je ne déjeunais pas, je ne dînais pas avec les politiques. Je les interviewais, je les recevais, au revoir, merci.

Cette moraline ne me demandait pas le moindre effort puisqu'au fond, je n'étais pas du tout persuadé d'avoir envie d'être journaliste politique à plein temps. La musique, les livres, l'art contemporain, le sport m'enthousiasmaient bien plus. J'évitais les congrès, les journées parlementaires. Je me faisais porter pâle pour tous les voyages officiels et toutes les universités d'été. Il n'y avait pas que mes passions et une grandeur d'âme qui me poussaient à rester à l'écart. Il y avait aussi les restes des dégâts de ces quatre-vingt-dix minutes de direct.

À la télévision, je le vois avec Pujadas aujourd'hui et je l'ai observé maintes et maintes fois avec de Virieu et tous ceux qui ont tenu ce rôle il y a des années, l'arbitre du débat est toujours assimilé, par la critique et le public, au vainqueur. Combien de fois a-t-on reproché à François-Henri de Virieu d'avoir fait monter le Front national ? Schizophrénie blessante mais compréhensible. Je n'avais pas seulement invité Nicolas Sarkozy le 23 septembre 1991, je lui avais donné la victoire.

Un soir à Bercy, la date s'est évanouie, je fus invité. Je me souviens que Michel Field était présent. Que Cécilia fut une maîtresse de maison parfaite dans une situation complexe car le jeune ministre, initiateur du dîner, n'était pas là. Un retard qui s'amplifia dans la soirée mais qui fait partie de « ces choses entr'aperçues » qui éclairent un personnage. Le ministre bossait avec ses inspecteurs des Finances, enfermé dans des bureaux de nuit de cet atroce navire qui reste le centre du pouvoir en France, le ministère de l'Économie et des Finances. J'ai oublié la teneur exacte du dossier qui mobilisait Nicolas Sarkozy depuis l'aube. Peu avant 23 heures, il fit son apparition à la table d'un dîner devenu très étrange : en attendant Sarko ! Il s'excusa, trouva un mot pour chacun. Un vélo de course, comme une sculpture, attendait posé contre un mur. Mais je fus frappé par sa blêmitude, comme dirait Ségolène Royal, cette blancheur que vous confère le travail acharné. Le cerne qui ne ment pas. Un aveu qui ne quitte plus le visage. Le Budget, entre 1993 et 1995 et l'Économie et les Finances en 2004, furent l'ENA de Sarkozy puissance 20 ! C'est pendant ces deux passages à Bercy qu'il s'est peu à peu imposé aux éléments les plus brillants de la technostructure à la française. C'est à Bercy qu'il a compris qu'il pouvait diriger le pays. Pas simplement en rêve. Une sorte de mise à niveau. En quittant le Budget en 1995, il avait rejoint le club fermé des caïds du job : Fabius, Juppé, Chirac, Giscard...

Son passage fondamental au ministère de l'Intérieur est d'une tout autre nature. Outre un goût personnel pour *Flic Story*, comme l'a raconté l'écrivain Marc Lambron, il a organisé et peaufiné place Beauvau son accession au pouvoir. De toute façon, soyons extrêmement honnête, camarades lecteurs, tous les ténors de la politique française qui passent par Bercy et Beauvau ne se contentent pas d'améliorer leur pratique de l'État et de traiter tous les dossiers vitaux pour le pays. Ils trouvent aussi dans les catacombes et l'ombre de ces bâtiments, des renseignements ultra-précieux sur leurs contemporains. Pour être encore plus clair, on leur propose, tous le nient et le réfutent, des fiches sur tout le monde : contrôles fiscaux, difficultés conjugales, mise à jour des réseaux obscurs, pratiques sexuelles plus ou moins discrètes, amitiés inavouables, contrats de connivence… Et ce, du plus modeste syndicaliste jusqu'au plus grand patron, de l'actrice nymphomane au journaliste pervers, de l'endetté au flambeur. Les Français n'ont aucune possibilité de dissimuler leurs secrets à leurs deux grandes administrations : les flics et le fisc. Malheureusement, la situation s'est aggravée, car plus personne ne peut siffloter ironiquement le grand air de la liberté à l'époque des téléphones portables géolocalisables et avec mémoire ineffaçable sur disque dur.

Aujourd'hui, la liberté au sens anarchiste du terme, n'est plus qu'une illusion pour gogo.

Dès le XIXe siècle, Chateaubriand avait tout compris : « Les grands hommes, très petite famille sur la terre, ne trouvent malheureusement qu'eux-mêmes pour s'imiter. »

Quelle est cette idée saugrenue qui veut que Nicolas Sarkozy disparaisse dans un apostat de conférences extraordinairement bien payées ? La vengeance va achever sa construction, lui permettant d'atteindre enfin l'âge d'homme. Comment voulez-vous qu'il oublie, après sa victoire de 2007, le poids de millions de Français qui lui ont marché sur la gueule cinq ans plus tard ? Il fera plier un par un tous ceux ou celles qui l'ont insulté ou défié, comme il le fit avec Dominique de Villepin. Guillaume Durand, se promenant dans le secteur, prit quelques balles perdues à défaut d'être suspendu à un croc de boucher…

Cette longue séquence guerrière est maintenant bien connue car deux ou trois pourris du journalisme politique se sont spécialisés dans les bios lèche-culs ou assassines de quelques-uns des personnages de cette saga… N'y ont pas échappé Rachida, Cécilia et Carla. Tacler les femmes étant un modèle d'élégance. Ils ont même supervisé des scénarios comme celui de *La Conquête* en tant que conseillers et n'attendent qu'une seule chose : le retour de Sarko, pour relancer leur charmante industrie.

Me concernant, que s'est-il exactement passé ?

Jusqu'en 1997, Villepin, jamais vu, jamais croisé. Puis un jour, il était alors secrétaire général de l'Élysée, il m'invite à dîner, un dimanche soir, dans le palais désert. Celui que Bernadette surnommait Néron m'est immédiatement apparu comme éminemment sympathique et flamboyant. Grand, beau, hyper-mince, le squale gaulliste dans toute sa splendeur. Je me souviens, au détour d'une phrase, de lui avoir dit que l'UMP m'avait demandé d'animer une table ronde sur la culture… Dans une énorme rigolade, il m'avait immédiatement répondu : « S'il existait le moindre rapport entre la culture et l'UMP, on le saurait ! » Ce soir-là, nous étions à table avec une parente de René Char et un illustrateur célèbre. Des semaines s'écoulèrent pour laisser la place à des conversations qui, au fil du temps, quittèrent délibérément la politique pour se fixer sur un seul et unique sujet : l'art.

Dominique est le seul homme d'État, à l'exception de Jack Lang, qui ait porté un intérêt profond, réel, aux artistes. Et pas simplement aux acteurs de cinéma qui représentent l'art populaire par excellence, et que l'on ménage comme on protège un groupe parlementaire.

Insupportable, il peut l'être. On l'a décrit comme un don Quichotte nuageux et sans armée. Un spadassin dissimulé derrière le paravent de Mallarmé. Peut-être. Mais au moins, dans le contexte du moment où certains Sarkozystes se piquaient d'avoir lu « Zadig et Voltaire », j'avais l'impression de ne pas perdre mon temps dans d'éternels dîners politiques où l'on se barbe atrocement, tout en étant, nous-mêmes, des personnages odieux puisque nous notons tout ce qui nous est dit. Parfois la presse s'enorgueillit de cette méthode pas très glorieuse du petit rapporteur…

Avec Villepin, il n'y eut très vite rien à rapporter puisqu'il insultait à peu près tout le monde à une fréquence telle qu'il serait impossible de transformer l'injure en confidentiel pour les journaux. Je ne sais pas qui a échappé à ses foudres. Il adore ces qualificatifs : « Ce type est nul », « Trouchemuck, mais quel connard ! » En fait, j'ai vite compris qu'il employait la même méthode que Françoise Sagan, mais dans un volume sonore inversé. Elle zézayait pour éviter la question, lui… hurlait pour dissimuler ses intentions. Il ne fallait pas l'écouter mais le regarder pour comprendre ce qui allait se passer. À l'époque (1997), rien, puisque cette joyeuse bande s'était pris les pieds dans le tapis de la dissolution. Donc, les conversations sur l'art eurent toute leur place.

On ne peut pas mettre en doute l'attachement profond qu'il eut pour certains artistes, comme Jorge Semprún. Plus tard, Premier ministre, je me souviens du jour où je lui ai téléphoné pour sauver l'académicien clown triste de ses créanciers, François Weyergans, qui venait d'avoir le Goncourt… Le lendemain, le fisc et les autres lui sont tombés dessus pour étrangler les rares trente secondes de bonheur qu'il venait de vivre. Dans le détail, je ne sais rien de ce qu'il a fait, mais Weyergans a échappé au pire. Sans passe-droit, juste par humanité et goût des lettres.

Au Sénégal, en Corse, sur des plages, personne n'était là pour surveiller sa passion poétique. Et pourtant, il ne nageait jamais très loin de ses anthologies. Une petite bande se constitua. Des dîners se répétèrent chez les uns, chez les autres. Dominique bluffa l'ONU. Dominique fut ministre de l'Intérieur. Le connard n'était toujours pas son cousin, mais la République française a le don de mettre certains de ses plus brillants enfants dans des situations de merde. Tout d'un coup, alors qu'ils ne sont pas faits pour ça, une voix les appelle en leur suggérant de devenir calife à la place des califes. La liste est longue des illuminés de la Révélation : Dominique de Villepin, Raymond Barre, Michel Rocard, Lionel Jospin, Édouard Balladur, François Fillon. Le seul qui ne se vautra point fut Georges Pompidou.

À force de fréquenter Jacques Chirac, qui n'est pas que le gentil garçon inspirant la compassion dont nous parlions tout à l'heure, Dominique de Villepin a épousé sa haine : celle de Nicolas Sarkozy. Tout le monde sait que cette hostilité chiraquienne a une origine privée, renforcée par la trahison balladurienne. Mais Dominique ne l'éprouvait pas vraiment puisque Sarkozy fut longtemps « un connard comme les autres », « un inculte », « un bas du cul ». Bref, un type bien, un ami.

— Mais t'as vu comme il court… Faut vraiment le regarder au ralenti pour constater qu'il avance !

Tout le monde a en tête l'humiliation de La Baule. Le beau mec bronzé qui sort de l'eau et qui concède un entretien à un « teigneux » en Ray-Ban déprimé, en présence de tous les photographes de France qui ont adoré cette scène précédant l'accident vasculaire de Chirac. Mais la vérité est plus complexe. Il y a chez Villepin autant de mépris que de respect pour Nicolas Sarkozy. Il a largement milité, auprès d'un Chirac qui n'en voulait pas, pour que Sarko fasse partie de l'équipe de 2002 comme ministre de l'Intérieur. Bien sûr, il était plus facile de le surveiller au Conseil des ministres et dans ses fonctions que de le lâcher dans la nature. Mais cette prévenance existait bien avant.

Je me souviens d'un dîner dans l'appartement atelier d'artiste qu'occupaient le couple Villepin, leurs enfants blonds et des milliers de statues africaines inquiétantes, dans le XVIIe arrondissement. C'était avant l'an 2000. Avec Dominique, je partage un peu la même conception des soirées à table, on ne sait jamais si on va être quatre ou deux cent cinquante ! J'exagère, car cela me concerne davantage. Mais disons que nous appartenons à la famille de ceux qui invitent à géométrie variable. Marie-Laure, sa femme, est d'ailleurs devenue sculpteur car même comme maîtresse de maison à Matignon, elle a toujours cultivé un côté artiste, qui n'est pas une pose. Femme généreuse, amoureuse et blessée.

Ce soir-là, en pénétrant dans le hall de l'atelier d'artiste des Villepin, une fois le bond en arrière d'épouvante classique que déclenche un face-à-face improvisé avec un totem vaudou effrayant, je découvre que trois personnes nous attendent, en dehors des Villepin : Cécilia et Nicolas Sarkozy, et Jean-Luc Lagardère, qui les a exhortés pendant tout le repas à s'entendre pour rénover la droite. Tout le monde aimait Jean-Luc, qui leur parlait comme à Ilie Năstase ou comme à un pilote de Formule 1, le côté « industriel/entraîneur sportif » :

— Déconnez pas les gars ! Faites pas comme Chirac et Giscard, autrement on va encore se taper la gauche...

Qui, il faut le rappeler au passage, nationalisa une partie du groupe Lagardère en 1981 ! Jean-Luc Lagardère s'est totalement trompé sur « Déconnez pas les gars », mais sur le retour de la gauche... il fut une sorte de visionnaire pré- et post mortem. Car tout le monde sait que cette bagarre Nicolas S. versus Dominique de V. a empoisonné l'histoire de la droite : de la fin du septennat de Jacques Chirac jusqu'au début du quinquennat de Nicolas Sarkozy, avec le procès Clearstream.

Qu'ai-je vu ou entendu qui puisse ajouter quelque chose à cette histoire archiconnue ? Et qui ne soit pas une dégueulasserie inamicale pour les uns ou pour les autres ?

Un soir, nous étions trois dans un restaurant de l'avenue Matignon, le Market, lorsque pour la première fois peut-être, Dominique de Villepin me fit une confidence politique sérieuse. En substance, ce ne furent jamais ces mots, la stratégie était la suivante : « Je manipule Chirac pour qu'il me nomme Premier ministre. Une fois nommé, je vide le programme de Nicolas Sarkozy de tout contenu, et à moi la République »... Avec Jean-Yves Rumani le copain médecin, qui nous avait rejoints, j'avalais un tartare de thon, médusé. Car même Chirac avait fini par se faire à l'idée que la seule candidature envisageable, s'il ne faisait pas un troisième mandat, était celle de Nicolas Sarkozy.

Autre soir, autre contexte. Je travaillais à l'époque pour i-Télé, chaîne d'information de Canal+. Dominique de Villepin est invité avec Jorge Semprún, car ils viennent de coécrire un livre sur l'Europe. Les deux s'installent sur le plateau tout sourires... À l'époque, Jean-Pierre Raffarin à Matignon est chancelant (après le référendum sur l'Europe perdu en 2005) et plusieurs hypothèses circulent pour le remplacer : Sarkozy, MAM, Villepin et quelques autres. Moi, dans le registre du con qui ose et qui veut faire le malin, non pas vis-à-vis de mon métier mais à tort, vis-à-vis de mon ami, je lui balance d'entrée avant d'aborder le livre :

— Finalement, Dominique de Villepin, vous allez instrumentaliser le président Chirac dans les heures qui viennent pour être nommé à Matignon ?

Là, j'ai vu dans ses yeux qu'il pouvait me tuer. Au moment où je l'ai raccompagné avec Jorge dans sa loge, je fus l'objet d'une colère polaire. Pire que les mots, un vent de mépris. Il était venu par amitié parler de son livre, et voilà qu'en cherchant à le déstabiliser, je risquais de faire capoter ses plans. En vingt minutes, j'avais rejoint la cohorte des connards prêts à tout pour une petite phrase. De ce point de vue je n'étais pas aussi immonde que Giesbert, mais presque. Pendant un an, nous ne nous vîmes plus.

Ce qui est comique, c'est que chez les sarkozystes, je passais quand même pour un comploteur du soir. Croisant Alain Minc dans la rue, il me fit cette recommandation assourdissante... « Arrête d'aller à la Lanterne avec Edwy Plenel pour conseiller Villepin ! Tout le monde est au courant, c'est très mauvais pour toi. » Non seulement je n'ai jamais foutu les pieds de ma vie à la Lanterne, mais pendant la majeure partie du passage de Dominique de Villepin à Matignon, je fus persona non grata. Ce qui n'a jamais entamé l'affection que j'ai pour lui et sa famille. Ces vingt minutes à i-Télé ont détruit quelque chose. Preuve que le mélange entre l'amitié et la politique tourne souvent à la catastrophe.

Mais c'est loin d'être fini car, revenant sur le service public de la télévision, après i-Télé, je me retrouvais avec des dirigeants qui aiment bien savoir d'où vient le vent. Plus Sarkozy se rapprochait de l'Élysée, plus je commençais à avoir un profil de tricard, car la seule réelle variable d'ajustement pour un patron de chaîne tourne souvent autour de l'émission culturelle. On ne peut plus toucher aux présentateurs de journaux, c'est trop dangereux. Ruquier, Sébastien, Nagui et Drucker sont là à vie. C'est dans ce contexte que Franz-Olivier Giesbert, qui venait de flinguer Chirac et Villepin dans son livre, *La Tragédie du président*, récupéra la case culturelle que son talent méritait. Moi j'enfourchai le toboggan de la sortie malgré de satisfaisantes audiences. Mais la glissade m'est très vite apparue comme inexorable... Et je n'allais pas circuler sur les Champs-Élysées avec une pancarte « Je ne vois plus Villepin ». En plus, comment résister au charme de Franz quand il vous dit « Tu comprends, j'ai des problèmes de pension alimentaire » ?

Un jour au téléphone, un ministre très informé comme disait Coluche m'a donné sa vision des choses :

— On a totalement oublié que Villepin, Copé et Borloo ont obtenu pendant presque un an d'excellents résultats, faisant reculer le chômage et diminuer la dette pendant dix mois. Et puis, tu as raison, son obsession de vider le programme de Sarkozy l'a amené sur le chemin du CPE et de la catastrophe politique. Et là, il a fait une connerie personnelle. Un jour, il a reçu François Pinault à table, et je crois qu'à plusieurs reprises, il a appelé

Chirac « le vieux », alors que le Président avait du mal à se remettre de son attaque. Évidemment, Pinault a immédiatement rapporté ses propos à Jacques Chirac. Et quelque chose d'inquantifiable, d'intime, s'est brisé entre le Président et son Premier ministre. Chirac a laissé Villepin s'empêtrer dans le CPE, la voie était définitivement libre pour Nicolas Sarkozy car même si la Constitution n'interdisait pas formellement un troisième mandat, ce qui fut fait par la réforme de 2008, Chirac n'avait plus la force et l'état de santé nécessaires pour se représenter. Villepin était cuit. Il était le seul, avec quelques amis et collaborateurs, à ne pas le savoir. S'il y a un type, hors cabinet à Matignon, qui a réellement entretenu l'illusoire ambition de Villepin, c'est bien Edwy Plenel.

Tous ces propos, je les retranscris, mais ils appartiennent à une reconstitution par la mémoire. Nous sommes dans l'entre guillemets aléatoire. L'histoire de la République n'est pas modifiée mais ce sont les amitiés qui trinquent. Leurs fondements romanesques. D'où l'intérêt de poursuivre le récit de quelques moments délicats où l'on retrouve souvent les mêmes personnages.

Nicolas Sarkozy est donc triomphalement élu, avec plus de 53 % des suffrages. En novembre, le camarade Séguéla organise le fameux dîner choc Carla/Nicolas. Là encore, histoire connue. La guitare qu'on va chercher. Le coup de foudre. Et les convives réduits aux rôles de contemplateurs de deux êtres chatouillés par la fusion. Je vous confie un petit tuyau croustillant. Officiellement, Luc Ferry est philosophe. Si, d'article en article, nous nous affrontons sur l'art d'aujourd'hui, ce garçon talentueux et savant a une qualité méconnue : c'est une sorte de Scorsese de l'iPhone. Il a tout filmé ! Cette conscience kantienne est détentrice d'un scoop qui ferait se prostituer toutes les chaînes de télé de France, y compris les Qataris de BeIN Sports : il a le film de la rencontre au sommet Carla/Nicolas chez les Séguéla, qui habitaient à l'époque à Marnes-la-Coquette une jolie maison proche d'un triumvirat éclatant du show business : Maurice Chevalier, Hugues Aufray et l'irremplaçable Johnny.

Donc, résumons pour ceux qui n'auraient pas suivi : Luc a le film sur Carla et Nicolas mais, en 2012, il a appelé à voter pour François ! Il est donc, à l'égard du couple de la rue Pierre-Guérin, dans une période que l'on peut qualifier de glaciaire, alors qu'ils furent si proches, si liés. Un réchauffement serait en cours mais avec la limite que lui impose sa vision de la vie. Comme philosophe, Luc Ferry, compagnon sur Radio Classique, considère que le concept est une sorte de sommet de l'État transcendé et que toutes les autres activités, qu'il s'agisse d'art ou de politique, ne sont que de charmantes sous-préfectures de province ! La pensée serait à l'origine de tout, jamais le hasard. À l'antenne lorsque nous devisons avec bonheur, il ne dira jamais qu'il me prend pour un con mais je devine qu'il me considère comme un enfant qui lui soumettrait son bavardage.

La politique réclame, dans les relations personnelles, le garde-à-vous, l'engagement absolu, la « grognardise de l'âme et de l'attitude » comme aurait pu le suggérer Napoléon. Le moindre décalage, la moindre petite phrase sincère ou maladroite vous range très vite dans le camp des traîtres et des salauds. C'est une des raisons qui milite pour un éloignement. Mais en même temps, peut-on pratiquer le journalisme à distance ? Se contenter des briefings et des conférences de presse ? Les meilleurs livres sur les présidents récents ont quand même été écrits, de Catherine Nay à Franz-Olivier Giesbert, par des confrères et amis qui étaient entièrement impliqués dans le système. Le meilleur de toute notre génération étant en 1996 *Loués soient nos seigneurs* sous la plume distancée et classique de Régis Debray. Il aurait pu devenir notre Romain Gary mâtiné de Chateaubriand s'il ne s'était pas toqué de médiologie sur le tard, une science qu'il est presque le seul à pratiquer. Et qui n'est qu'une allergie organisée et hostile à tous les écrans, surtout la télévision. Régis Debray est notre nostalgique de la grandeur. Je ne le vois jamais mais je lis sa misanthropie avec délectation. Mitterrandien plus que mitterrandiste, il ne fut pas un révolté de bistrot. Il sait parfaitement qu'il mourra gaulliste. Mais lui aussi a vu, a touché, a dîné, a participé. Jean Daniel, qui fascina mon adolescence à la tête du *Nouvel Observateur* (*Le Temps qui reste*, livre emblématique), a embarqué dans des dizaines d'avions officiels en tant qu'invité personnel… Il doit être détenteur du titre car les autres praticiens du genre, Elkabbach en tête, sont plus jeunes. Comme je suis sur la voie de la distribution des prix, remercions un trio de mentors : Jean Daniel pour son humanisme avisé, Claude Imbert, le Saint-Simon du *Point*, et Jean Boissonnat, irremplacé sur le plan économique, qui finit sa carrière comme sous-gouverneur de la Banque de France.

L'avantage d'un arythmique quand il élabore un récit c'est sa capacité de passer du coq à l'âne. De brouiller les périodes. Ce que j'ai écrit sur le retour évident de Nicolas Sarkozy date d'il y a bien longtemps puisque ce fut consigné dans les semaines qui suivirent sa défaite.

Dans les mois qui précédèrent l'élection de 2012, notamment dans les dernières semaines, près du QG de campagne du PS de l'avenue de Ségur, on pouvait croiser à La Cantina un quintette inséparable: François Hollande, Aquilino Morelle, Manuel Valls, Pierre Moscovici et... Valérie Trieweiler, qui ne renoncera jamais à sa part dans la victoire du mois de mai. C'est certainement elle qui a joué le rôle le plus important dans la mue d'un François Hollande que peu de gens voyaient arriver à l'Élysée, au tout début de la campagne. Elle insupporte le Net. Les internautes rêveraient qu'elle n'existe pas. Qu'elle se transforme en chaisière discrète. Malheureusement ou heureusement, ils se trompent de psychologie, ces anonymes de la Toile. Un ou deux mandats pour François, Valérie ne renoncera à rien, car cette première victoire est la sienne. Malgré son apparence de Rita Hayworth, c'est une hargneuse de province. Comme souvent les femmes fragiles.

Une fois installé, François la répudia. Un livre servit de vengeance.

Carla n'est pas fragile du tout. Sa sensibilité n'est pas une faille mais le résultat d'une éducation de très grands bourgeois du nord de l'Italie, pour qui la culture est la valeur suprême puisque l'argent fait partie des meubles. On ne lutte pas, on respire, on réfléchit, on hésite entre « néanmoins » et « lorsque », on se cherche des modèles idéalisés et des psychanalystes raffinés. Bien plus que Mandela ou Mick Jagger, le héros de référence de Carla Bruni, son absolu, est un homme mince et bronzé, à la chevelure argentée et calamistrée, qu'une célèbre photo montre sautant de la proue de son yacht, dans une Méditerranée sombre mais accueillante. Ce père de substitution, ce presque amant platonique, ce modèle absolu, s'appelait Gianni Agnelli.

Comment ne pas la comprendre ? Ce prince des garagistes, propriétaire de Fiat, trouva le moyen d'être considéré par la bourgeoisie européenne des Trente Glorieuses comme l'équivalent risotto de la reine d'Angleterre.

Chaque année, les rencontres de la Sorbonne drainent des personnalités du monde entier, qui planchent devant un parterre d'étudiants. Je me souviens particulièrement bien, il y a plus de vingt ans, de l'arrivée d'Agnelli : une émeute ! À lui tout seul, grâce à son charisme de star de cinéma, ce capitaliste affiché anesthésiait toute forme de contestation. La ribambelle de gauchistes qui l'attendaient dans le grand amphithéâtre lui firent signer des autographes à la fin de sa conférence, prononcée évidemment dans un français impeccable. Malgré un âge respectable et un bronzage trop prononcé, les filles étaient dingues de ce représentant de la monarchie industrielle européenne. Le croiser donnait le sentiment d'embrasser en même temps une Ferrari, le pape, Vittorio Gassman jeune, Pasolini, Visconti, Monica Vitti, la divine époque où les aristocrates de la péninsule n'hésitaient pas à voter pour le parti communiste, comme une marque de détachement à l'égard de leur milieu. Et puis merde, Agnelli ne portait pas simplement ses montres sur le poignet de ses chemises élimées, il représentait la quintessence d'un mythe des années 60 qui n'existe plus, pas la star ou le playboy un peu ridicule, ni même une approximation de la puissance : Agnelli était un empereur des sens.

Moi, si j'avais été Carla jeune, j'aurais bousculé le Gianni vers un sofa dont on ne sort que deux heures plus tard, légèrement ébouriffé mais rempli d'une joie inégalable due à la différence des âges. Quitte à baisser le regard, emporté par une fausse pudeur, si je prenais le risque de croiser son épouse officielle dans un restaurant de Turin. En même temps, Marella Caracciolo di Castagneto fut une femme d'expérience, qui eut le considérable avantage de croiser son mari suffisamment pour le reconnaître mais sans exagération, car la proximité des époux, entre deux conseils d'administration mondialisés, n'est qu'une version vulgaire et appauvrie de l'amour.

Valérie Trierweiler, nous l'écrivions, c'est la province française qui monte à Paris, comme dans tous les grands romans du XIXe siècle, Balzac, Flaubert et consorts. Elle est évidemment plus complexe que sa caricature, notamment parce que ses origines sociales sont modestes. Ce qui n'a jamais été le cas d'Anne-Aymone Giscard d'Estaing, de Bernadette Chirac Chodron de Courcel, de Danielle Mitterrand. Finalement, elle est aussi atypique comme compagne ou épouse de président que Pierre Bérégovoy l'était comme Premier ministre. C'est la coiffure qui est hollywoodienne, pas les origines.

Carla Bruni représente, elle, les Finzi-Contini aux prises avec les tourments de l'Histoire. Tout ce qu'elle dit et fait, a un passé, une référence, un drame, les Brigades rouges que l'on fuit, les enlèvements qu'on évite, le sida du frère, le père qui n'en est pas un, ce corps voulant exister malgré l'esprit qui reste la valeur dominante de la grande bourgeoisie. Sentant que quelque chose n'était pas clair dans l'histoire de sa famille, Carla s'est construit un destin de mannequin, de chanteuse et d'épouse.

Quand elle me dit, à l'issue d'un déjeuner à l'Élysée en 2007 ou 2008: « Et tes problèmes fiscaux, ça s'arrange ? », je frise la syncope. Et lorsqu'elle me raccompagne sur le perron, au terme d'une autre rencontre, je sursaute en entendant : « Écoute Guillaume, reste en dehors des histoires entre Nicolas et Dominique... »

Mais en dehors de quoi ? lui demandai-je. Il n'y eut pas de réponse car il s'agissait d'un avertissement, au plus fort de la guerre Clearstream. Sur le parcours qui me ramène chez moi, je mentalise deux hypothèses : soit cette grande amatrice de pouvoir et de littérature ne lit pas que T.S. Eliot le soir à la veillée, soit elle est fondamentalement bienveillante.

J'ai entendu parler de Carla Bruni la première fois lorsqu'elle sortait avec Christopher Thompson, le fils de la cinéaste Danièle Thompson, qui est l'une de mes très proches amies. Elle commençait à naviguer à l'international avec guitariste en bandoulière : Bertignac et Clapton. Et moi je bidouillais dans le régional, Paris n'étant qu'une province fort agréable depuis le début des années 80. Peu de rencontres mais toujours des amis communs. Et beaucoup plus loufdingues qu'on peut le croire. Par exemple, l'invraisemblable et irremplaçable Ruthy, la seule pied-noir rousse de l'avenue de Wagram, dont le métier officiel consiste à fabriquer des programmes de concerts alors que son activité réelle navigue entre un goût prononcé des présentations et une vraie gentillesse, à condition qu'on respecte le shabbat. Carla l'a toujours aimée, l'a toujours aidée.

Quand je pense que j'ai eu l'idée saugrenue de présenter Carla à Jean-Paul Enthoven, écrivain et éditeur talentueux, à l'occasion d'un dîner chez Paul Minchelli ! Ne suis-je pas l'incarnation de l'antijoueur d'échecs ? Le type qui est incapable d'envisager trois coups à l'avance ? Et qui ne sait pas qu'il est parti pour une somme colossale d'emmerdements ? M'avait-elle suggéré une rencontre ? Brouillard absolu, car tout s'est tellement accéléré qu'on a l'impression que cet épisode remonte à un siècle.

C'était la période, petit confident lointain, où elle prit conscience que son père n'était peut-être pas son père. Et à l'occasion de cet aveu, elle me fit, un jour qui m'échappe, un récit à la fois chirurgical et bouleversant. Je me souviens assez clairement de paroles qui pourraient donner naissance à une chanson… « J'ai pris l'avion pour Vienne… Je l'ai d'abord vu de dos… » Aussi incroyable que cela puisse paraître, elle rencontra son vrai père pour la première fois à plus de 30 ans, dans une zone de transit en Autriche, lui le Brésilien insaisissable depuis tant d'années.

Aujourd'hui, nous nous voyons très peu mais j'ai toujours admiré la stratège de la vie qu'elle incarne. Elle charme, elle minaude, elle tue, elle chante, elle materne, elle réconcilie. Elle est une promenade dans Rome, un air de Lucio Dalla. Il n'est pas totalement impossible qu'elle me prenne pour un gros con, mais mon épouse, Diane, l'impressionne car elle n'incarne pas une vie mais une dynastie. Ces femmes sont le meilleur de nous-mêmes, des vignes vierges magnifiques qui tiennent le mur de notre dignité approximative.

Autre constatation vue du ciel : qui peut croire que l'histoire de la France depuis cent cinquante ans n'est autre chose que l'histoire de la bourgeoisie et de ses intrigues proustiennes ? La rue ne rugit que par spasmes : 1830, 1848, 1870, la crise et le Front populaire. D'où viennent Blum, Mendès, de Gaulle, Giscard, Chirac, Mitterrand, Sarkozy, Hollande ? De ce charme que Buñuel a qualifié – à tort – de discret. Il n'y eut qu'une exception : Pompidou qui, après de très brillantes études, s'empressa de travailler chez Rothschild avant de rejoindre Matignon et l'Élysée.

Le célèbre philosophe contemporain allemand, Peter Sloterdijk, professeur d'esthétique, acclamé par tout le monde, rejoint la cohorte de cette curieuse génération que nous décrivons puisqu'il est né à Karlsruhe en 1947. Que dit-il de nous Français dans son dernier ouvrage ? Que nous souffrons d'un grave trouble d'identité qui peut se résumer en quelques mots cinglants que je simplifie : les Français sont des gens qui se sont persuadés qu'ils ont résisté avec le général de Gaulle et gagné la Seconde Guerre mondiale avec les Russes !

Deux énormes mensonges.

Pour moi, voir et écouter François Hollande célébrer l'entrée de quatre résistants au Panthéon est une souffrance. Son père a fait la campagne de Tixier-Vignancour, l'un des personnages politiques oubliés les plus hostiles à la chanson de gestes gaullistes. Et en plus, il oublie des résistants communistes comme Gabriel Péri. Si mon père avait été un copain de Tixier, jamais je n'aurais osé prononcer de tels mots. On en revient au dîner chez Rousselet autour de la francisque.

Pendant la Seconde Guerre mondiale et l'Occupation, il n'y a qu'une seule vérité historique : nous nous sommes souvent comportés comme des merdes à quelques exceptions près. Il n'est pas étonnant que les enfants des années 50, moi le premier, se soient rués vers Eric Clapton, l'Anglais.

Je n'énonce pas la vérité de l'histoire mais le ressenti du jeune étudiant des années 70/80 qui, avec la lecture des historiens américains sur la France, a fini par se demander si tout ce qu'on lui avait raconté à l'école autour de la Résistance et du général de Gaulle n'était pas un gigantesque pipeau ! Comme tout le monde, j'avais cru que mes aînés, traumatisés par la défaite de 1940, s'étaient murés dans une triste passivité. En fait, nombre d'entre eux avaient tout simplement collaboré et soutenu Pétain presque jusqu'au dernier moment.

Dans une interview accordée au journal *Le Parisien* le 14 septembre dernier, Keith Richards résume parfaitement la situation de l'époque : « Nous sommes une génération assez spéciale, née pendant la guerre, sous les bombes. Nos parents, le gouvernement anglais n'avaient qu'une envie, retourner dans les années 30, aux jours heureux du passé ! Nous avons refusé cela et avons voulu aller de l'avant. Le rock n'a été qu'un détonateur de ce changement. Les Beatles ont ouvert la voie pour les Stones. S'ils n'avaient pas cassé la porte, je ne sais pas si on aurait pu entrer. »

Brutalement, le clavier de mon ordinateur m'aveugle et je visualise une soupe de crevettes à la citronnelle. L'overdose de politique vous pousse à l'abandon du navarin d'agneau. Une curieuse impression d'être cerné par l'Hexagone et ses chamailleries. Le nem avec feuille de menthe devient brusquement mon ambition. Avant de descendre pour prendre ma voiture et aller dîner, j'enlève le mode avion de mon portable. Une fois dans l'ascenseur, une avalanche de messages se déclenche. Je regarde et quelle n'est pas ma stupéfaction de retomber sur le retour du fantôme. Trois photos, trois textes elliptiques.

Et toujours pas la moindre signature.

Sur la première photo, dans l'ombre mais dans une atmosphère assez jolie, je découvre un cliché digne de figurer dans une revue gastronomique. Sur une table à peine éclairée, gît une bouteille de pommard premier cru La Chanière 2010. À côté, un verre à moitié plein. La robe est foncée. Et à côté du verre, une palette de jambon de pays (moi qui voulais manger des nems), avec deux tranches de pain de campagne. Et ce mot, genre « les agriculteurs parlent aux agriculteurs » :

« Dans les terres fertiles, les blés se sèment maintenant. »

C'est bizarre. Le gauchiste d'Utopya prend maintenant la défense virtuelle du monde imaginaire de la FNSEA. Mais qu'ai-je à voir là-dedans ? Et pourquoi l'anonymat ?

Et surtout, notre bizarre en chef a récidivé immédiatement. L'autre message reste gentiment curieux si l'on s'en tient au texte, mais il personnalise son propos :

« Avant j'étais indécis, maintenant je n'en suis pas tout à fait sûr. »

Je ne sais pas pourquoi la banalité du propos ne gomme pas l'inquiétude, surtout quand je découvre la photo qui accompagne l'indécision de notre ami : deux têtes de bois sculptées, sortes de totems de l'île de Pâques, des cheveux en paille. L'un des visages est prognathe et franchement flippant, l'autre apparaît comme une sorte de bon vivant déplumé, qui aurait été figé dans le bois et le goudron par un imaginaire typhon. Le tout est gris, délavé. La figure replète me regarde, le Cro-Magnon est de profil. Derrière, jaillissent des jonquilles. Le cinglé n'est peut-être pas tout à fait sûr de ses convictions mais il m'envoie quand même deux macchabées avec des fleurs.

Et surtout il ne s'arrête pas là. Car un troisième message a giclé avec une dernière photo représentant un SDF âgé, allongé de profil mais face à l'objectif. L'image est poignante. Il ressemble étonnamment à un abbé Pierre qui aurait pris le soleil. Les mains sortant de sa veste à carreaux de trappeur sont maigrissimes. Il est emmitouflé dans une énorme couverture recouverte d'un tissu à fleurs, peut-être d'énormes roses ou *Les Tournesols* de Van Gogh. Le type est visiblement résigné et à bout. Il dort les yeux ouverts en plein jour.

Sous le sinistre sommier qui l'accueille, un autre personnage me regarde fixement, la truffe en avant, le poil presque blanc, l'œil noir, les oreilles posées sur le parquet : son chien qui colle au plancher comme s'il allait bondir. Étrangement, bien qu'il s'agisse d'un portrait, cette photo ressort comme une nature morte. Car à côté du chien traîne une vieille chaussure, assez belle, et au bout du lit, on découvre le drapé sophistiqué d'une couverture de la misère. Et le texte dit :

« Don't think twice… »

Pour tout vous dire, j'ai regardé les deux premiers messages avant de monter dans ma voiture et le troisième avec le SDF et « Don't think twice » alors que j'étais en double file devant le restaurant asiatique choisi pour engouffrer des rouleaux de printemps. L'anonymat de ces envois m'exaspère au plus haut point. La crainte cède la place à l'idée que quelqu'un joue avec moi, ce qui m'énerve. Du coup, j'ouvre sans regarder dans le rétroviseur la porte gauche de mon bolide à l'arrêt. Et là, un mec en scooter que j'ai failli envoyer valdinguer, hurle et envisage sérieusement de me traiter de tous les noms. C'est une sorte de cocker viril qui porte un joli nom... Vincent Lindon. J'ai totalement déconné, il a vraiment failli s'encastrer dans ma porte. Le calme revient assez vite, nous nous connaissons un peu. Je comprends, dans son regard qui découvre ma voiture, qu'au fond de lui-même flotte cette remarque comme un reproche: «Il n'y a vraiment que ces vulgaires de la télé qui circulent encore avec des voitures de sport.»

Quelques mots d'excuses et nous nous quittons.

Mais je ne comprends toujours pas ce que me veut ce connard d'anonyme qui me distille ses aphorismes bêtas et illustrés.

Il m'arrive donc souvent d'aller seul au Ginger, vers 20 heures en semaine, car y officie la seule réelle réplique parisienne de Sophia Loren, la divine Carlotta. 25 ans, dont cinq comme élève brillante de l'écurie Costes, pour finir par diriger ce restaurant asiatique de la rue de la Trémoille.

Cinq ans chez les Costes valent largement Polytechnique. Une véritable école de la vie. On se doit d'être hyper-sexy, de faire la différence entre François Pinault, deux truands, quatre putes russes et Ségolène Royal. Il existe une magnifique partie d'échecs de la table qu'on attribue. En devanture, les beaux riches et célèbres, à l'étage ou à l'arrière, le menu fretin, qui d'ailleurs n'est pas forcément accepté. Au fond, ce sont des restaurants gérés comme des boîtes de nuit. Le niveau général des plats est plus qu'acceptable. Les mecs qui y travaillent sont sapés de petits costards noirs étroits comme pour un casting sur NRJ 12, et il faut bien dire que les filles sont souvent magnifiques et tatouées.

Carlotta étant leur Cléopâtre impavide.

Personne n'aurait l'audace de lui mettre la main au cul même si tous les mâles qui dévorent des sashimis de thon, n'ont qu'une seule idée en tête : lui piquer son numéro de téléphone. On a tous rencontré ce genre de fille : l'ultra-sexy qui n'en a rien à foutre ! Carlotta est née à Naples, et même si elle est dans une phase sur-sexuée, elle aspire à un destin de Mamma, auprès d'un mâle protecteur qui lui fera une kyrielle d'enfants. Je me rends compte qu'en traçant ces mots, je multiplie les clichés, mais c'est ce qu'elle m'a dit et répété à plusieurs reprises, lors de nos petits dîners dans son restau, où il lui arrive de partager un verre avec moi. Toujours habillée en noir, la voix cassée comme souvent les Italiennes, un corps de rêve mais un côté garçon manqué. Carlotta est l'objet de toutes les formes de harcèlement, y compris dans leur version contemporaine, c'est-à-dire les messages sans signature et autres SMS salaces. La belle a eu une aventure avec un inévitable joueur de l'équipe de France de foot, version 1998, incontestablement la plus glorieuse. Elle-même trouve grotesque d'être cramponnée aux crampons, mais il paraît que le monsieur avait un corps de rêve, dense, et que quand il vous collait sur le matelas, on ressentait la sexualité d'un typhon. Mais Carlotta est une fidèle. Elle passe sa journée à repousser du regard les malappris du texto et de la main qui traîne.

— Ma, tou sais, ils n'ont aucun nhonneur ! Tou lé jettes, ils sourient comme des belettes. Mé des mecs comme ton dégénéré, j'en ai plein. Je ne sais pas comment ils chopent mon portable, mé ils y arrivent. Et ils peuvent insister dé mois, comme des bourins effrénés. Dès que ça devient tendou, ils proposent du fric, des avions, des voyages, comme si j'étais una puta. Comme il n'y a pas dé barrière franchie, tou ne peux rien faire. Ou alors, il faut vraiment que tou rétrouves le type trois, quatre fois menaçant dans le hall de ton immeuble pour que les flics acceptent ta plainte. Sinon, qué dalle, il faut vivre avec. Mais tou as essayé d'identifier l'appel ?

Là, en sirotant un verre de hauts-de-smith, je lui confie que j'ai téléphoné à un ancien grand flic corse pour qu'il tente de trouver l'origine de l'appel. Ce qui est d'ailleurs totalement bizarre de ma part car il n'y a aucune menace. Juste un ressenti intense. Une prescience des emmerdements. Une intuition que quelqu'un revient pour me faire vraiment chier.

Carlotta, à qui je montre les textos et les photos, en convient. L'ensemble est trop doucereux et menaçant pour être honnête. Mais que faire ? Lui répondre serait une faute majeure car comme tous les psychopathes, il va enchaîner. Et Pellegrini m'a très vite confirmé que le portable utilisé n'avait aucun titulaire officiel. Un numéro venu du vide et de l'anonymat. Imaginons l'Occupation avec Internet. Plus personne dans ce pays de délateurs ne pourrait se regarder en face. Dans l'état de confusion que procure parfois l'écriture, je me rends compte que j'ai oublié de vous raconter l'élément essentiel de mon angoisse.

C'était il y a deux mois. Comme je me lève très tôt pour aller à la radio, je rentre chez moi vers 11 heures, le courrier ayant déjà été distribué chez ma charmante concierge.

— Ah Monsieur Durand, je suis désolée… C'est trop lourd. Je n'ai pas pu monter l'énorme paquet qui a été apporté pour vous…

Effectivement je découvre derrière elle une sorte de caisse de un mètre de côté, emballée comme un cadeau de Noël, avec un magnifique papier en provenance du Nain Bleu, célébrissime marchand de jouets parisien. Avec la bignole, nous poussons l'objet dans l'ascenseur, et je le dépose dans mon entrée, trois étages plus haut. Et là je prends mon temps… Je n'ai pas commandé trois caisses de vin, surtout au Nain Bleu. D'ailleurs je ne commande rien par Internet. Comme un chat, je tourne autour de l'énorme paquet qui m'intrigue. Mais qu'est-ce que c'est que cette saloperie qui se présente souriante comme une guirlande ? Je déchire le papier après avoir pris un temps de réflexion, pour tomber sur une caisse en bois identique à celles utilisées pour les alcools. Je pars chercher un tournevis dans la cuisine pour faire sauter les clous. Ce qui est bizarre, c'est que le papier annonce le Nain Bleu mais la caisse est vierge…

Après un bon effet levier, le haut de la caisse craque… Je l'arrache brutalement, presque essoufflé. Et je découvre, pantois, une énorme réplique de croiseur de guerre couleur gris plomb et farci de canons ! Entre deux tourelles gît un bristol avec ce mot éminemment sympathique quand on s'est levé à 5 heures du matin :

Comme ça ton fils pourra faire la guerre en pensant à moi. En tout cas, je ne le perds pas de vue.

Il n'est pas impossible que sur le moment, j'aie susurré cette phrase : « Putain de gros enculé… » Il rôde.

Tout sur Minou !

Comment ignorer l'incontournable Minou !

Dans le genre je sors de la caverne à 400 km/h, il est inégalable. Nous ne nous voyons pratiquement plus, parce que môssieur Minou s'est découvert sur le tard une vocation d'anthropologue du pognon. En France la combine se fait rare et le fisc veille... Au milieu de la soixantaine, Marc est devenu Minou l'Africain ! Perpétuellement dans des jets. Un jour à Paris, deux heures à Bruxelles, escale à Marrakech, contournement du Nigeria, pétrole contre nourriture à Bagdad. Les soupçons s'empilent, parfois quelques procès, Minou ne bronche pas.

L'une des dernières fois où nous nous sommes vus, il avait réuni dans une pizzéria du VIIIe arrondissement sa garde rapprochée de tontons flingueurs journalistico-écrivains. En général, des gars qui se sont illustrés au *Nouvel Obs* et à *Libération*, entre quatre joints, une visite à Mesrine et un soupçon d'héroïne pour les plus téméraires. Notamment un Corse ultra-doué qui signait des grands reportages à table, comme dans les meilleurs caricatures de Jean Yanne. Et bien évidemment sans jamais quitter le XVIIe arrondissement...

Marc venait de comparaître au Palais de justice, sapé comme un milord à côté de Charles Pasqua ou du général Jeannou Lacaze, ancien chef d'état-major des Armées. Bref, une joyeuse bande ! Lui évidemment avec un train de vie d'oligarque russe, mais sans la moindre fiche de paye. Marc est un mec qui dépense mais qui gagne rarement. Un artiste. Nous nous sommes régalés de pizzas et autres burratas tartinées de rigatonis, avant de nous séparer pour tenter les uns et les autres de gagner quelques billets nous permettant de survivre malgré notre âge avancé...

Marco lui, vers 15 h 30, 16 heures, sort de la poche intérieure de son costume Cifonelli un énorme barreau de chaise qu'il installe au milieu de sa bouche de dorade royale… Là, par un réflexe quasi professionnel, il vérifie que le danger ne rôde pas sur les trottoirs avoisinants… À la Bébel, il te jette un regard désespéré sur le cul d'une greluche qui passe et là, sort un portable à 75 000 euros pour siffler un carrosse qui rapplique majestueusement dans notre rue étroite, la rue du Général-Lanrezac dans le quartier de l'Étoile. Le carrosse : une Rolls dernier modèle, couleur discrète entre l'or et l'argent, conduite par un Noir sorti d'Oxford.

Et en plus il gueule : « André, on rentre ! » Marco va faire un gros dodo.

Ce type, je l'adore. Je ne sais même plus comment nous nous sommes connus. Vieux fond de *Paris Match* des années 70 où il fut un photographe brillant et un scoopman à la grande époque. De Max Corre à Roger Thérond. Le gars est à l'origine des plus magnifiques coups tordus. Le Plenel du people, le roi de la rumeur… Si vous voulez foutre une carrière en l'air ou promouvoir un débile, une seule adresse : Marco. En vingt-quatre heures, il va remplir les colonnes des journaux d'indiscrétions, de confidentiels, grâce à l'armée des ombres de ses correspondants qu'il invite à déjeuner à l'année. Marco, c'est le Bouglione de l'info.

Je n'ai pas évoqué Bébel par hasard, ils ont passé des années ensemble, bras dessus, bras dessous… Des années avec Johnny, des années avec Françoise Sagan. Ce type leur a toujours apporté du bonheur, des histoires salaces, des rumeurs invérifiables. Dans leur sillage, il se démerdait pour faire fructifier plus ou moins discrètement son business…

Ma mère le déteste ! Mon père est moins démonstratif mais il le hait ! Mon ex-femme pourrait le flinguer ! Ce qui mérite quelques explications…

Physiquement, Marco est une sorte d'Alain Delon qui aurait pris un peu trop de cortisone… Jeune, il a compris que la note de frais n'avait plus d'avenir et que nous, les journalistes, nous allions tous finir pauvres, alcooliques, et souvent quittés par nos épouses respectives. Bref, il y a du McLuhan chez ce contemporain des frères Zemmour… Très tôt, pour améliorer ses fins de mois, il s'est lancé dans l'arnaque mondaine qui lui permettait d'approfondir ses qualités dans la presse tout en envisageant quelques cambriolages élégants.

À commencer par le très regretté Albert Lespinasse ; grand client de mon père qui fit fortune en lançant le célèbre chocolat Banania qui lui permettait assez régulièrement de s'offrir des œuvres d'art, installées sur les murs de son gigantesque appartement des immeubles Walter, au bout de l'avenue Henri-Martin, à la lisière du bois de Boulogne. Tous les Parisiens de la Rive droite connaissent ce magnifique et colossal blockhaus années 30 où vivent une partie des fortunes françaises depuis quelques générations. Encore récemment, Anne Sinclair ou Arthur. Quand il s'achetait des tableaux chez papa, Albert Lespinasse/Banania ne savait pas que Marco-les-bons-tuyaux et ses copains rôdaient souvent du côté du boulevard Suchet… Et hop, un beau soir… plus rien sur les murs ! Mais alors le désert total, accompagné plus tard par un épisode de recel avec un marchand de tableaux beaucoup moins honnête que mon cher père.

Évidemment, lorsque j'ai rencontré Minou, surnom que lui donna Françoise Sagan, je connaissais le palmarès de l'impétrant.

Marco n'a jamais fait dans le regret, la discrétion, la honte… Un très léger passage en prison et il est très vite redevenu l'une des idoles de la nouba à la française : Castel, Régine's, Saint-Tropez, des dîners jusqu'à l'aube, la fumée comme seul bouchon des dizaines de bouteilles de champagne ingurgitées. Un personnage d'Audiard et en même temps attentif et généreux, il vous aide, il invite des tablées entières, il vous prête du fric. Ce qui ne l'a jamais empêché de faire passer dans un journal complice une petite info qui vous fout dans une merde noire… Marc, il est sorti de la caverne et ça le démange… Tout le démange !

Ces dix dernières années, nous avons trouvé refuge l'un et l'autre sur la Côte basque et comme, en bon fils, j'y invitais mes parents, il a bien fallu organiser une sorte de Yalta Banania : une rencontre au sommet entre les outragés et l'outrageur.

Ça s'est passé dans une maison rose, à Anglet. Chipolatas party, rosé dès 18 heures et championnat du monde des gâteaux basques venant des meilleures pâtisseries de la région. Marco, lui, a une qualité fondamentale dans sa profession par ailleurs totalement indéfinie : une véritable et définitive absence de culpabilité… Contrairement à Tony Soprano, il n'a même pas besoin de psychiatre. Et il s'est donc avancé vers mes parents avec son glorieux sourire qui enchante et peut faire froid dans le dos. Heureusement qu'un écrivain est passé par là pour boire un verre car j'ai cru, l'espace d'une seconde, qu'il allait falloir appeler d'urgence le SAMU et le SRPJ de Bayonne, tellement mes parents furent offusqués par le face-à-face.

— Enfin franchement, je ne te comprends pas, m'a dit ma mère. Ce type, ton cher ami, a cambriolé notre principal client, a été condamné en justice, et toi, tu lui organises une petite fête ! Mais tu as oublié le goût du

Banania ou tu es juste un taré qui pense que tout est possible ? Comment peux-tu croire que ce genre de soirée nous fasse plaisir ? Est-ce qu'il te reste un seul neurone ? Tu ne veux pas non plus qu'on porte un toast à la bonne santé de ses affaires, toutes plus louches les unes que les autres ?

Et puis le vin aidant, ça s'est estompé. Le vent du large. Les vagues plus fortes que l'amour propre ou cette phrase de Rimbaud, sortie, comme Marc, d'*Une saison en enfer* : La morale est la faiblesse de la cervelle.

Dans les années 80, parmi ses nombreuses spécialités, Marc adorait garer bruyamment sa Testarossa rutilante en deuxième file devant le Flore, histoire de passer inaperçu et de stupéfier définitivement les mondains de Saint-Germain. J'eus l'extravagante idée de lui demander un jour pourquoi cette discrétion alors que quelques services de l'État, et non des moindres, s'intéressaient à son cas ?

— Tu crois quand même pas que je vais rouler en Testarossa pour aller me garer dans une rue en pente et discrète !

Toute sa vie, il a fait ce que je n'osais pas faire… Des tours pendables de pied nickelé. Son seul regret fut d'avoir foutu Françoise Sagan dans une merde noire. Croyant bien faire puisqu'elle lui avait rendu service en intercédant auprès de François Mitterrand dans une affaire avec l'Ouzbékistan, ses commanditaires ripolinèrent le manoir de la chère Françoise à Équemauville sans passer par la case impôt. Pour elle, ce fut le début de la fin.

Un verre de cristal à la main avenue Foch, elle vécut les dernières années de sa vie dans un appartement vert émeraude. Je me souviens de ces jambes qui n'avançaient plus, de cette poudre diaphane et rose sous la mèche, de cette petite mélodie hachée. Des chaussettes Burlington à carreaux dans des mocassins d'étudiante. D'une infinie maigreur, d'un infini sourire. Dans notre milieu, tout le monde se prévaut d'une amitié avec Françoise Sagan. Mais qui l'a vraiment aidée à se sortir de ses propres griffes ?

D'une petite voix, il y eut ces mots un jour, ses derniers mots à la télévision : « Le fisc, des nazis. » Elle qui dans l'enfance, à Cajarc, regardait le ciel rempli d'avions allemands avec son père.

Nous approchions de l'an 2000.

Françoise nous ramène à Minou car je n'ai pas hanté le Saint-Tropez des années 60, ni ses différentes adresses, ni Chazot, ni ses amours, ni Florence Malraux, ni Bernard Frank. Françoise Sagan était totalement extérieure à ma vie de jeune journaliste. Lectures d'été, un certain bonheur triste comme nous l'affectionnons tous. Mais on échappe rarement à Minou, qui m'amena un jour Françoise à LCI pour la promotion d'un de ses derniers romans de l'époque. Là, nous étions dans les années 90. Fin de sa splendeur. Petit tailleur. Toujours maquillée. Physiquement, elle m'a toujours fait penser à une Bette Davis de Cajarc qui aurait échappé à la méchanceté. Et surtout, à une actrice qui s'écrirait quasi automatiquement des dialogues brillants au fur et à mesure d'une conversation. D'où ces soupers merveilleux de drôlerie et de finesse. D'où ces livres d'entretiens magiques comme *Avec mon meilleur souvenir*. Ce soir-là à 19 heures, nous bouclâmes une interview en direct et en riant, alors qu'elle n'aimait ni les interviews ni le direct, mimant à chaque fois le plaisir de cet exercice télé pour consoler mais surtout égarer l'intervieweur, qui finissait par mélanger toutes ses fiches.

Elle avait d'ailleurs une recette extraordinaire pour le casse-pied indiscret, illettré ou prétentieux, qu'elle repérait en l'espace de quelques secondes. À la première question idiote, elle répondait invariablement : « Et vous, ça va ? », ce qui rétrospectivement me fait encore sourire car je revisualise tous les moments où elle a infligé ce mépris à des gens persuadés qu'elle s'intéressait à leur vie. Elle testa la méthode sur quelqu'un qu'elle ne supportait pas et qui, pourtant, passe pour un des princes de l'interview, François Chalais, l'homme de Cannes au parfum de Dien Bien Phu, bien avant Canal+ : « Et vous François, ça va ? » Le cher homme ne s'est jamais aperçu de rien, croyant à une proximité de l'ère pré-people.

Avec Françoise, nous rapprochâmes très vite le goût de la littérature, du secret, des voitures qui vont vite, de l'impayable Minou…

Séduire est à la portée de tous les imbéciles, mais la gestion de la perte de l'autre marque l'élégance du comportement. Je fus abandonné, un jour, par une Sophie G. qui préféra brutalement les abdominaux d'un jeune héritier vénézuélien à mon cursus d'intervieweur rémanent de Bernard Tapie. En quelques jours, je me transformai en une source d'eau minérale, aspergeant le bois de Boulogne et le bois de Vincennes d'un jaillissement lacrymal sans précédent dans mon histoire amoureuse. La vraie loque sans dignité. Françoise ne supporta pas. Elle me convoqua en tête à tête dans un restaurant de l'avenue de La Motte-Picquet que j'affectionne, Le Père Claude, pour m'expliquer la vie :

— D'abord Guillaume, il faut arrêter de téléphoner, c'est absurde. Une seule règle : le silence absolu. C'est la seule chose qui peut l'ébranler. Plus il y aura de coups de fil, plus il y aura de Venezuela.

Précepte connu : Suis-moi, je te fuirai ; fuis-moi, je te suivrai.

Dans mon cas, la télévision à haute dose m'éloignait de la tragédie et de la subtilité. Françoise Sagan me sauva du ridicule. Et lorsque Sophie G. revint du Venezuela, épuisée par un stage de sexe intensif au soleil, je lui mitonnai une petite surprise, gentiment violente, inspirée par gourou Françoise :

— Vous vous promenez longtemps avec elle, c'est la nuit, elle croit que tout va repartir grâce à un joli petit dîner et là, à un feu rouge, vous la collez dehors, sur le trottoir, sans explication.

Ce qui fut fait, entraînant chez moi un retour de jubilation. Aujourd'hui, Sophie vit à Londres et reste une tendre amie.

La suite de l'histoire est connue. Une dernière hospitalisation. Une dernière opération. Des passages en Normandie. Chez elle dans ce manoir d'Équemauville, retapé à neuf avec l'argent que Minou lui avait obtenu de la Générale des eaux pour la remercier de son contact avec François Mitterrand. Petit détail qui allait l'achever. Ces travaux, considérés comme des avantages, n'échappèrent pas au contrôle de Bercy. L'inévitable advint. Françoise mourut d'une embolie pulmonaire le 24 septembre 2004 à l'hôpital d'Honfleur. Naître dans le Lot en 1935 et mourir à Honfleur. Improbable géographie. Quelle drôle de provinciale cette Parisienne !

À chaque fois que je vois apparaître Alain Delon sur un écran, je pense à Françoise car il est son exact contemporain : Delon est né le 8 novembre 1935 à Sceaux. Heureusement, malgré une invraisemblable beauté, il échappa aux différentes overdoses. À ce goût effréné de toutes les pharmacies qui accompagnèrent Sagan, après son fameux accident de voiture de 1957. Je me suis toujours méfié des Aston Martin.

Marc avec Françoise n'eut pas que des défauts malgré ce que pense une partie de l'entourage. Un jour il y a bien des années, un éditeur indélicat tenta un coup tordu... Françoise, ayant toujours besoin d'argent pour subvenir à sa « pharmacie », avait accepté la commande d'un éditeur pour une préface consacrée à l'artiste Botero. Bien qu'ayant à peu près le même rythme de vie que Keith Richards, Françoise, à l'époque, faisait le bonheur de l'édition française. La moindre de ses phrases valait de l'or. Le gars, un malhonnête, eut la malencontreuse idée de multiplier les illustrations autour de la préface, pour la transformer en « livre » de Françoise Sagan. Ce qui évidemment était une escroquerie patente mettant Françoise en difficulté avec ses vrais éditeurs qui, eux, étaient liés avec elle par de vrais contrats. Sagan fut avertie de la manip par l'autre Françoise du milieu littéraire de l'époque, Françoise Verny.

Là, vous faites un très léger effort d'imagination et vous visualisez la scène, car tout le monde connaît l'allure de Françoise, son débit, son charme, même au téléphone. Prendre, pour la circonstance, un ton légèrement implorant :

— Allô Minou, y a un type qui m'embête...

Arrivé à l'âge d'homme mûr, Marc (elle lui a dédié plusieurs romans) tient plus de Lino Ventura que d'Alain Delon... Ni une ni deux, il passe prendre Françoise qui adorait les Ferrari. La dame n'oublie jamais son sac, même dans les expéditions qui risquent de devenir punitives.

Le costaud et la brindille débarquent sur le palier du malfaisant. Sonnerie répétée, personne ne répond. Marc est un impulsif. En plus, il déteste les portes fermées ! Dans le cas présent, il ne fut même pas utile d'avoir recours à l'artillerie lourde car, dans le quartier des éditeurs, les portes sont imposantes mais les serrures fragiles. Quatre coups d'épaule et tout explose. Marco commence à grogner comme un gorille qui a envie de frapper. Françoise enjambe les copeaux avec la dignité de Bette Davis. Malheureusement, l'enfoiré n'est pas là. Alors comme Françoise et Marc ne sont pas du genre à avoir plusieurs rendez-vous dans la journée, ils s'installent sur le canapé.

Lorsque celui que nous appellerons par prudence Antoine B., finit par rentrer chez lui, en fin de journée… Du canapé où ils étaient assis, Bonnie and Clyde comprirent vite que l'enfoiré était relativement stupéfait de l'état de sa porte. Il fulminait…

Marc connaît des remèdes imparables contre les mecs qui fulminent. Pendant que Françoise bâillait avec distinction, il avait installé dans le salon des dizaines d'exemplaires de l'ouvrage incriminé. Antoine B. eut juste le temps d'avaler une énorme bouffée d'air lorsque Minou l'empoigna par les cheveux pour lui fracasser le crâne sur une table. Pas un mot… Un coup sur la table pour défaire sa raie. Un deuxième aller et retour pour faire apparaître le sang. Et une troisième mandale pour qu'il n'envisage même pas d'ouvrir sa gueule. L'escroc était à la fois blême et rouge, ce qui est assez paradoxal, mais très vite son visage vira au bleu car Marc est un partisan acharné du « jamais trois sans quatre ». Et vlan !

Françoise, qui signe parfois des pétitions humanitaires, lâcha une phrase :

— Minou, arrête...

Ce qui était quand même le summum du comique car elle avait appelé son bel ami uniquement pour qu'il dézingue le tocard, qui se trouvait maintenant face à eux, pantelant, incapable de protester, à la limite du KO. C'est le problème des mecs qui n'ont brutalement plus de dents. « Alors, lui dit Marc plus Bébel que jamais, tu vas chercher le contrat, tu le déchires ou j'te massacre. Quant à ces bouquins de merde, tu les brûles, je ne veux pas en voir un seul en librairie. » Antoine B. essaya bien d'argumenter une seconde, mais devant la fureur du molosse et la tranquillité de la vieille dame indigne, il comprit que ce n'était pas le moment de faire le malin...

Le contrat fut détruit, les livres saccagés et le locataire tapé encore une fois sur la table, car Marc ne supportait pas qu'il puisse même envisager de prononcer un son. Antoine B. gisait au milieu de son désastre, lorsque Marc et Françoise réenjambèrent les débris de la porte de sortie, qu'ils arrivèrent quand même à fermer, pour montrer leur côté grand genre. Sauf que...

Françoise est une vraie écrivain. Une dialoguiste. Sortant de l'immeuble, elle eut cette réplique définitive qui aurait amélioré *Phèdre* :

— Minou, j'ai oublié mon sac !

Demi-tour contact comme à Béziers bien que nous soyons dans le VIe arrondissement. Marc dans le feu de l'action peut rester diplomate, et eut le bon goût de sonner, même si la porte était totalement ravagée. Cet abruti d'Antoine, croyant probablement que les secours arrivaient enfin en la personne du commissaire du quartier, se présenta lui-même sur son propre palier, ce qui lui permit d'encaisser, là encore sans ouvrir la bouche, une droite violente de dessins animés, avec propulsion à l'horizontale, craquement des vertèbres et scanner obligatoire. Tranquillement, Françoise récupéra son sac au pied du canapé. Quelquefois, même quand il n'y a pas le feu, ça sent l'incendie.

À l'époque en fin d'après-midi, pour se détendre, avec Minou et la bande on prenait un drink. C'était avant les sushis et le thé vert. Minou est un grand auteur, que l'on pourrait qualifier de tradition orale ! Il raconte, il mouline, il délire, il arrange, il convainc et nous tentons, modestes biographes, de reconstituer son nouveau et son ancien testament. La baston chez l'éditeur sans parole fut-elle aussi violente que je le suggère ? Ça dépend totalement des versions que Minou le biblique a racontées à ses apôtres, depuis quarante ans.

Minou, c'est incontestablement le Jésus du baratin.

Aujourd'hui, si vous avez le goût des bars et des restaurants de palaces, impossible de rater Minou, attablé avec une kyrielle de notables africains : ambassadeur du Gabon taquinant le château-latour, hiérarques angolais cherchant des cliniques en kit pour les installer dans les forêts du bien-aimé président Dos Santos. Marco-les-bons-tuyaux, ayant peu de points retraite à faire valoir, est devenu un homme d'affaires. Il y a moins de tablées qui hurlent de rire, de voyages totalement loufdingues, de coups pendables. Peu de temps après son soixantième anniversaire, Marc est repassé par la case prison. Quartier VIP de la Santé, persuadé que l'entourage de Nicolas Sarkozy l'avait fait embastiller, notamment le procureur Philippe Courroye. Les détails sont extrêmement compliqués et peu vérifiables, mais il y eut un moment clé : des conversations entre Pierre Charon et lui concernant Cécilia Sarkozy. Je préfère ne jamais savoir ce qui s'est tramé exactement, mais si vous prononcez le nom de l'ex-président, Marc hurle comme un porc qu'on égorge. Si possible le plus fort possible et en public, avec un slogan qui, en général, intéresse les convives de tous les restaurants qui le découvrent vociférant à la cantonade :

— Ce salopard de Courroye est un corrompu ! Demandez à Alain Carignon…

La prison, c'est comme une maladie grave. Malgré le parloir ou les infirmières, on ne peut rien partager. Marc n'est plus exactement le même. Une certaine forme de gaieté a disparu. Mais comment oublier des moments invraisemblables ? Maris indélicats, nous avions fui vers les Antilles à Barbuda, tout en faisant croire à nos familles officielles que nous étions en reportage en province avec retour le soir même. C'est dur de mentir aux enfants, même quand on éclate de rire comme des fous toute la journée au soleil.

Une autre fois, l'OM affrontait l'Étoile rouge de Belgrade en finale de la Coupe d'Europe, au sud de l'Italie, à Bari en 1991. Marc avait organisé une véritable expédition financée par quelques « amis » marseillais qui nous envoyèrent au Bourget un jet et un avion à hélices. Minou, Belmondo et les Marseillais dans le jet. Anconina, moi et quelques épouses dans l'avion à hélices. C'étaient les débuts de la chirurgie esthétique. Les femmes ressemblaient à leurs filles. Elles portaient aussi ce monument de raffinement qu'est le jean bleu ciel avec strass et faux diamants. Charmantes, toutes charmantes, mais les conversations manquent de panache dans un avion à hélices. Trop de vacarme.

Face à moi se trouvait un homme, le cheveu ras, le costard noir, qui n'avait pas ouvert la bouche une seconde depuis notre décollage. Même au-dessus des Alpes par grand vent, les mondanités me rattrapent. Il faut dire que nous faisions partie d'un équipage curieux. Je tentai le classique : « Et vous, Monsieur, vous êtes qui ? » J'aurais mieux fait de la fermer. La réponse fusa : « Je suis le chef des scaphandriers. » Tout le monde sait que Marseille est un port…

Nous avons atterri avant Bari, sur une piste sans avion. Le jet était déjà là. Des Mercedes noires nous attendaient. Depuis le début, Anconina, qui n'est pas Burt Lancaster, s'était fait extrêmement discret. Un muet. Depuis l'épisode du scaphandrier, sa bouche n'était plus qu'un claquement de dents nerveux. Moi-même j'étais assez loin de John Wayne, commençant sérieusement à avoir le trouillomètre à zéro. Mais ils étaient charmants, ces Marseillais. Après un très rapide trajet, nous sommes arrivés dans un endroit qui reste l'un des grands souvenirs de ma vie. Il n'y a rien à imaginer, tout est vrai. Le convoi s'est immobilisé au milieu d'un hippodrome. Un gigantesque Longchamp vide. À l'endroit des tribunes, une longue table blanche pour une cinquantaine de personnes, et d'autres hommes en noir qui allaient veiller à la sérénité de notre banquet. Un mélange de Francesco Rosi et de Leonardo Sciascia. Repas divin. Marco et Bébel en super forme, hilares et volubiles. À l'autre bout de la table, Richard et moi, pétrifiés. Deux paires de petites couilles chez les virils.

Un hôtel entier nous avait été réservé. Il ne manquait plus que la musique du *Parrain*. Souvenir impérissable car après s'être changés et avoir retrouvé les Mercedes noires, nous avons foncé vers le stade de foot, cernés par les forces de l'ordre… Dans un nuage de poussière et de chaleur, nous avons franchi tous les points de contrôle à grande vitesse, pour pénétrer directement dans l'enceinte. J'avais l'impression d'appartenir au convoi intouchable d'un président américain version Coppola. C'est simple, nous sommes passés absolument devant tout le monde. Y compris dans les sous-sols du stade où l'on obligea un autre convoi à s'arrêter brutalement pour céder la place : celui de Michel Rocard, alors Premier ministre, qui, lui, se déplaçait dans un simple bus à étage. Fin d'après-midi irréelle. L'OM perdit. Tapie se jura qu'on ne l'y reprendrait plus. La France entière connaît la suite.

De retour à l'hôtel, enfin un peu détendu, Belmondo planqua mes pompes dans une fontaine, histoire de me ridiculiser définitivement avant d'obliger Anconina à susurrer *Feelings*. *Itinéraire d'un enfant gâté* avait été un triomphe en salles.

Pourquoi étais-je là ?

Au milieu des années 70, le tout jeune Paul Belmondo avait été mon élève dans une boîte à bac du VIIe arrondissement, Alfred de Musset. Rêvant déjà de Formule 1, il ne forçait pas sur les études, et croyant m'en tirer à bon compte, j'avais eu l'imbécillité d'écrire sur son bulletin cette appréciation : « Paul, le désert sans les Tartares »… Trois jours plus tard, je reçus la visite en Porsche pétaradante du sémillant Charles Gérard, envoyé par Jean-Paul, pour faire la connaissance de cet abruti de prof qui, visiblement, se prenait pour un autre… Toujours ce goût du bon mot désespérant qui ne vous attire que des emmerdes. Depuis, l'homme de Rio fait partie de ma vie.

Pour n'importe quel Français arrivé à l'adolescence dans les années 60, il existe quelques passages obligés : avoir lu *La Nausée*, *Les Mots*, *La Peste* et *L'Étranger*, acheter *Can't Buy Me Love* ou *Satisfaction* et voir Belmondo chez Godard ou de Broca.

Chaque fois que je croise Jean-Paul Belmondo, en général le dimanche, dans le même restaurant de la porte d'Auteuil évoqué au début du livre où se retrouvent famille et enfants, j'ai envie de l'embrasser. J'y tiens comme à la prunelle de mes yeux. Je dois à Marco-les-bons-tuyaux, qui s'est occupé un moment de sa communication, d'avoir pu mieux le connaître, notamment au moment où il interpréta Kean à Marigny.

Un phrasé inimitable, des exploits de Zavata, les plus belles filles du monde dans ses bras, Ursula Andress et Laura Antonelli. Même dans *Léon Morin, prêtre*, il était sexy comme un grand frère joyeux. Qui n'a pas encore en mémoire, des années après, Bébel sur sa planche, entre deux immeubles à Rio, Bébel dans *Week-end à Zuydcoote* avec l'invraisemblable Georges Géret, Bébel *Pierrot le fou* repeint en bleu par Godard ? *Un singe en hiver* ? Le jour où Dieu nous l'enlèvera, le plus tard possible, les rues de France seront pleines de gens en pleurs.

Un soir à Cannes, Philippe Noiret, prononçant un discours, trouva la formule définitive pour qualifier Belmondo, Marielle, Rochefort et autre Pierre Vernier :

— Nous sommes des acteurs de plein air.

Écrire sur Marc consiste en définitive à parler du bonheur de jeunes gens qui refusent de vieillir. Lorsque j'ai décidé de vivre avec Diane, il fut à notre premier dîner, au Pichet, restaurant tenu par deux Basques qui, à l'époque, faisaient partie de ma vie quotidienne : Jean-Paul et Gaël. Aux tables voisines, l'on croisait souvent la mitterrandie du premier cercle, comme Roland Dumas ou Michel Charasse.

Marc faisait des entrées tonitruantes quelle que soit la météo. Quand il s'éloigna de Belmondo, puis de Johnny, il eut une nouvelle aventure virile avec Franz-Olivier Giesbert qu'il abreuvait d'indiscrétions que l'on retrouvait la plupart du temps dans les colonnes du *Point* où Marc avait quelques connexions. Entre-temps, il avait fait un passage remarqué du côté de la Générale des eaux. C'était un artiste de la résurrection. Un enfant de la culture *Paris Match* de la grande époque. Celle où des photographes, comme Willy Rizzo, immortalisaient les plus grandes stars de leur époque tout en vivant avec elles entre Venise, la Côte d'Azur et Los Angeles.

Récemment, Willy nous a quittés. Jack Nicholson, que plus personne ne voit en public, a traversé l'Atlantique pour lui rendre un dernier hommage. Des types drôles, séduisants, peu portés sur les convenances sociales. C'était encore une époque où l'on pouvait faire des chèques sans provision, monumentaux, en souriant, sans que des alarmes ne retentissent à travers toute la planète.

La vie avait le goût du chocolat noir qu'on trempe dans un café fort. Jeune, comme tous les abrutis, j'étais persuadé que je ne passerais pas le cap de l'an 2000. Prévention absurde…

Quelques mois avant le XXIe siècle, Marc eut la délicate idée de me présenter à l'un de ses amis : Francis le Belge, Francis Vanverberghe. À l'époque, je présentais le journal du soir à Europe 1 et, innocent et court vêtu, je me rendis au rendez-vous avec celui que tous les services de police français considéraient comme le parrain absolu du milieu. Consultez Internet, vous trouverez tout. Vanverberghe était beau mec, athlétique, comme souvent ceux qui ont résisté à des années de prison. Le plus stupéfiant dès le début de notre conversation fut son intérêt littéraire pour Marguerite Duras. En prison, il gérait ses affaires, réglait violemment ses comptes, mais ne négligeait pas Bernard Pivot ! J'en tombai de ma chaise.

Libre comme l'air, ayant purgé toutes ses peines, il avait une curieuse lubie étant donné son palmarès : faire condamner l'État français pour une affaire qui lui avait été reprochée et qui, pour une fois, était peut-être contestable. En quelque sorte, Marc lui servait d'attaché de presse. Dans les jours qui ont suivi, Francis le Belge a été interviewé un peu partout dans les médias. Puis quelques semaines ont passé, nous nous sommes perdus de vue. Jusqu'au jour où, retournant chez mon coiffeur préféré – Marc Delacre avenue George-V –, je fus réveillé de mon shampoing par une mélopée marseillaise et voilée provenant du siège voisin. J'entendis clairement : « Comment ça va Guillaume ? » Francis ! Depuis des années nous fréquentions le même salon. Je n'avais pas peur, mais cette rencontre et les conversations qui suivirent me confortèrent dans l'idée qu'il existe une vraie différence entre les soi-disant branchés et les vrais marginaux. Le Belge était souple, mais dangereux. Jamais armé. Au fond du salon, je percevais de temps en temps des allées et venues : ses émissaires, ses hommes de main, ses lieutenants, toujours costumés et croisant comme si de rien n'était Jérôme ou Nicolas Seydoux, André Rousselet et d'autres patrons du CAC 40. Le capitalisme protestant et le grand banditisme avaient le même coiffeur. Très vite, la saloperie de curiosité qui caractérise tout journaliste me poussa, non pas à en savoir plus (trop dangereux), mais à comprendre comment un petit gars de Marseille franchit un à un tous les tabous. Le reste de la société française m'était familier. Là, j'abordais avec un soupçon de fascination un continent inconnu. Et ma première surprise fut qu'il repoussa toutes mes demandes comme de prendre un café à l'extérieur. Une manière de me dire, ne te mêle pas de ça. Reste dans ton monde.

À l'année en liberté, il était suivi par les services de police et probablement par certains de ses ennemis. Je fus frappé par quelques brèves confidences sur l'issue inexorable de sa vie par la violence. Ce qui advint le 27 septembre 2000 lorsqu'il fut exécuté par des inconnus dans un café de course de standing, l'Artois Club. Les balles l'avaient à peine laissé dans une mare de sang qu'un coup de téléphone de la police judiciaire retentit dans mon petit bureau d'Europe 1. C'était franchement surréaliste de taper le journal du jour avec mon assistante et en même temps de répondre aux enquêteurs. D'autant plus que je ne savais rien, mais qu'ils m'avaient probablement photographié ou repéré sortant de Delacre à ses côtés.

Une seule de nos conversations me tétanisa. Jamais il n'évoqua une seule fois avec moi ce qu'on pourrait appeler son business, sauf le soir où, au détour d'un Coca, nous étions dans deux bacs à shampoing contigus, il me proposa d'« organiser une petite danse » pour un humoriste qui me cassait les couilles à l'époque. En une poignée de secondes j'ai perdu cinq kilos et l'ai imploré de renoncer à ce projet funeste. Ce qu'il fit.

Peu de temps avant de mourir, il accepta un dîner, le seul, chez Jean-Pierre Vigato, qui dirigeait Apicius, l'un de ses premiers grands succès, dans une avenue sombre du XVIIe arrondissement. Il était 21 heures. Goûtant le mélange des genres, j'avais convié Ariel Wizman, Mademoiselle Agnès et quelques autres, lorsque le Belge entra dans la salle avec l'un de ses lieutenants. Une sorte de silence, mais des sourires. Je me souviens qu'Agnès et Ariel furent particulièrement pertinents et courageux, car ce dîner n'avait aucun sens. Un autre d'entre nous, con comme un balai, commença par demander au Belge comment il avait rencontré l'ami qui l'accompagnait. Avec un grand sourire doux, il lui répondit en lui dévorant les yeux : « Au Club Med mon ami, au Club Med ! »

Je fais l'imbécile, parce que je sais parfaitement pourquoi j'ai provoqué cette improbable connexion. À l'époque, j'en avais par-dessus la tête du discours mondain sur la branchitude. Les zélotes d'Iggy Pop et de la French Touch devaient faire connaissance avec les vrais marginaux : les condamnés à mort de Jean Genet.

Quand j'ouvre la radio en fin d'après-midi pour écouter Laurent Ruquier sur RTL, j'espère toujours tomber sur les énormités vulgaires et cultivées de Pierre Bénichou, beau-père de Vincent Lindon et grand témoin, lui aussi, de cette période d'insouciance que furent les années 60. Des noms évoquent irrémédiablement ce climat et cette époque : Jean Castel, Dutronc, Truffaut, Gainsbourg, Bardot, Régine, Daniel Filipacchi, Philippe Junot, Éliane Victor, Romy Schneider, le baron Empain, Pierre Desgraupes, Françoise Giroud, Maurice Siegel, Bernard Blier, Francis Blanche, Mastroianni, Deneuve, Chabrol… Une certaine manière d'être français et irremplaçable. Paris était sur la route entre Londres et Saint-Tropez.

Moi j'étais détenteur d'une liste beaucoup plus secrète qui faisait ricaner mes camarades d'université. Celle de Saint-Germain-des-Prés et de l'art contemporain : César, Yves Klein, Arman, Bernar Venet, Iris Clert, Daniel Cordier, Pierre Loeb, Daniel Templon, Daniel Buren, Olivier Mosset, Yvon Lambert, Daniel Lelong, Annette Messager, Christian Boltanski, Leo Castelli, Jean Dubuffet, Jean Dewasne, Pierre Soulages, Antoni Tàpies, les sœurs Maeght, François Rouan, Roberto Matta, Art Press, tout l'Arte Povera italien. Les Argentins de Paris : Julio Le Parc et Jesús-Rafael Soto. Tous n'étaient pas des amis comme Bertrand Lavier, Robert Combas, Miquel Barceló, Emmanuel Perrotin, Kamel Mennour ou Thaddaeus Ropac, mais ils s'étaient infiltrés dans ma vie.

Curieusement, à l'école communale, l'époque de l'innocence, mes copains m'ont foutu la paix.

Mais dès le lycée, cette « affaire » d'art contemporain, qui ne veut rien dire, a été une guerre. Quand les gosses passaient à la maison pour jouer, ils repartaient chez leurs parents en dénonçant les aberrations visuelles entr'aperçues chez Nicole, Lucien et Guillaume Durand. Ça a pris de telles proportions qu'à la fac, j'ai rompu avec tout ce que j'aimais : les galeries, les musées, les expositions, les vernissages. Quel prétentieux ce Durand ! Quel snob ! En plus n'importe qui est capable de faire ces œuvres d'art. Et il fout son fric en l'air pour ça ! Le « ça » étant le sommet du mépris. Ne croyez pas que les journalistes, les éditeurs, les écrivains ou les intellectuels soient à l'abri de cet atroce conformisme. Parfois, ils sont même à l'avant-garde du mouvement de détestation bien français qui consiste à considérer que l'art contemporain est une escroquerie. Nous sommes ce curieux pays où l'intelligentsia a idolâtré Godard et vomi Yves Klein.

Comme s'ils n'appartenaient pas à la même époque. Claude Lévi-Strauss lui-même a écrit sur l'inintérêt de l'art de son époque. Il rêvait d'être musicien ou d'écrire des romans.

Mes parents furent des archétypes de Saint-Germain-des-Prés. Gréco n'était pas loin. Je ne sais pas pourquoi ma mère, grande lectrice, a toujours été exaspérée par Simone de Beauvoir. Elle la croisait souvent au guichet de la BNP. D'après maman, le Castor prélevait parfois des montagnes de cash, pour partir en vacances, qu'elle enfonçait dans une sorte de sac à provisions. Je suis un enfant amoureux de ces rues étroites et sombres : la rue Mazarine, la rue Guénégaud, la rue de Seine, la place de Furstemberg ou la rue Dauphine. Un tout petit quartier avant le débarquement des fringues. Le bonheur et le charme absolu.

Déconner entre les Champs-Elysées et Saint-Germain-des-prés, était une valeur positive. Le cinéma français a rempli ses films grâce à cette bande de dingues doués et complètement je-m'en-foutistes : Darry Cowl, Jean Yanne, Jean Lefebvre, Robert Dalban, Venantino Venantini… la liste serait interminable.

Minou provient de cette culture-là. Il y a deux ans, un été, je lui ai adressé un texto en lui disant que ça n'allait pas bien et que j'avais besoin d'un service. Il ne m'a jamais répondu. Plus de coup de fil. Plus de dîner. Plus de contact. Sans raison, si ce n'est l'usure d'une amitié. De dos, un soir, j'ai reconnu sa silhouette dans une pharmacie. Un curieux manteau noir alors qu'il faisait beau.

L'un de nous deux ira à l'enterrement de l'autre.

Je n'ai pas été à celui de Françoise Sagan. À tort, mais j'étais à cran, énervé. Quelque temps avant la fin de sa vie, son fiscaliste, qui avait une tête chaleureuse de boule de billard et beaucoup d'emmerdements, m'avait passé un coup de fil en m'expliquant que la seule personne qui pouvait sortir Françoise de l'alcool, d'une certaine forme de dépression et de l'immobilité, c'était moi. Le seul avec qui elle accepterait de se remettre au travail, c'était encore moi. Flatteur et absurde, mais bien que n'étant pas un ami du premier cercle, comme Bernard Frank ou Florence Malraux, j'ai fait semblant de le croire, le fiscaliste !

Cette femme n'avait pas sur les autres un regard distrait. Jamais elle ne se présenta comme un exemple à suivre, mais tous ceux qui l'ont croisée savent qu'il n'y avait pas dans l'Hexagone de conversation plus brillante. Plus légère. À 5 heures de l'après-midi, cloîtrée dans l'appartement de l'avenue Foch vert émeraude qui appartenait à son amie, Françoise dissertait sur les mérites comparés de Proust, Sartre, Tennessee Williams et Virginia Woolf, puis elle enchaînait, le sourire fragile de ceux qui savent qu'il n'y a plus d'issue : « Guillaume, si on demandait à Édouard Baer de venir prendre un whisky ? »

Elle avait un roman en chantier. L'idée de quelques amis et de l'avocat, soutenu par l'éditeur Olivier Nora, était de la remettre au travail, de rassembler ses dernières forces pour un livre d'entretiens qui avait pour objectif secret de lui redonner le goût de l'écriture et de son roman. Des heures et des pages ont été consignées. Nous conversions à propos de tout et de n'importe quoi. De son père. De ses amoureuses. De littérature. De son enfance pendant la guerre. Des avions allemands dans le ciel.

Mon patron à Europe 1, Jérôme Bellay, m'avait prêté un magnéto et un micro que nous installâmes dans sa chambre. Toutes les journées étaient des aventures. Parfois je sonnais et quelqu'un ouvrait dans la foulée. La maigrissime Françoise, pantalon flou et chaussettes Burlington à carreaux aux pieds, m'ouvrait la porte de son curieux palace. Elle vivait dans un écrin luxueux, sans un centime pour s'acheter un paquet de cigarettes. En partant, j'ai souvent pleuré. Comment tous ces gens qui écrivent sur Sagan, qui se réclament de Sagan, ont-ils pu la laisser tomber dans des proportions aussi inimaginables ? Du côté des addictions, elle était insauvable. Je me posais des questions bêtes. Pourquoi certains de ses amis richissimes n'ont-ils pas payé sa dette fiscale qui n'était pas astronomique ? Cette fille était une merveille, avec parfois une mentalité de mercenaire. Pourquoi n'eut-elle jamais confiance en l'étendue de son talent ?

Bonjour la liberté. « Je sais à quoi m'en tenir sur mes petits romans », avait-elle écrit. « C'est du travail honnête, mais qu'on ne me demande pas de tomber amoureuse d'un imbécile. » Ou plus de gravité : « Les gens ne croient plus en la mort, mais en l'usure. Je me suis habituée à l'idée de la mort, comme à une idée plate. Dieu que l'on peut être seule parfois. »

Ces journées ont fini dans un grand classeur rouge où étaient consignées des feuilles volantes, retraçant nos conversations bordéliques. Quelques éditeurs ayant eu vent de la rumeur m'ont assailli. « Putain tu fais un bouquin avec Sagan, c'est pour moi ! » Accepter ce genre de trahison ne m'a jamais effleuré. Je crois que Florence Malraux a jeté un coup d'œil à l'ensemble, lorsqu'il fut patent que Françoise, à bout de forces et finalement hospitalisée en Normandie, ne pouvait plus rien confesser.

Il lui devint impossible de sortir de son épuisement. Pendant des semaines j'ai cru à cette entreprise grâce à l'ombre de rouge à lèvres qu'elle avait l'élégance de porter en ma présence. Parfois, je sonnais pour rien. Porte close. L'avenue Foch restait muette. Il paraît qu'elle avait fait le coup à François Mitterrand qui était venu à sa rencontre une dernière fois.

Aller à son enterrement, alors que j'avais échoué, était au-dessus de mes forces. J'ai failli. Quand Jean-Marc Roberts a republié ses romans, son fils Denis Westhoff a jeté un coup d'œil au cahier rouge. Peut-être pour en sortir un petit texte. Il y avait des phrases automnales et magiques. Des mots comme un pépiement, mais l'ensemble n'était pas à son avantage et nous avons eu bien raison de ne rien faire.

C'est Minou qui m'avait présenté Françoise. Des mois plus tard, avant que Jean-Marc Roberts ne tombe très malade, il m'invita à déjeuner chez Lipp où je n'ai pratiquement jamais foutu les pieds de ma vie. Première table à gauche. Celle d'un habitué. Très jeune, il fut l'un de mes complexes. Je n'étais qu'un prof minable et lui publiait des romans depuis l'âge de 16 ans. On le regardait chez Pivot, l'écoutait chez Chancel, comme un jeune frère de Modiano. Brun à la fois ténébreux et rieur, fût-ce paradoxal. Jean-Marc adorait les cartes, le flipper, les chanteurs de variété et le foot. Au poker, il me foutait des raclées avec notre ami Jean-Michel Attal, ce qui eut l'avantage de me guérir définitivement des jeux de hasard.

Il fut témoin de mon premier mariage et, avant la messe à Arzon, il y avait donc eu la mairie. Au moment de l'interrogatoire des témoins, le maire onctueux et savourant à l'avance la présence inattendue d'une jeune star de la littérature, demanda à Jean-Marc Roberts :

— Profession ?

La réponse de Jean-Marc, trente-six ans plus tard, reste la signature de ma génération :

— Croupier, Monsieur le maire, croupier…

Hurlements de rire dans la salle de la cérémonie à cette réponse. Jean-Marc avait tous les culots. Jamais je n'effacerai son numéro de portable de mon répertoire : 06 84 33 38 05.

Le déjeuner chez Lipp mérite une conclusion, car elle fut violente. Après une entrée, probablement à base d'œufs durs mayonnaise, je vis arriver du fond de la salle le tonitruant sénateur Charasse, costume sombre, cigare de provincial, bretelles dissimulées sous un gilet, contentement de soi ambulant, carnation du type qui évite souvent les bouteilles d'eau. Nous nous connaissions. Charasse, de notoriété publique, arrangeait quelques dossiers fiscaux, et je ne pus m'empêcher de l'interpeller avec Jean-Marc comme témoin : « Sénateur, je ne comprends pas pourquoi vous n'avez pas arrangé le dossier de Sagan, elle a quand même représenté pendant des lustres la littérature française à travers le monde ? » Il a marqué le pas. Il a pris son temps, comme s'il prenait son élan pour franchir un obstacle. Sortant le cigare de sa bouche en cul de poule, devant les quatre ou cinq tables qui nous entouraient, il s'est mis à hurler : « Mais pourquoi aurais-je arrangé les affaires de cette salope ?

Une droguée qui ne nous a apporté que des emmerdements. » Au bord de l'apoplexie colérique, il s'engagea dans la porte à tambour pour retrouver la fraîcheur du boulevard Saint-Germain.

J'étais tétanisé. Jean-Marc outré. J'aurais dû le frapper.

Plus tard, beaucoup plus tard, Jean-Marc, que je voyais peu, ne m'a jamais dit qu'il avait un cancer du poumon. Je ne l'ai compris que lors d'un dîner d'anniversaire de Jean-Michel Attal dans notre petit restaurant de l'avenue de Ségur. Dans ce genre de situation, on ne trouve jamais les mots. Il a beaucoup lutté et cru en la médecine qui lui promettait des rémissions. Constatant que la fin était irrémédiable, Jean-Michel, qui était son meilleur ami, m'a raconté qu'il était mort dans une sorte de colère à l'égard des médecins. À son enterrement du côté de Montmartre, il faisait un froid de gueux, à la fin du mois de mars 2013. Ses écrivains, puisqu'il était patron des éditions Stock, l'adoraient. Comme d'habitude, je fus incapable d'aller jusqu'au centre de la cérémonie, au milieu de la foule. Comme souvent à Paris, il y avait tout le monde, y compris ses ennemis avant qu'il ne disparaisse sous terre. On m'a parlé d'une certaine gaieté, à cause de ses enfants et de ses différentes compagnes unies pour cette occasion tragique. À distance, je repérais une silhouette. Un grand type, avec un imperméable sans charme dont l'épaule touchait une pierre tombale. Lui aussi semblait mal à l'aise, même si je ne voyais que son dos. Proche et éloigné : Patrick Modiano, futur prix Nobel de littérature, effondré de tristesse. Je suis parti.

Mais revenons sur ce 26 août 1978, comme s'il s'agissait d'une histoire d'aujourd'hui conjuguée au présent.

Je me suis marié dans la petite église en granit d'Arzon, dans le golfe du Morbihan. Le curé, grand amateur de pédagogie chrétienne, m'a immédiatement promis un avenir de paraplégique qui permettrait à ma toute jeune épouse de démontrer ses qualités exceptionnelles de fidélité. J'ai oublié le nom de cet ultra-connard mais une envie irrépressible de le baffer et de déchirer son sermon s'empara du jeune futur époux que j'allais être. Et pourtant, il faisait un temps de rêve, avec des nuages légers comme de la chantilly, poussés par le vent du large qui accompagnait l'océan à l'intérieur des terres. Ce golfe du Morbihan, avec ses courants dangereux, ses îles entre la beauté et le sinistre, ses crêpes, reste l'un des endroits de France les plus inouïs. L'avocat Metzner s'y est suicidé comme dans un Hitchcock et même Tabarly, vivant, s'échoua au large de l'île aux Moines, victime de courants contradictoires insaisissables. Les merveilles de la mer quand elle porte son seul vrai nom, l'océan.

La messe fut donc une jolie débâcle pour les nerfs mais la mairie préalable un ravissement. Ne sachant pas qui choisir parmi mes amis, j'eus plusieurs témoins de mariage. De vrais assermentés, des gars sur qui on peut compter : Pierre qui vit maintenant à Barcelone, Jean-Michel qui est le plus brillant notaire de Paris, Yves qui a quitté *L'Express* et la littérature et enfin, Jean-Marc.

Très jeunes, nous jouions aux cartes. Déjà maladroit, je perdais systématiquement un argent que je n'avais pas. Le début des dettes, à 20 ans. Heureusement, je n'avais aucune addiction au jeu.

Jean-Marc, le jour de ce mariage, était déjà un écrivain remarqué : *Samedi, dimanche et fêtes*, *Baudelaire et les voleurs*, *Le Sommeil agité*, *Les Enfants de fortune*. Bientôt le Renaudot pour *Affaires étrangères*, qui allait être adapté au cinéma.

À peine sorti du lycée Condorcet, Jean-Marc devint le jeune homme quasi officiel de la littérature. Bien que marié très jeune avec Paméla, les actrices françaises de l'époque, situation bien connue, commencèrent à s'intéresser officiellement aux textes et au regard sombre de cette nouvelle vedette de Saint-Germain-des-Prés et des éditions du Seuil. Jean-Marc était un type à la prose brève, à la fois intense et allusive. Pourquoi s'épancher longuement sur ce que l'on ressent ? Il n'hésita pas à intituler l'un de ses romans *Méchant*, installant une inquiétude qu'évitent généralement ceux qui veulent avoir du succès longtemps. Et puis, il n'abandonna jamais sa vie d'éditeur, pour promouvoir les autres avec du talent et une présence. Un certain sens moral aussi.

Au début, pour exister, il commit les nécessaires articles vachards dans *Le Quotidien de Paris*, que l'on écrit sur les autres pour mieux les distancer. Ou des papiers louangeurs qui permettent de se faire adopter par un milieu qui ne dédaigne pas la flatterie, prix littéraires obligent. Le classique « j'aime, j'adore » de tous les arrivistes. Mais il laissa vite tomber cette liturgie trop facile, qui perdure encore aujourd'hui sous la plume d'autres jeunes ambitieux, pour la voie royale de l'époque : les passages chez Chancel et Pivot.

Jean-Marc, crinière sombre et romantique d'Italien, vénérant le foot, la littérature, le flipper et les chanteurs français, ceux que nous appelons avec mépris les chanteurs de variété. Lui les considérait comme des enfants lointains de la poétesse Marceline Desbordes-Valmore qui auraient eu le courage de monter sur scène avec des chemises Cloclo. Chanter en public : le rêve inaccessible du rital qui ne méprise pas les rengaines. Ah ! la divine et mélancolique Marceline qui ne rencontra aucun amour heureux ! Julien Clerc eut la justesse mélodique inoubliable d'accompagner ses vers au piano :

Au fond de ton silence, écouter que tu m'aimes,
C'est entendre le ciel sans y monter jamais.

Copain de lycée de Didier Barbelivien, fanatique d'Étienne Roda-Gil, écartelé entre un père américain dont il ne voulait plus entendre parler et une mère comédienne sans rôles, Jean-Marc eut très jeune l'intuition qu'il pouvait exister un autre destin que l'Amérique, pour des adolescents post-soixante-huitards. Toute une bande de jeunes gens de l'époque, mes cousins Philippe et Didier, notre correspondant allemand Jochen, les copains de Larmor-Plage près de Lorient, les filles, le voisin du dessous, le célèbre Léon Crétin qui mourut dans les bras de Philippe, alors qu'il représentait ce que ce cher Léon détestait le plus au monde : du charme, des cheveux, du bruit, des coucheries, des pétards. Une fiction d'époque bien connue. Nous nous sommes tant aimés.

Raconter la suite n'a aucun intérêt, raconter la fin nous ramène à la grande Marceline. Alors que j'avais vécu nuit et jour avec mon cousin Philippe entre 20 et 27 ans, j'appris en abordant la cinquantaine, qu'il luttait contre des tumeurs au cerveau. Nous nous étions battus ensemble pour des jeunes femmes et des brosses à dents propres et il était le premier d'entre nous confronté à la douleur. Philippe est mort il y a dix ans.

Pendant longtemps, Jean-Marc et moi avons fait le concours de celui qui aurait la vie sentimentale la plus compliquée. Sans jamais nous confesser l'un à l'autre, un bref échange de regards cernés nous renseignait immédiatement sur nos différentes bérézinas. Dans ces conditions, un déjeuner annuel suffisait à résumer trois cent soixante-cinq jours, lui avec ses auteurs chéris, moi avec mes patrons de chaîne. Mais quels que soient nos improbables succès et nos déménagements incessants, il fallait repasser invariablement par cette conversation décourageante qui d'ailleurs serait un excellent intitulé de thèse de troisième cycle : la pension alimentaire de l'homme blanc dans le VIe arrondissement de Paris, entre les années 1980 et 2000. Les historiens qui subsistent de l'école des Annales de Marc Bloch, se réjouiront de cette piste d'études qui nous foutait une gueule de bois monumentale. Jean-Marc fumait comme un pompier et moi je courais dans les bois, certains appellent ça du sport, pour échapper à mes différents contrôleurs.

Je vis depuis soixante-trois ans à des années-lumière des sciences. Et bien que connaissant, comme tout le monde, les méfaits du tabac et d'autres saloperies que l'on absorbe, je ne peux pas m'empêcher de m'interroger : pourquoi Françoise, Jean-Marc et tant d'autres ont ingurgité tant de fumée et pour Françoise tant de drogue une bonne partie de leur vie ?

La morale des épargnants et de la petite bourgeoisie triomphante est bien connue : talent et célébrité sont les vrais venins de l'humanité. Sous-entendu : pourvu que nos enfants aient des vies chiantes et obscures ! Ils profiteront d'un long passage sur terre, de leur plan épargne logement en mangeant de la feta et de la salade. Ils aimeront leurs charmantes têtes blondes et jouiront de rafraîchissantes baignades. Loin des angoisses et de toute forme de métaphysique. Moi, je suis coincé entre les deux.

Je ne sais pas.

D'ailleurs, il n'est pas impossible que je ne sache rien puisqu'en dehors du célèbre pari de Pascal, je ne crois à rien. À part un vague catholicisme culturel bien éloigné de la foi.

Dubrovnik, 2003, l'année de la canicule : la tragédie

Le corps, tant qu'il est bien portant.
En 2003, j'ai 51 ans.

Depuis deux ans, j'ai plongé avec bonheur dans la production d'émissions littéraires pour France Télévisions. La mise à distance de la politique, de la vanité de la politique, me repose. Une régénérescence d'adolescent. Lire au bureau, lire sur un canapé, lire au cœur de la nuit. L'obsession de la pendule disparaît.

Une joyeuse équipe compétente, talentueuse, uniquement composée de gens ayant publié des livres : Marc Weitzmann, intelligent, sombre et souriant, amoureux d'Israël mais portant parfois de curieux manteaux de gestapiste en cuir. Raphaël Enthoven, à l'époque fabiusien version Carla Bruni, précieux, beau mec, extrêmement gentil, attirant compulsivement le regard des filles. Josyane Savigneau, grande prêtresse du *Monde des livres*, formidable pédagogue, un certain goût pour la méchanceté et éternellement en train d'écrire une biographie d'Aragon. Anne Casanova, une sorte de Kate Moss corse, affublée à l'époque d'un mari pseudo-punk, pas insensible aux ragots, une « Colettegirl » fine lectrice et se demandant tous les matins si la gloire pourrait faire un tour du côté de chez elle. Agnès Léglise, madame Tsunami, fume les plus énormes pétards de l'histoire de la ganja, ce qui eut comme conséquence pratique de flinguer raides morts de nombreux invités avant même qu'ils n'entrent dans le studio. Agnès ne fume que de la pure et adore la baston. François Reynaert, figure du *Nouvel Observateur*, doux comme la Normandie, mariage gay avant le mariage gay, pestouille, qui comme tout le monde, aimerait que l'on reconnaisse ses livres. Et enfin le placide Laurent Lemire, lui aussi Nouvel Obs Connection, lunettes à toute heure, discrètement souffrant, historien omniscient capable de traverser Paris en vélo par moins vingt. Sans oublier le sémillant Pierre-Louis Rozynès, éditorialiste à *Livres Hebdo* qui, d'entrée, qualifia Frédéric Beigbeder de « François Nourrisson » pour finir par sortir avec Christine Angot, qui elle aussi travailla avec nous.

À peine l'émission et la bande à l'écran, tout Paris nous détesta.

Sabrina Meneux, ma principale collaboratrice, fit des efforts considérables et touchants pour me cacher certains matins les articles vipérins.

Le corps, tant qu'il est bien portant, disais-je.

Les livres avaient envahi ma vie, mais la méchanceté qui accompagne une partie de l'édition aussi. En juillet 2003 naquit une envie irrépressible de foutre le camp ailleurs qu'en France.

Jean-Paul II étant récemment passé par Dubrovnik, pourquoi pas moi ? J'ai viscéralement ce défaut : l'association d'idées ou de hasards qui modèlent le comportement. Si je croise Carlos Santana, j'achète une guitare dans les dix minutes. Un pain au chocolat m'anéantit de bonheur, j'envisage d'ouvrir une boulangerie avec mes fils. Le baby-boomer est un compulsif de l'instant qui réfléchit après les emmerdements. Avant, jamais.

Simplement, en 2003, Internet n'avait pas la vigueur d'aujourd'hui. Et louer un bateau pour ma smala de quinze personnes, aux dates qui me conviennent, et pour pas un centime, relève de la Palme d'or de la démerde. J'ai passé un nombre de coups de fil dément à des inconnus parlant le serbo-croate éruptif pour finir par mettre la main sur une intermédiaire convaincante et anglophone : Sabrina ! Jamais vue avant, aucun rapport avec ma Sabrina du bureau, jamais vue depuis, elle m'avait trouvé une barcasse prête à affronter l'Adriatique…

En fait, déjà à l'époque, j'avais l'impression de n'être heureux que deux mois par an. Le fameux *Voyez comme on danse*, musique de Jean d'Ormesson. Le besoin fondamental du cliché : soleil écrasant, eau bleu marine, potes, enfants, sieste, conversations interminables, lire, nager, retrouver un corps présentable grâce à la profusion et au goût du poisson grillé toujours un poil trop cuit. Larguer tout.

Sarkozy à l'Intérieur commençait à déglinguer Chirac, l'Irak était en cendres, le SRAS ravageait la Chine et inquiétait le monde. Gregory Peck mourut en juin et le nom de Coetza apparut comme probable Nobel de littérature.

Je demande à Sabrina de me montrer une photo : pas de photo. Elle m'explique laborieusement que le skipper est un ancien commando qui présente toutes les garanties de sécurité. Son épouse s'occupe de l'intendance, un marin fait fonctionner les machines, et je découvrirai plus tard que le cuisinier est un punk fou à lier qui confond charcuterie et dessert. Mon bonheur est intense, j'appelle toute la petite famille pour leur annoncer la bonne nouvelle : demain, 11 heures, Orly direction Dubrovnik. Juliette, Arthur et Donald ont été élevés à l'improvisation.

Embarquera aussi avec nous un ami surnommé Manolo. Pour égayer ses vacances, il se fera livrer dans l'île de Korcula une Polonaise qu'il avait à peine entr'aperçue auparavant et qui finira par devenir sa femme et la mère de sa fille unique, avant de le quitter, le laissant effondré au milieu de ses chevaux à Fontainebleau. Mais nous n'en sommes pas encore là.

Jean-Yves et son épouse font aussi partie du voyage, lui est ce précieux cardiologue évoqué depuis le début de ce livre car une grande partie de mon amitié repose sur l'hypocondrie. Il a l'immense avantage, ce bon docteur Rumani, d'être un grand spécialiste du Talmud, de la peinture classique et des grands crus. Il n'est pas bon au sens benêt, il carbure comme un urgentiste sophistiqué. Depuis des années, le voir me réconforte, me désangoisse. L'ami, comme il n'y en a plus.

Le 15 juillet vers 19 heures, nous atterrissons à Dubrovnik. L'agence de location nous a dépêché un taxi/autocar. Les valises ont été faites n'importe comment. Tout déborde. La gaieté est réelle puisque la veille encore, nous n'avions pas la moindre idée de l'existence de cette région du monde. Une heure de route. Le goudron cède la place aux cailloux. De la falaise où nous circulons, la première image de la Méditerranée au détour d'un virage, s'impose comme un éblouissement.

— Hello, my friend !

Dans le bordel du déchargement, au bout d'un quai, je découvre à la fois le skipper et le bateau. Pour le skipper, la figure d'Errol Flynn s'impose d'entrée. Homme magnifique, 35 ans, caramel et brun, le sourire Steinway, l'élocution rare. J'ai oublié son prénom, mais je me souviens encore que tous les soirs, harnaché comme s'il partait au combat, il disparaissait dans une eau hantée par la nuit, nageant au creux des fonds, pour ne revenir au bateau qu'à l'aube.

Une ombre noire ritualisée.

Peut-être était-ce la violence du conflit yougoslave récent. Il dormait avec les algues sans que cela n'émeuve son épouse. Elle aussi silencieuse, elle aussi souriante. Au début, j'ai cru qu'il pêchait pour nous abreuver de magnifiques poissons grillés. Malheureusement, le punk veillait au grain et avait envisagé trois semaines de congélateur carné. Saucisses, viandes hâchées, chachliks en tous genres, poulets égorgés et du riz, toujours du riz, trois semaines de riz.

En dehors du dingue des cuisines, le couple était effectivement rassurant pour la sécurité des enfants. Mais pas la première vision du « yacht » ! Nous sommes toujours dans la cinématographie : l'ensemble évoque une compression brutale de Kusturica et Mad Max. Le bateau ressemblait à une gigantesque mobylette flottante survitaminée. Des cabines minuscules, pas la moindre climatisation. Mais nous n'avons pas échappé à la délivrance et à l'euphorie du premier jour de vacances. Nous dégustâmes vers 21 heures notre première rondelle de saucisson sur la plage arrière, avec galettes à base d'une farine inconnue accompagnées de bière tiède. Le bonheur inconscient.

La première nuit fut magique car nous quittâmes l'anse où le *Phénicia* (était-ce son nom ?) était ancré pour arriver au pied de Dubrovnik illuminée, au cœur du port, à quelques mètres de la ville. Pratiquement pas de bateaux autour de nous. Une kyrielle de voiliers répartis avec goût le long de la côte. Pas le moindre cargo sinistre à l'horizon. Une cité heureuse, reconstituée, sans entrave administrative. Une nuit adriatique idéale. On ne peut même plus imaginer ça aujourd'hui dans aucun port de la Méditerranée touristique. C'était il y a douze ans. Les bateaux entraient et sortaient comme il nous arrive de faire la sieste, sans autorisation. Il suffisait de jeter l'ancre pour que notre embarcation s'endorme en un point fixe au milieu de l'eau sombre.

Le premier restaurant qui nous accueillit sur les hauteurs de la ville me glaça. Pas la moindre trace du brouhaha méditerranéen ni de la gaieté rencontrée lors des voyages étudiants en Italie, en Grèce ou en Turquie. La guerre venait de s'éteindre.

La ville médiévale était neuve, cicatrisée des intenses bombardements du siège de 1991. À table, Manolo, qui n'avait pas encore reçu sa Polonaise par DHL, commençait à mater les Croates sculpturales. Rumani nous prévint avant d'entrer. « Attention, nous dit-il – il avait un peu bavardé avec le skipper –, hors de question d'évoquer les Serbes, les événements récents, l'attitude de l'Europe, autrement nos vacances risquent de dégénérer. » Officiellement, le conseil était destiné aux enfants, mais l'homme étant subtil, je compris qu'il s'adressait d'abord à nous, les adultes. Trois semaines en mer peuvent se transformer en cauchemar si nous devenons les otages d'un capitaine Troy fanatisé par la guerre. Après tout, il avait certainement tué, notre capitaine/commando.

Le début du périple fut enthousiasmant. La mobylette avec ses multiples ponts (fragiles) tint le coup, les recoins permettaient des conversations particulières. Arthur, mon fils aîné, jouait de la guitare.

Au large de Dubrovnik, les îles sont déposées comme des massifs fleuris. Il y en a partout dès la sortie du port, et tous les cinq ou six miles nautiques nous découvrions une perle. Nous fendîmes les flots, doux saphirs, et à terre, contrairement à notre Méditerranée, des forêts assez denses créaient un décor d'émeraude et un parfum intense de chlorophylle. Un peu comme si nous naviguions sur une gigantesque pièce d'eau dans les Vosges. Oui il faisait chaud, très chaud, mais personne ne se doutait de ce qui aller arriver en France cet été-là : les quinze mille victimes de la canicule.

D'ailleurs, nous avions tous coupé avec les journaux, les radios et cette obsession occidentale de tout savoir. La famille était notre sujet, puis les premiers coups de soleil et le ronronnement heurté du diesel. Je dormais dans la cabine de l'avant, étouffante la nuit.

Le premier incident advint en plein jour. Le punk est assez pointilleux sur l'horaire des déjeuners, 14 heures, car, malheureusement pour nous, il se prenait pour une espèce de Bocuse du réchauffé. Son art nécessitait l'exactitude. Je sortis brutalement de l'eau après m'être baigné pour passer à table. Un demi-tour pour voir si Arthur me suivait et là, immédiatement, l'évanouissement.

En me retournant, je m'explosai le crâne contre une barre de fer improbable. Choc violent qui me fit tituber en plein cagnard tout en inhalant l'odeur de l'infâme rôti qui nous était promis. Probablement rien de grave, mais le retour de l'enfance m'envahit. En un quart de seconde, plus la moindre place pour la raison dans mon crâne endolori. La mer sublime devint menaçante. À mi-voix et en colère, je me demandais : « Comment ai-je pu avoir l'idée aussi débile de venir ici ? » À quelques encablures du Saint-Tropez local qu'est l'île de Hvar. Nous étions en mer depuis une semaine. Adieu à l'insouciance.

— Tu n'as strictement rien. Mets de la glace, repose-toi. Pas de soleil jusqu'à la fin de la journée et l'affaire est réglée, tenta de me rassurer Jean-Yves.

— Mais t'es malade, c'est toi qui m'as donné des anticoagulants ! J'ai la tête comme une marmite. Et si l'hématome ne se résorbe pas, qu'est-ce que je fais ? Hein ? Qu'est-ce que je fais ? Tu vas me sauver en plein milieu de la mer par l'imposition des mains ?

Rumani et son épouse Marie-Claude blêmirent en silence. Le conjuré de l'hypocondrie reprenait du service en plein milieu des vacances, mais leur statut d'invités de la famille Durand leur ôtait toute possibilité de révolte. J'allais les faire chier et ce n'était qu'un début. Nous étions partis en vacances pour le soleil. Ce choc brutal me transforma en candidat lunaire à la déraison. Pendant plusieurs jours, je ne sortis plus que la nuit, malgré la diminution de l'hématome.

Il est probable que les autres passagers et l'équipage se réunissaient en mon absence pour trouver une solution. En mer, le psychiatre se faisant rare, Jean-Yves aboutit à la conclusion qu'il fallait trouver d'urgence un neurologue. Que seul un petit scanner miraculeux me rendrait ma condition d'homme raisonnable. Une nuit, il vint dans ma cabine, pour la énième fois m'expliquer qu'il fallait sortir, que je commençais à gâcher la vie de tout le monde et surtout la mienne. Prudent, il présenta l'argument massue : grâce à la radio de bord, il avait découvert avec le skipper l'existence d'une clinique neurologique sur la première île que nous avions croisée et dans la clinique, un scanner ! Esquisse de sourire chez le prostré, enfants soulagés. Marche arrière toute, deux jours de navigation ininterrompue et on me débarqua avec un ménagement relatif, et à un pas cadencé, vers une bâtisse en béton au bout d'un chemin d'oliviers. La plaque indiquait : Goran Zovko, Neurolog.

En 2003, peu de temps après la guerre de Yougoslavie, nous avions tous encore une vision archaïque de la région. La guerre, la violence, les rivalités ethniques et religieuses avaient totalement occulté la qualité de l'éducation procurée par l'ancien pays de Tito. Dans cette île perdue et verdoyante, le colosse qui m'observait le sourire aux lèvres était un grand chauve parfaitement compétent. Pour ceux qui aiment le tennis, il ressemblait au joueur Ivan Ljubičić. À la place du short blanc une blouse blanche, à la place de la raquette un stéthoscope.

Lui et Rumani, sachant pertinemment que je n'étais qu'un malade imaginaire, m'accompagnèrent vers la machine qui n'était pas un modèle de modernité. Le praticien introduisit mon crâne dans une sorte de colossale centrale nucléaire beigeasse qui rendit son verdict un quart d'heure plus tard, radios à l'appui : je n'avais rien. Pas le moindre saignement, pas la moindre rupture d'anévrisme.

Mais quand on souffre de la lune et de ses vertiges, la raison est inaccessible.

Je prononçai alors une phrase que je regrette aujourd'hui encore et qui plongea l'affable Rumani dans une crispation digne du meilleur Lucian Freud :

— Et si on en profitait pour faire un électro d'effort ? J'ai la poitrine un peu serrée…

En Tunisien éduqué, Rumani ravala une colère de Falstaff pied-noir. Je méritais l'asile mais l'homme est un rusé.

— Tu as absolument raison, pendant qu'on y est, pédale.

Je sentais qu'il se foutait de ma gueule, mais je réussis à paralyser les vacances de dix personnes le temps d'une journée entière pour un quart d'heure de scanner et un quart d'heure de test d'effort, chez un Croate aimable qui me présenta une addition en dollars carabinée. À sa décharge, il avait délaissé pendant toute une partie de la journée de vrais malades qui patientaient depuis des heures dans sa clinique.

Dans cette région, trois guerres hyper-violentes étaient passées par là. Moi aussi.

Le *Phénicia* finit par rejoindre le bateau de mon ami Julien, *Noé*, qui abritait mon autre famille : Diane et Joseph. Ancré à quelques dizaines de mètres, dans un endroit sublime, Julien organisa, au soulagement de tous, un dîner poisson. J'allais expier mes fautes, assumer ma déchéance morale dans une petite fête arrosée de vin rouge frais destiné à me faire sortir de ma torpeur mutique, tout en chassant les souvenirs du fou à lier de Belle-Ile, le dénommé Lanco, qui avait blessé mon père avant de finir dans un asile, assommé d'alcoolisme.

Toutes les mers et tous les océans me ramènent au couteau.

Ce fut la deuxième nuit dramatique de mon existence. Ce malaise adriatique n'était qu'une intuition. Ma vie ne tournait pas rond. Je n'étais pas heureux. Diane et moi étions séparés. Les vacances et la famille réunie à la hâte n'y pouvaient rien. J'allais expier une immense connerie par un second drame.

Récit d'un basculement.

D'abord tout est une question de rythme. Malgré la barre de fer, le scanner, le punk et les angoisses personnelles, je venais de vivre une semaine de balades et de promenades sans cadence.

Brutalement, en plein milieu de ce repas qui se voulait salvateur et thérapeutique, résonna dans ma tête un bruit volcanique. Un autre bruit fantasmé : une calèche traversant au galop la place goudronnée d'une grande ville. Puis, des grelots sonnèrent, un, deux, trois. S'installa alors la sensation d'un encerclement par ces petites musiques bizarres que je n'identifiais pas immédiatement.

Depuis plusieurs minutes, la conversation m'était totalement étrangère. Nous étions une vingtaine de personnes à table. Sortant de ma brume, je remarquais un chuchotement généralisé – ils chuchotaient à vingt ! –, ce qui n'était absolument pas l'ambiance normale d'un dîner à bord d'un bateau. *Noé* était un caïque confortable fabriqué à Bodrum en Turquie, avec un pont arrière surélevé comme ceux des caravelles de Christophe Colomb. Le bois de fabrication avait beau étouffer les bruits, je finis par me rendre compte que les fameux grelots étaient des sonneries de téléphones portables. Comme partout dans la région, la nuit était sombre et chaude. Une sorte de ouate. Mais ça n'arrêtait pas. Sonneries, silence, puis re-sonneries dans cette nuit déchirée. Il m'a fallu une bonne demi-heure pour sortir de ma torpeur dépressive et me rendre compte que je parlais à personne, mais que tous mes voisins m'évitaient. À chaque sonnerie, j'observais que le détenteur de l'appareil s'éloignait de la table pour aller répondre au fond de la cabine principale. Il fallut un certain temps pour que je finisse par me demander si tout ce ballet n'était pas uniquement orchestré pour m'éviter.

Revenant à la conscience collective, je pris craintivement la parole pour la première fois :

— Personne ne répond ?

Julien fut le premier à se lever avec notre ami Elly. Rumani et Manolo suivirent, accompagnés par les deux capitaines de bord, le Croate et le Turc.

— Viens à l'avant, il faut qu'on te montre quelque chose.

Ni les femmes, ni les enfants présents ne bougèrent. Tout le monde était livide malgré le bronzage. Nous étions une vingtaine au bord du drame.

J'esquissais doucement un « Vous voulez quoi ? ». Puis, tout alla extrêmement vite. Sur le moment, j'ai cru qu'ils allaient gentiment me bizuter ou me faire la morale pour avoir bousillé la première semaine de croisière après l'épisode de la clinique.

À peine fus-je au pied du gréement – *Noé*, contrairement au *Phénicia*, est un bateau à voiles – qu'ils me plaquèrent à terre comme dans une mêlée de rugby. Je n'arrivais pas à identifier clairement celui qui clarifia mon infortune à l'avant du bateau. En une seconde, ils me serrèrent tous violemment pour comprimer ma réaction. La révélation me foudroya.

— Ton fils Gabriel est mort.

Comme électrisé par le malheur, je me dégageai de leur emprise en un éclair. D'ailleurs, ils n'essayèrent même pas de résister. Je hurlais en regardant le ciel, au milieu du cercle qu'ils formaient autour de moi pour ne pas me quitter des yeux.

S'il s'agissait d'un plan de nuit filmé d'un hélicoptère s'envolant, la caméra aurait capté un caïque coupé en deux. La lumière du dîner à l'avant. Et un groupe d'hommes, l'épaule rentrée sur la plage arrière, au milieu des cordes et des voiles affaissées. À bord du navire, un silence définitif pour une nuit de damnation.

Les plus inquiets mirent de longues minutes à détacher leur regard de moi. La crainte probable que, ne supportant pas le malheur, je me mutile ou tente de me suicider. Là, on perçoit très vite ce qui vous rattache à la civilisation et au monde des survivants : à bord, il y avait d'autres fils.

Je ne sais pas qui était le porte-parole du groupe mais des informations me furent communiquées.

— Écoute, c'est atroce, il était à la campagne avec Emma, chez une amie. On ne se rend pas compte ici, mais en France, il fait une chaleur effrayante à l'intérieur des terres. C'est la canicule. Les personnes âgées meurent par milliers. Gabriel s'est emmêlé dans les draps alors que les filles – à la piscine – le croyaient endormi dans sa chambre. Un médecin est venu immédiatement et le diagnostic a été formel : mort subite du nourrisson.

Dix ans après, je garde les images précises d'un enchaînement d'actions qui m'ont permis de ne pas sombrer définitivement. Je me suis adressé à Dieu haut et fort, sans que personne ne m'interrompe. Et puis, peu à peu, une sorte de gigantesque éboulement m'a envahi. L'oppression totale. Les gens qui vous donnent des conseils que vous écoutez comme une musique lointaine sans y prêter la moindre attention. Descendre d'un bateau pour rejoindre l'autre. Je ne sais même plus si j'ai téléphoné à quelqu'un. Si j'ai pu parler avec la mère de Gabriel à laquelle je m'étais opposé ces derniers mois, sachant qu'elle allait donner naissance à un enfant que je ne souhaitais pas. Déjà, le fait de tracer ces mots est une horreur : comment peut-on s'opposer à la naissance d'un enfant si ce n'est par égoïsme ou irresponsabilité ? Notre « marque », notre patte, notre comportement, l'irrépressible envie du câlin et de la sexualité sans en assumer les conséquences.

Julien m'avait prévenu depuis bien longtemps : « Comment peux-tu croire qu'elle ne voudra pas d'enfant ? Comment peux-tu être aussi con ? » Avant la naissance de Gabriel, Emma s'était évaporée en Inde pendant plusieurs semaines, puis en Suisse chez ses amies Carmen et Dolores, les petites filles de Charlie Chaplin, à Vevey. Peu de nouvelles. J'imaginais à tort qu'elle tiendrait compte de mon point de vue.

Ce n'est pas le moment de vous raconter ce que représente Julien pour moi car il y a trop de choses à écrire sur lui. Et surtout trop de choses à écrire sur cette tragédie. Parce qu'elle est la version extrême de multitudes d'histoires de couples qui me sont proches mais qui vous ressemblent et qui ressemblent globalement à l'histoire de ma génération. Ces types, les filles sont moins irresponsables, qui considèrent qu'on peut affronter les murs mous de la liberté sans dégât. Dans un magnifique poème, Joseph, l'un de mes autres enfants, a écrit cette phrase bouleversante et lucide : « De la vie, viennent les dégâts. »

Il existe un environnement musical à toute forme de drame. Dans la panique, l'oreille entend successivement une petite mélodie de conversations qui s'adressent à vous, sans y prêter la moindre attention. Et puis brutalement, l'attaque ! Tannhauser ! Un tonnerre assourdissant qui vous gifle les méninges. Une sorte de grande lessive mentale. Il n'y a plus de mots, que des bruits. Ne tournons pas autour du pot, c'est le rendez-vous prévisible avec la folie. Je me souviens notamment qu'entre les approximations de Satie, petits bruits du début, et l'atrocité de la fin, tonnerre wagnérien, je me suis recroquevillé dans l'annexe qui me permit de rejoindre le *Phénicia*. Puis les soi-disant musiques se sont interrompues. Plus de mélopée, plus d'orchestre tonitruant dans ma tête. Mais une autre agression mentale et sonore : des bruits de pas imaginaires raclant un sol de sable alors que j'étais sur l'eau. Le crissement m'encerclait, m'isolait des autres malgré toutes les formes possibles et imaginables de consolations, de conseils prodigués par la vingtaine de personnes auxquelles j'ai imposé un drame en pleine mer, cette nuit du mois d'août 2003.

L'Atlantique à Belle-Ile-en-Mer, le dingue couteau à la main et quarante ans plus tard, l'Adriatique. Le dingue, c'était moi.

Ma mère m'a souvent raconté que, tout petit, découvrant mes premières vagues, je lui avais dit légèrement apeuré : « Il y a beaucoup d'eau par terre. » C'est aussi une histoire de prémonitions que cette aventure croate. Deux bateaux l'un à côté de l'autre, naviguant de concert. Julien, invitant Diane et Joseph pour que nous passions un peu de temps ensemble malgré notre séparation, alors que moi, sur l'autre embarcation, j'avais réuni quelques copains et mes grands enfants. L'eau et le feu. Et brutalement, cette histoire plus ou moins cachée avec Emma qui a explosé, ne pouvant être qu'une agression effrayante pour tous ceux qui m'accompagnaient. Comment peut-on respecter un père qui a une maîtresse ? Laquelle perd leur enfant ? Et qui nous impose ce drame dans un huis clos marin, destiné au départ à nous ressouder ?

Là où d'Ormesson écrit à propos de ses voyages en bateau en Méditerranée : « Voyez comme on danse ! », moi je leur ai fait subir « Voyez comme on meurt »… Ma débâcle fut totale, elle trouva une fragile charpente grâce à l'amitié. Plus j'ai perçu ces pas crissant sur le sable, plus j'ai senti la nécessité irrépressible de mettre en place un plan de survie. J'ai passé cette première nuit de deuil dans une petite cabine étouffante, dans les bras de mon fils Arthur qui, à l'époque, avait 20 ans. Serrés comme si nous étions amants. Jean-Yves, l'ami médecin, précieux bijou, organisa mon évacuation et décida de m'accompagner pour revenir à Paris. Elly, immensément grand, mincissime, le cheveu hyper-long, pied-noir christique, prit en charge la smala du *Phénicia*. Aujourd'hui, il est dans une merde noire. Le souvenir de ces jours terribles m'a évidemment poussé à l'aider. Avec Julien, je ne les remercierai jamais assez.

Au réveil, pour des raisons inexplicables, s'imposèrent destruction et calme. Tout était surréaliste. Lors de la mort de Gabriel, Emma était à la campagne chez une amie, qui avait fait construire une sorte de pagode thaïlandaise en plein milieu de l'Ile-de-France. Il faudra plusieurs heures avant que ne s'établisse définitivement le diagnostic de mort subite du nourrisson que je viens d'évoquer.

Comment voulez-vous, dans ce type de circonstances, ne pas vous poser de questions ? Un océan de culpabilité vous envahit, car voilà un gosse qui n'a pas demandé à venir sur terre et qui a encore moins mérité sa disparition dans des circonstances atroces, avant son premier anniversaire. C'était effrayant. J'ai tellement voulu qu'il ne naisse pas que j'ai été assailli à la fois par l'atrocité et par le soulagement.

Allons-y carrément, l'irresponsable que je fus devint calme par délivrance : un nœud défait.

Lors d'un chagrin d'amour, il y a des années, je fis un premier apprentissage de la psychanalyse et de la dépression. Un psychiatre et psychanalyste formidable me remonta à la surface d'un lac de tristesse, par la magie de quelques mots. En arrivant à Paris, je pris immédiatement contact avec lui, car Jean-Yves, en bon médecin, avait diagnostiqué une impossibilité totale de se tenir droit et digne dans cette phase dramatique qui allait aboutir à un enterrement.

Nous quittâmes la Croatie et l'Adriatique.

Quelques jours plus tard, un enterrement à la campagne, pas très loin de Paris, dans la famille d'Emma. Pendant toute la cérémonie, je l'ai serrée dans mes bras alors que nous ne nous étions pas vus depuis des semaines. De loin, ça devait ressembler à un tableau de Manet : des gens en noir, asphyxiés par la chaleur, eux-mêmes au bord de la défaillance. Encore aujourd'hui, j'ai envie de pleurer en pensant à Gabriel dans ce petit cercueil, enfant que je n'ai pratiquement jamais connu, moi qui aime tant mes enfants. Je n'ai même jamais eu le courage d'aller me recueillir sur sa tombe. Je me suis senti tellement coupable et lâche que, aujourd'hui encore, je ne vois toujours pas comment je pourrais sortir indemne de son cimetière. Et pourtant, Guillaume, un jour il va falloir y aller.

Peu de temps après la cérémonie, nous eûmes avec Emma une dernière explication. Cette femme blonde, belle, m'expliqua posément qu'à aucun moment elle n'avait songé à me piéger, ce qui était le cœur de mes soupçons et de mes reproches. Sinon, pourquoi avoir disparu pendant des semaines, sous prétexte d'acheter des meubles en Inde ?

Julien avait raison. On ne peut pas avoir une liaison avec quelqu'un, mimer la comédie du bonheur, lui présenter des amis et des enfants, et croire qu'au moment où elle est la plus désirable, elle va se contenter de cet à-peu-près.

Les couples vivent avec des arrière-pensées qui ne s'énoncent pas. Dormons ensemble ! Désirons-nous ! Sans évoquer la part de destruction que cela camoufle. Je n'ai jamais dit à Emma que je n'avais pas renoncé à Diane. Et elle ne m'a jamais dit qu'elle voulait un enfant.

Nous mimions une gentille fête, légèreté fitzgéraldienne, pour évacuer le stress de ce métier, où tous les matins, vous apprenez par les journaux qui va vous remplacer.

Il y a aussi ce décalage de lecteur assidu, qui est, avec le recul, difficilement compréhensible. J'ai lu cent fois Fitzgerald, sans accepter que son œuvre ne soit qu'un bal tragique. Lecture aveugle. Plus ils brillent, plus ils meurent, lui, Zelda et Gatsby. À mon petit niveau, comment pouvais-je y échapper ?

Tout type qui a passé son adolescence dans les années 60, a baigné dans ce climat retrouvé : la fête, la musique, l'inconscience du drame qui rôde, l'argent que l'on méprise, les livres que l'on n'écrit pas. L'alcool et les substances qui fatiguent. On passe des nuits dans une baignoire avec une amie et un joint en poussant un petit canard jaune en plastique ! C'était à Bologne. Des filles de familles aristocratiques et fauchées avaient installé dans leur hôtel particulier délabré le « QG local des gouines rouges». Nous n'étions que deux garçons. Inutile de vous dire que nous en avons profité à la tombée de toutes les nuits. Il faut des années pour se rendre compte que le rire précède le hurlement. Morale basique des soirs d'ivresse, moi qui ne bois pratiquement jamais, encore aujourd'hui.

Au fond, je suis une victime consentante de mon héros : Gatsby le minable !

Je n'ai jamais revu Emma. Jamais. J'ai appris qu'elle avait épousé un Californien et qu'elle était mère d'un enfant. Un jour, dans un aéroport, j'ai croisé un taxi brandissant une pancarte à son nom… J'aurais dû attendre un peu. Un minimum de conscience me suggéra au bout de quelques minutes de renoncer à l'espoir même de retrouvailles. Se dire quoi ? Nous nous sommes aimés ou nous avons été très cons ?

Entre-temps, il était normal que je paye cash l'addition faramineuse de mon comportement d'inconséquent. Une fois l'enterrement passé, une fois la chaleur sur Paris évanouie, je résolus un soir de retrouver Jean-Yves et Alain, mon ami psychanalyste, pour dîner à La Lorraine, place des Ternes, à Paris. Un dîner avec mes deux bêtabloquants humains. À peine formions-nous un trio à table que les glaces valsèrent. L'éboulement du bateau reprit. Un immeuble de deux étages sur moi. Je ne me souviens plus très bien. Sauf de les avoir implorés de m'hospitaliser immédiatement. Puis l'éboulement se transforma en vertige. Tout valsait. Une expérience humaine incroyable. Le lendemain, je me retrouvai à Garches, au premier étage d'une clinique, dans une chambre aux fenêtres obturées.

À la fin du mois d'août, brutalement le thermomètre chuta. En vingt-quatre heures, nous sommes passés de 36, 38 degrés à 23. Tout ce qui était éprouvant dans la vie quotidienne redevint fluide. On abandonne les trois ou quatre douches par jour. La même chemise peut servir du matin jusqu'au soir. Le sec succéda au poisseux. Le cerveau se recadra. L'extrême chaleur comme les grands froids perturbe énormément la réflexion et la vie intime. Et à Garches, me promenant dans un jardin en pente, je dus réagir comme après un bombardement. Sans réfléchir et sur ordonnance, j'ai avalé un paquet d'anxiolytiques et d'antidépresseurs. Au bout de deux ou trois jours, j'ai demandé à la réception et au médecin que l'on puisse ouvrir ma fenêtre. Besoin d'air. Pas d'idées noires.

Avant l'été, j'avais travaillé avec ma copine Anne Marcassus sur la deuxième saison d'un magazine rock, « Trafic Musique », qui mêlait le live, de courts entretiens et des sujets consacrés à ceux qui ont construit cette aventure. Là encore, je ne remercierai jamais assez la petite bande de l'époque, Yves Bigot directeur des programmes, Anne bien sûr, Jean-Yves de Linarès, Laurence Touitou qui vit maintenant en Tunisie, mais aussi Stéphane Davet, Éric Dahan, Laurence Romance et Nick Kent. Et divine surprise, nous avions rendez-vous le 4 septembre avec David Bowie pour le redémarrage de la rentrée.

Mais ne dissimulons pas une panique générale, j'étais dans un sale état. La dévastation n'est pas la dépression même si elle se soigne avec les mêmes médicaments et les mêmes mots précieux, réconfortants, des médecins. Je dois dire que voir arriver mes parents à Garches, à l'époque âgés de 80 ans et plutôt alertes, pour faire des petits câlins à leur fi-fils, avait un côté ridicule… Ils trouvèrent l'attitude, les phrases. Quant à moi, il fallait absolument que j'invente une renaissance, car il me restait à peine dix jours pour travailler. Le bureau tournait à fond et, à la clinique, puisque la fenêtre était réouverte sur le parc, je me devais de construire un semblant d'équilibre.

Partout, vingt-quatre heures sur vingt-quatre, j'entendais les mêmes mots : Bowie le 4 septembre… Bowie le 4 septembre… Bowie le 4 septembre…

Une seule solution depuis l'adolescence : le sport. Qu'il pleuve, qu'il neige, partout dans le monde, j'ai couru, j'ai trouvé un court de tennis, j'ai fait des pompes. Je me souviens même, il y a bien longtemps, avoir pris un cours de karaté sur une plage de Chypre, avec Franck Vieljeux, grand reporter d'images. Nous attendions le bateau pour Beyrouth. Alain Debos, notre producteur, un ancien des chaînes américaines, nous prenait pour des tarés. L'objectif était d'aller interviewer Michel Aoun dans son palais assiégé. Situation invraisemblable de ce mois d'avril 1989. La Baabda, le fameux palais, était pilonné par l'artillerie syrienne. Chaos hallucinant, danger partout, bombardements, snipers. Figurez-vous que dans ce registre, moi le soi-disant mondain, j'ai un certain charme ! Le trouillard hypocondriaque tremble devant la folie de l'assassin imprévisible, mais me confronter à une baston ou à une guerre ne m'a jamais posé le moindre problème. La fiction vous forge un curieux caractère. Si Gatsby est mon négatif, Errol Flynn représente la meilleure part de moi-même.

Il m'a galvanisé dans toutes les situations pourries de la vie professionnelle. Pire encore si l'on peut dire, Gentleman Jim m'euphorise. Il suffit que je pense à Flynn et à son sourire, à sa moustache, à sa beauté, pour me transformer en Durambo. En arrivant à Beyrouth avec Franckie, nous avions le sentiment de débarquer à Hollywood pour les Oscars. Et en avant pour la pétarade ! En plus, j'avais vu plusieurs fois la fille du général à la télévision, une sublime brune, et l'idée de ramper pour la retrouver dans le palais me paraissait follement romantique. Le ringard complet ! Je vous épargne mes pathétiques moments d'héroïsme avec mes petits camarades, mais même si je ne vois plus jamais la joyeuse bande des grands reporters de La Cinq, les Dutertre, Vieljeux, Renoux, Jean-Louis Calderon et autres dingues, la liste est longue, collée dans mon cœur.

Sur le coup, ça a quand même pété violemment comme dans la meilleure littérature de guerre. On a tremblé dans une inconscience totale, progressant lentement jusqu'aux portes du palais. Archidangereux, mais pas une once de trouille. Dans ce genre de situation, on n'a plus de famille, plus de parents, plus de contexte. Tout est assujetti à l'objectif. Et d'ailleurs, l'interview a été mise en boîte : l'appel à l'aide d'un général chrétien encerclé.

J'adore le Liban. L'accent des Libanais. Leur complexité. La violence qui règne dans ce pays depuis quarante ans est invraisemblable. Enfin, sur le moment, l'arrière-pensée consistait surtout à débusquer la fille du général qui a dû me prendre pour une sorte d'Aldo Maccione blond. Dieu sait que j'ai aimé cette période de ma vie.

Gentleman Jim, en racontant l'histoire du boxeur J. J. Corbett, a profondément marqué mon imagination. Les sourires, la sueur, les coups, la noblesse du sport, et tout au bout, quels que soient les résultats, l'idée que ça ne peut finir qu'en smoking… Le danger dans le grand reportage ressemble à celui des grandes escalades. On est tendu vers le sommet mais c'est sur le chemin du retour que les emmerdes vous attendent, car l'objectif a été atteint et inconsciemment, on baisse les armes. Heureusement, Debos était là pour nous dire de faire gaffe dans le convoi de voitures. « Mais putain, arrêtez d'ouvrir les fenêtres, de vous attarder sur le paysage, de descendre pour bouffer un souvlaki… Vous êtes vraiment la plus belle bande de loufdingues avec laquelle j'ai jamais travaillé. À CBS, ils vous auraient lourdés depuis longtemps pour inconscience. »

C'est le sport qui m'a donné tout ça. Les matchs de foot à l'aube, à Vincennes, sur des pelouses caillassées. La douche. En général, on sortait de boîte à 4 heures pour aller affronter une équipe de Portugais à 9 heures. Même au tennis, à part un revers chopé, je n'ai jamais eu un vrai talent physique. Je ne cours pas vite, je ne suis pas costaud, je ne frappe pas mais j'adore ça. Le sport, incontestable bouée quand ça va mal ou très mal, comme à Garches. Et là, quelques jours avant le mois de septembre, il fallait revenir, retrouver une certaine forme de décence, notamment grâce à Fred, l'un des collaborateurs de la production, qui me servit de nounou. Lui, l'ancien flic de la bande Pellegrini. Les filles du bureau lui trouvèrent vite un petit surnom : Bond. James Bond. Car Fred était un beau mec brun et impressionnant physiquement. Je n'ai jamais croisé quelqu'un tenté par l'idée de lui en coller une.

J'ai commencé par courir lentement le matin. L'épave dans les bois. En plus, quand on déprime, on n'avale plus rien, on maigrit à la vitesse de la lumière, les forces disparaissent. J'essayais de me reconstituer en dormant et en passant des coups de fil au bureau, de l'autre côté du périphérique. J'étais sur la colline de Garches, eux préparaient l'émission avec Bowie dans les bureaux d'Anne et de Jean-Yves de Linarès, rue Pergolèse, porte Maillot. Il fallait être sur pied le 4 septembre. Le Thin White Duke m'attendait pour le show. Impeccable générique sur *Miss You* des Stones, revisité par Mirwais. J'ai le don des émissions vachement bien que tout le monde a oubliées. En tout cas, cette série était formidable.

Les musicos nous aimaient. Du beau monde : Mark Knopfler m'expliquant le picking, Steve Winwood, Jimmy Page, Robert Plant, Keith Richards, Elton John, Joe Cocker, Damon Albarn qui venait pratiquement à chaque numéro, Pharrell Williams, John McLaughlin jouant avec Carlos Santana la musique de Coltrane. Et pour faire sautiller la jeunesse, l'insupportable coké Robbie Williams et les adorables Franz Ferdinand d'Alex Kapranos.

Seulement, à quelques jours de la première, je pris conscience de la réalité de mon état. Pas terrible. Je reprenais incontestablement des forces, assez vite. Mais ça me paraissait invraisemblable d'assumer un show de deux heures, au cœur d'une musique assourdissante. Fred, mister Bond, sans grand baratin, me fit comprendre qu'il fallait repasser au bureau. Éteindre les drames, téléphoner à tout le monde, rassurer.

C'est en franchissant la grille de Garches pour la première fois depuis huit jours en direction de Paris, que je compris mon malheur. Compréhension d'un truc qui allait s'amplifier et déconner chez moi dans les années à venir : l'emballement du cœur, le trouble du rythme. À chaque fois que j'allais discuter avec Anne ou de Linarès, en passant le périph, à chaque fois, tachycardie paniquante. Un truc qui ne m'arrivait jamais en faisant du sport. Jamais à l'effort. Jamais face au danger. Jamais en direct. En fait, je n'en pris pas conscience sur le moment, mais la vérité était en train d'éclater : je n'étais absolument pas fait pour ce métier de présentateur télé. Comme un footeux qui n'aimerait pas le ballon. Mon cœur, le premier, exprima son désaccord de fond, que je n'avais jamais formulé jusqu'à présent. Raconter ce qui s'est passé dans les coulisses de ma vie me paraît honnête puisque j'officie dans un métier public. En revanche, gratter le plâtre de surface pour atteindre la pierre profonde qui vous constitue est une entreprise douloureuse. À 51 ans, je n'avais pas la moindre idée de cette identité.

Les 2 et 3 septembre, j'ai convoqué tout le monde pour les informer que je n'y arriverais pas. Qu'à chaque fois que je franchissais le périph… Boum boum boum… Impossible de maîtriser et de rationaliser quoi que ce soit. Mon cœur refusait l'obstacle. Mais du côté de la chaîne et de la production, l'attitude est restée ferme et parfaitement compréhensible. On ne décommande pas Bowie au dernier moment. Mon petit Durand, tu vas te démerder avec tes démons. « Tu commences à nous faire chier ! Bouge tes fesses ! Secoue ton âme ! Redresse-toi ! »

Mon camarade médecin Jean-Yves m'a expliqué qu'il n'y avait qu'une solution : forcer un peu sur les bêtabloquants pour ralentir le rythme cardiaque, gommer les sueurs, dompter le stress. C'était un épisode paradoxal parce que nombre de mes petits camarades à la télévision ont carburé à cette époque à « l'accélérateur de particules » : la cocaïne. Moi au contraire je faisais tout pour ralentir. Avec le recul, je me rends compte que si j'avais eu une once de tentation pour la poudre, je ne serais pas là pour écrire ces lignes. Tous les médecins me l'ont dit, notamment Jean-Yves :

— Inconsciemment tu as senti le danger et je n'aurais rien pu faire pour toi !

Je passai un coup de fil à Antoine de Caunes, en lui racontant mon mois d'août et l'histoire de Gabriel. C'est un type bien et à quarante-huit heures de l'émission, je me suis dis que s'il existait quelqu'un qui pourrait me remplacer au cas où, cela aurait pour effet de calmer mes neurones, mon palpitant et cette angoisse qui vous assaille par vagues. Il me répondit d'emblée qu'il n'avait pas le temps de se préparer, lui si méticuleux. Argument que je compris, mais sur le moment, par solidarité, j'aurais souhaité qu'il fasse semblant.

Je me souviens du matin du show comme d'une cérémonie. Le lever. Immédiatement après le café, la poitrine pliée comme un parachute. Garches est un endroit silencieux où les malades se croisent sans vraiment parler, car enfermés dans leurs névroses. Ils n'ont plus le goût du ciel de septembre. Il faut dire qu'on est en pleins préparatifs de guerre en Irak, que des Corses ont mitraillé une gendarmerie. Même dans un état d'extrême nervosité, je ne peux pas m'empêcher d'écouter les news, ce qui ne fait que renforcer le stress. J'ai un événement à gérer que je ne domine pas. Plutôt que de chercher en moi le bouddhiste qui dort, je replongeais dans les habitudes néfastes : vivre par procuration et se brancher sur la grande mélopée du monde.

Aujourd'hui, je l'écris franchement, quand je suis arrivé trois heures avant le show, avec une tonne de notes et de fiches sur Bowie et son dernier album *Reality*, je n'avais aucune intention de le rejoindre sur scène. Je m'en sentais profondément incapable.

Fondamentalement, rien ne s'était apaisé malgré les médicaments et le calme de la clinique.

Dans ce genre de situation, mon apparence ne m'a jamais aidé. Comment voulez-vous croire que ce gentil joufflu de bonne famille souffre ? Pour les patrons de chaîne de télé, il faudrait organiser une succession de conciles de Latran afin qu'ils acceptent l'idée que leurs collaborateurs ont une âme qui vacille. Delarue est mort de ses excès mais aussi d'une certaine dinguerie de ses employeurs qui l'ont maintenu à l'antenne bien au-delà du raisonnable. On s'inquiète, on se renseigne, on met à pied quelques jours mais on ne devrait pas continuer à n'importe quel prix ! Peut-être était-il inarrêtable.

À un moment donné, Jean-Yves de Linarès, l'un de mes deux producteurs, m'a pris à part dans une loge avec Yves Bigot :

— Mon vieux tu y vas, y a pas le choix. Tu ne vas pas tout foutre en l'air, alors que les négociations avec le management de Bowie ont été longues et compliquées. Des dizaines de personnes travaillent sur cette émission, tes médecins sont là, ressaisis-toi et fonce.

Plus il parlait, plus j'entendais dans le studio proche le vacarme assourdissant et joyeux d'un public qui va assister gratos à un concert de Bowie entrecoupé d'entretiens.

Trente minutes avant, je ne voulais pas. Je voulais fuir par une porte dérobée. Un mur d'incompréhension entre moi et les autres. J'étais habillé comme si j'allais prendre un Martini via Veneto en 1964 : chemise blanche, veste coquille d'œuf. Je me suis fait maquiller comme un automate. L'entourage m'a laissé tranquille.

Vingt minutes avant, je ne voulais toujours pas ! Mais alors absolument pas. Impossible de substituer le charme vénéneux de Bowie à l'atrocité de ces dernières semaines.

Inconsciemment, mon ordinateur humain cherchait l'image qui pourrait débloquer quelque chose. Je savais qu'ils allaient me forcer, qu'ils allaient me pousser au milieu du studio, fringué en Mastroianni approximatif – décidément, il m'obsédait –, mais je vous jure qu'à cinq minutes de la sirène et du générique, j'étais encore un bloc de béton négatif. Ce qui paraît totalement ahurissant.

Aujourd'hui, en revoyant les images du début de l'émission, je remarque un teint crayeux et un personnage suranxieux qui se gratte perpétuellement le sourcil face au Duke. La voix est au bord de l'extinction, incapable de se fixer sur une tonalité. Mais comment suis-je entré dans l'arène ? Simplissime ! Mon cerveau a fini par trouver dans ma mémoire le souvenir du pas en avant qui délivre.

Très jeune, avec mon père, au pied du Cervin, pris de vertige, nous allions nous casser la gueule, surtout lui d'ailleurs. Le dilemme était simple : si tu ne bouges pas, tu tombes, car le sol se dérobe sous ton immobilité. Si tu fais un pas, un premier pas, tu sauves ta vie, car le mouvement t'empêche de glisser…

C'est ce que j'ai fini par faire, à trois minutes du début de l'émission, comme un mort délivré. Délivré aussi par ce qui m'a toujours plu, toujours séduit, toujours amélioré : le regard est une pensée visuelle. Je crois peu à l'intelligence. Dans ce contexte, toutes les formes du raisonnement aboutissaient à la perdition et au naufrage. Mais, quand vous êtes coincé dans un studio côté jardin, et que vous apercevez côté cour, dans les coulisses, David Bowie, Earl Slick son guitariste et Mike Garson son clavier, vous mesurez quand même la chance inouïe, le privilège extravagant de faire ce métier. Trois idoles et je serais un lâche ? Combien de comédiens, combien de musiciens, combien de sportifs, combien de simples salariés sont allés au bureau pour exorciser leurs drames ? Leurs deuils ? Keith Richards a joué aux Abattoirs de la Villette le soir de la mort d'un enfant. Moi, je n'avais pas le droit de fuir. Mais cette conscience du devoir, en présence d'idoles, ne s'est faite qu'à quelques secondes du début du générique.

Je vois Bowie qui m'attend. Il a tous les cheveux que je perds. Un jean gris cendré, la fesse légèrement plate de l'Anglais. J'entends dans l'oreillette les voix d'Anne et de Laurence Touitou. Je suis déjà au milieu de la foule qui hurle et j'enchaîne sur les phrases toutes faites du meneur de jeu… « Ravi de vous retrouver… David Bowie… » Et autres âneries télévisuelles classiques mais finalement moins pires que ces lancements archi-écrits et qui fleurent bon le décalage ringard ou la flatterie déguisée. Heureusement, nous avions prévu de différer l'entretien en commençant par Bowie interprétant un morceau à la résonance comique quand on y pense aujourd'hui : *New Killer Star*. L'énergie de Gail Ann Dorsey, sa bassiste, m'a secoué, m'arrachant à la torpeur de l'angoissé. Belle, black, rasée, bastonnant sur son instrument pour propulser probablement l'une des meilleures formations de Bowie. Slick était un guitariste inspiré et Mike Garson jouait du piano comme le jazzman McCoy Tyner. Il inondait le clavier de doigts habiles.

Forcément, dans ce genre de situations, on s'épie. Il y a un Durand qui travaille, qui présente les artistes et les sujets, et puis l'autre, une sorte de surveillant général qui veille sur un seul élève, lui-même. Pendant deux heures, j'ai essayé de donner le change… La ferveur du public dans un studio relativement petit, autour d'une vraie idole du rock, empêcha toute défaillance personnelle massive.

D'une certaine manière, j'étais sur scène comme eux. Je me souviens aujourd'hui qu'à la fin j'avais dédicacé l'émission à un petit garçon qui était parti sans avoir jamais rien demandé. Une inconscience que de prendre les gens à témoin de votre histoire mais il est probable que le besoin était plus fort que le paravent de la dignité. La vie a repris. Les tremblements ont fini par s'espacer pour que renaisse le goût du regard, tourné vers le ciel et les oiseaux.

Je ne sais plus si c'est le lendemain ou deux jours plus tard… Au détour d'un entretien dans *Libération*, Bowie confia qu'il avait eu affaire à la télévision à un drôle de mec. J'attendrai plusieurs jours et un after-show à Bercy pour lui confier, il portait un impeccable costume ivoire, que j'avais traîné ma peine tout au long de cette émission. L'Anglais en général est bien élevé et s'en tamponne totalement. Bien que vivant à New York depuis des années, Bowie est le prototype de l'Anglais. Il sourit aimablement, sans forcer sur la compassion. Ce qui, avec le recul, ne m'étonna guère.

L'album qu'il vient de signer pour son retour, *The Next day*, est un modèle de guitares et de sobriété émouvante. Tony Visconti son producteur et la plupart de ses musiciens espèrent qu'il repartira en tournée dix ans après. Mais les ondes provenant de New York sont négatives, malgré le succès phénoménal en Angleterre de cet improbable retour. Rencontrer des types comme moi, qui vont lui poser éternellement les mêmes questions, avant d'aller s'épuiser sur scène, ne le branche plus. David Jones s'est mué en Glenn Gould. Disques oui, concerts non.

Son travail, monument d'intelligence rock et de sophistication, m'est toujours apparu comme un continent froid malgré les riffs. Un rock d'archevêque affecté et bisexuel. Trop blond ce faux Noir, ce mime, ce Dorian Gray ultra-doué, pour être honnête. Trop de déguisements. Un jour archi-camé et le lendemain sauveur d'Iggy Pop et de Lou Reed. Un type assez inouï, très brillant, qui a longtemps cherché à sortir la musique de sa génération de son impasse fondamentale, une musique qui reste selon la formule célèbre du producteur/assassin Phil Spector : « Des miniconcertos pour adolescents. »

Aujourd'hui, McCartney a plus de 70 ans. Bowie est né le 8 janvier 1947 à Brixton. Les rock stars sont les vrais maîtres non avoués du monde, depuis le début des années 60… Mais la dignité, dans le cas de Bowie, l'empêche de faire la sortie des écoles pour recruter à l'infini de nouveaux fans en se produisant sur scène.

La dignité est incontestablement un truc d'Anglais.

Autre argument, plus fondamental : son père spirituel américain, Andy Warhol (qu'il a incarné à l'écran), a changé la peinture et son histoire. Bowie lui, n'a pas changé la musique. Le rock post-moderne, fût-il génial, est une impasse.

Après « Trafic Musique », sa tournée s'est poursuivie pendant plusieurs semaines, un peu partout à travers le monde pour promouvoir l'album. Alors que je reprenais lentement mes esprits, je découvris qu'il avait dû annuler plusieurs dates pour des douleurs à l'épaule. Au début, les explications étaient banales : arthrose, torticolis, déplacement de vertèbres. Tu parles ! Il allait disparaître dix ans ! Dix ans sans la moindre nouvelle crédible de lui. Les rumeurs les plus alarmantes l'envoyèrent même plusieurs fois au cimetière. Problème d'artères, plus grave ? Le beau David, transformiste du rock, n'a jamais clairement expliqué ce qui lui était arrivé.

Son cœur aussi en savait trop.

Les menaces anonymes revinrent un soir de théâtre, des années après. Mon compère et aîné Philippe Tesson avait pris des places pour que nous puissions voir, aux Ateliers Berthier, annexe de l'Odéon, l'adaptation des *Particules élémentaires* de Michel Houellebecq par un tout jeune metteur en scène de moins de 30 ans : Julien Gosselin. L'argument est connu depuis la sortie controversée du livre en 1998 : l'histoire de deux demi-frères abandonnés par leurs parents soixante-huitards, incapables de faire autre chose que de jouir sans contrainte, entre sexe, massages et communautés bidons. Pour la littérature française, ce livre est probablement le dernier chef-d'œuvre du XXe siècle. Un monument d'intelligence caustique et parfois de franches rigolades, avant de sombrer dans la débâcle.

Sur scène, un orchestre face à un public, très *Télérama/Inrocks*, comme dirait Fabrice Lucchini, ironisant sur ceux qui payent pour venir le voir et qui ont l'impression d'aller à la rencontre de La Fontaine, Céline ou Philippe Muray… Mes voisins étaient captivés et attendaient l'événement avec gourmandise, notamment un grand chevelu, avec une tête de crème caramel, qui matait comme un fou les actrices, la plupart du temps à poil, dévorant l'espace scénique. Nous étions concentrés. Mon camarade Tesson est une merveille. À 88 ans, il fume et fulmine sur tous les plateaux de radio et de télévision. Il ne néglige pas le bon vin et dîne très souvent en ville avec sa confidente Élisabeth Quin, qui présente un joli programme d'actualité sur Arte.

Jusque-là, rien à signaler. Je perçus simplement, connaissant mon Philippe par cœur, qu'il n'avait qu'une seule crainte : me voir disparaître lâchement à l'entracte pour ne pas me coucher après minuit, en raison de la matinale du lendemain. Dès le début de notre sortie pacsée, je m'étais promis de le surprendre et de rester jusqu'au dernier accord de guitare strident. À l'entracte, comme tous les maniaques, je me suis précipité pour débloquer le mode avion de mon portable et prendre connaissance du monde. Pour l'actualité et mon boulot, tout était tranquille.

Angoisse brutale : le Salopard était de retour !

À l'écran, une forêt de chênes et de hêtres inclinés. Le sol étant jonché de très jolies fleurs parme que je n'eus absolument pas le temps d'identifier. J'étais repris par le dégoût du procédé : la menace moite et allusive via les SMS. Le texte était plus gai que d'habitude et tenait au début en deux petites maximes obscures. La première pourrait avoir été rédigée par Aymeric Caron, venant de terminer un livre d'Emmanuel Kant :

« L'animal, c'est comme le pays, ça ne se déplace pas hors de soi. »

Puis, plus loin, dans un registre nietzschéen approximatif :

« Les optimistes sont incapables de comprendre ce que signifie adorer l'impossible. »

C'était compter sans la suite, très éloignée du Collège de France :

« Tu ne me vois pas, mais je te suis. Tu ne me vois pas, mais je suis derrière toi… »

Puis… plus rien. Sauf un ébranlement psychologique profond, des cernes alourdis, une immense fatigue, une détresse. J'avais oublié cette existence collée à ma peau pour m'effrayer. Tesson perçut mon trouble, mais feignit de l'ignorer en me proposant d'aller boire un verre de rouge dans le foyer du théâtre où les commentaires allaient bon train. Crème caramel, mon chevelu, s'entretenait avec une femme sans âge, dont les jambes commençaient à hauteur de ses épaules. L'un et l'autre avaient l'air fort satisfaits du spectacle, ce qui n'empêcha pas la dame de faire remarquer à son compagnon qu'il pourrait faire preuve d'un peu plus de discrétion lorsqu'il lorgne les actrices. Une scène de Houellebecq assistant à un spectacle tiré de Houellebecq ! Moi, j'étais totalement débranché. Plus du tout concerné pas les *Particules*, mais enfermé dans ma secrète promesse de ne pas abandonner Philippe. Lorsque la sonnerie retentit pour la reprise, je faillis le trahir. Je voulais profiter de l'arrivée récente de ce message pour repasser un coup de fil à l'un de mes copains flics afin de voir s'il n'était pas possible, dans la foulée, d'identifier l'émetteur du texte. Je traînais en coulisse, mais la maison poulaga était sur répondeur.

Le pire, dans ce genre de situation, porte la couleur pourpre. Il y a le rouge de la victime que je suis et le bleu glacé de la culpabilité. À la vitesse du lièvre, ma mémoire, presque sans mon consentement, déstocke des images du passé qui pourraient expliquer cette fatalité.

Mais qu'ai-je fait ?

La fin du spectacle fut un calvaire. D'ailleurs, l'adaptation du roman fléchissait, comme mon moral. Parfois, Philippe, quand il sourit, ressemble à un joli serpent sorti des herbes folles des Flandres, sa région d'origine. Une minceur, dominée par un grand front et des cheveux vénitiens. Au nord, deux styles se mélangent : la ligne droite qui influença Mondrian et le baroque qui fit chanter Jacques Brel. Philippe est un mélange des deux, un homme d'affaires avisé et un patron de presse foutraque. Il conduit à 100 à l'heure dans Paris, peste comme un bain de jouvence, tait ses états d'âme et joue du piano. Généralement, il embrasse et adresse des magnifiques sourires d'empereur romain à tous ceux qu'il a flingués et qu'il croise dans Paris. Il adore Sarkozy, mais pense que c'est un psychopathe. Déteste Hollande, mais apprécie son caractère. Au fond, il aimerait que ces deux-là disparaissent, au profit de Valls et Le Maire. Philippe abhorre les vieux jeunes, c'est-à-dire les gens de mon âge, aux alentours de 60 ans. Par-dessus tout, il exècre la médiocrité, l'inculture.

Le théâtre est son temple.

Les papiers qu'il donne aux journaux mélangent le fouet et la flatterie. Il a dépensé beaucoup d'argent avec sa fille pour réhabiliter le Théâtre de Poche Montparnasse. Une embolie pulmonaire l'a privé de son épouse Marie-Claude et son fils, Sylvain, a failli y passer dans une escalade/chute dont il a le secret à Chamonix, alors qu'il venait de dîner avec Jean-Christophe Ruffin. Comment encaisse-t-il tout ça ? Il n'y a pas toujours de secret au plus profond des hommes, mais souvent une éducation. Philippe Tesson est comme Roman Polanski, un vrai dur à cuire, qui pratique Baudelaire : « Le génie c'est l'enfance retrouvée à volonté. » Dans mon cas, l'enfance est certainement un destin, mais la noyade n'est jamais vraiment éloignée. Donnant perpétuellement le change, je feins la désinvolture. Un ancien jésuite pourfendeur des cures freudiennes qui n'en finissent pas, psychiatre magnifique pratiquant l'hypnose, me donna une amorce de solution dans son cabinet de la rue de Naples :

— Moi aussi, j'ai envie de tuer… baissez les épaules, baissez les épaules…

Plus je me concentrais, moins j'arrivais à identifier cette énigme penchée sur moi. Aucune piste ne remontait à la surface. Pas une once de soupçon, ce qui est quand même curieux quand on a eu une vie raisonnablement agitée. Philippe, lui, ne désarme jamais :

— Bien évidemment, on va dîner !

Il était quand même minuit, plus les frites, ça fera au minimum 1 heure du matin et nous devons nous lever quatre heures plus tard, car Philippe est convié pour commenter l'actualité. Cette restriction du sommeil ne le dérange pas. Je n'ai pas échappé non plus à un autre verre de vin qui me plongea dans un curieux rêve.

J'avais changé de vie. Je travaillais dans une écurie de Formule 1. Le patron du team, autocrate tranchant, nous avait réunis, ingénieurs, pilotes, techniciens, communicants, pour se plaindre de nos mauvaises performances lors de la séance d'essais qui venait de se terminer. Je crois que nous étions à Silverstone en Angleterre. Il tint ce curieux langage qui caractérise les gens qui ont gagné beaucoup d'argent récemment :

— Vous êtes vraiment une bande de feignasses incapables ! Ma femme m'a encore dit hier soir : « Mais comment peux-tu dépenser ta fortune pour aider ces pilotes qui n'avancent pas et ces ingénieurs qui ne comprennent rien à l'aérodynamique et à la motorisation ? »

Brutalement, il déclencha un orage violent :

— Je veux que la crainte revienne dans notre team. Vous ne comprenez que ça, la menace et la peur ! J'ai demandé au plus malin d'entre vous, Harold (que nous surnommions tous bêtement « le Chinois », à cause de sa fourberie de lèche-cul), d'installer au cœur des stands, c'est la proposition d'Harold, un ours menaçant, enfermé dans une cage de glace. Il paraît que la bestiole ne supporte pas les trouillards et identifie très vite les frissons de la crainte. Rassurez-vous, je ne vais pas le lâcher à vos basques. Mais dès que je sentirai, au moindre grognement, que l'un d'entre vous flanche, ni une, ni deux, je le fous à la porte…

Et là, il hurla carrément :

— Je veux qu'on passe les qualifs ! Sinon j'arrête tout.

Dans mon rêve, ce garçon raffiné n'avait pas de nom, mais une tête de bœuf à rouflaquettes. Physiquement, une sorte de Jean Yanne. Je dormis trois heures. Je connais maintenant la technique pour que le cœur limite ses soubresauts. Au réveil, il faut rester une petite dizaine de minutes allongé et surtout ne pas jaillir de son lit… Dans mon existence, le diurne et le nocturne se mélangent, comme un éternel décalage horaire qui trouble les repères et ma conscience. Je rêve, je travaille, je dis bonjour, je souris, je dîne, je ne sais plus.

Mais le Salopard, lui, avait l'air de savoir à ma place.

Pourquoi des fleurs parme ?

Madonna : Néron ?

On s'éloigne d'une passion par hasard.

Une chaîne de télévision me demanda, à l'apogée de sa carrière, d'aller filmer Madonna à New York au Madison Square Garden. Le premier contact avec Liz Rosenberg, qui s'occupait de sa communication, fut atroce. Pire que de se faire « choper » par les douanes à Kennedy Airport. Elle m'obligea à signer une kyrielle de documents par lesquels j'acceptais toutes les invraisemblables conditions dictées par les avocats : ne pas l'approcher, ne pas lui poser la moindre question lorsque je la filmerais, ne pas prendre contact avec des gens de son entourage et de son passé. En bon Français, j'étais habitué à ne pas respecter ma signature. Je dus vite déchanter. Les images du concert nous seraient fournies par la production et nous n'avions le droit de capter son regard qu'entre la sortie de sa loge et l'avant-scène. Tout le reste du parcours était obturé par un drap blanc.

Je vais être aussi subtil qu'elle : des nazis de la com'. La poétique culture pop prenait un chemin atroce : celui du mépris. Madonna n'est pas la première diva exaspérante et tenaillée par l'envie viscérale de tout contrôler. On m'avait demandé de venir à New York pour m'agenouiller silencieusement devant la grande prêtresse de la soi-disant transgression sexuelle et féministe. Mes sentiments naïfs à l'égard de l'Amérique basculèrent.

Ma chère maman a confectionné un dossier confus où elle garde religieusement les interviews débiles que j'ai pu donner pendant les années 80 et 90. Thème général : nous sommes tous les contemporains de nos contemporains, c'est la première fois dans l'histoire de l'humanité… puisque CNN a tué les fuseaux horaires, pulvérisé les différences, rapproché les continents… Sincèrement, j'y ai cru. En matière de télévision, nous sommes longtemps restés à la ramasse derrière les Anglo-Saxons pour des raisons technologiques. On oublie complètement le retard pris dans l'utilisation des téléphones satellites. Et puis, l'idéologie de la culture officielle en France reste le cinéma et l'expression du point de vue des auteurs, le contraire de la télé qui n'a qu'une seule obsession : le grand public. Problème : nous ne sommes pas seuls sur terre.

Notre lecture incessante des *Cahiers du cinéma* ne pouvait qu'arranger Ted Turner, le magnat de CNN à Atlanta. Continuez à réfléchir à vos conneries sophistiquées, pendant ce temps-là, j'agis, j'épouse Jane Fonda et je vassalise le monde !

Serge Daney fut l'un des premiers, dans les colonnes de *Libération*, à vomir cet empressement. Malheureusement, aujourd'hui, avec BFM, i-Télé, LCI et les centaines de chaînes d'information, nous savons qui a gagné la guerre des écrans. Pour la forme, nous résistons toujours avec Régis Debray, devenu le misanthrope éclairé et cultivé du « stupéfiant image ». Mais qui en France ne jette pas un coup d'œil une fois par jour à une chaîne d'info ? Qui n'ouvre pas son ordinateur, sa tablette ou son portable, à part Alain Finkielkraut ? À l'époque, autant l'avouer, j'étais fasciné par la saga Turner. L'homme d'Atlanta représentait l'avenir et certainement pas le python qui allait dévorer la culture. À cause de ma passion pour la peinture, je considérais, depuis bien longtemps, que le cinéma n'avait plus qu'un rapport lointain avec la culture et qu'il ne s'agissait plus que d'une industrie à quelques exceptions près. Assassiner Fritz Lang ou Eisenstein m'aurait révolté. Mais la mort du cinéma, à partir des années 80, ne m'effrayait absolument pas : je trouvais presque tout atroce. Sans poésie. Sans grâce. De Stallone à Schwarzenegger, de Bruce Willis à Tom Cruise. La plupart du temps, les actrices faisaient tapisserie auprès des héros.

J'avais trois arguments pour défendre le beau Ted.

Le premier, que je dissimulais hypocritement, était la fantastique dose d'adrénaline que la télé en direct peut procurer quand elle couvre, reportages et plateaux, des événements historiques, fût-ce en racontant des approximations terribles. Dans ce domaine, j'ai bien donné !

Le deuxième argument n'était pas totalement idiot. J'ai été très marqué par l'assassinat de Salvador Allende au Chili en 1973 et je me suis autopersuadé que les tueurs n'auraient pas pu le liquider, dans le palais de la Moneda, si les envoyés spéciaux avaient été en direct avec les moyens du satellite. On ne massacre pas un chef d'État devant les caméras du monde entier.

Le troisième argument me paraît être le plus valable : l'inexorabilité du monde. L'humanité ne peut pas échapper à l'évolution de sa technologie. Je ne crois pas avoir été médiocre en considérant, en bon gaulliste culturel, qu'il était hors de question de ne pas avoir les mêmes moyens et les mêmes méthodes que les Américains, autrement nous allions plonger dans la vassalité. Ce qui s'est d'ailleurs passé pendant la guerre du Golfe.

Durand, personnage comique, les images de l'époque le prouvent. Il suffit de me voir à l'écran avec des cartes et trois généraux en train de mimer le conflit pour s'en convaincre.

À l'automne 1989, à force de me prendre pour CNN à moi tout seul, un léger dérèglement neuronal s'empara de moi. J'étais crevé et à l'âge débile où l'on considère que, pour nettoyer la fatigue, il faut faire des choses encore plus fatigantes !

Puisque j'étais un fantassin contradictoire de l'Amérique, je décidais de partir à New York courir dans les rues. Vous avez probablement vécu la même séquence. On prend les billets d'avion en cherchant les moins chers. On est excité comme des puces. On téléphone à des copains exilés pour leur dire qu'on arrive. Ce qui les emmerde, car, enfoncés dans la vie de Manhattan, ils ont autre chose à faire que d'aller dîner avec des vagues copains à qui ils n'ont plus rien à dire. Je me souviens même avoir réservé à l'avance une table chez Peter Luger à Brooklyn pour dévorer des océans de steaks et de patates graisseuses. Ce qui fut fait dès mon arrivée avant d'aller dormir dans une chambre mise à ma disposition par un charmant couple d'amis. J'étais en plein trip Woody Allen et Bruce Springsteen mélangés, ceux que je considérais comme l'autre Amérique. Presque le bonheur du dépaysement. Après deux ou trois heures de sommeil, la digestion étant pénible, puisque Peter Luger pratique la gastronomie XXL, j'ai commencé à me réveiller dans une odeur d'oignons frits, à tourner dans tous les sens pour lutter contre l'inconfort gastrique. J'ai enclenché la télévision sur CBS (ma chaîne préférée) pour découvrir, ahuri, moi, le Lawrence d'Arabie de l'info hexagonale, que j'étais en train de passer à côté la chute du mur de Berlin (9 novembre 1989). Cet inopiné week-end à New York pulvérisait mes naïves ambitions. Je ratais consciencieusement et avec application l'Événement majeur de la fin de XXe siècle !

Orgueilleux, j'ai téléphoné à la rédaction, croyant qu'elle ne pouvait rien faire sans moi. J'entendis mon chef bien-aimé de l'époque (Patrice Duhamel à La Cinq) me répondre… « Bonnes vacances ! » Je me prenais pour un indispensable Michael Douglas, je n'étais qu'un Fernandel dépaysé.

Il n'empêche qu'après les week-ends à Londres de la postadolescence (années 70), j'ai continué, dès les premiers salaires confortables, à croire que New York, une fois par an, était une thérapie pour rester dans la modernité du monde des années 80. Je suis loin d'être le seul, car chaque année plus d'un million et demi de Français, soit l'équivalent de tous les habitants de la ville de Lyon et de sa métropole, traversent l'Atlantique. L'Amérique reste notre fascination/répulsion préférée et banale. De retour à Paris, à chaque fois, j'étais frappé par le sentiment d'atterrir à Périgueux tellement Manhattan était excitant, frénétique, dangereux, passionnant, sexuel, mortel même pour les plus dingues d'entre nous. Je prenais le moindre prétexte pour embarquer : l'US Open au mois d'août, les différentes campagnes électorales – Reagan, les deux Bush et Clinton. Lors d'une convention à La Nouvelle-Orléans, chaleur écrasante, je suis parti courir en fin de journée pour me déstresser.

Magnifique idée à la con !

Après trente minutes à un bon rythme, je me suis effondré, épuisé, dans un quartier totalement délabré de maisons en bois colonial où vivait une partie de la communauté black homo de la région. Au détour d'une rue, épuisé et déshydraté, j'ai cherché désespérément une fontaine et suis tombé sur un colosse en tutu, au physique de Michael Jordan, suçant une tétine, qui s'est brutalement intéressé à mon petit cul humidifié par l'effort. Lui et ses copains ont même inventé une version assez extraordinaire du rap, la bounce music, qui leur permet de rejeter l'homophobie omniprésente dans la culture hip-hop. Sur le moment, j'ai pété de trouille, car je n'étais absolument pas préparé à changer de sexualité après un jogging égaré. J'ai fui comme un dingue vers le quartier français pour retrouver mon hôtel et finir par commenter la convention républicaine qui permit à Ronald Reagan d'adouber George Bush senior par cette simple phrase :

— George is the best !

J'ai immédiatement adoré cette jurisprudence politique qui fait que les perdants giclent à jamais. Qui se souvient de Michael Dukakis, adversaire démocrate de Bush ? Éjecté ! Disparu ! Au revoir ! Sauf pour des mandats locaux, dans son cas le Massachusetts. Aujourd'hui, je suis plus mesuré, mais sur le moment j'aurais voulu que la France adopte ces pratiques radicales pour renouveler les candidatures politiques au sommet. L'Angleterre vient de le faire avec la victoire de David Cameron aux législatives. Tous les leaders des partis qui cherchaient à le vaincre, y compris lorsqu'ils n'ont qu'une quarantaine d'années, ont en quelques heures démissionné et abandonné toute carrière nationale. En France, nous recyclons, car toute défaite est injuste, c'est bien connu.

Je savais que New York était une oasis aux États-Unis, malgré l'insécurité de l'époque quand on débarquait dans les galeries ou les boîtes downtown. Ces campagnes politiques me permirent de faire connaissance avec l'autre Amérique, celle que méconnaissaient les Européens : Detroit, Cleveland, Albuquerque, Atlanta. Toujours le même modèle : un centre d'affaires avec des buildings, puis la bataille géographique entre les ghettos de riches et les ghettos de pauvres. Des autoroutes gigantesques. Des sols complètement déglingués en plein milieu des plus grandes villes. Une richesse inaccessible. Une bouffe à l'époque plutôt dégueulasse et partout ailleurs, la trouille de se faire déglinguer lorsqu'on traîne dans un bar de white trash ou de Blacks énervés. Petit à petit, j'ai compris que l'Amérique n'était pas simplement l'illustration de mon rêve de Bob Dylan et de Faulkner. Parfois, visuellement, c'était même pire que la Ruhr ! Des paysages désolés de désindustrialisation, des vieilles Chevrolet et de la misère moite. À des années-lumière de mon éternelle visite au MoMA ou du 420 West Broadway où se tenaient les plus célèbres galeries du monde en un étage, notamment celle du divin Leo Castelli qui a représenté tout l'art mondial de sa génération avec un tact, une intelligence et une subtilité qui ont aujourd'hui totalement disparu.

Leo invitait à déguster une pâte aux Tre Merli sans même envisager que vous puissiez lui acheter un Warhol ou une œuvre de Roy Lichtenstein. Simplement de l'amitié et de la courtoisie alors que nous n'étions même pas très proches. Avec le recul, depuis vingt-cinq ans, j'ai l'impression que l'on vit dans un autre monde. Mais j'ai gardé ce goût du pèlerinage à Manhattan. Depuis la Seconde Guerre mondiale, nous sommes des générations de filles et de garçons à être des esclaves mentaux de l'Amérique après avoir été ceux du Londres des années 60.

Souvent, là-bas, j'ai été confronté à la peur.

À Los Angeles, comme un fils amoureux, j'avais emmené mon père qui devait avoir 75 ans. Nous résidions dans un hôtel downtown. Aux alentours, peu de rues étaient sécurisées. Et ça n'a pas raté. Malgré les recommandations du doorman, nous nous sommes trompés d'adresse pour un dîner. J'avais loué une voiture et j'ai bien cru que nous allions finir en morceaux dans un cul-de-sac bourré de Chicanos totalement défoncés et déguisés en pirates des rues. On s'en est sortis par miracle, en tout cas, mieux que dans *Le Bûcher des vanités* de Tom Wolfe.

À Paris, de mes boums d'enfance jusqu'aux dîners tardifs aux Bains Douches… de La Plaine-Saint-Denis à l'École militaire, il m'est arrivé cent fois de rentrer à pied la nuit tombée. J'ai adoré cette poésie de la marche nocturne. La plupart du temps : zéro problème. Alors qu'en Amérique, à l'époque, c'était totalement inenvisageable de traîner longtemps sur les trottoirs. En 2015, le mouvement s'est inversé. Vous vous baladez tranquillement sur Broadway à 4 heures du matin alors qu'à Paris, sur les Champs-Élysées…

Le pire fut en juillet 1997. Trois ans après avoir rencontré Diane, j'étais parti avec ma fille Juliette et mon fils Arthur pour retrouver un lien après un divorce qui fut douloureux avec leur mère. Toujours le même réflexe américanophile : New York et les musées.

Pour deux jeunes adultes, atterrir à Kennedy Airport, puis apercevoir les premières tours en traversant le Brooklyn Bridge restait une sensation euphorisante. J'avais tellement envie qu'ils retrouvent le sourire. À part la chaleur, nous étions bien. Après quelques jours de tourisme classique, nous sommes partis pour la baignade chez les milliardaires arty dans les Hamptons, au bord de l'océan. Il suffisait de trois heures de voiture jusqu'à Montauk à l'extrémité de Long Island pour être totalement dépaysé. C'est un endroit curieux. La plupart des artistes new-yorkais y ont des résidences secondaires. Parfois de simples cabanes dans les dunes. Parfois d'extraordinaires maisons contemporaines sur la plage. Parfois, les dynasties industrielles y construisent des manoirs à l'anglaise, avec d'immenses pelouses et des tennis en herbe.

Le fric est violent quand on n'en a pas et qu'on se promène le regard en l'air. Sur place, nous échouâmes dans une pension de famille avec couvertures à fleurs sentant le renfermé, entourée d'un petit jardin avec une énorme plage déserte et inquiétante à proximité. Déjà, depuis New York, ma carte bleue donnait des signes de faiblesse, car j'attendais un virement. Il était hors de question de vivre comme les Gatsby locaux. Restaurants hors de prix. Antiquaires caricaturaux. Des agences immobilières partout. Même les tortellinis étaient déguisées en Ralph Lauren.

En juillet, malgré les myriades de maisons, vous croisez peu de gens dans les Hamptons, car le financier n'a pas de vacances. Il n'y vient que pour de grands weekends. Le reste de ces semaines de juillet 1997, nous étions pratiquement seuls dans les rues, admirant un rêve hors de portée.

Le premier signe d'énervement vint d'Arthur qui, lors d'une partie de tennis dans un club chic ayant eu la gentillesse de nous accepter, faillit tuer une vieille dame entièrement habillée en blanc. Mécontent que son père lui foute encore une raclée, il pulvérisa une balle à une vitesse subsonique, qui passa à cinq centimètres de cette potentielle héritière Rockefeller, tétanisée par la violence du geste. La décision familiale fut de prendre la fuite avant l'arrivée des cerbères. Car dans les Hamptons, il y a souvent des cerbères pour les femmes riches qui traînent dans les clubs huppés.

Cette après-midi-là, il pleuvait après la chaleur. De retour dans la pension, l'Amérique nous offrit son spectacle télévisé du moment : à 50 ans, Gianni Versace venait de se faire assassiner dans sa magnifique maison bordant South Beach à Miami. Je connaissais l'endroit par cœur pour avoir été plusieurs fois à Noël séjourner dans le coin. Versace n'avait pas fait dans le discret. Sa baraque ressemblait à sa mode : tape-à-l'œil, faussement modeste, italianisante. Miami étant une ville majoritairement hispanique, mais largement gay. Les mecs rôdaient autour de sa fortune. Un dénommé Andrew Cunanan avait fini par le dézinguer. Mais les flics et les télés mirent un certain temps à l'identifier et à le retrouver. Et là, quand vous êtes coincé dans une pension, pendant plusieurs jours, avec des télés qui puent la mort et le meurtre, l'angoisse vous prend. Elle m'a pénétré comme l'éternel couteau qui me terrorise. Chaque jour, nous essayions de fuir, mais la charmante patronne, elle aussi en jupe à fleurs, ne pouvait que constater, désolée, que ma carte de crédit ne fonctionnait toujours pas. Juliette, Arthur et Guillaume étaient les otages économiques de cette péninsule américaine qui est probablement un des endroits de la planète où le pouvoir d'achat au mètre carré est le plus faramineux.

Et puis, cette terrifiante angoisse du breaking news qui ne s'efface pas, malgré les plongeons dans l'océan.

L'attente a duré plusieurs jours.

Les sempiternelles images du cadavre de Versace. Le récit de ses dernières heures. La panique dans la ville de Miami qui cherchait, à tous les coins de rue, un serial killer homo. C'est lors de ce séjour que j'ai pris conscience des limites d'un système médiatique que j'avais contribué, à ma modeste mesure, à importer dans mon pays.

Ma fascination pour l'Amérique se fissurait.

Martin Scorsese était en train d'être cloné par Roberto Rodriguez. La vulgarité s'emparait des écrans, donnant le pouvoir à une petite blonde du New Jersey qui avait flirté avec Jean-Michel Basquiat avant de dominer le monde :

Madonna. Madonna est à la pop music ce que Néron est à l'histoire de Rome. Une sorte de fin apocalyptique. Versace l'habillait : fausse rébellion, multiplication des croix mimant les religions pour mieux les saloper.

De Kiev à Ibiza, de Londres à Punta del Este, tous les soiffards, tous les fêtards, tous les coiffeurs de la planète, s'embrasèrent au son des tubes de la Ciccone. Le tatouage prit son envol dans les classes moyennes. Le disco charmant avait déjà failli bousculer Jagger et Bowie. Là, il était question de les flinguer ! Avant même qu'elle n'envisage de déménager à Londres pour mimer l'aristocratie en épousant un Anglais, la disciple de la Kabbale suivit un projet de domination du monde en beuglant des âneries sur scène (et souvent en play-back) tout en tenant en laisse des pauvres gars, danseurs body-buildés et bisexuels. À 56 ans, son dernier clip *Bitch I'm Madonna*, avec Nicki Minaj, Miley Cyrus, Beyoncé, Katy Perry et Rita Ora, confirme l'abîme d'obscénité qui s'est emparé de cette fille intelligente qui avait commencé à faire parler d'elle dans la sphère underground et avait même utilisé des talents français, comme Mirwais.

Tous les bardes et musicos des années 60/70 n'eurent pas la pureté de Leonard Cohen et de Neil Young. Il n'y eut jamais de paradis dans ce business. Mais curieusement, presque tout ce qui a été enregistré à cette époque par les musiciens blancs et noirs recèle une certaine forme de magie indémodable.

« Madonna, comparée à Néron » est une expression qui ne m'appartient pas. Elle a été formulée, dans une célèbre interview, par l'une des reines du folk, Joni Mitchell, qui s'est servie de ces mots pour exprimer son dégoût et sa colère à l'égard de ce qu'est devenu le show-biz américain : un cloaque. Récemment, la miraculeuse

Joni, à la voix cristalline, est tombée dans le coma à 71 ans.

Pratiquement en même temps que la musique, le simulacre de sincérité associé à un goût effréné de l'argent gagna le cinéma. Je ne vais pas vous donner la liste entière des acteurs (Kevin Spacey, John Malkovich et les autres) qui n'en peuvent plus de jouer dans des productions sur fonds verts qui n'ont pour seul but que de distraire les adolescents de la planète. Le prophète nous l'avait chanté dès 1964 : « The times they are a-changin' ». Rivière de déception. Ma fascination pour l'Amérique s'est donc d'abord fissurée, puis peu à peu envolée.

Comme beaucoup d'entre vous, les mots de Villepin à l'ONU le 14 février 2003 ont résonné. Marilyn reste une cousine fragile, mais n'est plus mon désir, mon graal, mon sortilège de valium.

Mon dernier voyage à New York se produisit à l'été 2011 avec Diane et mes deux derniers enfants, Joseph et Angélique. Toujours le même scénario : la joyeuse famille dépense ses économies au pied de l'Empire State Building… Grace au sieur Moreno, nous avons passé cette fois-ci quinze jours de rêve dans les Hamptons. Les nuits douces enveloppaient la gigantesque maison qu'il louait à l'intérieur des terres. Moreno et son épouse sont la générosité même. Nous passions nos journées entre l'océan et ses fameuses maisons en bois qui arborent le drapeau américain à l'abri d'arbres centenaires. À Shelter Island où nous avons dîné un soir, la forêt avance jusqu'à la plage. Et peut donner une sensation d'inquiétude et de menace portée sur la vie. Moreno avait oublié un médicament important. Nous laissâmes nos familles au restaurant pour faire un aller-retour de quarante minutes, passage en bac compris. Aux États-Unis, le plus souvent, quarante minutes c'est le coin de la rue. Il se trouve que notre ami a réussi une belle carrière américaine. Sa modestie d'immigré l'a fait accepter en douceur par les superstars de sa profession : le cinéma. Depuis quelques jours, Jean m'expliquait que nous allions être invités à une soirée pas banale chez Ronald Perelman, le patron emblématique de Revlon. Au ton qu'il employait, je compris que nous n'allions pas à la rencontre d'une kermesse ordinaire même s'il s'agissait d'une soirée de charité.

Le soir de la nouba chez le boss de Revlon advint.

Dans la nuit, grâce au GPS, Jean tourna brutalement à droite au milieu des arbres sans que rien ne soit indiqué. Deux cents mètres plus tard, nous abordions une grandiloquente entrée officielle avec des gardes du corps partout qui vérifièrent si nous étions bien sur la liste. Et là, commença l'invraisemblable démonstration de force du capitalisme américain. Dans cette région où le terrain coûte une fortune, il nous fallut plus d'un quart d'heure d'une route assombrie pour rejoindre la maison de Perelman qui était en fait une sorte de port privé au bord de l'eau. Premier choc, aux abords du bâtiment principal, la plus grande sculpture de Richard Serra jamais croisée dans ma vie : un énorme mur de rouille circulaire, inquiétant et magique. Le ballet des voitures était assez ahurissant. Perelman attendait tous ses invités en haut des marches de son gigantesque perron. Casquette sur la tête, hyper-décontracté, il m'arracha le bras en me lançant directement : « You're the guy of the talk-show in France ! » Jean avait dû le baratiner légèrement pour que nous puissions accéder à la soirée. Lui et son épouse furent vite happés par une bonne partie de l'industrie, de Wall Street et du show-biz américain. Dans ce genre de situation, on n'est pas fasciné mais tétanisé. Tout est énorme et paradoxalement discret. Murs blancs, canapés caramel ou en daim gris. Un brouhaha de conversations dominées sur les murs par des gigantesques toiles de De Kooning et puis, pièce après pièce, tout l'art américain qui règne sur le monde depuis les années 50. Des dizaines de sculptures dans le jardin. Et dans une grange adjacente où se tiendra le dîner, un immense assortiment d'œuvres de Warhol et Jean-Michel Basquiat. On nous servit un dîner italien pour deux cents personnes parmi lesquelles un nombre statistiquement totalement anormal de filles ravissantes. J'étais timide et donc n'identifiais pas immédiatement mes voisins de table contrairement à Diane qui commença à me souffler quelques noms à l'oreille : « T'as vu, il y a Richard Gere juste devant toi. » Avouons notre enfantine fascination. Ce n'était que le début.

Soudain Perelman monta sur scène, vêtu d'un T-shirt et d'une chemise pourrie, pour annoncer le gâteau d'anniversaire des 90 ans de son père, qui semblait hilare et frétillant. Au bout de la grange, un rideau pourpre se déchira, livrant un spectacle ahurissant pour une petite fête de vacances. Sur scène, dans une ambiance de R'n'B brutalement déchaînée, surgirent du néant de la nuit des invités que je n'avais pas identifiés, entre deux pizzas : Alicia Keys, Pharrell Williams, Jamie Foxx, Jon Bon Jovi, Gladys Knight et Bettye LaVette. Une joie délirante s'est emparée de la salle pendant plus de deux heures. Le plus surprenant fut Foxx qui improvisa une sorte de *Broadway Blues* à l'attention des filles de la salle. Un triomphe. Les années suivantes se joignirent à la bande

Sting, McCartney, Jack Nicholson et Robert DeNiro qui lui possède une maison à Montauk, tout au bout des Hamptons.

L'objet de la soirée, comme souvent en Amérique : collecter des fonds pour la rénovation et la réouverture du célèbre Apollo Theater à Harlem, un des temples de la musique. Cette Amérique-là, qui a fabriqué les riches donateurs de tous les plus grands musées, universités et hôpitaux, est quand même d'une extraordinaire efficacité. Ils peuvent être violents, rapaces, sans pitié en affaires mais ils donnent. Et d'une certaine manière donnent l'exemple. Bill Gates et Warren Buffett consacrent la majeure partie de leur immense fortune à des fondations au détriment de leurs héritiers. Sur le chemin du retour, nous en avions plein les yeux comme si nous avions assisté à une cérémonie des Oscars dans une maison privée. Je confiais à Jean que j'avais été très étonné par l'aisance et la qualité de la voix de Jamie Foxx. Taiseux, il me lâcha en surveillant la route : « Il n'a pas la réputation d'être très sympathique. »

Avant de m'endormir, je songeais assoupi à ceux ou à celles qui m'avaient donné quelque chose spontanément. La liste était brève. Quelques artistes. Et deux souvenirs marquants. Mon ami notaire, Jean-Michel Attal, m'a littéralement sauvé la vie un jour où j'étais matériellement dans une voie sans issue. Une autre fois, je tombais sur le magicien des gris, Peter Lindbergh. Le temps de lui expliquer que je n'arrivais plus à trouver une extraordinaire photo de Keith Richards, prise sur les toits de New York, il m'en fit livrer une, encadrée, sublime. Comme ça. Pour rien. Par gentillesse. C'est suffisamment rare dans une vie pour que des mémoires arythmiques le consignent.

J'en arrive au point important avant la poursuite du voyage. Tout le monde a glosé, il y a une quinzaine d'années, sur l'horreur et les ravages de la politique spectacle prenant l'exemple de Lionel Jospin chantant *Les Feuilles mortes* dans un programme de variétés. Si une certitude m'habite, c'est bien que le refus de l'intégration de la culture populaire dans l'activité civique, et notamment à la télévision, finira par tuer définitivement la politique. Pourquoi ferait-on ad infinitum des émissions autour d'une table et trois chaises ? Il ne s'agit pas de sombrer dans le n'importe quoi car le niveau d'exigence et de beauté doit être équivalent aux ambitions de Perelman. Mais la vertu ascétique n'attire ni les dons ni les électeurs. Obama ne s'est jamais privé de Jay Z ou de Jagger pour des concerts à la Maison Blanche. Au cœur de l'été 1992, le référendum de François Mitterrand était totalement cuit. Il a fallu un spectacle digne pour faire repartir la machine. Mais il a fallu un spectacle avec réalisation spéciale de Philippe Lallemant et en direct Julien Clerc et José van Dam… Il semble que maintenant de jeunes conseillers, plus au fait de la modernité, utilisent l'esthétique des séries américaines pour défendre la politique gouvernementale. Ça ne veut, en aucun cas, dire que l'on sombre dans le show-biz. Mais personne ne pourra faire l'économie, d'ici 2017, de réfléchir à la manière de faire de la politique en pleine invasion de la pop culture et des réseaux sociaux. Sinon échec garanti.

Retour à New York sur le chemin de Paris.

Manhattan respirait des silences émaillés des hurlements de toutes les formes de sirènes. Le ciel était aussi menaçant qu'une gigantesque berline allemande : gris plomb. Dès la fin de l'après-midi, malgré l'été, régnait une ambiance de film catastrophe. Les gratte-ciel disparaissaient dans le noir mat. Une chaleur suffocante. Toutes les télés bastonnaient : « Abandonnez la ville, l'ouragan Irene arrive ! » Le richissime maire Michael Bloomberg enchaînait les conférences de presse. La catastrophe était annoncée pour le milieu de la nuit. Théoriquement, nous devions prendre un avion à 21 heures le 26 août, pour rentrer à Paris. Mais était-ce raisonnable de se jeter dans un taxi pour rejoindre Kennedy Airport au moment même où la tempête allait nous boxer dans les rues ?

Par la fenêtre du quarantième étage sur la 57e Rue, je perçus la circulation qui se densifiait minute par minute. Comme un exode. Babylone se vidait, ameutée par les chaînes d'info. Les traders bousculaient les Portoricains. Comme dans un cinéma en flammes, les préséances hommes/femmes s'évanouissaient. Une bousculade générale s'organisait. Un cri subliminal surgissait de la ville : « Sauve qui peut ! » Dans ce chaos, l'enfant reste la seule valeur protégée. Broadway, où se trouvaient tous les envoyés spéciaux de la surpuissante Amérique, ressemblait à une vieille capitale du néon. À New York, vous enlevez la vitalité des hommes et ne surnage qu'un bateau sinistre au bord de la mer, malgré la beauté des immeubles.

J'ai appelé le concierge, puis la réception, puis tous les amis pour leur demander un chemin, une issue, une idée. Comment sortir ? Comment évacuer « mes » enfants ? Depuis plusieurs jours déjà nous échappions à la raison car dans le bas de la ville, pendant que je visitais les musées, une autre meute campait à Tribeca pour renifler la dislocation tragique d'un couple : Anne Sinclair et Dominique Strauss-Kahn.

J'abandonnais le Guggenheim et les poissons grillés du miraculeux Milos, un restaurant grec comme il n'y en a pas deux dans le monde. La mère est calme, les enfants inconscients et le père stressé. Mais je fus l'objet d'une curieuse et paradoxale réflexion sur la littérature. Que venait-elle faire là ? À New York, dans ce bordel ? J'étais songeur après le café et une bouteille de blanc.

Pourquoi beaucoup de mes confrères se mettent-ils à écrire des romans quand ils devinent que leur féroce profession va les satelliser autour de 60 ans ? Qui peut croire que l'on puisse subitement devenir écrivain à mi-temps à l'automne d'une vie ? Existe-t-il des sculpteurs et des pianistes à vocation quinquagénaire ? Évidemment non, conversion absurde. Mais mon bien-aimé milieu feint de croire le contraire.

Tout d'un coup, j'ai récupéré le sens de l'action.

Après des copains journalistes, j'ai téléphoné à une amie, qui vit depuis longtemps dans l'East Village. Barricadée chez elle, puisque la tempête devait arriver par le bas de la ville, elle me livra son diagnostic sans fard, après avoir stocké dans son appartement de quoi vivre pendant quinze jours cloîtrée :

— Écoute, barre-toi, parce qu'ils ne ferment les aéroports qu'à partir de 22 heures. NBC vient d'annoncer que toute la ville et ses environs pourraient être bloqués pour une période indéterminée... Non, vraiment, barre-toi parce que ça ressemble furieusement au 11 Septembre, moins les attentats. C'est la psychose. Mes voisins sont tous partis.

Ma décision était prise : on évacue. Au moment où je raccrochai, mon fils Joseph (12 ans à cette période) me dévisagea avec un large sourire et une urgence toute personnelle :

— Papa, il est hors de question de partir ce soir sans une dernière promenade à Central Park. C'est tout près. Angélique en meurt d'envie. La tempête n'est pas prévue avant cette nuit et il est à peine 3 heures de l'après-midi.

Et il m'asséna son argumentaire :

— On finit les valises en dix minutes, on prend le taxi et on fait juste un petit détour par Central Park sur le chemin de l'aéroport. En plus, t'as déjà tout payé !

Les enfants n'ont pas le sens du danger : la hache qui est tombée les hante, mais celle qui va tomber n'est qu'une divine comédie. Ma pragmatique épouse, sachant qu'il n'y avait pas de temps à perdre, considéra que le meilleur moyen de partir vite restait d'accorder ce détour de dix minutes pour aller, c'était le souhait de Joseph, se recueillir dans la toute petite partie du parc qui fait face au Dakota Building où a été assassiné John Lennon, le 8 décembre 1980.

Revoyons le film.

À 16 heures, Joseph et Angélique coururent devant nous dans cette atmosphère effroyable. Nous sentions que le vent venu de l'océan allait violemment balayer la chaleur, assassiner l'humidité, plier les arbres, soulever les voitures. La ville était barricadée. Nous étions accompagnés, comme souvent à Central Park, par quelques joggeurs de l'extrême, complètement cintrés, qui me rappelèrent les surfeurs qui sortent leur planche pour la tempête du 15 août, à Biarritz, envahis par l'ivresse du danger et de la mort possible.

Les enfants étaient heureux de cette ultime promenade arrachée à l'autorité parentale. Diane affichait une inquiétude raisonnée. Mais je sentais que quatre irréductibles Gaulois avaient tort de braver la nature à quelques heures à peine d'un cyclone annoncé. À 16 h 30, plus une once de vent. Joseph et Angélique, hilares, étaient juchés sur un petit rocher du parc et nous marchions à dix mètres d'eux. Grand silence. Arbres qui vont mourir immobiles. Quelques écureuils gambadaient en toute tranquillité, puisque le périmètre était déserté par la foule habituelle des fins de semaine. Nous étions là depuis dix minutes lorsque j'ai entendu au-dessus de ma tête, légèrement derrière moi, un fracas de feuilles et de plumes à cinquante mètres du sol.

Authentique et effrayant.

En plein New York, un aigle gigantesque surgit de la cime des arbres pour s'abattre à quelques mètres de mes enfants sur un écureuil qu'il étouffa immédiatement entre ses serres. Diane bondit pour faire descendre les gosses du rocher. Sur le moment, ils ne se rendirent compte de rien.

Nous étions six dans le petit périmètre de Strawberry Fields : l'aigle, l'écureuil supplicié, Diane, Angélique, Joseph et moi. Le premier réflexe d'un père fut de croire instinctivement que le rapace allait s'attaquer à sa progéniture. En une poignée de secondes, je compris que le tueur n'avait qu'une ambition meurtrière limitée. Une seule cible. Peut-être lui aussi craignait-il Irene ? Peut-être, venu des airs, en bon météorologue amateur, se contentait-il d'un petit casse-croûte avant d'affronter la tempête ? Nous nous sommes regroupés, tétanisés, prenant conscience du danger, dans l'atmosphère irréelle de ce dimanche après-midi. L'aigle nous regarda tout en continuant de broyer le rongeur. Le bec était cruel et menaçant. Soudain la queue de l'écureuil s'immobilisa. Une toute petite mort pour une scène grandiose. Le prédateur ne bougeait pas. Immobile sur sa proie, il me regardait.

Son regard m'obséda alors que nous quittions les lieux, comme dans une retraite militaire.

Plus tard, j'ai appris que la municipalité de New York laissait délibérément plusieurs nids aux abords du parc. Des dizaines de voyages là-bas et je ne le savais pas ! Aucun de mes amis américains n'avait évoqué leur présence à Central Park.

Le trajet en taxi vers l'aéroport fut un concert de silences. Chacun cherchait à tirer une leçon ou une explication de ce qui venait de se passer. Joseph, le regard par la fenêtre. Angélique, tremblant dans les bras de sa mère. La radio hurlait dans les encombrements, car le chauffeur de taxi haïtien était très pressé d'évacuer lui aussi la Grosse Pomme. Nous étions sa dernière course. Bagages. Douane. Enregistrement. Et toujours pas la moindre parole. Intérieurement, je me reprochais de ne pas avoir regardé avec plus d'attention les ciels des somptueux tableaux d'Edward Hopper. Ils sont toujours sombres. La nuit est toujours proche. L'Amérique ne s'épargne aucune solitude, aucune tragédie, aucun rapace, aucun meurtre.

Qui peut être certain qu'Obama ne va pas succomber sous les balles d'un déjanté, alors que se multiplient les crimes racistes ?

Mais nous, charmants Français, voulons ignorer ce registre. Il n'y a pas d'aigles qui planent au-dessus du bois de Boulogne ou dans les airs du jardin du Luxembourg. N'y en aurait-il qu'un seul, au bois de Vincennes, qu'une meute de riverains l'aurait fait abattre depuis longtemps. Entre deux spasmes révolutionnaires, après les guerres du XXe siècle, nous nous considérons comme de gentils écureuils victimes de la mondialisation, de l'Europe et du capitalisme. Les riches nous gênent, comme s'ils appartenaient à une autre humanité. Depuis des années, je vais inconsciemment les voir aux États-Unis comme l'on visite le zoo d'une autre humanité.

Au moment d'embarquer, surgit, comme souvent dans la vie, l'absurde. Une dame d'un âge respectable, un bagel à la main, m'apostropha gentiment :

— Ah, Monsieur Durand, j'aime beaucoup vos émissions littéraires !

Son abonnement à *Télé 7 jours* avait dû s'interrompre il y a longtemps, car malheureusement, la littérature avait disparu de mon activité professionnelle depuis des années. Une triste valse de trimestres sans militer pour les livres. Je lui adressai mon sourire d'enchanteur débile.

Dans l'Hexagone, nous pratiquons la folie dans un mélange d'éclipse et de constance. Nous sommes le seul pays de la planète où des gens pensent que le boomerang économique ne reviendra jamais sur eux. Comment peut-on croire qu'avaler des millions de médicaments par an, dont la plupart ne servent à rien, ne constituera pas une dette sociale ? C'est le cœur du sujet. L'aigle m'a été très utile par la violence contemporaine qu'il incarne. Et l'épisode de l'ouragan Irene, ô combien éclairant sur la fragilité de mon métier. Malgré 400 chaînes de télévision pratiquant la météo 24h/24, des envoyés spéciaux postés sur tous les quais de New York, du Connecticut et du Maine. Malgré le New Jersey et Brooklyn désertés, Irene n'est presque jamais venue.

La montagne et la panique générale, dans la plus puissante ville du monde, n'ont accouché que d'une souris, un petit orage bien tranquille déchirant le ciel noir. Alors que le tout-puissant Japon scientifique s'est fait déborder par Fukushima.

2015 a été l'année la plus chaude de l'histoire de l'humanité répertoriée. Dorénavant, nous allons tous vivre comme ça, entre paniques inutiles, canicules, ouragans ou débâcles.

Il serait peut-être temps que nos enfants inventent quelque chose qui nous sorte de cette domination fascinée sans que cela prenne une forme politique. Pourquoi ne pas imiter nos camarades tennismen ? Après tout, le monde actuel de la raquette est dominé par un improbable Serbe, Djokovic, par un buffle espagnol, Nadal, sans parler de l'Helvète de génie : Roger Federer.

Eh bien la voici… la solution !

Virons de nos cerveaux Connors, Agassi et Sampras. Foutons à la retraite McEnroe. Je ne vous parle même pas de ce bourrin d'Andy Roddick qui n'a jamais fait flasher personne. Pourquoi sommes-nous capables, les Européens, de leur exploser la tronche avec une balle, dans un sport qu'ils ont longtemps dominé, alors que sur le plan culturel, nous restons les toutous de la bannière étoilée d'Apple à Hollywood, de Facebook à Google ?

Je suggère qu'en souriant comme des condamnés à mort qui fument le cigare, nous montions tous à la volée contre Philip Roth, Leonardo DiCaprio et Nirvana !

Faisons courir ce lourdaud de Don DeLillo. Éteignons les lumières bleues de Bob Wilson ! À dessein, j'évoque ceux que j'aime, car il serait tellement facile d'éliminer les autres…

Nous avons été suffisamment bêtes pour donner une Palme d'or à cette nullité de Michael Moore, incapable de courir sur une amortie tellement il a ingurgité de sauces pourries et de burgers trop gras.

Moore fut le cas typique du renoncement. Tout le monde a considéré que son film était nul et démagogique. Mais nous lui avons quand même attribué la Palme à Cannes en 2004. Et qui était le président du jury par le plus grand des hasards ? Le prognathe Quentin Tarantino. Il n'est pas totalement impossible que nous nous soyons fait baiser, à domicile, sur la Croisette. Avec Harvey Weinstein de Miramax au poste de pilotage.

Le style de Michael Moore ressemble au coup droit de Jim Courier : une atrocité ! Le pompon cinématographique revenant à Sofia Coppola, fan de Marie-Antoinette. Comment peut-on trouver son film exquis ? Ce monument de snobisme mou est une crotte déguisée en petit-four, que nous jette une Américaine célèbre, elle-même fille de famille. Son père reste un génie et Sofia vit avec un petit gars de chez nous, Thomas Mars, chanteur du groupe Phoenix. Tous mes vœux de bonheur. Mais j'inciterais fortement l'un de mes enfants à devenir le Federer de leur armée de Sampras ! J'ai un souvenir précis de défaite en rase campagne. En mai 1999, à Cannes, tous mes camarades critiques de cinéma se sont griffé les seins en voyant le premier épisode de *Matrix* des frères Wachowski. Ils hululèrent au génie à 11 heures du matin à l'issue de la projection, et de noircir des dizaines d'articles pour dire qu'ils venaient d'assister à la révolution du cinéma !

Revoir ce film aujourd'hui, c'est comme s'infliger à la suite toutes les pubs d'Alain Afflelou depuis le début de sa carrière. Écrire que *Matrix* a mal vieilli est un euphémisme. C'est irregardable. Et Keanu Reeves ne s'en est jamais remis.

Je veux juste un avenir surréel pour mes gosses. Un futur sans aliénation. Un chemin. Une sortie. Et si je suis incapable de le donner, qu'ils se débarassent de moi.

Nous nous sommes quittés au début de ce livre, lorsque Led Zep triomphait sur un plongeoir mondial dominant des millions d'adolescents chevelus et majoritairement blancs. Comment y résister et d'ailleurs pourquoi y résister ? Sur le moment, nous ne percevions pas que Bowie couchant avec Jagger, photographiés par Warhol, allaient nous rendre idiots. Nous vivions un moment de ciel bleu éternel, de grâce béatifiée. Des cheveux, de la minceur, toute cette génération qui tient encore les rênes du pouvoir s'était déguisée en un gigantesque Botticelli. Nous étions *La Naissance de Vénus* mixant Elvis et Mozart pour donner les Beatles.

Paul, ne nous quitte pas, sous-texte de myriades de baby-boomers qui craignent d'enterrer McCartney avant de tomber eux-mêmes, raides comme des triques, dans la fosse de l'oubli.

L'accumulation des diplômes et de la consommation culturelle n'a strictement pas résolu la question de la guerre du goût. Derrière tous les normaliens, tous les HEC, tous les énarques, tous les sortis d'Harvard, sommeille une midinette d'époque qui trouve incontournables les hits de sa génération. Tu as 60/70 ans, tu aimes les Stones ! À 50, tu votes Clash. À 45 New Order et Joy Division, et tous les trentenaires de s'agiter en écoutant Arcade Fire. Si t'es rebeu, Jamel te fait hurler de rire, si tu es né avenue d'Iéna, cap sur Gaspard Proust.

Le diplôme ne sert à rien parce qu'il ne sanctionne pas la société du spectacle. C'est-à-dire que des filles et des garçons ultra-pointus en latin, grec, littérature, physique quantique, charcuterie, darwinisme ou astrophysique, redeviennent des cons butés dès qu'ils composent la playlist de leur iPod. Ils n'aiment pas leur époque, ils la subissent avec veulerie comme ça a été mon cas. Cette musique a totalement vampirisé les âmes de la majeure partie des Occidentaux entre 25 et 70 ans, quels que soient leur niveau d'éducation et leur origine sociale. Il y eut l'*Iliade*, la Bible, le Coran, les encyclopédistes, le romantisme allemand, l'humanité, les hommes sont désormais « lennonisés » jusqu'au tombeau.

Je ne rigole pas. Je me remémore Mikhaïl Gorbatchev m'expliquant, à Canal+, que les Beatles avaient beaucoup plus fait pour la chute du mur de Berlin que la perestroïka ou Jean-Paul II. Souvenez-vous du sophistiqué dramaturge Václav Havel : à peine arrivé au pouvoir en Tchécoslovaquie, il n'eut de cesse de trouver le numéro de téléphone des Stones pour qu'ils viennent électrifier la Révolution de velours.

La grande peste du Moyen Âge et la grippe aviaire ne sont que des épidémies de quartier à côté de la guitare électrique. Car ce qui est en jeu dans cette affaire, depuis le début, c'est un besoin frénétique et sans précédent d'excitation collective (à part les guerres). Plus personne ne vit comme Madame Bovary, Julien Sorel, le Grand Meaulnes ou le Petit Prince. Le rock a même contaminé la littérature. Il est devenu un passage obligé pour Philippe Djian, Marc Lambron, Nick Hornby, Bret Easton Ellis et François Bégaudeau qui a enterré Mick Jagger de son vivant. Dans la mode, Hedi Slimane a « punkisé » Dior, avant de « grunger » Saint Laurent pour que de jolies quinquagénaires friquées, qui refusent de vieillir, s'achètent des perfectos à dix mille euros.

Le CD, comme tous les sites de téléchargement, est devenu une huile de massage mondiale, un musée des horreurs, de Mariah Carey à Rihanna, de Robbie Williams à Robin Thicke. Disney a même fabriqué une usine d'ados nymphomanes et de pouffes anorexiques qui viennent brailler leur révolte bidon comme le fait actuellement Miley Cyrus.

Problème : j'adore ce que je déteste.

Le tout avec la même virulence, la même conviction. Après la brutale allergie à Madonna, je suis incapable de vous dire pourquoi un jour j'en ai eu marre globalement de cette dégoulinante ode à la culture rock. Ce n'est certainement pas pour rétablir une hiérarchie des valeurs. Quoique, les jours où je suis sain d'esprit, si je dois arbitrer entre les avant-gardes du XXe siècle et celles des années 60, il n'y a pas photo. Aragon, Duchamp, Tzara, Dada, le surréalisme, Antonin Artaud en France, et Virginia Woolf et John Maynard Keynes en Grande-Bretagne, avaient quand même une autre allure, un autre intérêt que Malcolm McLaren, les Sex Pistols et leurs copains.

A l'exception de la fascinante invention des Beatles (terminée, finie, enterrée en 1970), cette pulsion profonde du rock s'est totalement affadie. On a gardé les fringues, la structure musicale et l'attitude, mais la révolution permanente s'est évanouie. C'est devenu une industrie totalement gangrenée par le système de la mode.

Depuis le *Thriller* de Michael Jackson, Prince, le début du rap et Nirvana, il n'y a plus de succès planétaires qui mélangent commerce et extrême qualité. Maintenant, c'est ou Taylor Swift ou Thom Yorke. La soul inspirée du *What's Going On ?* de Marvin Gaye n'est plus qu'un R'n'B pathétique. Et tous ceux qui ont essayé de reprendre avec sincérité et talent le flambeau en complexifiant cette musique, Radiohead, Damon Albarn, Björk ou Jeff Buckley, ou d'autres, finissent par se noyer gaiement ou tragiquement. Dès 1966 avec *Freak Out !*, les Mothers of Invention et leur leader Frank Zappa comprirent que le rock allait basculer vers le simplisme. Réécouter leurs albums reste un enchantement ironique.

L'industrie de la musique, promue par Internet, est devenue une daube sans nom qui mise sur le sexuel à outrance. Et Neil Young de rajouter récemment que les Spotify, Deezer et autres plateformes produisent un son atroce qui déforme les enregistrements. Son jugement, autrement plus pertinent que le mien, et sans appel. Les producteurs n'ont qu'une seule envie : fabriquer une musique d'ambiance. Eminem, talent exceptionnel du rap, rauque, nasty, désagréable, décoloré, machiste, comédien, est par exemple en pleine marginalisation au profit d'un hip-hop hollywoodien qui n'a plus rien à voir avec la révolte du début. Les gangsters ont rejoint Wall Street.

Je vais me faire crucifier par une partie du clergé. Mais disons-le : le R'n'B, la pop et le rock constituent, en attendant le messie qui finira par arriver, des formes épuisées de la musique populaire.

On a fait le tour des guitares électrifiées, des chanteurs sexy, des bassistes neurasthéniques, des choristes qu'on aimerait sauter et des divas blacks qui ne sont que de mauvaises répliques d'Aretha Franklin. Amy Winehouse est morte au cœur de ce cirque de la reproduction d'un monde magique qui est maintenant condamné. C'était une musique de débile enthousiasmante, mais qui n'arrive plus à progresser. Tant que l'on continuera à propulser sur scène quatre ou cinq postados sexués et vaguement musiciens, on ne fera jamais mieux que Jim Morrison chantant *Riders On The Storm* et évoquant *a killer on the road*. Vingt ans après, Nirvana avait réussi à reconstituer une certaine forme de magie et de fragilité brute. Mais aujourd'hui quoi ? Qui ? Oasis ? Arcade Fire ? Foo Fighters ? Royal Blood ? MGMT ? Pharrell Williams ? Jay Z à la place de James Brown ou Otis Redding ? Mais qui peut y croire sérieusement ? Cette histoire du rock, de la pop et de la soul est probablement terminée. Morte. Totalement has been, même si ce fut magique et ensorcelant. Comme l'impressionnisme, comme le cubisme de Braque et Picasso, comme les romans monstres et admirables du XIXe siècle, comme le *Bel Canto* de Verdi et Donizetti. La fête est finie. Il ne reste plus qu'une volonté gargantuesque de faire de l'argent en fourguant à toutes les générations de teenagers qui se succèdent un remake avachi de ce qui a été fait.

On peut néanmoins constater que tous les arts ne sont pas voués au même destin : refaire *Guernica* est inenvisageable sans se ridiculiser. Alors qu'imiter *Satisfaction* demeure une obsession mercantile qui n'effraie aucun producteur.

On prolonge ad libitum l'agonie esthétique, car l'ado est teigneux. Il réclame sa dose de guitare basse qui vrombit. Il veut son « opus » de trois minutes. Pour danser et éventuellement niquer. Car malheureusement, plus personne ne drague avec des poèmes.

Après Ravel et Debussy, la France a inventé Daft Punk, ces deux brillants élèves de Carnot planqués sous leur casque.

Depuis une dizaine d'années, des critiques affirment que leur génie réside dans le plagiat, « l'hommage », « la citation », les Random Access Memories, la technologie, les mélodies sautillantes, l'anonymat.

Les deux Napoléon se présentent comme la discrétion même, l'effacement. Une petite basket, quelques jeans APC, une mauvaise mine perpétuelle même après trois mois à Bali. Un méchant pull en V sur un T-shirt blanc. Les anti-Robert Plant !

Au moins, avec les New York Dolls, les Ramones, Mark Bolan, le premier Elton John et Johnny, on rigolait. Là, non seulement on se croirait à la BNP section musique, mais en plus il y a une bonne chance qu'ils finissent en bande-son dans tous les lounges du monde. Déguster un carpaccio de merlu en écoutant Daft Punk, autant se pendre !

Je me souviens d'un déjeuner au début du mois de septembre dernier, où les membres du jury devaient désigner pour un prix la personnalité culturelle de l'année. Vaste ambition ! Il y avait mon Philippe Tesson, Florian Zeller et… Anne Lauvergeon, qui se rua sur Daft Punk au prétexte que ses enfants adoraient et que le commerce extérieur français avait besoin d'eux. Tu parles d'un argument culturel. J'ai tenté d'expliquer, en vieux fou du rock passionné, ce que j'avais fini par comprendre après des années : les Rolling Stones ou les Doors n'avaient fait qu'adapter, donc piller la musique noire pour mieux la vendre.

Je fis un bide retentissant. Et pourtant.

Le premier à ne se faire aucune illusion sur ce qui se passe reste Keith Richards lorsqu'il se gondole de rire quand, à plus de 70 ans, Mick Jagger se prend pour Véronique et Davina sur scène (*Life*, son livre de mémoires). En revanche, quand il doit jouer avec Chuck Berry ou Buddy Guy, au lieu de regarder le ciel embarqué par la dope, il fixe le plancher, tellement il a la trouille de rater un accord. Il vient d'ailleurs de sortir un troisième album solo pour chanter encore une fois le blues.

Keith, le pirate, est un honnête homme. Il doit tout aux musiciens de jazz et de blues. Il sait que cet océan de disques, de CD et de téléchargements n'existerait pas sans les Afro-Américains, leurs talents, leurs joies, leurs souffrances. Quand je pense, des années après la mort de Robert Johnson, d'Armstrong, de Miles Davis ou de Ray Charles, que le Ku Klux Klan existe encore et que des flics blancs continuent de tirer sur des jeunes noirs la nuit !

N'ont-ils jamais dansé ?

Au moment de la délibération pour ce prix, le risotto venait d'être décongelé, j'ai tenté d'expliquer à Florian Zeller qui votait Daft Punk/Lauvergeon, qu'il existait une notable différence entre l'influence *et le vol*. Ça n'a pas eu l'air de le troubler. Picasso est influencé par l'art nègre, mais il réinvente tout. Les surdoués de l'électronique ne font qu'aménager l'espace sonore et d'ailleurs ne s'en cachent pas puisqu'ils font jouer à Nile Rodgers des riffs surgis il y a trente ans avec Chic, mais arrosés à la sauce de l'arrangement contemporain.

Technologiquement parlant, ils sont très forts et ils l'ont prouvé en abandonnant très vite leur petit groupe de rock né au lycée qui n'avait qu'un talent limité. D'où leur nom Daft Punk puisque c'est dans ces termes qu'ils furent massacrés par un magazine anglais. Ils se sont mués en petits frères de Marcel Duchamp, puis de Daniel Buren. Daniel a renoncé à la main et aux gestes du peintre, Thomas Bangalter et Guy-Manuel de Homem-Christo ont renoncé à la main du musicien.

Autant faire jouer le batteur de Michael Jackson puisqu'il est bien meilleur qu'eux. Je crois que le père de Thomas Bangalter produisait de la disco. L'idée de mettre la batterie en avant triompha sur tous les dancefloors de la planète. Les Français jouèrent un rôle non négligeable dans cette aventure (Cerrone), mais régnait à leur égard un souverain mépris. Je suis prêt à parier que Thomas a vengé son père de tous ces musiciens et critiques rock qui le toisaient. Led Zep n'a pas échappé à cette accusation de plagiat ? Des centaines d'occurrences sur Internet l'affirment. Et Gainsbourg n'en parlons pas… Il a mis de jolis mots sur la musique romantique du XIXe siècle. Manipulateur doué du be-bop et de Queneau au début de sa carrière, il a enchaîné sur Barbey d'Aurevilly et les sucettes. Et comme le succès se faisait attendre, il triompha en plaquant *La Marseillaise* sur la rythmique de Bob Marley. Gainsbourg n'a pas fait dans le détail pour que la foule l'applaudisse enfin. Mais il n'était dupe d'aucune de ses manipulations.

L'homme trimbalant souvent sa mallette de billets, ses vestes rayées, ses clopes et son perfecto, a popularisé une version émouvante du faussaire. Le type qui sait qu'il triche. Le beau Serge. L'ambition de peindre ? Il a très vite avoué qu'il était parfaitement incapable de l'assumer. Beaucoup trop dur, beaucoup trop compliqué.

Je l'ai peu connu, mais croisé une fois assez longtemps, au hasard de vacances d'été improbables au Portugal. Bizarre, car nous n'étions pas au bord de la mer, mais dans un hôtel pour golfeurs british. C'était l'époque d'avant Internet. On réservait à l'aveugle. J'avais loué une maison à Faro, avec mes jeunes enfants, qui s'est très vite révélée une escroquerie insalubre. Nous nous sommes donc repliés à l'intérieur des terres pour tomber sur Gainsbourg, Bambou et Lulu. Torpeur écrasante.

Gainsbourg buvait toute la journée un mélange explosif de sangria et de cognac dans des carafes en cristal. Le soir, le pianiste de l'hôtel n'avait pas intérêt à se gourer en interprétant Thelonious Monk. Très paternel, il veillait à la bonne éducation de Lulu, tout en n'hésitant pas, au cœur de l'après-midi, à évacuer le trop bu dans la piscine, d'un joli pipi jaune citron. Son grand plaisir consistait à attendre le golfeur british abruti dans une salle de jeux où il lui collait une raclée aux échecs dans un océan de fumée.

Quelque chose de français, d'intelligent. Un Francis Picabia de la variété qui aurait la nostalgie de la peinture à l'huile. *La Marseillaise* a été son Urinoir. Avoir du succès avant de disparaître lui a sûrement procuré un bonheur infini. Une reconnaissance qu'il souhaitait. Mais il l'a toujours déclaré, interview après interview : « Je suis l'apôtre d'un art mineur. »

Daft Punk, même méthode de rapprochement, de collage comme les cubistes, même fascination pour la technologie comme les futuristes Italiens, bref deux petits gars cultivés qui ont découvert, probablement avec sincérité, la joie de dominer le monde en restant anonymes sous un casque.

Ils ont appliqué à la lettre la martingale du tennis (Federer tuant Sampras et Roddick). Ils ont mis à genoux le show-biz américain qui tente par tous les moyens de leur lécher le cul et de les compromettre en les noyant sous les récompenses et autres Awards.

Je n'aime pas le résultat mais chapeau, les gars !

Un cousin français du « clergé dance et électro » va m'attendre en bas d'une rue pour me tabasser en hurlant « Vieux con ». Mais il ne veut pas accepter de voir la réalité en face : une bonne partie des musiciens qui ont contribué à cette légende finissent eux-mêmes par s'en détacher. En disant cela, je ne parle même pas de Sting abandonnant Police ou de McCartney composant des oratorios, je songe précisément, en cette nuit d'automne, à l'apocalyptique et extraordinaire Jimi Hendrix. La mort (18 septembre 1970) et son imprésario l'ont empêché de rejoindre le sophistiqué Miles Davis. Hendrix en avait marre de hululer son blues vaudou et échevelé. D'ailleurs, il l'écrivit lui-même peu de temps avant sa mort :

« À la fin de la dernière tournée américaine, je ne rêvais que de partir et tout oublier. Je voulais enregistrer et voir si j'étais capable d'écrire quelque chose. Et puis je me suis mis à réfléchir. À réfléchir à l'avenir. À me dire que cette ère musicale amorcée par les Beatles touchait à sa fin. (Touchait à sa fin ! Ce n'est pas moi qui l'écris, mais Jimi Hendrix ! Autrement plus concerné et plus pertinent sur cette histoire !) Un renouveau doit arriver. Et Jimi Hendrix sera là. À l'instant où je sentirai que je n'ai plus rien à apporter musicalement, je disparaîtrai de cette planète. Le monde ne me doit rien. Si je n'ai plus rien à transmettre, je n'ai plus de raison de vivre. »

En 1970, à quelques mois d'intervalle, les Beatles se séparaient et Jimi Hendrix explosait en plein vol.

Depuis, sa famille s'en fout plein les poches en ressortant des cohortes de jam sessions pourries…

Le fric, l'avalanche de fric, est la raison profonde du refus de toute remise en cause de ce mode d'expression. La musique pop, qui a été une des plus formidables révolutions esthétiques et qui a totalement inventé son destin au début, n'est plus qu'une fantastique usine de dressage du goût. Ça vous fabrique des dociles à vie, qui se prennent pour les révoltés du Bounty quelques nuits par an, quand ils vont écouter leurs psaumes à Bercy ou au Madison Square Garden.

Réarmons le marteau sans maître. Je vous ai trouvé une coupable symbolique : Madonna, la chanteuse de pizzéria putano-christique, la Callas des coiffeurs ! *Like a Virgin*, mon cul, elle mourra richissime et ridicule, comme une sorte de Liberace au féminin poursuivant les jeunes garçons.

Le basculement vers le médiocre lui doit beaucoup.

Tous ceux que j'ai croisés par hasard, et qui la connaissent, décrivent une intelligence supérieure. Elle trouve toujours le jeune producteur qu'il faut au moment où il faut. Des couturiers de la Gibson et de la chambre d'écho. À 57 ans, cette Ritalo-New Jersey a même eu son quart d'heure anglais pour faire croire qu'elle était une cousine éloignée du duc de Kent, le pauvre ! Maison à Londres, mari rosbeef. Brutalement, un soudain goût du tweed, après avoir confié ses seins pendant des années à tous les Jean Paul Gaultier extatiques. Pas folle la guêpe, la fausse rebelle, elle a fait donner une éducation soignée à ses enfants. De temps à autre, une très légère pipe à son prof de gym… Et bien sûr *Nip Tuck* à tous les étages !

La cougar (elle a six ans de moins que moi) n'a plus une pièce d'origine, minitour Eiffel peroxydée… Peut-être aura-t-elle un accident de ski à Gstaad pour avoir autant perverti ce que Lou Reed chantait poétiquement : *Walk on the Wild Side*.

J'ai oublié un détail fondamental. La Madone n'est pas simplement une chanteuse pour petites filles perverses, elle a été la reine de la communauté gay voulant s'affirmer, la Marie Madeleine du poppers, la diva des backrooms, l'indispensable bande-son de tous les clubs de fitness de la planète. À vous écœurer des abdos-fessiers.

Récemment, la presse et ses fans de la ville de Montréal ont entamé une campagne de protestation contre les tarifs exorbitants de ses places de concert, jusqu'à 400 dollars. Même ses biographes, comme Florence Trédez et Daniel Ichbiah, reconnaissent un fléchissement de ses ventes d'albums et évoquent le malaise d'une partie de son public qui ne comprend pas pourquoi, à 57 ans, elle continue à miser sur la sexualité et la provoc', pour tenter de repasser devant les enfants monstres qu'elle a créés : Britney Spears, Miley Cyrus, Taylor Swift, Rihanna et la cohorte de Lady Gaga qui s'engouffrent dans la dance, comme on va faire ses courses chez Carrefour. La déchirante Janis Joplin est morte, drogues et alcool mélangés sous la pression du show business. Les Beatles et tant de groupes mythiques se sont séparés, écœurés par le fanatisme absurde qu'ils avaient enfanté. Elle continue à croire à sa possible domination sur le monde.

Moralement, elle est bien pire que Microsoft, McDonald's, Nike, Samsung, Total, Nestlé ou Bayer, mais elle connaît notre fragilité.

Les patrons nous énervent ! Mais nous sommes incapables de nous révolter contre ce qui nous fait jouir : le show-biz à outrance ou le foot et toutes les formes de sports/spectacles. Notre indignation est à géométrie variable, donc nous resterons des esclaves. Hollywood, Madonna et ses copines le savent très bien.

Est-elle sans talent ? Évidemment non. Mais elle a prostitué un discours libérateur féministe qui n'a désormais plus qu'un seul but : provoquer pour vendre. S'attaquant à Marine Le Pen, dont elle a montré des photos sur scène, elle ajouta avec subtilité qu'il existait en France un climat digne de la Seconde Guerre mondiale. Est-ce que je me permets d'écrire, moi, qu'elle est la Eva Braun de la pop ? N'est pas John Lennon qui veut.

Plus tard, ailleurs, dans une espèce de « gloubi-boulga » moralisateur, elle a montré des homosexuels israéliens et palestiniens s'embrassant comme des malades, avec le tact et le charme d'une émission de télé-réalité sur NRJ 12.

Plus ridicule encore, elle s'est comparée à Picasso pour la longévité de sa créativité, alors qu'elle ne fait que mixer des mélodies avec les arrangeurs du moment : Mirwais, Timbaland, Martin Solveig ou récemment Avicii pour l'album *Rebel Heart*, dont nombre des titres sont inaudibles, la voix disparaissant sous une avalanche de beats et de pseudo-rap. Une gigantesque confiture tout fruits musicale qui n'a plus de saveur. Peut-être est-elle devenue sourde ?

Je ne reviendrai sur rien. Elle a tué ce que j'aimais par-dessus tout, depuis l'âge de 14 ans : la musique pop.

Quant au magnifique Charlie Watts, le batteur des Stones, il y a longtemps qu'il sait que Charlie Parker est autrement plus sophistiqué que le bal musette rockeux qu'il s'inflige gaiement, tournée après tournée.

Je l'ai croisé récemment dans le hall d'un grand hôtel. Joli costume anglais. Au-delà de la minceur. Plus que frêle ! Son épouse blonde lui tenait la main. Donnant l'apparence de deux amoureux de 70 ans bien élevés.

Si je me révolte un peu aujourd'hui naïvement contre ce que j'ai tant aimé, c'est au nom de ma langue : le français. Comment ne pas s'émouvoir, comment éviter la larme lorsque Bourvil chantonne *Le petit bal perdu* ?

« Non, je ne me souviens plus / Du nom du bal perdu /Ce dont je me souviens / C'est de ces amoureux / Qui ne regardaient rien autour d'eux / Y'avait tant d'insouciance / Dans leurs gestes émus / Alors quelle importance / Le nom du bal perdu ? »

L'amour est ce bal perdu. Poétique, tragique et familial. Ne me quitte pas. On y croit, puis on sombre.

Ma première famille souffre. Le divorce reste un ravage vingt-cinq ans après. Un abandon. Arthur m'a protégé en Croatie le jour fatal, alors que je devais l'entourer depuis des années. Le jour du drame, Donald est parti nager au-delà de l'horizon pour évacuer son stress et disparaître de ma vision. Ce qui eut pour conséquence de déclencher une peur panique de ne pas le voir revenir. Quant à Juliette, ma fille aînée, elle s'est toujours refusée à me plaindre, considérant que sa mère avait été trahie et que si quelqu'un devait être soutenu, c'était d'abord et avant tout Muriel. Je les aime passionnément. Encore aujourd'hui, nous passons beaucoup de temps ensemble ou au téléphone. Séduisants comme les drames que je leur inflige. La complexité du parent réside dans son obligation d'exemplarité à l'égard de sa progéniture. Mais qui est exemplaire ? Qui a la force de dissimuler perpétuellement ses passions à des enfants qui ont besoin de contempler une image respectable pour ne pas vaciller ?

J'ai vu éclore récemment une multitude de romans où les auteurs, filles ou garçons, assassinent leurs parents, le plus souvent possible leur père, car ils considèrent que c'est la condition sine qua non de l'accession à l'âge adulte. Si c'est ça la porte étroite vers la maturité, je préfère rester un gosse. Ma dette, à l'égard de Nicole et Lucien, est infinie. Je n'ai jamais été un haineux.

Except Madonna…

Art : l'incendie

Cap sur l'indispensable beauté. C'est le seul sujet qui vaille que l'on s'étripe.

24 décembre 2013. Il pleut sur Paris. Je quitte la gare de Lyon, place 74, voiture 1, à bord du TGV qui va me déposer à Avignon, pour retrouver la famille de mon épouse. Réveillon de Noël.

Suis-je heureux ?

Une voix SNCF, râpeuse comme une éponge Spontex double face, essaye de nous persuader de la chance que nous avons d'être à bord en ce 24 décembre.

Le temps de me briser une jambe pour monter au premier étage du wagon avec ma valise en fer-blanc et je perçois violemment une odeur de fêtard qui n'aurait pas pris de douche depuis deux trois jours, provenant des banquettes et s'élevant vers mes naseaux comme une offrande choisie pour un départ en vacances.

Je ne sais pas pourquoi mon portable ne frémit pas depuis vingt-quatre heures. À quelques heures du réveillon, personne n'a eu l'idée de m'envoyer un petit message, à part une pute malgache ravissante et curieusement blonde, que je connus il y a quelques années. Ce petit monde de passagers s'installe et je regrette franchement d'avoir rangé toutes mes valises dans un casier qui précède le wagon, fleurant le vieux tabac et la fesse molle. Comme voyageurs, nous sommes blottis dans un silence respectueux pour écouter le baryton aphone qui continue à nous informer des possibilités de ce voyage enchanteur. Je retiendrai de sa mélopée que la voiture-bar a deux avantages. Le premier, qui m'enchante, c'est qu'elle est équipée d'un défibrillateur tout neuf, et le second consiste évidemment en cette fameuse recette du sandwich SNCF par période de restriction budgétaire, à savoir un aspect de Tampax, mais un goût de saumon.

Le train, quel emmerdement !

On traverse la France par des routes qu'on n'a pas choisies, à une vitesse qui vous échappe grâce à un Fangio du rail, qui peut faire des mots croisés puisque tout est automatique. J'ai une certaine détestation du rail, des avions, des gares et des aéroports. Il est curieux, lorsque vous discutez avec des amis, d'entendre « Ah, j'adore lire dans le train », « Quel bonheur le TGV ». Comme une marque de notre fabrique hexagonale : le

TGV héritier de la bataille du rail et du Conseil national de la Résistance. Les gens plébiscitent un bonheur défaillant, mais qui a toutes les apparences du convenable : lire dans le train. Officiellement, nous sommes tous des Bernard Pivot sociétaires perpétuels de la SNCF. Quel mensonge ! Bernard, pardon, mais vous fûtes et vous êtes encore notre plus merveilleux illusionniste.

Pour ce voyage, j'adorerais être dans ma voiture de petit-bourgeois, tranquillement sous la bruine mais je n'ai plus de permis de conduire depuis un magnifique demi-tour place de la Madeleine.

C'est l'époque qui est atroce, tout est interdit. Limitation du sexe, bordé par la morale publique. Plus de chèque sans provision, alors qu'il était tellement agréable de signer n'importe quoi au bas de ces petits trucs détachables que nous fournissent gracieusement la BNP ou le Crédit lyonnais. Période terrifiante où on nous ordonne de vivre au-dessous de nos moyens, comme si nous n'avions pas le droit de participer à la *dolce vita* d'aujourd'hui. Mais qui ça intéresse, de vivre longtemps ainsi ?

Jeune, j'étais fasciné par la Facel Vega de Michel Gallimard dans laquelle s'est tué Albert Camus, fasciné par les Ferrari de Françoise Sagan, les automobiles de Paul Morand qui regretta à la fin de sa vie d'avoir passé trop de temps dans les garages, au détriment de son œuvre. Au moins ne prenait-il jamais le train.

Aujourd'hui, il n'y a plus que les footeux qui roulent à tombeau ouvert. Pour l'ensemble de l'humanité contemporaine, la vitesse est un crime. Depuis un improbable mois de janvier, on ne peut plus rouler qu'à 70 km/h sur le périphérique parisien alors que ce TGV vient d'atteindre les 300. La vitesse comme imposture est une évidence et je n'ai plus l'âge de m'adonner à ce genre de bêtises qui caractérise souvent le mâle peu dégrossi. Mais ce TGV me renforce dans l'idée d'une asphyxiante morale publique qui veut nous sauver de tous nos excès. Même plus le droit de se tuer connement.

De toute façon, je n'ai rien. Pas une parcelle. Pas un jardin. Pas d'héritage. Pas de trésor. Pas plus de résidence secondaire que de résidence principale. Je déteste l'idée même d'avoir rendez-vous avec un banquier pour parler assurance-vie ou plan épargne logement. Du coup, je fais une très jolie carrière de locataire, avec une vingtaine de déménagements, poussés le plus souvent par des changements de vie incohérents. Ce qui est d'ailleurs très amusant quand on me raconte la caricature que fait l'hilarant Canteloup tous les mercredis matin sur Europe 1 : lunettes en écaille de serpent, Côte d'Azur, Courchevel, immobilier en pagaille, Warhol à gogo, ski en hélicoptère, brossage de dents au château-latour en semaine et au dom-pérignon le samedi. Ce cher Nicolas a au moins un avantage considérable : me permettre d'approfondir mes relations avec le fisc qui l'écoute tous les matins et reste encore persuadé en 2015 que j'ai planqué cinq triptyques de Bacon sous mon sommier. Ayant lu le tiers d'un roman, je n'arrive pas à engager la moindre conversation avec mon voisin de la place 73, voiture 1.

S'il m'avait demandé un point de vue sur l'actualité, je lui aurais ressorti avec bonheur mes tirades usuelles sur les princes qui nous gouvernent. Malheureusement, ledit voisin a une tronche de cake et semble être une victime violente du sandwich de la voiture-bar. Stratège du TGV, dès le départ il s'est rué vers le défibrillateur pour acheter une salade et boire une Kronenbourg chaude. Son erreur fut de commander un panini récemment décongelé puis carbonisé par un toasteur qui provoque chez tout citoyen normal de violentes brûlures d'estomac, suivies d'une migraine, suivie d'un intense ronflement. À 35 ans, ce cher homme affalé sur son siège designé par Christian Lacroix fait preuve d'importantes qualités de contrôle du rot pour ne pas m'importuner. Mais pas la moindre béance des maxillaires à l'horizon. Silencieusement, il me laisse contempler la Bourgogne, rythmant ma solitude de quelques ronflements. Suis-je mieux ? Évidemment non, avec ma mine de cadavre, mes cernes et l'atroce décompression du type qui vient d'arrêter de travailler.

La beauté des toits par la fenêtre me permet d'imaginer une bouteille de volnay premier cru. Des noms qui font rêver : Puligny-Montrachet, La Tâche, Corton-Charlemagne, Echezeaux et surtout, au sommet de l'imaginaire et du goût, la Romanée-Conti. Comme Totor, mon muet pionce, tandis que je fixe mon regard sur les paysages à travers la vitre. La nuit tombe et finit par opacifier la glace du TGV pour créer un miroir où mon visage se reflète. Malheureusement.

Plus ou moins consciemment, après avoir fait deux, trois pas dans le couloir, je me rends compte que personne ne lit le moindre livre. Des magazines, des ordinateurs ouverts, des adolescents à bonnets et casques branchés sur One Direction, pas de littérature à l'horizon. Comme si ça n'intéressait plus du tout ce wagon en partance vers la dinde. Mon nouveau miroir me permet d'espionner au-delà du dossier de mon voisin d'en face. Les reflets, projetés vers l'avant comme un rétroviseur inversé, me font découvrir mon autre alter ego : un chauve au physique d'ingénieur en informatique, qui regarde avec un sérieux papal un épisode de la série *Homeland* que j'identifierai par la fréquence dans les sous-titres des mots « Bagdad » et « Washington ». Un ronfleur, des casques, des séries. Les rares filles croisées sont scotchées sur les réseaux sociaux, même pas le moindre Guillaume Musso à se mettre sous la dent. Depuis l'attribution de ma carte de journaliste, numéro 45713, j'entends toujours la même ânerie sortant de la bouche des différents ministres de la rue de Valois : « La culture pour tous. » Mais s'ils n'en veulent pas ? Si leur préoccupation majeure n'est que la distraction ? Faut-il les masser comme des bœufs de Kobe à la bière, en leur faisant ingurgiter de force des symphonies de Mahler qui les barbent ? Je pense que le nombre de Français qui ont une envie profonde de lire *Anna Karénine* ou de découvrir un Christ de Cimabue n'a pas évolué depuis des décennies. Ils parcourent, mais ne lisent pas. Ils voient, mais ne regardent rien.

Les musées ne désemplissent pas, mais au pas de course. Les images fixes, les tableaux triomphent parce que le cinéma a rompu son lien avec le monde adulte. On ne produit plus d'images que pour les enfants et les ados. Du coup, ceux qui veulent voir quelque chose, et pas simplement lire pour remplir leur imaginaire, se réfugient au Louvre ou à Beaubourg. Au moins, s'ils ne comprennent pas toujours ce qu'ils voient, ont-ils le sentiment qu'on s'adresse à eux. Hollywood n'a plus de temps à perdre avec les gens de plus de trente ans. Pas assez manipulables.

Hériter un imaginaire ou une spiritualité est un avantage. Mais depuis le lycée, j'ai croisé des centaines de favorisés que Mozart laisse de marbre ! Des insensibles absolus et déterminés. Alors croire, comme Pierre Bourdieu et ses épigones, que l'accession à la culture n'est qu'une fatalité sociale me paraît extrêmement douteux. Que faisaient les mères d'Albert Camus et de Michel Onfray : femmes de ménage. Furent-ils empêchés ? Non. On fait semblant d'ignorer la capacité de chacun d'entre nous d'accéder à un mystère. Un jour, un objet simple nous intéresse moins que son reflet dans un miroir et c'est parti… Le miracle peut advenir. Le tout jeune Andy Warhol, homosexuel peu assuré de son identité, appartenait à une famille extrêmement modeste d'immigrés d'Europe centrale installés du côté de Pittsburgh en Pennsylvanie. Aucune envie d'en découdre par le sport, comme ses frères, avec ses camarades de lycée. Lui restait dans la cuisine, observant et rêvant sans relâche, pas très loin de sa mère, autour d'objets quotidiens qu'il allait magnifier : la bouteille de Coca, la soupe Campbell, la boîte de lessive Brillo.

Comme Warhol, il faut découvrir soudain en soi une irrépressible envie des traces d'une vie rêvée : lire des romans, voir des tableaux, écouter de la musique. Bref, être seul face à une œuvre qui a été conçue elle aussi, la plupart du temps, dans la solitude. Dire qu'on est écrasé par le social, c'est au fond une autre manière, encore plus terrifiante, de l'accepter.

La plupart des gens se contentent de leurs émotions. N'éprouver que les siennes est une triste limitation, aurait écrit André Gide un soir du 12 mai 1892.

La voix du speaker officiel de la SNCF me sort brutalement de ma torpeur d'espion voyageur : « Avignon, cinq minutes d'arrêt. » On vit dans un pays où l'on peut deviner à l'avance les reproches qui vous seront adressés : « Il n'aime pas les gares, pouah quelle horreur, il n'aime pas la foule. » Comme si la foule et le peuple, c'était la même chose ! Comme si une large audience télévisée devant un match de foot équivalait à une nation en marche. Le rêve, la singularité, l'affirmation de soi, même maladroite et fragile, restent les seules barricades personnelles contre l'écrasement par les autres.

Je reprends mon encombrante valise et je me casse une deuxième jambe au milieu d'une cohue de violents qui se marchent dessus pour sortir d'un wagon et prendre la route vers d'improbables réveillons où, une fois sur deux, les familles se foutent sur la gueule. Le mien, à la campagne, abrité par les Baux-de-Provence et parfumé par les oliviers décharnés de l'hiver, fut charmant. Sur le tard, je me suis mis à aimer Saint-Rémy et les Baux-de-Provence. À cause de Diane, à l'ombre de Van Gogh qui y habita.

Vincent Van Gogh a passé sa vie dans une chambre de Saint-Rémy, célèbre tableau, petit espace chaotique et coloré donnant sur une seule fenêtre. Comme le tableau Auvers-sur-Oise, peut-être une des images les plus bouleversantes de la peinture, pour beaucoup l'œuvre d'art ultime. Vincent n'est pas là. Il n'y a personne d'humain qui figure dans ce cagibi sous les étoiles et pourtant son absence est d'une incroyable présence. Un peintre aux prises avec la lumière et les meubles.

Direction le Paradou, charmant village à proximité de Maussane, au pied des Baux. Même là, je sens qu'un trouble climatique et moral règne dans l'Hexagone. La semaine précédente, certains ont découvert en la personne du fameux Dieudonné un antisémite notoire, camouflant sa haine du Juif derrière le paravent de l'esclavage que personne n'a jamais cherché à nier.

L'overdose du comique à conscience tordue commence à gonfler tout le monde, y compris l'État. Grâce à l'interdiction dont fut frappé son spectacle, au moins échappera-t-on peut-être à l'arrivée d'un petit con sur scène, qui nous crachera son énième one-man show indigeste, sur le thème « Hitler et Pétain, deux moustachus au paradis ».

Tout le monde n'a pas le talent de Mel Brooks faisant chanter *Springtime for Hitler* à l'inénarrable troupe réunie par l'invraisemblable Zero Mostel, producteur bibendum et acteur de génie. Même si la décision de Manuel Valls peut être contestée au plan de la liberté d'expression, il était temps que quelqu'un fasse preuve de virilité républicaine à l'égard du n'importe quoi vipérin qui se répand depuis trop longtemps dans le pays. La quenelle m'insupporte autant que Tarantino faisant joujou avec les SS.

Depuis « Nulle part ailleurs » sur Canal+, j'ai défendu avec acharnement Michel Houellebecq, alors qu'à l'époque, malgré un succès fulgurant pour *Les Particules élémentaires*, il exaspérait la majeure partie de la critique, l'establishment des prix littéraires et une bonne partie de la bourgeoisie cultivée pour qui la littérature, c'était d'abord et avant tout le charme de l'imparfait du subjonctif. Mois après mois, on a senti planer l'envie de lui faire payer sa cruauté et son talent. Et d'ailleurs, les patrons de chaîne, bizarrement obsédés par cette envie de crucifixion, trouvèrent très vite il y a dix ans en Éric Naulleau leur nouveau prophète.

Un directeur de programmes que je laisse volontiers dans l'anonymat pour qu'il ne se ridiculise pas :

— Ah ben Naulleau, c'est pas comme toi ! Lui au moins il y va ! C'est une imposture ce Houellebecq. Un alcoolique, un obsédé sexuel, un auteur pour branchés, une fausse valeur. Ton vrai boulot serait de le défoncer... Au moins, on ferait plus d'audience. Tandis que toi comme un con, tu dis que c'est bien alors qu'il exaspère tout le monde…

Sauf que ce brave garçon anonyme oublie que peu à peu Michel H. fit exploser les audiences et les ventes. Et surtout, ce qui est beaucoup plus important, qu'il est l'un de nos grands écrivains. Mais ça, la télé s'en moque. Elle cherche le procès, l'irrespect, la confrontation, le chroniqueur qui s'oppose à tout. Elle oublie qu'elle a inventé Pivot, elle cherche le scandale à son seul profit : son audience. Et moi par lâcheté, malgré une grande affection pour Michel, j'entrepris d'inviter son biographe qui décortiqua les zones d'ombre de sa vie : âge, relations avec ses parents et autres gracieusetés d'enquêteur précis.

Résultat : Michel Houellebecq vécut probablement cet entretien comme une trahison. L'affaire vient de se reproduire avec une série que lui a consacrée le journal *Le Monde*. Même au Pays basque, où nous aurions pu nous croiser chez Frédéric Beigbeder, il m'évita. À son égard, au bout de dix ans, tout le monde baissa les armes par peur du ridicule. Journalistes hostiles, jurés peu convaincus, prirent le prétexte de *La Carte et le Territoire* pour lui attribuer le prix Goncourt. Enfin ! À propos des journalistes et des biographes, il est vrai que vous ne trouverez dans aucun détail d'une vie, l'explication d'un grand talent. Des indices, certainement.

Je vous raconte une petite histoire.

L'un des mes auteurs préférés, Jean Echenoz, écrit de merveilleux livres et laisse dire et commenter son œuvre avec distanciation. Il a cette formule : « On ne s'expose pas sans risque aux confidences comme à certaines radiations. » Echenoz est le prince du romanesque qui s'attache au vrai comme dans ses livres consacrés à Maurice Ravel ou à l'athlète Emil Zatopek. Un lundi matin de novembre 1999, il obtint le prix Goncourt pour *Je m'en vais*. À l'époque, je travaillais à Europe 1 et demandai à son éditeur qu'il vienne dans le journal du soir pour parler de son ouvrage. À 14 heures, le rendez-vous était bouclé. À 15 heures, je me suis installé dans une salle isolée pour dévorer *Je m'en vais* tranquillement jusqu'à 18 heures. Dès les premières pages, je perçus une curieuse coïncidence. Félix Ferrer, le héros, avant de s'en aller vers le Grand Nord canadien, s'occupait d'une galerie d'art et habitait du coté du boulevard Exelmans à Paris. Or j'y ai passé des années. Plus curieux encore, au fur et à mesure des pages tournées, notre ami Félix résidait 66 boulevard Exelmans dans une impasse regroupant plusieurs maisons 1930… J'ai vécu dans l'une d'entre elles deux ans ! Au chapitre suivant, je suis tombé de ma chaise, il décrivait l'appartement du héros qui n'était autre que le mien ! Agencement du piano, présence d'une énorme bibliothèque, luminaire particulier et vieux mur en marbre rose qu'avait installé le propriétaire, la famille du dentiste du premier étage. Une telle somme de coïncidences m'asphyxia. À tel point qu'en direct à 19 h 30, je ne pus m'empêcher, en riant, de lui demander s'il n'était pas par hasard l'amant de ma femme pour connaître à ce point ce que fut notre intimité. En fait, plusieurs mois avant le Goncourt d'Echenoz, nous étions partis avec Diane ailleurs… Un de ses amis nous remplaça comme locataire pour donner naissance au décor de *Je m'en vais*.

Coïncidence troublante et cocasse mais qui n'explique en rien le pourquoi de la littérature d'Echenoz faite de mystère, de pudeur et de drôlerie désabusés.

Sur Houellebecq tout a été écrit. Il serait un Balzac de droite d'un Occident à la dérive, menacé par l'islam et pataugeant dans la médiocrité et la misère sexuelle. Je dois dire que le bonheur de le lire, pour moi, ne vient absolument pas des sujets traités depuis *Extension du domaine de la lutte*. Encore moins de ses goûts affichés pour Huysmans ou Auguste Comte. J'aime sa poésie, sa drôlerie et, il faut bien le dire, son aimable mépris ! J'émets l'hypothèse qu'engoncé dans sa parka, il s'est rêvé en musicien idolâtré des années 60. D'ailleurs il a donné des concerts, ne résistant pas à cette tentation, malgré un talent plus qu'approximatif de chanteur. Il ne sera jamais Jim Morrison, même pas Gainsbourg. Malheureusement, il est né trop tard et pas au bon endroit. Frustrations et lectures transformées en romans prémonitoires. J'ai dû me contenter du journalisme. Lui rêve certainement d'un gros, d'un énorme livre poétique et presque indéchiffrable qui lui donnerait un passeport pour l'éternité. Nous ne sommes qu'au début de l'aventure houellebecquienne.

Pourquoi écrire ?

Certainement pas pour répondre à des interrogations. Mais plutôt, puisqu'il s'agit de bousiller des arbres en noircissant du papier, pour se formuler les 4 ou 5 questions qui peuvent justifier une vie. Je suis un maniaque. Le matin, si des miettes traînent dans la cuisine, si mon lit n'est pas fait, je suis incapable de tracer le moindre mot. Mon ordre vital est géométrique. Pas de notes. Pas de brouillons encombrants. Un ordinateur, des feuilles blanches, 2 ou 3 stylos et puis rien, presque rien sauf la mémoire qui carbure à plein tube entre deux Coca

Zéro. Lorsque j'ai reçu Houellebecq, un soir de 1998, à « Nulle Part Ailleurs » pour la sortie des *Particules élémentaires*, je l'observais attentivement tout en lui posant les questions rituelles. J'ai vu que chaque phrase qu'il prononçait s'accompagnait d'une tranquille jouissance : « Dorénavant je suis libre... Je ne travaillerai plus jamais. Je les ai eus. »

J'adore le lire mais il représente curieusement l'opposé de mon goût à part une dilection commune pour la poésie. Balzac, dont il se revendique, m'a toujours barbé. Un soir, tapant mon journal à la radio, je tenais un téléphone de l'autre main pour racheter à la vente Breton son exemplaire personnel des *Champs magnétiques* coécrit avec Philippe Soupault : « Prisonnier des gouttes d'eau, nous ne sommes que des animaux perpétuels. » Comment ne pas aimer ce texte de deux hommes, encore des adolescents, expérimentant une littérature nouvelle en 1919 ? Ils avaient 22 et 23 ans. Au même âge, Rimbaud avait déjà abandonné la poésie. Plus tard, au cours de mes études approximatives, j'ai été frappé par les premières pages de *L'Age d'homme* de Michel Leiris, ce miroir violent qu'il installe face à lui pour détailler, dès 34 ans, la fragilité de son corps, le début de la laideur et la tiédeur de sa sexualité.

En fait, l'écrivain avec lequel j'ai le plus ri et qui m'a le plus intéressé fut Alain Robbe-Grillet. Il est de bon ton aujourd'hui de détester le Nouveau Roman, mais toutes les questions posées par ce groupe reviendront un jour. La littérature n'est pas simplement chargée d'écrire des histoires et de psychologiser des personnages. Elle peut être un simple regard, voire un fantasme. Son dernier texte, *La Reprise*, reste une petite merveille. Robbe-Grillet était méchant, drôle, cultivé. Il a toujours considéré que *L'Etranger* de Camus – Robbe a enseigné pendant vingt-cinq ans la littérature française à New York – était une des césures marquantes de l'après-guerre. Nos conversations télévisées furent violentes sur son attitude pendant l'Occupation mais ce lecteur de Queneau, Kafka et Faulkner a toujours dit qu'il n'aurait jamais abandonné ses études d'agronome sur les bananiers pour écrire simplement des romans !

Il voulait faire « nouveau », sur les ruines de la guerre, quitte à se faire flinguer par la critique, par son époque et même par une postérité qui ne l'épargne pas. Robbe-Grillet avait, à mes yeux, une qualité majeure : il connaissait parfaitement bien tous les grands peintres de son temps, détestant la prétendue solitude créative d'une grande partie des écrivains français murés dans leurs mots et leur concordance des temps. Le Nobel a quand même récompensé cette « bande » : Claude Simon, Beckett et leur jeune cousin, Jean-Marie Gustave Le Clézio.

Je suis un faux jeune. J'ai toujours été un faux jeune. C'est la marque de ceux qui admirent.

On m'a très tôt proposé de faire de la télévision mais j'ai très longtemps refusé car il s'agissait toujours de remplacer des gens, comme Claude Sérillon qu'on voulait éliminer politiquement. Je suis lucide sur une certaine vacuité qui la caractérise mais j'ai profondément aimé ces soirées et ces week-ends entiers de direct.

Et puis il y eut d'autres dimanches en direct, toutes ces expériences curieuses qu'on accepte pour réparer sa toiture, gâter épouse et enfants, acheter un tableau inaccessible. On est souvent vulgaire et irresponsable, paradoxalement, pour assumer la meilleure part de soi-même. La dignité se construit sur des indignités. Je n'ai jamais eu le talent de la légèreté. D'abord, parce que le journalisme n'est pas l'animation et puis, même si nous n'avons pas la même vision de la culture, plus de rock, plus de peintres, plus de danseurs, je suis quand même un petit frère de Pivot. Un admiratif ironique, mais pas un transgressif.

J'aime cette profession. Je m'en sépare au moment où elle se sépare de moi. J'aime ces ambiances de maquillage. De tension. De coiffeurs que je refuse systématiquement. D'accident qui rôde. Parfois même de n'importe quoi...

Le TGV que nous venons de prendre ensemble n'est qu'une fiction. Même si je l'ai pris, il n'existe pas. Mon voisin au sandwich dégueulasse n'a jamais existé. Il incarne l'exaspération que je m'adresse. Je suis dans le train de la vie ou dans l'avion des faux bonheurs. Je n'arrive pas à descendre. Je crois qu'il sera toujours le temps de foutre le camp au Congo. Mais des prétextes me maintiennent entre deux gares.

Et pourtant, entre 10 et 15 ans, la peinture m'a sorti du réel. Ce n'est pas banal d'avoir des parents marchands de tableaux, fussent-ils modestes et sans fortune. Nicole et Lucien peuvent être qualifiés de découvreurs. De César à Bernard Frize, ils ont montré certains des meilleurs jeunes artistes français pendant quarante ans. Moi j'étais l'objet d'un véritable incendie peu compréhensible. Très jeune, j'ai adoré la peinture et tourner avec passion autour des sculptures. Comme une vocation. Comme un appel mystique. J'ai enfourné des centaines de cartes postales de reproduction allant du Quattrocento à Georges Braque dans une gigantesque boîte à chaussures qui devint mon Louvre, mon musée. Des œuvres de

Piero della Francesca, d'Albrecht Dürer, de Vélasquez, de Watteau, de Poussin, de Courbet, de Monet puis très vite de Picasso, de Mondrian, de Dalí. Arrivèrent les minimalistes américains comme Don Judd ou des Pop Artists comme Warhol ou ses contemporains. Très vite, se dégagea une courte liste de mes chouchous : Vermeer, Van Eyck, Titien, Édouard Manet, Mondrian bien sûr, Brancusi, Giacometti, Jackson Pollock, Mark Rothko, Barnett Newman ou Nicolas de Staël. Je découvrais mon goût effréné pour les types qui n'ont que l'obsession de créer quelque chose de nouveau et non pas simplement de peindre, d'écrire, de faire de la musique, des films ou de monter des pièces de théâtre.

La vie de Newman de ce point de vue-là vaut le détour. Pas de nostalgie. À l'exemple de Richard Wagner écrivant dès 1850 cette lettre à Franz Liszt : « Débarrassons-nous du passé ! »

Newman a été candidat anarchiste à la mairie de New York en 1932 après avoir été étudiant dans une école d'art (l'Art Students League, à NY). Très curieusement, au lieu de développer un don et une pratique, il fut très vite confronté à une impossibilité de créer. Que faire ? Dans quelle direction aller ? Tout a été peint ! Comme Duchamp, il va s'intéresser aux sciences, notamment la botanique ou l'ornithologie. Puis à la philosophie, en devenant disciple de Spinoza. Il travaille dans son atelier, mais détruit beaucoup d'œuvres jusqu'à sa première exposition personnelle en 1950 à la Betty Parsons Gallery. C'est le surréalisme à la française, grâce à l'écriture automatique, qui l'a sauvé. En commençant par des séries de dessins qui vont devenir ces gigantesques toiles abstraites, vibrantes et monocolores (Color-field) qui resteront sa marque jusqu'à sa mort en 1970. Et une césure, de mon point de vue, dans l'art occidental, puisque l'intuition par Mondrian du rythme des lignes et des couleurs devient avec Newman un gigantesque paysage mental. Comme un champ infini. Ses tableaux sont séparés verticalement par ce qu'il appelle des « zips » qui rythment la couleur pour lui donner une dimension métaphysique, proche de la religion.

Des œuvres absolument magnifiques qui m'ont toujours donné l'impression de redécouvrir le monde vu d'avion. Alors que la peinture européenne de cette époque pratique plutôt le regard à travers une fenêtre, ou à travers une très grande fenêtre, mais rarement plus. Sauf *Guernica*, car l'irremplaçable Picasso a souvent tout fait avant tout le monde.

Encore une fois, après la musique, l'Amérique m'a assommé avec Newman, Rothko, Pollock, Morris Louis. Le Français Pierre Soulages les a croisés. Mais ne lui dites jamais qu'il serait leur petit cousin français. Son chemin est autre. Son noir les précédait. Et il est le seul survivant avec un autre géant de l'art abstrait : Ellsworth Kelly.

Aux alentours de mes 20 ans, quatre choses m'ont frappé. J'ai constaté que mes camarades d'université qui étaient prêts à s'emplâtrer autour d'un album du MC5 ou de Jefferson Airplane n'avaient pas la moindre idée de l'existence de Barnett Newman. Sur Malraux et la guerre d'Espagne, tous imbattables, car la politique et la littérature sont nos deux obsessions, mais il ne fallait pas leur demander de citer un peintre ou un sculpteur de leur époque à l'exception de Picasso, Dalí ou Warhol. Le néant total. Et en plus, pas vraiment curieux, car pour la plupart d'entre eux, dès que vous leur soumettiez une photo ou une reproduction, nos prétendus progressistes de la culture vomissaient comme des petits marquis rétrogrades sur l'art de leur époque. En France, ce mouvement de rejet est loin d'être mort.

De mon côté, plus c'était complexe, biaisé, inattendu, provoquant : les aigles de Robert Rauschenberg, le

Roxy's Bar d'Ed Kienholz, plus l'incendie se propageait, plus j'aimais ça.

Mois après mois, une deuxième constatation s'imposa : souvent, les grands artistes n'ont pas de public. Ils ont des clients, des commanditaires, des musées, des mécènes, des amis, un petit cénacle autour d'eux. Mais la foule des stades de sport ou des stades du rock, jamais ! Et je compris même qu'on pouvait pousser la logique plus loin.

Paradoxalement, si on allonge le temps, mes idoles du rock ne sont que des Maurice Chevalier qui disparaîtront dans les crevasses de l'histoire de l'art. Alors que leur équivalent peintre ou sculpteur ont une petite chance, si talent il y a, de passer à la postérité. Prenons l'exemple de Chevalier (12 septembre 1888 – 1er janvier 1972). Avant la Seconde Guerre mondiale, il était un mélange entre George Clooney et George Michael. Chanteur, acteur en France comme aux États-Unis. De Ménilmontant à Los Angeles, il a été pendant quelque temps la star numéro un du show-biz mondial. Aujourd'hui, reste un souvenir et puis rien. Mais alors rien du tout. Plus rien. Ses films, comme ses chansons, sont tombés dans les oubliettes de l'histoire.

La règle est imparable : à force de vouloir plaire, on périt, et on se prive de destin.

L'Espagnol Joan Miró, qui fut le contemporain de Chevalier, est, lui, dans les institutions du monde entier. Du Prado à Madrid au MoMA à New York. Ses tableaux bleus étoilés sont des moments de magie.

Je n'ai pas souvenir que mes chers camarades de l'époque aient eu la moindre connaissance de l'œuvre et de l'itinéraire de Miró. Je devins une énigme pour une partie de mon entourage. Un snob pour les plus compréhensifs, un taré pour les rationalistes qui ne pouvaient pas envisager un tableau autrement que comme un portrait réaliste. Laurent Fabius, lorsqu'il était président de l'Assemblée, a souligné dans son livre, *Le Cabinet des douze*, la responsabilité de l'Éducation nationale dans l'absence totale de culture artistique qui règne dans les écoles et les lycées. C'est la tradition hexagonale : tout sur Racine, rien sur Rembrandt, au prétexte que la langue est le véhicule de la pensée. Je ne vois pas en quoi aimer Jean Genet nous priverait de Jean Dubuffet. On connaît la ritournelle : l'art, c'est cher, c'est une affaire de privilégié. Comme s'il n'existait pas de musée ! Comme si la pensée visuelle de l'art n'était pas créée, au départ, pour tout le monde ! Comme si Matisse peignait exclusivement pour le collectionneur russe Chtchoukine. D'ailleurs, celui qui fut le plus jeune Premier ministre de notre histoire, à 38 ans, a eu droit, dans la majorité des portraits faits de lui dans la presse écrite, à un joli petit paragraphe sarcastique sur son lien familial avec le monde de l'art – sous-entendu, même chez les journalistes de gauche : il est juif, il a de l'argent, il aime les tableaux…

Ce réflexe pathétique fait partie de nos atrocités. Je préfère ne pas m'étendre sur les mots ignobles inscrits sur l'œuvre, que l'on peut contester, d'Anish Kapoor à Versailles.

Je ne suis pas l'avocat de Fabius, mais celui des dizaines de peintres que la culture officielle ignore. Lorsqu'il y eut à Paris l'exposition « Picasso et les maîtres » (octobre 2008 – février 2009), je pris rendez-vous avec la responsable des programmes culturels de France 2. Aucune intention de lui proposer une émission rémanente sur l'art, mais je trouvais qu'il eût été symbolique de réaliser, pour l'occasion, un grand programme unique et en direct adapté à cette exposition exceptionnelle que l'on n'aurait plus l'occasion de voir pendant des décennies. Peut-être même pendant un siècle. Nous nous saluâmes très chaleureusement en entrant dans son bureau. J'étais accompagné d'un producteur et elle, de sa principale collaboratrice. L'affaire me tenant particulièrement à cœur, mon argumentaire était très au point. Sauf que… Après cinq minutes d'exposé, je constatai qu'elle avait un mal fou à allumer la bougie, de la marque Diptyque, censée améliorer l'ambiance olfactive de la pièce. J'étais sur Picasso et Vélasquez, elle tripotait frénétiquement la cire. Plus j'avançais, plus elle cherchait des allumettes de différentes tailles, voire un briquet, pour que l'air soit plus parfumé. Elle apostropha son assistante, qui avait l'air quand même gênée de son inintérêt absolu pour mes propos enflammés et naïfs. Le cheveu court, la couleur fraîche dans une tonalité, ô combien élégante, noir corbeau, elle finit par me sourire en me chantant les louanges de Stéphane Bern.

— Vous le connaissez ? Il est tellement sympathique ! J'adooore travailler avec lui. Il a un vrai sens du patrimoine.

Bref. Elle se fichait totalement de ma présence et de mon propos. Encore plus de Picasso et de ses maîtres. Je compris qu'on allait distiller quelques sujets sur l'exposition dans les différents journaux télévisés et qu'il n'y avait pas le moindre avenir pour ma proposition. Cette dame, et elle n'est pas la seule à la télé, confond la culture et l'immobilier et pense qu'Anna Gavalda vaut bien André Breton. J'entrepris une piteuse retraite avec mon camarade producteur.

C'est la troisième constatation qui devint dangereuse. Vers 30 ans, consciemment, j'entrepris une psychanalyse à base d'objets. D'une manière assez solitaire, car l'art n'était pas à la mode comme aujourd'hui, je démarrai une collection qui devait prouver à la face du monde entier que moi, Guillaume Durand, j'étais le gourou du bon goût. Celui qui sait ce qu'il faut jeter ou garder. Comme toute psychanalyse, il fallut payer beaucoup et longtemps. Les joies ont été immenses, que seuls partagent les joueurs et les collectionneurs. Je pouvais devenir dingue, monomaniaque, endetté pour l'achat d'un seul tableau qui ravageait ma tête. Comme un équilibriste, je me rétablissais au dernier moment, mais chaque achat mélangea bonheur et anxiété. Au début, pas trop cher pour le premier tableau de Jacques Monory, qui fit la couverture de *La Peur bleue*. Il s'agissait d'un homme de profil, armé d'un pistolet, visant une orange en plastique installée à l'extérieur de la toile sur un petit promontoire. Le meurtre et sa dérision. La solitude du tireur. Jacques

Monory est le Jean-Pierre Melville de l'art français. Un styliste.

Au tout début, les marchands de tableaux furent tous extraordinairement accueillants avec moi. À l'époque en France, il y avait peu de clients intéressés par la peinture et peu d'argent. En 1973, au cœur du choc pétrolier, mon père ne vendit aucune œuvre, alors que des tableaux magnifiques étaient sur les murs de la petite et étroite galerie du 19, rue Mazarine. À partir des années 80, grâce à Daniel Lelong à Paris, Lucio Amelio à Naples et tant d'autres, j'ai commencé une collection bien modeste et compatible avec mes revenus. J'avais une vie de famille sage et tranquille, un boulot que j'aimais d'Europe 1 à LCI, mais, brutalement, je devins un emporté. Un absolutiste. Un irrationnel. Je ne manquais pas de « chou ». L'œil était sûr. Mais je refusais de voir, et même de concevoir, que collectionner ne pouvait être qu'un sport de riche. La ruse et la perspicacité, pratiquées pendant des années, n'allaient pas suffire pour que j'évite le mur sur lequel on s'écrase. À la fin de la décennie 80 seulement, les banques découvrirent qu'il pouvait être judicieux d'investir dans l'art et de soutenir quelques collectionneurs. J'avais démarré dix ans trop tôt. Je fus obligé de revendre, dans des conditions catastrophiques, une Jacky Kennedy, ainsi qu'un grand dessin de Joseph Beuys, les deux par Andy Warhol. J'avais acheté à New York un graffiti aux crayons colorés de Jean-Michel Basquiat, pour la modique somme de 1500 francs. Lui aussi, revendu dans la panique, comme des œuvres de Sol Lewitt, Robert Mangold, Jaume Plensa, Richard Serra, Anish Kapoor, José Maria Sicilia, Gottfried Honegger (un type formidable), Morris

Louis, Francesco Clemente, Mimmo Paladino, Jan Voss, Robert Combas, Gérard Garouste, Fabrice Hyber… Je préfère stopper ici la liste de ma débâcle. Et surtout de mon chagrin. À un moment, pensant faire plaisir aux artistes, j'ai essayé de contenir l'agressivité bancaire et de limiter les ventes, ce qui me plongea dans une mélasse invraisemblable pendant des mois. Que dis-je, pendant des mois ? Pendant des années. Je crois que ce cher Frédéric Mitterrand a connu les mêmes vertiges avec ses salles de cinéma.

Je tâchais de faire bonne figure. À qui se confier ? Comment s'en sortir ? De toute façon, dans une France à plus de deux millions de chômeurs, j'étais quand même assez lucide pour savoir que personne n'allait pleurer sur mon sort. Ce qui est ironique, c'est que dix ans plus tard, j'aurais fait fortune. Du chagrin, mais pas le moindre regret, car le fait de croiser des œuvres me suffisait. Je n'ai jamais été un possessif. Encore moins un jet-setteur m'as-tu-vu, qui trouverait dans l'art un life style, comme c'est le cas actuellement. Mon bonheur aujourd'hui : les amitiés, multiples et variées, dans ce milieu qui est ma seconde famille : les artistes.

Parfois, dans les foires et les galeries, je commençai à croiser des Français célèbres comme François Pinault et Claude Berri, ravagés par le même incendie que moi, mais avec des moyens sans commune mesure. Je peux attester de leur sincérité. Claude Berri l'a écrit dans son émouvant livre de mémoires *Autoportrait*. À la fin de sa vie, malade, mais survolté, il ne faisait des films que pour s'acheter des œuvres. La peinture lui paraissant bien supérieure au cinéma. Le débat est loin d'être clos.

Il a fallu des années pour élucider cette addiction. De nombreuses promenades solitaires au Pays basque ont été nécessaires pour comprendre mon comportement suicidaire. La révélation est venue de la splendeur d'une nature qui se comporte comme une foule révoltée mais pacifique. Biarritz m'a expliqué qui j'étais. Très jeune, j'ai habité une petite chambre en dehors de l'appartement familial qui était trop étroit pour un adolescent remuant. Grande liberté, mais grand manque de soirées avec Lucien et Nicole. Ils sortaient beaucoup pour assumer leur gaieté et trouver les rares collectionneurs de l'époque. J'ai cru maladroitement, le premier sou gagné, qu'acheter des tableaux me rapprocherait d'eux, comblerait le manque de dîners en famille.

En même temps, les soupers de vernissage à la Coupole restent des souvenirs inoubliables et les visites de musées ont compté plus que tout. Venise ou la

Pinacothèque de Vienne en campant ! Mon père adorait le camping, qu'exécrait ma mère. Un soir, à 14 ans, je suis descendu de ma chambre car une petite fête était donnée à la maison pour un artiste dont j'ai oublié le nom. L'appartement comptait trois pièces : un salon confortable où s'étaient regroupés les collectionneurs, la chambre parentale vide dominée par une photo érotique d'Helmut Newton, et une petite salle à manger où se trouvaient les artistes et notamment Roland Topor. Ce beau monde se mélangeait difficilement. A cette époque, l'artiste se méfiait encore du bourgeois friqué. Topor prenait un malin plaisir, lorsque mes parents ne le voyaient pas, à approcher son cigare incandescent à quelques millimètres des rares tableaux ou dessins accrochés au mur. J'ai cru à un moment qu'il allait détruire en jubilant une encre d'Henri Michaux. Je l'aurais giflé.

Mais quelle différence avec les partouzes artistiques d'aujourd'hui ! Buren a dix mille fois raison quand il dénonce des artistes prêts à tout pour faire plaisir à de riches incultes bardés de conseillers.

Et revoilà Tantine !

Madonna eut une brève histoire d'amour avec Jean-Michel Basquiat au carrefour des années 1982-1983 à New York. Basquiat était sexy, magnétique et héroïnomane. Elle le laissa tomber, car leur histoire devenait un enfer. Lui eut beaucoup de mal à encaisser cette séparation, qui ne fit qu'aggraver sa dépendance à la drogue. Il lui réclama les tableaux offerts, les repeignant en noir, pour bien marquer le deuil de son amour. Elle en garda deux, évoquant, des années après, la fragilité de son compagnon… Qui fut assez vite remplacé dans son lit (*In Bed with Madonna*) par une kyrielle d'icônes célèbres marquant sa quête acharnée de gloire. Madonna est une droguée du succès… Un art quasi militaire qu'elle pratiqua, dans le désordre, auprès de John Fitzgerald Kennedy Junior, Sean Penn, Tupac, Denis Rodman, Warren Beatty, Vanilla Ice… L'un de ses premiers amoureux, le Dj new-yorkais Kamins, jeta, dans la biographie écrite par Lucy O'Brien, un regard cru sur sa relation avec la Madone. Une fille ostensiblement pressée :

— Nous étions dans le dénuement absolu, on n'avait pas un rond, mais elle savait qu'elle pouvait se servir du sexe pour manipuler les hommes, tous les hommes…

Je ne mésestime pas une seconde le magnétisme de cette femme, son travail et son acharnement, mais, comme pour Maurice Chevalier et Miró, l'histoire lui appliquera la loi inexorable de la revanche des peintres. Dans deux cents ans, les rétrospectives de Jean-Michel Basquiat parcourront toujours la planète, alors que plus personne n'aura la moindre idée de ce que furent la vie et la musique de Louise Ciccone, née le 16 août 1958, à Bay City dans le Michigan.

Pourquoi défendre les peintres, les acteurs de théâtre, les danseurs, les pianistes classiques, les musiciens de jazz, les clowns, les accordéonistes ? Parce que le système médiatique ne leur accorde, le plus souvent, que le mépris. Mes parents furent méprisés sans s'en apercevoir, puisqu'ils vivaient presque en vase clos dans le VIe arrondissement. J'eus une éducation libérale, sauf dans un domaine : l'argent. En clair, pas d'argent. La phobie de l'argent. Puisqu'il y avait peu d'argent à la maison.

Pendant longtemps, j'ai rêvé d'appartenir à un grand club de sport pour prendre les fameuses leçons de tennis qui me manquaient. Ce moment, tant attendu, intervint lorsque je pus payer, aux alentours de 27/28 ans, le droit d'inscription et la cotisation. Comme à l'ENA, il y eut une sorte d'oral de bienséance. Pour que je puisse attester que je n'étais pas né dans le caniveau. Et que la passion du sport m'habitait. L'un des « examinateurs », un précipité de la bourgeoisie française, me demanda qu'elle était la profession de mon père. Avec candeur et fierté, je criais presque la réponse aux participants de cette curée mondaine :

— Mon père, Lucien Durand, né en 1920, est marchand de tableaux.

Je sentis dans l'assistance au milieu des boiseries, un silence gêné. Assez vite je compris quelle était la nature du problème. Pour eux, marchand de tableaux, c'était comme marchand de tapis, une activité d'Arabes ou de Juifs. Une horreur sociale. Pire que si j'avais dit que mon père était secrétaire général de la CGT ! D'ailleurs, l'un des hiérarques me reprit avec un sourire « doucereux » :

— Ne pourrait-on pas dire, cher ami, que votre père est directeur d'une galerie de tableaux ?

De toute façon, il était trop tard pour améliorer mon coup droit. Trop tard pour que je renonce à mon amour de l'art. Trop tard pour que l'incendie ne fasse pas des ravages. Puisque mon père n'avait pas voulu me donner des leçons de tennis, j'allais me venger en achetant les tableaux dont il rêvait.

Nous nous aimons.

Au bout, tout au bout, existe dans ma mémoire un voyage d'enfance, peut-être avais-je 12 ans, dans la 404 familiale, grise métallisée, jusqu'à l'opéra de Stockholm. Tout au long du trajet, un soleil resplendissant. Nous étions passés par Roubaix pour visiter les canaux et les musées de Bruges, de Bois-le-Duc, d'Amsterdam, la transparence éclatante et simple du Louisiana, musée d'art contemporain danois, puis la traversée en mer, Malmö et encore des dizaines de kilomètres d'autoroute sans une âme. Des lacs, des conifères, des Volvo, Bergman pas loin et un dîner à l'opéra où des diplomates nous invitaient à une première, m'obligeant à expliquer la politique étrangère du général de Gaulle, en anglais, à des hommes et des femmes qui me regardaient d'un air sévère.

Puisque j'étais le seul enfant accepté à cette soirée pour l'artiste Carl Fredrik Reusterwärd, ils mirent tous un point d'honneur à ignorer mon âge et mon tremblement. Une sorte de mini-oral de grande école, en smoking, alors que je n'avais qu'un costume clair et une cravate approximative. Il paraît même, dixit Maman, que, parfaitement inconscient, j'ai assez violemment rembarré l'ambassadeur de Suède en Russie, un certain De Guerre, d'origine française, impeccable comme un ruban blanc et noir, prétentieux comme un orage, qui détestait de Gaulle et la récente reconnaissance de la Chine en 1964. D'après mes géniteurs, je ne me suis pas trop mal sorti de cette première tentative d'assassinat mondain. Ce fut utile pour l'avenir. Après le dîner, nous raccompagnâmes un autre ambassadeur à la porte d'une magnifique maison en briques, sur le quai, face à la mer de la baie de Stockholm, lorsqu'une épouvantable odeur de boule puante envahit l'habitacle de la Peugeot. Shame on the family ! L'un d'entre nous, y compris le sinistre diplomate, avait-il eu l'idée saugrenue de se laisser aller à insulter à la fois l'opéra, la monarchie et la social-démocratie locale en émettant un vent ? Un pet nauséabond et silencieux.

L'adieu fut tiède et gêné, puis dès que le sieur Jacobsen disparut dans les briques, les Durand s'insultèrent. Je veux dire, mes parents m'insultèrent.

— Mais comment peux-tu faire une connerie pareille après une soirée aussi importante pour nous ! Ce protestant de Jacobsen va raconter ça à tous ses amis… Autant d'amateurs qui ne viendront plus chez nous !

Je me souviens, comme si c'était hier, de l'épilogue de cette histoire invraisemblable. Sachant que j'étais innocent et ne pouvant même pas imaginer que mes parents puissent se laisser aller, je me précipitais vers le coffre de la 404, ouverture à clef, fouille rapide de l'arrière de ce modèle dessiné par Pininfarina et très vite localisation du drame : dans une vieille feuille d'aluminium, qui s'était malencontreusement ouverte, un camembert puant coulait, oublié depuis le début du voyage, probablement vexé par notre consommation récente de saumon gras, de hareng fumé et d'écrevisses. Le fromage finit dans le port de Stockholm, mais l'odeur mit trois jours à s'estomper. Ça puait sec dans la Peugeot !

Intervint la réconciliation par le rire. Trois petits Français pliés en quatre au bord de la Baltique. Je me souviens aussi que les filles qui travaillaient dans les supermarchés étaient ravissantes et arboraient des choucroutes à la Bardot. Depuis le 20 mars 1964, les Beatles ravageaient la planète avec *Can't Buy Me Love* et l'album *A Hard Day's Night* qui passait en boucle sur toutes les radios de tous les pays traversés cet été-là, le fameux été 64.

Nous reprîmes l'autoroute vers Paris et dans la fameuse boîte à chaussures, chère à mon cœur, s'entassèrent de plus en plus de cartes postales de la première collection de ma vie. Toute une sensualité du Nord, que je ressens profondément, encore aujourd'hui.

Le gosse qui revenait de Stockholm ne savait pas que, des années plus tard, il allait faire une curieuse expérience qui repasserait par Roubaix.

Ces derniers mots frappés sur mon écran, j'ai refermé mon ordinateur et réouvert mon portable qui était resté sur silencieux. Il était très tard. Quatre heures du matin une nuit de week-end.

Jaillit alors une nouvelle avalanche de SMS menaçants comme autant de dégâts prévisibles. Comme l'a écrit dans un de ses poèmes mon fils Joseph : de la vie viennent les dégâts.

Le Tigre de Roubaix

Bernard Arnault a, d'une manière assez brutale et totalement inattendue, débarqué dans ma vie. Un documentaire tourné en 2010-2011 et programmé début 2012 sur France 5.

J'ai le souvenir d'une fin d'après-midi pluvieuse. Mes derniers mois à France Télévisions. Un responsable d'unité de programmes nous avait gentiment invités, mon producteur Stéphane Simon et moi, pour une mission qu'il avait l'air de considérer comme top secrète. Ce garçon dirigeait les programmes culturels et s'appelle Arnaud Ngatcha. Il était à l'époque responsable de la série « Empreintes » consacrée aux grands Français.

Nous faisons, ce soir-là, antichambre dans son bureau. La porte s'ouvre : Arnaud est un fin métis bien habillé, qui n'est pas insensible au charme de l'ex-UMP, ce qui explique, en 2009, une ascension remarquée. Je l'avais connu aussi assez proche de Bertrand Delanoë pour une Nuit Blanche. Ngatcha a vite compris les arcanes du service public : jamais trop loin du pouvoir. Évidemment, peu de temps après l'accession de la gauche aux affaires, il a disparu. Lui qui était indispensable six mois plus tôt.

Il en vint très vite au cœur du sujet :

— Écoutez, on est dans la merde, il est impossible que Bernard Arnault ne fasse pas partie de cette série, mais il refuse tout. Tous les producteurs, tous les journalistes que nous lui avons proposés !

Le sous-entendu est clair : c'est un ami de Nicolas Sarkozy et sur le service public de cette époque, les amis de Nicolas Sarkozy sont nos amis.

Début habilement flatteur car, tout d'un coup avec Stéphane, nous nous sentions importants. Personne n'y étant arrivé, nous serions à la fois James Bond et ses commanditaires. Le sourire intériorisé n'est pas absent des quelques phrases échangées, puisque sachant que j'appartiens à une prétendue liste noire du service public, il est amusant de rendre un service politique à une nouvelle direction qui n'a qu'une seule obsession : me virer assez vite. Ce qui sera fait plus tard après une émission au moment de la réforme des retraites où j'avais eu l'outrecuidance de recevoir deux condisciples de l'ENA : François Hollande et Dominique de Villepin.

Les jours passent, les téléphones s'agitent. Un rendez-vous est décroché et un matin, je me retrouve avenue Montaigne devant le 22, siège de LVMH. Un appariteur est à la porte. Pas de sécurité visible. Personne dans le hall refait par l'architecte Jean-Michel Wilmotte. Avant l'ascenseur, nous croisons des colonnes vidéo où passent en boucle les derniers défilés. Les filles et les robes sont sublimes. Toujours personne, pas le moindre bruit, ambiance d'acajou. Le sol est dallé. L'escalator me propulse vers un demi-étage, sur la droite duquel je découvre un bureau et un sourire – blond ce jour-là. La jeune femme, mais elle n'est pas trop jeune, porte de fines lunettes et a tous les aspects de la distinction malgré un simple rôle d'hôtesse. La tête est très légèrement inclinée, incitation à la confession. Le cheveu est mi-court, impeccable, dense mais pas trop. J'ai perdu la mémoire des vêtements. Étaient-ils bleus ? Noirs ? Il était probablement important que ce premier vêtement aperçu n'existât point. Christian Dior l'a souvent écrit : le luxe n'est pas une bagatelle contournable, un charivari de l'extravagance vulgaire, un prolongement du compte en banque mais, et il pèse ses mots, le fondement de la civilisation. En tout cas de la civilisation française.

Dans le registre du CAC 40, j'ai pratiqué des dizaines de halls de sièges sociaux. Austères pour les uns, provinciaux pour les autres. Branchés pour les plus récents. Le plus loufoque est celui de Total à la Défense. Règne une ambiance à la Moulinsart. Ingénieurs et dirigeants du monde entier s'y croisent dans un gigantesque bordel qui n'est qu'apparent. Une véritable impression de foule bigarrée, de portes qui claquent, de Philippins qui croisent des Angolais, d'ascenseurs surchargés pour finalement atteindre, au sommet d'une interminable tour moche, le bureau du PDG, à l'époque, le jovial mais malin, le très malin Christophe de Margerie, paix à son âme. Chez Total, mais on pourrait en citer d'autres, le souvenir est aussi celui d'un monde où les milliers de personnes (qui défilent) participent sans le savoir au concours de la femme et l'homme le plus mal habillé du monde ! Eux sont souvent insensibles au charme de Dior. Ils vendent et achètent du pétrole, pas du vison, et donc se promènent dans la vie avec une esthétique de baril.

Ce matin-là, chez LVMH, luxe oblige, c'est exactement le contraire. Apercevoir une ombre lointaine au moment où une porte d'ascenseur se referme c'est avoir l'impression de croiser une armée. Je passe un très léger sas et pénètre dans le petit musée du groupe, une salle plongée dans une demi-obscurité. Au centre, sur une colonne, trônent les soixante marques phares inscrites en lettres délicates et sur les murs en bois, probablement du cèdre patiné, court une vitrine tout autour de la pièce où resplendissent les objets stars de chacune des enseignes avec une photo, ou un dessin de son fondateur. De Dom Pérignon à Olga Berluti, de Christian Dior à Louis Vuitton. Madame de Lur-Saluces pour Château d'Yquem. Marguerite Boucicaut qui explose dans sa robe alors que le fondateur de Guerlain est d'une maigreur cadavérique. Photo d'Adèle Fendi de 1925 qui évoque l'univers de Douglas Fairbanks et ses égéries.

Clichés souriants ou mystérieux des créateurs récents : Donna Karan, Phoebe Philo, Raf Simons. Une kyrielle de noms célèbres qui ont envahi la garde-robe de la bourgeoisie mondiale. Une consommation frénétique, fétichisée. C'est amusant de découvrir, dans la pénombre, un mocassin, une bouteille, des montres comme s'il en pleuvait. Le tréfonds de la culture française déteste les objets, mais notre commerce extérieur anémique s'en félicite.

Sur le trottoir, j'étais guilleret et plutôt décontracté. Cerné, mais heureux des émissions matinales. Très vite je sens poindre, au cœur du flegme, une légère crise d'angoisse, car cette solitude, ce chic, cette pénombre me ramènent à la réalité du quart d'heure qui va suivre : je vais me retrouver face à Bernard Arnault, l'une des dix plus grandes fortunes du monde, qui n'a pas la réputation d'être un plaisantin.

L'homme que personne ne voit, l'homme sur qui courent les fantasmes les plus délirants : sa froideur, son ascenseur privé, sa phobie du bruit, sa dureté dans les affaires, sa minutie…

Un confrère n'a-t-il pas écrit *L'Ange exterminateur* ? Je maintiens les fantasmes car, même s'il apparaît en majesté lors de toutes les grandes manifestations de ses marques dominantes – les photos des magazines en témoignent –, il y a toujours dans Paris cette idée un peu folle qu'il serait une sorte d'Howard Hughes surveillant les sorties des journaux, les parutions de ses marques et détestant les mondanités. Enrôlant les plus belles actrices de la planète pour ses campagnes, mais discret, ultra-discret. Un homme invisible que l'on se contente d'apercevoir sans même savoir s'il lui est arrivé de ramasser la robe que jette sensuellement Charlize Theron dans l'obscurité de la célèbre publicité pour Dior.

Ce n'est évidemment pas la folie qui le rapprocherait d'Howard Hughes, mais cette gestion permanente de la présence et de l'absence. Il est là en plein milieu d'un défilé, il serre quelques mains, puis disparaît et personne ne le voit plus. Les articles ont beau insister sur le fait que lorsqu'il est en France – la moitié de l'année –, il inspecte tous les samedis matin avec une minutie bienveillante les étalages de la boutique Dior de l'avenue Montaigne ou du Bon Marché, personne ne le croise.

On peut être risible et bon élève. Les jours précédents, j'avais consulté une documentation pharaonique, très précise sur le plan économique depuis la reprise de Boussac, mais absolument inexistante sur lui. À l'exception d'un très joli portrait intime publié le 24 juin 1999 dans *L'Express* par la talentueuse Colombe Pringle, qui fut après directrice du magazine *Point de vue*. Elle y soulignait déjà, après un rendez-vous dans son hôtel particulier du XVIe arrondissement, l'idée que BA est un homme qui, d'abord et avant tout, cache ses émotions.

Bizarrement, dans ma longue carrière de journaliste, une seule personne a suscité, à l'avance, et même à chaque fois que j'ai eu rendez-vous avec lui, une sorte de crainte, fût-elle bienveillante : François Mitterrand. Je me souviens, avant une émission, d'un déjeuner dans ses appartements privés à l'Élysée. Il y avait des huîtres. Il était silencieux. Moi totalement muet, paralysé. Et pourtant je le connaissais, mais en ce début d'après-midi-là, aucune conversation ne sortait de ma bouche. À son silence, je percevais parfaitement qu'il avait compris que mon cerveau patinait, pataugeait, paniquait, à l'idée de lui suggérer un sujet de conversation. Une autre fois, ce fut sans problème, voire chaleureux, mais dès que l'huissier me fit entrer en disant « Monsieur le président de la République », j'eus le sentiment d'être brutalement enseveli sous une tonne de détresse. Et puis la machine mondaine et journalistique reprenait le dessus, ou Mitterrand m'aidait. Par exemple lors de ce déjeuner muet où il rompit le silence pour me mettre à l'aise lorsqu'un appariteur annonça l'arrivée de son épouse Danielle. Des années après, j'entends encore ses mots susurrés et ironiques :

— Voilà les Kurdes !

Pouvait-on imaginer plus féroce ? Plus drôle ? Et pourtant, il l'aimait. Comme il aimait son autre famille.

Revenons sur cette arrivée à LVMH.

Dans le second ascenseur qui allait me permettre d'accéder au sixième étage se trouvait un homme affable et réservé. Message : un étranger ne monte jamais seul. Règle intangible.

Comme une Rolls, le mécanisme ralentit et me libère dans une pièce encore une fois de bois sombre – merci Wilmotte ! – mais tout de suite à droite, la clarté. Clarté du sol, acajou moins présent. Et un univers qui m'est plus familier puisque sur le mur de gauche se trouvent deux tableaux de Murakami monogrammés Vuitton assez tartes. À côté de la salle d'attente, une œuvre noire avec des phrases cyniquement poétiques de Richard Prince sur l'amour et le mariage. Et surtout, tout au fond à droite, près du bureau où je vais trembler, un magnifique Rothko pâle. Un tableau presque nuageux car les deux couleurs qui y figurent laissent entrevoir la trame. Le jaune et le bleu donnent l'impression de flotter. Une merveille. Un tableau que personne n'a jamais vu mais qui ne va pas tarder à être célèbre grâce à la une du journal *Libération*.

Je m'assieds, j'attends. La petite pièce est cette fois lumineuse. J'attends.

Pas l'attente machiavélique de la politique où on vous laisse mariner volontairement avant un rendez-vous pour mieux vous tordre. Non, il y a de l'horlogerie dans cette attente. J'ai croisé un nouveau sourire d'hôtesse. Tout mon argumentaire préparé pour le convaincre s'est entièrement envolé. Ce n'est pas la crainte de l'obséquieux qui m'envahit, je n'ai plus l'âge, mais j'hésite sur le protocole. Dans mon métier, tout le monde tutoie tout le monde. Prenez les deux derniers présidents : cinquante journalistes les tutoient. Cinquante journalistes devant lesquels ils tombent la veste.

Depuis le début de ce rendez-vous qui n'a pas encore lieu, je comprends que malgré la modernité voulue dans le décor du siège de LVMH il y a aussi une liturgie bien précise : celle du pouvoir. Chacun son rôle. Les fashion victims délirent, parlent trop fort et se font remarquer. Les créateurs évoquent rarement la discrétion – particulièrement John Galliano –, mais au cœur de tout, là où les décisions sont prises : calme, silence, pas de musique de fond, pas de laisser-aller vestimentaire, pas de bureau paysager. Un agréable monastère de l'entreprise contemporaine. Tutoyer son assistante peut vous valoir le bagne. J'apprendrai plus tard qu'un directeur important qui avait eu l'audace d'esquisser une familiarité de langage avec la collaboratrice de BA s'est retrouvé immédiatement propulsé chez le DRH local : la porte !

Soudain, une femme extrêmement chaleureuse jaillit dans mon antre précaire et décroche le premier vrai sourire depuis l'entrée du 22 avenue Montaigne. Grande, blonde. Pas du genre sapin de Noël. Ennemie du Babyliss. Elle respire l'authentique. D'où ? Je n'en sais encore rien. Qui est-elle ? Pas la moindre idée. Je prends le couloir qui me rapproche du Rothko et au moment où j'espère le dévorer des yeux, elle me pousse vers une porte sur la droite. Et je me retrouve assis sur une chaise, dans une petite pièce carrée, avec une table, un Warhol, peut-être deux, mais des œuvres abstraites plutôt modestes, et au fond du matériel vidéo posé sur un meuble hi-fi.

Karine, car c'est son nom – j'apprendrai qui elle est plus tard –, me lâche cette petite phrase, au fond assez classique :

— Il arrive.

D'un réflexe pavlovien, je me lève et me dirige vers la porte qui apparemment est celle de son bureau. Et, en un quart de seconde, je comprends que j'allais ouvrir la porte alors même qu'il entrait par la même porte ! La poussée en mêlée n'est probablement pas son genre. Mouvement d'évitement esquissé, il est déjà assis face à moi :

— Bonjour.

— Bonjour.

Bernard Arnault s'impose à vous d'abord physiquement. Je défie quiconque, même Mélenchon, de ne pas avoir, au premier contact, une petite appréhension, une timidité. « Bernard » n'est pas du genre commode, malgré une incroyable affabilité. Rien n'est rude, rien n'est rugueux. Tout est assez mystérieux, mais probablement indépendant de sa volonté.

Je ne sais pas pourquoi, j'ai immédiatement pensé à Dumas décrivant Monte-Cristo sortant de sa prison de Marseille :

« Son teint, éloigné si longtemps de la lumière du jour et des rayons du soleil, avait pris cette couleur mate qui fait, quand leur visage est encadré dans des cheveux noirs, la beauté aristocratique des hommes du Nord ; cette science profonde qu'il avait acquise avait reflété sur tout son visage une auréole d'intelligente sécurité ; en outre, il avait, quoique naturellement d'une taille assez haute, acquis cette vigueur trapue d'un corps toujours concentrant ses forces en lui. »

Bernard Arnault / Edmond Dantès, même combat ? Ce n'est pas la vengeance au sens strict qu'il exhale, mais l'impression qu'il se venge de quelque chose qu'il ignore. Tous les papiers que j'avais lus avant ce rendez-vous racontaient une histoire assez chiante d'ascension sociale et de raids économiques. Et là, en quelques secondes, sans la moindre fascination, je perçois, allez donc savoir pourquoi, que tout tient à sa personnalité. Comme Mitterrand. Sans lui, la gauche ne serait jamais arrivée au pouvoir.

J'ai beau être risible et tremblotant, j'ai quand même une certaine habitude des rencontres au sommet par nécessité professionnelle. Je viens d'évoquer le « père François », mais on pourrait ajouter à la liste Claude Lévi-Strauss qui me déclara un jour dans son petit appartement de la rue des Marronniers, près de la Maison de la radio à Paris :

— Évitez de me poser des questions sur le structuralisme, nous n'avons qu'un quart d'heure. La complexité n'est pas faite pour la télévision. C'est elle qui est primitive, pas les Indiens de la forêt amazonienne.

Il fut charmant, précis, limpide. Cette matinée avec Lévi-Strauss fut pour moi bouleversante. Il faut dire, de manière anecdotique, que le cameraman requis s'empêtrait dans les câbles, qui endommagèrent le salon du célèbre anthropologue, laissant son épouse affolée. Lequel cameraman, monument de délicatesse, avait fait une partie de sa carrière au « Journal du hard ». Il était brutalement passé de Marc Dorcel à *Tristes Tropiques*.

Avec Arnault, je retrouve la même peur, la crainte de sortir une bêtise, une colossale ânerie. Je l'écoute poliment, la voix est douce, il parle sans heurts. Malgré des propriétés à Saint-Tropez et une île aux Bahamas, dont il ne veut jamais parler, le bronzage n'appartient pas à sa vie.

Son sourire est un retroussis félin. Le regard bleu vous fixe sous d'épais sourcils. Quelques pattes d'oie. Les cheveux bruns sont devenus gris, mais restent abondants. Ce ne sont pas les traits qui comptent lors de la première approche, mais l'allure générale d'un homme grand, presque un mètre quatre-vingt-dix, sportif, combattant longiligne, qui ne correspond absolument pas à l'image qu'on se fait des Français dans le monde entier, fût-elle une image d'Épinal. Physiquement, Arnault c'est l'anti-de Funès/Voltaire/Sarkozy/Hollande/Depardieu/Fernandel/Proust/Dujardin ! Rien ne dépasse. Je devine que la chemise est éternellement blanche. Le costume définitivement sombre, mais pas noir – c'est vulgaire –, bleu marine intense. Il faut une loupe pour voir les minuscules rayures de son Dior. Pas de pois, pas de pochette, pas de chaussures marron. Elles ont l'obligation d'être cirées comme la nuit.

Me frappe la présence au revers de la rouge Légion d'honneur. Curieux pour cette après-midi banale en ma présence. Il n'a absolument pas besoin de se mettre en scène donc il tient à cette reconnaissance française, qui est maintenant, il le sait, distribuée à n'importe qui. Je suis un poil dans les vapes, je n'ai strictement rien dit qu'il a déjà terminé.

— … finalement j'ai décidé de dire oui, ce film fera un souvenir pour ma famille…

Ce n'est pas lui qui veut, mais la famille qui le souhaite. Comme un devoir de mémoire. Je ne sais pas encore, à cette époque, le rôle fondamental joué par le clan dans toute son histoire personnelle et industrielle. Karine, son indispensable assistante, présente depuis le début, m'a raconté, des mois plus tard, que le jour de la mort de sa sœur adorée Dominique, sa presque jumelle, disparue d'un cancer atroce le 1er mars 2006, il lui a dit, après un long silence :

— Karine, j'ai sept enfants.

Les siens et deux neveux.

L'attente a été longue, le rendez-vous circonstancié, la sortie de l'immeuble s'est faite sur tapis volant « accompagné » par le sourire d'un des hommes de la sécurité. On me recrache avenue Montaigne.

Quand j'ai commencé à travailler à la radio en 1978/1979, le quartier était vraiment différent. Dans le VIIIe arrondissement, seuls quelques confrères de *Paris Match* échappaient au sandwich et au demi panaché en bronzant à La Belle Ferronnière au coin de la rue Pierre-Charron. Journaleux d'Europe 1, de RTL, de la télé publique et de quelques magazines, nous étions ivres de bonheur et de reportages dans ce coin de Paris qui n'était pas encore le célèbre triangle d'or et qui ignorait jusqu'à l'existence de la bimbo russe. En fin de journée sortaient d'immeubles déserts des avocats et quelques producteurs de cinéma : les Berri, Rassam, Roitfeld et d'autres qui ont disparu. Alain Resnais habitait déjà dans le coin, promenant son trench vert olive, camouflant un corps ascétique. Elle est étonnante cette avenue. 615 mètres de long, 33 mètres de large. Les enseignes les plus célèbres de la planète. Et depuis 1911, le Théâtre des Champs-Élysées, lui aussi connu dans le monde entier. Marlène Dietrich habita au numéro 12 de 1980 jusqu'à sa mort en 1992. Aujourd'hui vivent avenue Montaigne Roman Polanski et son épouse Emmanuelle et à un moment les familles de Vincent Pérez et de Luc Besson. Mais en 1978/1979 personne n'habitait ce quartier. Tout était vide la nuit.

Que savons-nous de l'élégante boutique Dior ? Que ce numéro 30 fut l'hôtel de Verneuil, propriété de Madame Boselli en 1910.

Bizarrement, quand vous tournez à droite en descendant les Champs-Élysées une sorte de barrière sociale invisible bloque la pauvreté. L'avenue Montaigne est un autre monde. Spontanément, personne n'y roule vite.

Dans un très lointain passé, au XVIIIe siècle, on la surnommait l'allée des Veuves. Des femmes de l'aristocratie venaient y chercher l'amour. Le célèbre conventionnel Tallien séjourna au numéro 1, dans une maison rouge à deux étages, pour y mourir de la lèpre le 16 novembre 1820. Son épouse était partie depuis longtemps pour devenir la princesse de Chimay. Au numéro 7, fut construit pour l'Exposition universelle de 1855 le Pavillon du réalisme où Gustave Courbet exposa quarante tableaux, dont *L'Atelier du peintre*. Dans sa jeunesse, Alphonse Daudet habita la petite impasse qui jouxte le théâtre au 17. Les histoires pullulent.

L'épouse du shah d'Iran, Soraya, est décédée au 46 en 2001. Ferdinand de Lesseps y vécut comme nombre de ceux qui croisent la fortune. Et Christian Dior, en choisissant le 30, savait parfaitement qu'au 50, Madeleine

Vionnet installa, en mars 1923, l'une des plus célèbres maisons de couture de son époque. Dans l'arrière-cour, sur huit étages, 850 ouvrières réparties dans 28 ateliers ! Évidemment, trop de fleurs attirent les guêpes et des frelons. Je me suis fait car-jacker deux fois avenue Montaigne ! Une première fois j'ai fui, car j'avais encore des jambes. La seconde, en 2000, un soir de dîner improvisé, je me suis retrouvé, après avoir fait un premier code, coincé entre deux portes d'entrée. Ils étaient trois, guns et couteaux.

On retrouva le 4 × 4 sur un parking à Grenoble. Carcasse brûlée mais identifiable ayant servi le soir même à un transport de drogue. Déjà à l'époque de l'allée des Veuves et des aventures galantes, le louche et le luxe se côtoyaient. C'est au pied d'un des ormes de l'avenue que furent enfouis les bijoux de la couronne en 1792. Il faudra attendre 1850 pour qu'elle soit baptisée définitivement Montaigne en hommage au moraliste. D'ailleurs le célébrissime tailleur Bar de Christian Dior doit son nom au bar du Plaza où patientaient les clientes. Un jour Pierre Cardin, à plus de 90 ans, m'a raconté dans son bureau vert un secret historique sur ce fameux tailleur qui a révolutionné l'histoire mondiale de la mode. Digne, le regard précis, cravaté dans une relative solitude que ne dérangent que quelques collaborateurs, il m'a expliqué avec sa voix de boa, engouffrant un sandwich, que Christian Dior n'était pas insensible à son charme mais qu'il butait sur la construction du premier tailleur. Comme collaborateur principal, Cardin courut dans une pharmacie acheter du coton, pour assurer le maintien du fameux rebondi qui caractérise cette invention. Depuis un siècle, le tailleur Bar et ses enfants alimentent le commerce extérieur français au même titre qu'Airbus et le TGV.

Je ne délire pas par hasard sur la courte histoire de cette avenue Montaigne. Dans la bataille du luxe mondial, en dehors du talent et de la créativité l'adresse est la première des armes. Avenue Montaigne à Paris, Bond Street à Londres, 5e Avenue et 47e Rue à New York, via Monte Napoleone à Milan, Rodeo Drive à Los Angeles, etc. Pas plus d'une vingtaine de miniquartiers dans le monde. Sinon c'est la mort commerciale assurée.

Arrivé à l'air libre, je me suis immédiatement demandé qui pouvait réaliser ce documentaire à mes côtés. Connaissant, après Lévi-Strauss, mieux que personne l'aspect primitif de la télévision, je n'arrivais pas à trouver le nom de celui qui allait coller aux basques de Bernard Arnault semaine après semaine. J'eus même le sentiment qu'il ne se rendait pas compte de ce qu'il avait accepté : le micro-cravate, la caméra indiscrète, le gros plan qui dénature et trahit les visages fatigués. Une liste de noms défile lorsque je traverse la rue. Je cherche des lauréats de prix internationaux. Des as du reportage. Des types ou des filles que tout le monde aime. Des preneurs de son qui ne vont pas demander immédiatement des réductions dans toutes les boutiques. Et puis, j'entends bizarrement comme une mélodie de Ravel sortir un nom miraculeux : Gilles de Maistre ! Évident comme le boléro ! Il croule sous les prix, c'est un documentariste révéré. L'homme est distingué mais spécialisé dans les sujets sociaux comme la souffrance des enfants, ce qui rendra son propos sur BA acceptable. Pour ne rien gâcher, en tout cas de mon point de vue, Gilles adore Saint-Jean-de-Luz. J'empoigne mon portable, soumets ce nom à tout le monde : la chaîne, les producteurs, le communicant de Bernard Arnault, et l'acquiescement est général. Ce quinquagénaire plaît, bénéficie d'une grâce qui m'enchante. Je sais qu'il ne détruira pas le profil de l'empereur du CAC 40 à coups de pieds de caméras. C'est important les relations humaines sur un tournage. Mais comme d'habitude, adolescent mal vieilli, je suis passé totalement à côté de l'essentiel.

Lisant assez rarement le Bottin mondain, j'ai tout simplement ignoré que Gilles de Maistre était le frère de Patrice – bonjour l'affaire Bettencourt –, lequel Patrice avait épousé la première femme de Bernard Arnault ! Avant même de commencer le tournage, je nageais la brasse coulée dans un océan de mélasse. Trop tard pour faire marche arrière, tout le monde m'ayant fait confiance. Allez donc expliquer à la presse que ce choix résultait du hasard et simplement de la consultation mentale de la short list des Français ayant reçu un Emmy Award pour leur travail. Le mal était dans le bien. Ou plutôt Gilles bénéficiait d'un talent qui fait qu'aucun des échotiers média ne se posa jamais la moindre question désagréable à son propos. Il n'y avait d'ailleurs aucune raison. Ce qui me faisait trembler, n'a finalement sauté aux yeux de personne.

Quelques semaines plus tard, mai 2010, nous partions pour Shanghai.

À cette époque, personne ne se doutait que BA avait l'intention de devenir belge et menait en coulisse un assaut financier secret contre Hermès ! Un volcan islandais au nom imprononçable – Eyjafjöll – défrayait la chronique. Dans la presse du moment, on lisait des articles sur Geneviève de Fontenay hurlant contre Endemol.

D'autres sur Jean Ferrat, qui venait de mourir, sur Haïti tremblante et dévastée, et sur nos inénarrables footballeurs qui préparaient en douce la plus invraisemblable grève de l'histoire sociale de leur profession en Afrique du Sud. Voir Ribéry en short et claquettes Adidas, débarquer sur le plateau de TF1, a toujours été pour moi et pour les millions de fans de foot un grand moment d'hilarité. Sur le fond, en 2010, les Français hésitent, mais sont toujours accros à cette histoire : faut-il réélire Sarkozy ou l'assassiner ? Un jour, il faudrait pouvoir comptabiliser le nombre d'articles qui lui ont été consacrés en dix ans, pour mieux connaître notre état mental.

C'est nous qui sommes malades. Pas lui.

Au départ pour Shanghai le voyageur ne ressemble pas franchement à celui du Lorient-Paris à 7 heures du matin. Dans le cas présent, LVMH transporte une kyrielle de consœurs distinguées et mal réveillées vers l'inauguration de la nouvelle boutique Dior en Asie, au cœur du Plaza 66, le mall le plus luxueux de la ville. J'aime la mode et dévore souvent les articles de mes voisines de travée avec une certaine envie pour le mélange de légèreté et de sérieux qui caractérise leur travail. Mais n'ayant jamais pratiqué ce genre de voyage, je n'imagine pas que d'autres avions décollent à d'autres horaires du monde entier pour la même destination et pour le même événement. Toutes les Anna Wintour ou les apprentis Suzy Menkes ont rendez-vous sur le Bund et dans les palaces qui bordent le fleuve Huangpu. Les agences de mannequins ont dépêché leurs plus somptueuses filles.

Qu'il s'agisse de lignes régulières ou de jets privés, on ne peut pas quantifier l'importance de cette flotte qui vole vers l'Asie ce jour-là. Accablé par six heures de décalage horaire, je découvre Shanghai où je n'avais jamais mis les pieds. Ses tours phénoménales qui s'élèvent dans les airs à la minute, étage par étage. Un ciel sans oiseaux. Sans nuages. Une épaisseur rose et grise, parfois jaune, surplombe l'immense ville. Shanghai n'est pas une ville pour les délicats. Un toit étouffant de chaleur et de pollution écrase la mégalopole. Asthmatiques, s'abstenir !

Avec le recul, je me rends compte que je n'ai pas la moindre idée de ce que peut représenter l'invraisemblable démonstration de force d'une opération de communication pareille. Je crois connaître le luxe, j'ignore tout. Au mieux, le vêtement est pour moi une idée qui flotte autour d'un corps. Tout en aimant les robes, les tailleurs, les chemises, les vestes cintrées, la plupart d'entre nous évoquent ce monde de la mode comme une foire aux vanités alors qu'il est la manifestation la plus éclatante d'une civilisation bien décidée à se maintenir : la nôtre. Car si les Chinois, dans notre imaginaire populaire, nous empapaoutent à longueur d'année, ce week-end-là, les armées de Dior vont leur arracher des millions de dollars.

Bernard Arnault est l'empereur mal-aimé de cette guerre et du luxe. Un mal-aimé qui aimerait qu'on reconnaisse ses combats. Ne serait-ce que pour l'ampleur de ses conquêtes sous la bannière tricolore. Cette blessure ne cicatrisera jamais. Il y a quelques semaines encore, Pierre Cardin, qui fut le premier Marco Polo de notre industrie, ne s'est pas privé de l'agresser sur un thème archirebattu : « Ce n'est qu'un financier qui utilise les créateurs. »

Je me souviens d'avoir franchement posé la question à Bernard Arnault, sous un platane du somptueux château d'Yquem en 2011. Décomposons la réaction : d'abord une infinie tristesse dans le regard, une lassitude d'entendre toujours les mêmes arguments. Le sportif, entrevu il y a quelque temps, cède sous la fatigue et l'accablement. Le visage se crispe. Puis les lèvres sourient car il ne peut pas se défaire de l'amabilité et de son éducation. Mais le bleu des yeux a brusquement viré vers l'acier. Et je me suis retrouvé face à une version Jason Statham de BA. Une intense violence rentrée. Soyons extrêmement clairs, aujourd'hui il n'en peut plus que l'on raconte n'importe quoi sur lui ! Il ne comprend pas pourquoi, année après année, on tente de délégitimer sa réussite. Alors qu'on glorifie celle de Steve Jobs qui était tout sauf un enfant de chœur.

Dites-lui, le regard frondeur, que toute son aventure a commencé grâce à un financement de fonds publics au moment de la reprise de Boussac !

Il deviendra blanc… tellement cet argument lui a été opposé depuis le milieu des années 80. À l'époque, l'État (c'est-à-dire la gauche) a effacé 400 millions de francs de dettes. Lui, a apporté 400 millions. Bruxelles s'en est mêlé pour concurrence déloyale. Et il a dû remettre 400 millions au pot !

Tout cela est précis, consultable, vérifiable mais ne passe toujours pas. Pourquoi ? Parce que dans cette cascade d'accords, tout était transgressif. Les ennemis veillaient au balcon pour déverser, sur son image de jeune loup de 35 ans, un tombereau de péchés. Et le pire d'entre eux : il aurait promis de ne pas licencier.

Encore aujourd'hui, Pierre Godé détient dans son bureau une lettre d'Hélène Ploix, conseillère de Laurent

Fabius, dans laquelle elle écrit noir sur blanc (a posteriori) qu'il n'a jamais été question qu'il n'y ait pas de licenciement. Or, Alain Boublil, conseiller industriel de François Mitterrand, prétend toujours, trente ans après, exactement le contraire. Dans le détail, l'affaire est tellement compliquée, tellement fondatrice, qu'elle nécessiterait un chapitre entier, ne serait-ce que pour réentendre parler des fameux frères Willot, les « Dalton » du Nord.

Nous sommes face à un cas d'école. Arnault n'a pas été choisi par la gauche, il s'est rendu indispensable par une astuce liée à un vieil article du droit romain, qui faisait de lui un autre frère Willot. Pour sortir de l'argent jeté par les fenêtres depuis des mois, l'État fut obligé d'en passer juridiquement par les Dalton en faillite. Bernard Arnault était en embuscade.

Du coup, les concurrents à la reprise comme Tapie et Bidermann lui vomirent dessus. La droite reprocha à la gauche d'avoir créé cet effet d'aubaine pour le jeune capitaine d'industrie. Les images des journaux télévisés, et c'est logique, montrèrent en boucle la souffrance de ceux qui n'eurent plus d'emploi. À l'intérieur de la gauche, les communistes détestèrent l'opération. La protestation syndicale fut unanime. Et le malaise, entre conseillers de l'Élysée et de Matignon, assez flagrant puisqu'ils n'étaient pas d'accord entre eux. Tout pour salir ou au minimum embuer une image naissante.

En fait, le fondement de la transgression, c'est que la gauche a fait la fortune d'un industriel de droite hyper-ambitieux. Que cet industriel est devenu une des grandes fortunes du monde. Et que c'est encore sous la gauche, que l'on apprend qu'il souhaiterait devenir franco-belge, même si, à titre personnel, il continuera de payer ses impôts ici.

Relisez dans la presse les argumentaires et les esquisses de biographie économique, vous aurez le sentiment qu'on lui dénie presque ce qui est la base de son talent : avoir su marier à merveille l'art des créateurs et l'argent des financiers depuis trente ans. Un sens invraisemblable de l'organisation. La stratégie, le choix des collaborateurs. Le pari ultra-rentable et visionnaire de la Chine au début des années 90, grâce à l'aide irremplacée d'Yves Carcelle qui transforma le petit malletier de l'avenue Marceau en la plus extraordinaire machine à cash de la planète. Jobs n'a pas plus inventé le téléphone portable qu'Arnault le sac à main. L'un passe pour un visionnaire, l'autre pour un spadassin. Jobs fut l'un des plus grands délocalisateurs de l'histoire récente du capitalisme. Mais malgré quelques biographies qui l'écorchaient, il mourut sanctifié. Alors qu'en France avec Bernard Arnault se pose encore et toujours la question du péché originel.

Depuis 1984, chaque fois qu'il revient dans la lumière, prise de contrôle de Louis Vuitton, bataille avec François Pinault ou même lors des récentes offensives autour d'Hermès, on lui ressort ce « péché » avec le même succès qu'une tournée des chanteurs des années 80 !

Il ne l'avouera jamais publiquement. D'une certaine manière, il se reproche d'avoir été incapable de s'expliquer malgré des centaines de communiqués de presse. Ou plutôt, lui, le pianiste sensible, connaît parfaitement les raisons de cette profonde méprise : elles tiennent à sa personnalité, trop froide, trop distante. Bernard Tapie serait quatrième ou dixième dans le classement Forbes des fortunes du monde, la France l'acclamerait ! Elle aime les baratineurs de haut vol, pas les polytechniciens pianistes. Parfois j'ai eu le sentiment que ces moments de colère rentrée de Bernard Arnault s'adressaient d'abord à lui-même.

La première ballade de Chopin ne le calme pas mais elle l'apaise.

Il couve ses enfants qui parlent de son humour et de sa tendresse mais ses qualités ne dépassent pas le cercle familial. Pour les Français, Bernard Arnault peut apparaître comme glacial et inaccessible, alors qu'en lui remettant le prix Woodrow Wilson, en 2011, à Washington, Tony Blair l'a décrit comme l'un des rares tycoons sensibles de la planète !

À côté d'Hillary Clinton et pas très loin de ses enfants, Delphine et Antoine, Bernard Arnault a failli pleurer lorsque l'ancien Premier ministre britannique a raconté sa propre vie.

Né le 5 mars 1949 à l'hôpital de Roubaix, son grand-père Étienne Savinel a fui la misère et les hauts plateaux affamés d'Auvergne. Il a même été gazé pendant la Première Guerre mondiale. BA n'a rien oublié de cette enfance qui sera son destin. Le catholicisme et l'Auvergne peuvent fabriquer des petits enfants implacables, des petits Bernard qui vont hold-uper, sans en avoir l'air, tous les enfants de Mao Zedong. Où est-il, l'austère Mister B., dans le ciel qui nous emmène vers Shanghai ?

Je n'en ai pas la moindre idée lorsque mon taxi me laisse épuisé dans le hall du Ritz-Carlton.

Shanghai

À ce niveau de pouvoir, il n'y a pas de vie sans secrets. Les plus profonds, les plus intenses, les plus inavouables. Qui peut croire que le capitalisme à cette altitude-là, malgré la publication obligatoire de ses résultats, ne soit pas l'empire de la dissimulation ? L'affrontement Samsung/Apple, sur fond de brevets plus ou moins piratés, en est la dernière illustration. Ses secrets, Bernard Arnault ne les partage qu'avec deux ou trois personnes, y compris Albert Frère, son seul ami intime, semble-t-il aujourd'hui. Pour vous en convaincre, prenons l'histoire de la nationalité belge. Lorsqu'elle est sortie dans la presse (mi-septembre 2012), Nicolas Bazire, son directeur général, n'était probablement pas au courant. Or, comme une sorte de Premier ministre du groupe, il est à la manœuvre sur tous les dossiers sensibles. Mais le « sensible » n'est pas le « secret ». Dans le bureau de Bernard Arnault, le matin même de la révélation, il lui a demandé si ce qui était dans les journaux était vrai.

Mais on aurait totalement tort de limiter les offensives de BA au périmètre de son magnifique bureau beige de l'avenue Montaigne où émergent deux œuvres magistrales : un monochrome de Klein d'une taille rarissime et une sculpture de Giacometti qui n'est pas sans rappeler son allure. Si l'on devait comparer avec le football, Bernard Arnault ne serait pas un dribbleur de surface. Il se rapprocherait plus de Johan Cruyff que de Lionel Messi.

Si l'enfance est son destin, la planète est devenue son terrain de jeux. Dans le monde développé, LVMH est partout. Son eldorado fut la Chine.

Le matin du 14 mai 2010, je me jette sous la douche avant de retrouver Gilles de Maistre et son preneur de son Manu Guionet dans le hall de l'hôtel consacré au petit déjeuner. Surprise : personne ! Pourtant il est 8 h 30. Nous sommes là pour tourner la préparation de l'événement. Ou comment l'inauguration d'une boutique, pour le profane de cette industrie, prend des proportions gigantesques et insoupçonnées.

La plupart des journalistes de mode dorment encore, concentrés sur la nécessaire récupération du décalage horaire. Lorsque mes yeux reviennent à la lumière, je sens qu'il y a quelque chose de bizarre mais qu'il m'est impossible de définir précisément. Le hall est moche et vaste. Le personnel avenant. Propreté, efficacité, tasse de café, re-tasse de café. Gilles et Manu arrivent avec le matériel, caméra, perche, micro. Nous savons que BA a dormi dans cet hôtel car il est à proximité du mall le plus luxueux de Shanghai où se déroulera ce soir l'inauguration de la nouvelle boutique Dior. Petit élément intrigant, le Ritz-Carlton, malgré un nom ronflant, n'est pas du tout l'hôtel le plus somptueux de Shanghai. Pourquoi ne dort-il pas dans l'extraordinaire Hyatt, de l'autre côté du fleuve, où semble-t-il les appartements, la cuisine et le service sont stratosphériques ? Tout simplement parce qu'il est à pied d'œuvre et privilégie l'efficacité. Le Plaza 66 est au coin de la rue.

Tout en écoutant mes deux camarades et le programme de travail, pèse toujours une impression de bizarrerie. C'est simple, pas le moindre client à l'horizon. En néophyte mâtiné d'Hercule Poirot, je me précipite vers le concierge... On ne sait jamais, une épidémie de grippe aviaire m'a peut-être été cachée... Dans un anglais impeccable grammaticalement mais avec un atroce accent rauque, mon concierge mandarin sourit :

— C'est fini le petit déjeuner ! Nos clients sont depuis longtemps au travail ! Si vous vouliez faire des rencontres, il fallait venir entre 6 h 30 et 8 heures !

Incontestablement, il se fout de ma gueule !

Vient nous retrouver Olivier Labesse, 45 ans à l'époque, le communicant du groupe, bonne humeur perpétuelle malgré un accident à la jambe, malice assumée, rondeur qui dissimule la perspicacité. Olivier travaille pour le cabinet DGM. Son entrée dans la danse, autour de la communication de Bernard Arnault, date de la bataille pour la prise de contrôle de Gucci, lorsque les balles fusaient entre les équipes de BA et celles de François Pinault au milieu de l'année 1999. Étonnamment, les deux capitaines d'industrie ont fini par se réconcilier, mais il a fallu dix ans. Albert Frère, le milliardaire belge, lui a peu à peu susurré à l'oreille qu'il fallait déposer les armes. Ce fut le cas lors d'un déjeuner.

Face à face, imaginez l'ambiance chaleureuse et trépidante : François Pinault et Alain Minc ; et évidemment, Albert Frère et Bernard Arnault. S'il existait une cassette filmée du repas, elle ferait figure de document historique dans la guerre du luxe.

De cette période, Arnault n'a gardé qu'une seule haine féroce encore aujourd'hui. Elle concerne Anne Méaux, qui, après l'avoir conseillé, est restée dans le camp adverse, qui était aussi son client. Il y a deux étés, le simple fait de la croiser, de très loin, à Saint-Tropez, lors d'un concert de piano donné par Boris Berezovsky, lui a gâché la soirée. Soyons badins, je pense que si BA était un autre homme, d'une autre civilité, la vengeance dans la peau, il l'aurait fait exploser en plein vol ! Soyons badins, mais soyons aussi honnêtes, lui-même a actionné la Grosse Bertha du renseignement en ayant recours au célèbre cabinet de détective américain Kroll. Une sorte de baroudeur à lunettes de 70 ans, bretelles apparentes, 1200 collaborateurs, qui s'est fait connaître en travaillant pour des gouvernements ou pour débusquer les fonds cachés des familles Duvalier ou Marcos.

BA cherchait la faille dans le camp adverse. Aujourd'hui Pierre Godé reconnaît qu'ils ont payé une fortune une bande d'incapables. Ce qui est, a posteriori, une manière de reconnaître que la Française Anne Méaux a été plus efficace dans la manipulation de la presse et des lobbies au profit de François Pinault à l'acmé de cette bataille.

Olivier Labesse campe aux antipodes du duo Kroll/Méaux. Un aspect province, vue sur Saint-Briac, une grande réactivité mais il n'est pas le cousin français de Jason Bourne. Il réfléchit et alterne déjeuners et régimes. Le 20 octobre 2007, en allant à la finale de la Coupe du monde de rugby, à Paris, il s'est fait renverser par le 4 × 4 d'un célèbre banquier d'affaires qui ne s'est pas répandu dans un océan d'excuses et de contritions. Hospitalisation, coma, rééducation aux Invalides, Olivier est revenu aux affaires avec un sourire d'enfant et des raisonnements d'adulte. La plupart des dirigeants de LVMH le considèrent aujourd'hui avec respect et affection. Ce qui dans ce milieu tient du miracle. Olivier porte le costume et le cheveu gris mais sans une once de tristesse.

Il sera notre précieux guide pour quarante-huit heures de cette invraisemblable course-poursuite !

Car, et nous y arrivons, je n'imaginais pas une seconde que LVMH était capable d'organiser en Chine l'équivalant d'une sorte de Festival de Cannes adapté à la mode. L'ensemble de l'opération a coûté plus de 10 millions de dollars en 2010. Il faudra deux ans, pour que ce chiffre soit lâché.

Aujourd'hui, m'assure Sidney Toledano, le président de Dior, ce serait le double, sans compter les contrats des actrices présentes comme Charlize Theron, Marion Cotillard et tout le cinéma chinois. Jamais la marque n'a déployé des moyens semblables dans toute son histoire depuis 1947.

Sur le moment, pas le moindre renseignement précis. Lorsque Bernard Arnault débarque dans le hall de l'hôtel, il est très vite suivi par une cohorte d'hommes en noir, de nationalités diverses : les partenaires chinois, tout l'état-major de Dior, mais également quelques grands dirigeants du groupe : Michael Burke, à l'époque patron de Fendi, ou Philippe Pascal, responsable de l'horlogerie et de la joaillerie, aujourd'hui retiré des affaires. Surprise, la présence de sa fille Delphine, directrice adjointe de Dior. Grande, pâle, blonde, discrète. Comme une ombre vivante qui suit BA. Trois pas en arrière la plupart du temps mais la seule à obtenir parfois, en tête à tête, quelques confidences et un vrai sourire. Elle est, au début de cette matinée, la seule présence féminine, parmi la vingtaine de personnes qui vont entamer au pas de course, dès la sortie de l'hôtel, une véritable tournée d'inspection de toutes les boutiques du groupe installées dans les malls avoisinants, surtout le Plaza 66.

La tournée se fait entièrement à pied, probablement plusieurs kilomètres en tout au cœur de la ville. Vitesse faramineuse pour la marche, mais l'œil du lynx. Le Chef retourne un sac chez Dior, observe une montre chez Fendi, palpe les fourrures, passe par les bagages Vuitton. Toutes les boutiques sont séparées, somptueuses, ultra-modernes. Les vendeuses, la plupart du temps, habillées comme pour un deuil chic, sourient au-delà du raisonnable et actionnent pour les clientes extatiques des machines à compter les billets comme il n'en existe pas en Europe occidentale. Ça va tellement vite, elles sortent tellement de billets de leur sac pour payer que se dégage une impression d'image floue car trop accélérée. Le cortège en tournée fonctionne comme une étrave de bateau, la foule s'écarte. Gilles et Manu filment et enregistrent les sons d'ambiance et sont obligés de tenir un rythme infernal car il ne s'agit pas de suivre mais également de précéder, de tourner autour, de chercher des angles lointains qui permettront au final d'affiner la réalisation. Moi, je me contente de prendre contact avec un milieu que je ne connaissais absolument pas sous cet angle-là. J'envisageais le vaporeux, je plonge dans le millimétrique. Et les idées se mettent en place.

Comment font-ils à l'année pour mépriser à ce point l'usure des voyages ? Pour moi, mystère absolu.

Depuis une semaine Sidney Toledano est sur place, et lors de cet assaut, sa formation va lui être très utile.

Nous sommes à cette époque en pleine Exposition universelle, c'est-à-dire que les deux rives du Huangpu qui traversent la ville accueillent des dizaines de milliers de personnes chaque jour. Toledano et ses équipes ont obtenu de la mairie du Bund (les quais) la possibilité d'organiser une colossale fête sous une tente de plus de 300 mètres de long avec projection vidéo de la marque Dior sur deux immeubles de la ville, de l'autre côté du fleuve !

N'oublions pas que nous sommes dans un pays communiste. Que le maire en question est communiste. Que la mairie de l'ensemble de Shanghai est communiste. Que la compétente Lucy, qui dirige la communication de la marque sur place, a fait toutes ses études dans les écoles du parti. De Paris est venu un atelier entier pour ajuster au dernier moment la collection croisière qui va défiler. Sous les ordres de Toledano, cent personnes de chez Dior travaillent d'arrache-pied à la fois pour l'inauguration de la boutique, pour le défilé, pour la fête, pour les projections. Galliano a voulu un orchestre, il aura un orchestre. La chanteuse américaine Kelis est prévue pour un concert privé regroupant des milliers d'invités. Les rares Européens croisés dans la journée nous confieront qu'il existe dans la ville un véritable trafic d'invitations. Et un trafic d'inquiétudes, car au dernier moment, la mairie du Bund regimbe.

On la comprend. Il y a tellement de monde, deux heures avant le début du défilé (juste après l'inauguration de la boutique), qu'il faut fermer un quartier entier de la ville équivalant aux Champs-Élysées. Motards, sirènes bloquent un début de cohue. C'est l'avantage… mais doit-on l'écrire ?… des pays autoritaires.

Dans les soixante-douze heures qui ont précédé, Sidney Toledano fut gagné par des sueurs froides car la mairie, pour des raisons de sécurité, a exigé que l'on surélevât l'ensemble du dispositif. L'ingénieur « Sidney » trouva les arguments et les réflexes qui permirent à plus de trois cents ouvriers de travailler nuit et jour pour renforcer les structures. On peut avoir le charme de Marcello Mastroianni, son allure, douceur et force, et en même temps connaître les principes de la résistance des matériaux. L'Italie de Toledano c'est le Maroc ! Lui aussi est un praticien du jet à l'année. Les semaines sans déplacement sont rarissimes.

J'évoquais Cannes, son festival et ses fêtes. Je n'ai jamais vu, sur la Croisette, le quart du cinquième d'un barnum sophistiqué de ce type. Y compris aux Oscars à Hollywood. Pas la moindre fête comparable en une trentaine d'années de présence au Festival. Cannes serait, à côté de Shanghai, une nuit à Vesoul ! Pour vous en convaincre, consultez le site Internet de Dior qui montre les images d'un gigantesque rideau qui s'ouvre sur le fleuve et Pudong illuminé.

Le moët-et-chandon et le dom-pérignon ont coulé à flots toute la nuit pour des milliers de danseurs et des escouades de mannequins survoltées. Je n'imaginais pas que des Français puissent monter une expédition pareille à plusieurs fuseaux horaires de Paris, là où la croissance rend fou. Là où, de l'aveu même de Bernard Arnault :

— … tourne le moteur économique du monde. La culture chinoise est extraordinaire. Les dirigeants sont très fiers de leur nouvelle puissance. Ce sont des pragmatiques, volontaristes, accrochés à la progression de leur niveau de vie. Dans quelques années, ils seront les leaders incontestés sur le plan économique… Moi, j'exporte un savoir-vivre, des valeurs et un savoir-faire français incomparable.

Et puis il lâche la petite phrase qui explique une partie de l'incompréhension qu'il ressent à l'égard de l'ensemble de la classe politique française :

— La Chine est un pays dans lequel on ne remet pas en cause la liberté d'entreprendre. La philosophie est socialiste mais la réalité est capitaliste.

Grâce à Canal+, nous sommes maintenant familiarisés avec la capacité de l'industrie cinéma à se donner en spectacle à Cannes ou aux César. Dans l'Hexagone, il existe une fierté à l'égard de l'industrie de la mode, mais franchement, à part les journalistes qui suivent ce secteur, personne n'imagine ce que sont capables de réaliser les généraux tricolores pour gagner des parts de marché à l'exportation.

C'est la magie des choses vues. L'acharnement de ces dizaines de Basques, Bourguignons, Provençaux, Parisiens pour arracher des parts de marché à l'empire fut absolument stupéfiant. Une multitude au travail. Comme s'il fallait construire une sorte de canal de Suez en trois jours.

Le show, la conquête de Shanghai avait commencé vers 18 heures. Gigantesque inauguration de cette boutique entièrement consacrée à la femme. Les derniers ajustements ont été réalisés dans la journée, jusqu'à la position précise d'un gant, lors de la tournée marathon du matin. Au dernier moment, Bernard Arnault arrive avec son épouse Hélène devant un mur de photographes venus du monde entier. Les cocktails circulent sur des plateaux en argent. Là, déjà, quartier bloqué par un long serpent de limousines. Mercedes 500 ou 600 uniquement. Hélène Arnault porte une délicate robe noire, petit volant à la hauteur du genou, fine dentelle en guise de décolleté comme une veste en voile. Et sous les milliers de flashes, les partenaires et les admirateurs chinois se font pressants. Le distant Bernard fait le job. En démonstration, en représentation, il se mue en une sorte de diplomate offensif de la multinationale qu'il dirige. Il n'écourte pas les conversations, répond aux questions qu'on lui pose, sourit grâce à une qualité : cette résistance hallucinante aux décalages horaires. Sa vie est mondialisée, pas uniquement son travail. Ce qui est très important pour comprendre la psychologie des événements de ces dernières semaines. S'il habite rue Barbet-de-Jouy, dans l'ancien hôtel particulier de Jean-Luc Lagardère dans le VIIe arrondissement, il ne peut pas se considérer comme un Français/Français. C'est aussi ce qui fait qu'il a beaucoup de mal à intégrer le logiciel et les contraintes de la politique : un peuple, une nation, des frontières.

Bernard Arnault a vécu aux États-Unis au début des années 80. Il n'y était pas follement heureux. Et il n'y a pas vraiment réussi. Aujourd'hui, il passe aux alentours de cent jours par an hors de l'Hexagone et dans les avions. Notamment le sien qui est la dernière livraison, la plus puissante, la plus sophistiquée, de la marque Bombardier.

Tout au long de cette nuit à Shanghai, dans le bruit, c'est la France qu'il vend, son artisanat poussé à l'excellence, une certaine forme de chatoiement qui bouleverse l'Asie. Tard, hyper-tard, il continue à discuter avec tous les VIP et clients venus à cette fête démentielle.

Gilles, Manu et votre serviteur ont fini par fuir l'émeute festive, poussés dehors par l'accablement du bruit et de la chaleur. Un Durand, un de Maistre ou un Guionet disparaissent toujours pour chercher un bon petit resto tranquille même si trente Texanes sublimes et un escadron de Chinoises blondes rôdent. Et pourtant ils sont plus jeunes que moi ! Et pourtant circulaient des renseignements affriolants sur les boîtes du cru : Dragon, Windows, Babyface.

De toute façon depuis cinq ans, tout a dû changer. La physionomie même de Shanghai évolue toutes les vingt-quatre heures.

Dans l'après-midi, un mystère psychologique s'était installé lorsque John Galliano, chapeau haut de forme et smoking de pirate, s'approcha de lui pour le saluer à 18 heures. Comment deux hommes si diamétralement opposés physiquement et culturellement ont-ils pu trouver un terrain d'entente aussi fructueux pendant presque quinze ans ?

Arnault est grand. Galliano, petit ! Arnault est strict. Galliano, extravagant ! Arnault est rasé de près. Galliano, moustachu, navigue sous d'improbables dreadlocks ! Arnault est dur et sentimental. Galliano, fragile, déguisé en minuscule corsaire maltais ! Ses parents anglais et espagnols ne sont venus à aucun de ses défilés.

Le mystère est là. La blessure est là. Le déséquilibre est là. L'alcool est là. Arnault, lui, est un ascète malgré cheval blanc et château-d'yquem qu'il pourrait absorber par barriques. Tout les sépare. Mais les rapproche une pulsion profonde : les artistes mènent le monde, comme les ingénieurs. Bernard Arnault est un très bon pianiste depuis l'adolescence. Certains de ses enfants comme Frédéric sont capables de jouer Liszt et Chopin avec la sensibilité des meilleurs interprètes. Le géomètre a le goût des larmes. Sa mère, Marie-Jo, adorait les musées. Quand, pour la première fois, Bernard Arnault est allé à Bilbao voir le travail de Frank Gehry dans la perspective de la Fondation Louis Vuitton, il est resté muet. Pas béat d'admiration, muet. Pas un quart d'heure ou une heure. Totalement muet.

Le soir même, c'était il y a plusieurs années, il dînait à Biarritz, dans la maison de Karl Lagerfeld, depuis rachetée par Alain Afflelou. Au passage, ce n'est pas une maison mais un village vallonné avec une résidence principale opulente. L'ensemble est très beau mais Bernard Arnault est arrivé muet, il a dîné muet, il est reparti muet. Kaiser Karl, et c'est difficile à imaginer, a fini par être mal à l'aise, se retournant vers Jean-Paul Claverie qui accompagnait BA… Il n'a pas arrêté de lui demander ce qui n'allait pas. L'ambiance ? Le menu ? Biarritz ? Non, une forme de syndrome de Stendhal. La rencontre maladive avec la beauté. Je n'en rajoute pas. BA était subjugué par le bâtiment de Frank Gehry. Lors de ce jour sans paroles, a mûri, dans un silence interminable, la décision définitive de lancer une fondation qui ne pouvait être construite que par le génial Californien.

Il faut entendre le récit de la première rencontre Arnault/Galliano par BA.

Son assistante Karine, assez stupéfaite, entre dans son bureau pour lui dire qu'un jeune homme, coiffé de gigantesques tresses blondes et entièrement habillé en bohémien, patiente dans l'entrée. Il attend pour être reçu, un carton à dessins à la main. À l'époque, rien n'est fait. Galliano, élève de la Saint Martin's School, est simplement précédé de la réputation flatteuse qui accompagne tous les surdoués. John a créé sa marque. Les rédactrices de mode chantent ses louanges, dans le contexte d'une Angleterre des années 90 qui triomphe avec Tony Blair, la Britpop de Blur et d'Oasis. Et déjà Kate Moss.

Même s'il finira par se séparer de Galliano, pour des raisons que nous éclaircirons plus tard, il ne peut que s'incliner devant son talent. Plus invraisemblable encore, il en parle dans le fameux documentaire avec une émotion non feinte ! Arnault, le soi-disant assassin de la finance, a le début de larme facile, l'œil qui peut rougir dès qu'on lui parle de cet épisode, de ses grands-parents, Étienne et Maminette, ou de son père, Jean, qui lui laissa la direction de son entreprise à moins de 25 ans. Les cinquante dessins que Galliano réalisera pour imaginer l'avenir de Dior en quelques minutes restent gravés dans sa mémoire. Des années après, il n'en est pas encore revenu. Malgré les prud'hommes et la douloureuse séparation, jamais BA ne niera le don et l'apport exceptionnel de l'Anglais à l'aventure Dior. L'idée, qui a circulé à un moment dans Paris, qu'il avait l'obsession de s'en séparer est totalement fausse. À 50 ans, John Galliano, arrivé dans le maison en 1996, n'était plus un modèle de fiabilité. La presse a cité une note interne, déjà critique de son attitude en décembre 2010. Mais on ne se sépare pas d'une perle pour des retards ni d'un génie de la coupe pour son inconstance.

La situation s'est dégradée après Shanghai. Pour les collections suivantes, il est apparu très amaigri à l'automne. Il n'y a pas d'autres mots : dépressif. Sidney Toledano raconte qu'il a tenté de le convaincre d'aller voir un psychiatre pour sortir de cette impasse. Mais rien n'y fit. Vous connaissez la suite. Le café du Marais, les insultes, la vidéo/Hitler, le triste enchaînement de l'homme qui défaille sous la gigantesque pression de cette industrie dévorante : la mode. Tout s'est joué entre le jeudi 24 février 2011 vers 21 heures et le mardi 1er mars. Première altercation avec un couple puis vidéo le lundi et décision de s'en séparer le mardi.

Comprenons. L'antisémitisme déclaré, fût-il délirant, est totalement inacceptable pour un groupe qui a eu Christian Dior pour prophète.

N'oublions pas que, dans l'après-guerre, les amants de Chanel, son goût de l'uniforme allemand ont révulsé les patrons et propriétaires juifs de tous les grands magasins new-yorkais, les Bloomingdale's et Macy's. Ces familles ont contribué au succès planétaire de Christian Dior. Elles l'ont choisi, soutenu, promu. Les clientes américaines ont, très vite, rejoint ses premiers bataillons. Chanel a dû battre en retraite. À un moment, elle a même dû quasiment disparaître de la circulation.

Arnault est porteur de cette mémoire qui a fait une star mondiale d'un enfant de Granville en Normandie. Il connaît la vie de Christian Dior par cœur, minute par minute, jusqu'à la crise cardiaque finale en Italie en jouant à la canasta à Montecatini en septembre 1957. Les hasards de la vie font que le tout jeune Francis Huster était présent dans le salle de jeu. Cinquante-quatre ans plus tard, hors de question de laisser traîner la moindre trace d'antisémitisme dans le groupe. Quel que soit le talent qu'il reconnaît à Galliano, l'inacceptable limite a été franchie. Le divorce était inéluctable, après quelques jours d'hésitation. Fin du bal anglais.

Le lendemain de la fête, je devais prendre un des premiers avions pour Paris. L'une des plus ravissantes jeunes femmes de cet univers était effondrée à proximité de la salle d'embarquement. Sans doute n'était-elle pas repassée par son hôtel. Inquiétante comme ces jeunes actrices désaxées que l'on retrouve perdues dans les églises. L'absence de sommeil est pire que la drogue. Nous nous saluâmes.

Vol sans histoires. À un moment, pour me dégourdir les jambes, j'ai entamé une petite promenade dans la carlingue. Assez surpris car sa silhouette ne s'était jamais détachée à Shanghai, je bute sur Marc-Antoine Jamet, le secrétaire général du groupe, cheveux hyper-courts, petite cinquantaine, portant des lunettes d'homme organisé. À 10 000 mètres d'altitude, la conversation est fréquemment banale mais quelques mots me frappèrent. Lui, l'organisateur en chef, lâcha :

— Tout cela va finir par poser des problèmes de sécurité pour Bernard Arnault et sa famille.

Les nuits de Shanghai et d'ailleurs aboutissent aux résultats du groupe pour l'année 2011 : plus de 23 milliards d'euros de ventes ! Or je n'ai pas été frappé par la présence outrancière des bodyguards dans son sillage. En Chine, aucun visible, y compris au milieu de la fête des fous. À New York, plus tard, dans la rue, j'en ai aperçu un. En septembre 2012, lors de la présentation de la première collection de prêt-à-porter de Raf Simons aux Invalides, j'en ai identifié deux qui, dès la fin du défilé, ont installé leurs muscles vigilants au milieu des mannequins qui s'évaporaient. Peut-être suis-je aveugle ? Peut-être l'armée des ombres veille-t-elle sur lui et ses enfants ? En tout cas, Bernard Squarcini (ex-DCRI), Charles Pellegrini (ex-OCRB) et leurs hommes sont toujours quelque part. Invisibles.

Bernard Arnault n'est pas un oligarque russe. Il a tout, les bateaux, les avions, les hélicoptères, les maisons, les tableaux. Mais ceux qui peuvent dire « j'ai vu… je les ai vus » sont rarissimes. Discret, très discret. Pour nous, trop discret.

Arrivé à Paris, j'ai laissé passer quelques jours puis téléphoné à son secrétariat pour savoir quand nous pourrions envisager de poursuivre le reportage. Karine fut à chaque fois un modèle de gentillesse. Mais, appel après appel, je sentis la dérobade. Le fameux « dès que j'ai des nouvelles, je reviens vers vous ».

La vérité, c'est qu'il disparut six mois. Injoignable. On n'enferme pas l'enfant implacable du Nord dans une promesse. Même s'il vous l'a donnée. Avenue Montaigne on ne vit pas comme à l'Élysée, rue du Faubourg-Saint-Honoré ou dans les états-majors politiques classiques. Il n'y a qu'un seul chef, une seule autorité et malheur à celui qui bavarde… Ce pouvoir absolu est-il transmissible ?

Roubaix

La voiture est un blasphème contemporain. Or, j'adore conduire, j'aime les caisses, les autoroutes, la petite flèche électronique verte qui indique que vous allez déboîter, les stations-service aux cafés imbuvables, les phares la nuit, les risques d'aquaplaning et même parfois, les douaniers qui vous ordonnent de rejoindre le bas-côté pour contrôler identité et coffre, et ne trouvent rien. Le plaisir de l'innocent qu'on prend pour un coupable.

Qui n'aime pas écouter la radio à fond en conduisant seul ? J'apprécie tout. Les riffs de Oui FM, les interviews d'Olivier Bellamy sur Radio Classique, la lourdeur cultivée des « Grosses Têtes » de la bande de Philippe Bouvard et maintenant de Laurent Ruquier, les infos égrenées sur toutes les stations, les conversations hors du temps de France Culture et les retransmissions de matchs de football qui hurlent une certaine forme de bonheur.

L'autoroute du Nord est un hymne à la joie. La curiosité vous gagne après Amiens : tout est rectiligne, tout est plat, les premières cheminées d'usines deviennent massives vers Valenciennes. Le Nord, c'est une esthétique de la ligne droite et des angles. Une sensualité raide. Bientôt Roubaix. Nous sommes le 18 mai 2011.

Avec toute l'équipe, Stéphane Simon et Gilles de Maistre, nous roulons, impatients, vers les corons car, enfin, nous allons revoir le mystérieux Bernard disparu depuis presque un an ! Soulagement réel car le boulot réalisé ne sera pas jeté à la poubelle de l'histoire des documentaires. Au passage, en s'arrêtant pour mettre de l'essence, Stéphane me rappelle que nous n'avons pas obtenu l'aide du Centre national du cinéma, ce qui rend le reportage financièrement fragile. Ces braves gens ne veulent pas se commettre en donnant de l'argent pour un film sur Bernard Arnault. La réponse de l'institution était d'ailleurs comique car elle ne s'exprimait pas comme telle. Les prétextes les plus bidons étaient avancés alors que nous avions besoin d'un soutien pour voyager derrière notre sujet. L'enveloppe de la chaîne ne dépassant pas 150 000 euros, comment faire le tour du monde sans le CNC ? Même cette aide refusée nous replonge au cœur du dilemme français.

Dans la série « Empreintes », beaucoup des personnages traités ne nécessitèrent aucun déplacement, et pourtant le CNC déversa sa corne d'abondance pour des reportages tournés entre le boulevard Saint-Germain et la tour Eiffel. Donner l'appui du CNC à un film sur Michel Rocard ou Simone Veil, c'est chic ! Mais Bernard Arnault, pas question ! Même dans une institution pareille, rampe une phobie de la fortune, comme si les fonds délivrés devaient aller symboliquement dans la poche d'Arnault. On imagine qu'aucun des fonctionnaires requis n'a voulu apposer sa signature au bas d'une approbation, fût-elle techniquement justifiée. La moraline rôde partout. Notre bijou rose et noir, comme l'écrit Baudelaire, est le poète au cachot, débraillé, maladif, qui mesure d'un regard l'escalier de vertige où s'abîme son âme. Ça, le CNC aurait adoré ! Baudelaire, le magnifique, hérita de 75 000 francs à sa majorité le 9 avril 1842. Un an plus tard, les premières dettes. Revoilà notre littérature. Depuis *L'Avare* de Molière, en passant par Balzac, Hugo, Stendhal puis Zola, le riche est la plupart du temps le salaud de notre imaginaire révéré.

C'est aussi pour cela que nous roulons vers Roubaix : limiter les frais, ne pas se contenter des vertiges du voyage luxueux. Gilles et moi avons, depuis le début, l'intuition que nous devons le coincer dans une sorte de retour à l'enfance pour comprendre enfin les raisons profondes de ce destin. Et puis, il existe, encore aujourd'hui, un mystère local : tous les classements de fortune, de tous les hebdomadaires qui s'y consacrent, montrent que, année après année, le duo qui domine la France se compose de deux voisins, Arnault et Mulliez, très, très loin devant les autres. Et pourtant, à l'origine, quelques kilomètres seulement séparent leurs familles à vol d'oiseau, si l'on prend comme repère le carrefour des Hauts-Champs à Roubaix, qui deviendra le premier lieu d'implantation du célèbre groupe d'hypermarchés. Hauts-Champs pour Auchan.

Quel est ce microclimat qui prédestine à l'entreprise, à la fortune, à la réussite mondiale pour des Français ?

La terre proche de la mer ? L'omniprésence du vent ? Le goût forcené du travail ? Des hexagonaux qui seraient à la fois des Anglais et des Hollandais ? L'ennui ? Un sol qui a donné lieu à des inspirations profondément différentes : Michel Butor, l'auteur de *La Modification*, et la première de nos académiciennes, Marguerite Yourcenar, née en Belgique, à Bruxelles, mais résidente lilloise l'hiver, alors que ses étés de prime jeunesse, se déroulèrent au château familial de Mont-Noir, commune de Saint-Jans-Cappel. À Nice, elle passa un premier bac, publia *Le Jardin des chimères*, suivit son père en Suisse, en Italie, avant d'être naturalisée américaine en 1947. Les gens du Nord n'ont pas forcément le goût de l'enracinement à vie. Savez-vous ce que réclama Bernard Arnault à son père lorsqu'il reprit les rênes de l'entreprise à moins de 25 ans ? Un petit avion pour aller plus vite sur les différents sites de l'entreprise dans l'Hexagone. Partir, s'envoler, quitter. Ne pas oublier, mais repartir.

À tort, on croyait la lignée des patrons de *Germinal* tous enterrés !

Quand j'allais au foot à Lens, lors de mes années Europe 1, j'engouffrais de gigantesques sandwichs mayonnaise frites et les signes extérieurs de richesse n'encombraient pas les travées du stade Bollaert. Nous étions plus proches des paysans des tableaux de Bruegel, que des Ch'tis en partance vers Los Angeles ou Mykonos !

L'une des stars de l'époque m'impressionnait : Daniel Leclerc, blond, rougeaud, crinière au vent malgré sa lenteur apparente ! Irremplaçable football du Nord : Lille, Lens, Valenciennes. Mais une tribune de stade est sociologiquement trompeuse. Grave erreur que de croire les patrons enfouis, disparus parce qu'on ne les voit pas dans une travée. Ces furieux combattants du textile se sont vite reconvertis dès les premiers signes de la mondialisation ravageuse au début du XXe siècle. Les Pollet ont inventé La Redoute, les Verspieren le Lloyd Continental, et un premier hypermarché Auchan s'est installé en Inde où Vuitton a plusieurs enseignes. Comme dans un roman de Thomas Mann, d'autres empires ont coulé, les plus célèbres : Boussac et Prouvost. Dépassés par la technologie, mal gérés, épiés, ils n'ont donné que des héritiers faillibles qui finissent leurs jours en Suisse ou à New York, suçant leur dernier magot. Maintenir l'empire est l'obsession de Bernard Arnault. Jusqu'au bout de ses forces et de sa lucidité, il observera ses cinq enfants et ses deux neveux pour repérer « l'élu ». Celui qu'il sent capable et digne de lui succéder. Sa fille, ses garçons ? Il n'y en aura qu'un.

Nous roulions depuis deux heures pour finir par nous garer chemin de la Vacquerie, une jolie allée goudronnée de la banlieue bourgeoise de Roubaix, Croix.

La conversation entre nous était retombée à cause d'un très léger retour de l'angoisse. Et s'il ne venait pas ? Un rendez-vous de dernière minute ? Un jet à prendre ? Une correction boursière ? Autour de 11 heures du matin, il n'était pas en retard, mais il n'était pas là. Pas un signe. Nos deux voitures endormies sur le bas-côté, dans l'herbe, à proximité de la maison de son adolescence, La Prairie, pour l'instant enfouie dans les arbres de ce Neuilly local. Pas un coup de fil de son secrétariat. Pas un bruit. Ciel bleu classique, mais satisfaisant pour une journée de tournage. Enfin, s'il vient !

Comment peut-on s'identifier à un homme qui donna, en 1994, un concert de piano avec Seiji Ozawa à Tokyo ? Univers lointain pour la plupart des 20 millions de Français qui ont ri au film de Dany Boon.

Je commençais à être obsédé par ma montre, attendant 11 heures pile pour déclencher tous les signaux d'alerte avenue Montaigne… Il n'est pas là, il n'est pas là… Une femme en jodhpur jaillit d'une haie, ouvrit un portail pour s'éloigner au volant d'une Range Rover vert anglais. Croix n'est pas le Nord des usines, mais le Nord du produit des usines. Je ne vis jamais son visage, mais son allure générale l'assimilait à une sorte de Grace Kelly joliment fanée. Et puis soudain, un bruit ramena nos trois regards vers l'autre bout de l'allée : une Mercedes noire, modèle chic et imposant, roulait vers nous. C'était lui. Sans échanger un mot, nous empoignâmes à la vitesse grand V micros et caméra.

Bernard Arnault revenait sur les traces de son enfance. La seule et unique explication véritable de son destin.

Accord de la première ballade de Chopin, son compositeur préféré. Le cimetière de Roubaix regorge d'odeurs légères de printemps. Une clarté vibrante entoure les tombes des amants morts et des enfants du pays. Le gravier crisse sous les pas de Bernard Arnault. Peu d'arbres, mais bien taillés, sans la moindre anarchie des feuilles, et un mur d'enceinte à taille presque humaine. L'endroit ne recèle pas de tombes pharaoniques. Il n'y a pas une once d'hésitation dans sa démarche. Après la porte d'entrée, il enchaîne sur une grande allée, puis tourne immédiatement à droite sous le soleil et, ce qui est extrêmement rare, il commence à parler sans que nous ayons évoqué la moindre question. Comme une portée de mots qui prolongerait la musique de la ballade :

— Je pense que pour réussir dans un métier comme le mien, et plus généralement, dans la vie, il faut avoir une sensibilité et être capable d'avoir de l'émotion. C'est aussi important, peut-être même plus, que de savoir calculer.

Les notes et les mots retombent. Il se fige, s'impose un silence qu'il nous communique. La tombe est là. L'enfant en culotte courte, celui qui portait des brassières, vient de passer la soixantaine, droit comme un « i », et croise les mains sur le bas de sa veste de clergyman élégant. En une poignée de secondes, il s'impose une immobilité impressionnante. Il n'y a plus rien. Il est concentré. Nous sommes gênés. Caméra et micros deviennent des scotch dont nous aimerions nous débarrasser, ce que nous ne faisons évidemment pas. Gilles tourne. Manu perche. BA n'a pas l'air gêné car, même s'il reste à un mètre de la tombe de marbre rose, il donne l'impression que ses yeux et son âme se nourrissent du tombeau. Comme s'il serrait dans ses bras deux squelettes vivants et gisants : sa grand-mère et son grand-père. Sans hésiter, il se signe. L'endroit est modestement fleuri, d'un calme émouvant et sans ostentation. C'est une tombe parmi les tombes.

L'aplat de marbre rose recouvre le caveau et la stèle. Reposent là Étienne et Maminette, ainsi que son oncle et sa tante. L'oncle ayant fait une brillante carrière comme médecin hospitalier et même comme hiérarque socialiste de la région, ne se mêlera jamais de l'entreprise de construction paternelle naissante. Le patriarche engagera un ingénieur centralien originaire d'une famille de militaires de Versailles, Jean Arnault, pour une poignée de francs de l'époque. Plus tard, Jean épousera Marie-Jo, la fille du fondateur. Ce sont les parents de Bernard. Leurs corps ne sont pas là.

ÉTIENNE SAVINEL 1893-1959	MADAME SAVINEL-GACHON 1896-1985
DOCTEUR ÉTIENNE SAVINEL 1990	JACQUELINE SAVINEL-DUTHOIT 2009

Un Christ est au cœur des quatre noms. Bernard Arnault ne bouge toujours pas. Je doute que le recueillement et la mort le consolent. En revanche, je suis frappé par cette hyperconcentration qui me convainc d'entrée qu'il existe un dialogue intérieur profond entre ceux qui ne sont plus là et lui. Est-ce si absurde ? Les morts et les disparitions le feraient-ils vivre intensément ? Elle résiderait là, à nos pieds, sans un bruit, cette « vengeance sans vengeance » qui m'avait marqué lors de notre première conversation ? Et il reprend, après un nouveau signe de croix, encore sans la moindre question, comme s'il nous faisait visiter sa vie :

— Vous voyez, c'est la plaque qui a été mise en 1959 par le personnel de l'entreprise de mon grand-père au moment de son enterrement. Ce fut le premier moment véritablement bouleversant pour moi.

Brutalement, il recule, l'adoration glacée par les souvenirs. La légende recoupe une réalité. En 1959, la famille et les ouvriers d'Étienne Savinel suivaient le cercueil sur le chemin d'une église de Roubaix. À un moment, Bernard est sorti du groupe, sans aucune consigne. Poussé par l'instinct, cravaté au-delà du raisonnable, à 10 ans, il prit la tête du cortège. À 10 ans, il hérita de ce fameux destin, comme un éclair, une foudre, comme s'il était touché par la foi. Ne croyez pas que je délire. À 10 ans, s'est construite l'enfance d'un chef, qui ne voulait pas sombrer dans la tristesse qui aurait pu l'assassiner moralement. Ce grand-père, il l'adorait. Il ne le quitte pas. Nous sommes dans l'histoire sentimentale d'une filiation et d'un petit périmètre. Résumons.

Les grands-parents de Bernard Arnault ont fui la misère et les plateaux désertiques de l'Auvergne. Étienne a été gazé pendant la Première Guerre mondiale, mais, malgé cette blessure et ce handicap qui le poursuivront toute sa vie, il est parti vers le Nord industriel chercher du travail, puis fonder une toute petite entreprise.

Quelques ouvriers, quelques apprentis. Des petits boulots dans la construction. À cette époque, après la guerre, l'énergie farouche lui sert de diplôme. Les petits et grands industriels du coin ont besoin de son intelligence, de son incroyable force de travail.

N'oublions pas que la génération d'Étienne Savinel, la plus meurtrie, fut aussi la plus glorieuse de notre histoire. Quelque part, sur les différents fronts de la guerre, il n'était pas loin d'Aragon, d'Apollinaire, des héros de Bernanos, de ceux des *Sentiers de la gloire* de Stanley Kubrick. Pas très loin de mon propre grand-père, Frédéric Luce, qui sortit du conflit épuisé et révolté comme le Bardamu du *Voyage au bout de la nuit* de Louis-Ferdinand Céline. La jeune critique littéraire se marre de cet éternel retour vers 14, y compris pour des écrivains d'aujourd'hui, comme Jean Rouaud, Marc Dugain ou Jean Echenoz. Mais au moins, certains de nos grands-pères parmi les survivants, inventèrent le surréalisme, Dada, la révolte, un mélange d'internationalisme et de poètes par brassées. Gazé, les poumons par moments en feu, Étienne Savinel transforma toutes ses blessures en arme. Reconstruisant l'après-guerre et les usines à moitié détruites de la région.

Bernard fut au balcon de ce spectacle dès la naissance.

Parents et grands-parents s'installent dans deux maisons qui se font face, avenue Louis-Pluquet à Roubaix. En réalité, cette « avenue » est une rue de maisons en briques. Il passe de l'une à l'autre, mais dort très souvent chez ses grands-parents. Le grand-père, sans un cheveu, porte fréquemment un chapeau et dirige l'ensemble de ses premiers collaborateurs cravaté comme si tous les jours de la semaine étaient un dimanche. Bernard observe le travail, note mentalement les ordres, les comportements, l'art de diriger, d'obtenir un contrat, de passer des commandes, de livrer à temps des chantiers impossibles. D'autres auraient détesté, lui, adore ça ! En dehors de l'école, il partage parfois déjeuners ou dîners avec ses grands-parents. Cuisine roborative, bouteille de vin, quelques restaurants. Il existe chez Maminette un garage qui deviendra le trésor caché de cette adolescence où viendront le retrouver ses premiers amis. Si j'évoque une éducation catholique, auvergnate, sans gâchis, et je le répète, dans un petit périmètre, c'est parce que les deux maisons familiales jouxtent l'entreprise. Quelques mètres seulement séparent les chambres des ateliers. Unicité du lieu. Le lycée Maxence Van Der Meersch (encore un écrivain de la région) qui le conduira à Polytechnique est de l'autre côté du parc Barbieux. Là, existe une distance. Un parcours qu'il faudra faire jusqu'au bac et aux classes préparatoires. Sur le chemin de cet établissement, Bernard Arnault pourra voir et revoir à loisir les demeures les plus fastueuses de ces familles qui dominent la région et qui font travailler la société Ferret-Savinel. Son père, qui lui aussi a fait de brillantes études comme centralien, ne l'inscrira jamais dans les écoles privées de la grande bourgeoisie locale. Et Dieu sait qu'il en existe entre Lille et Roubaix ! Conçues spécialement pour les héritiers du textile, un peu comme en Angleterre de l'autre côté de la Manche, où est née la révolution industrielle qui s'est prolongée vers la Belgique et le nord de la France.

Décidément, ce 18 mai 2011, il parle seul, l'œil rougi, la larme contenue :

— C'est un grand-père qui adorait son petit-fils. Un grand-père qui emmenait son petit-fils sur les chantiers.

J'ai encore toute une série de livres dédicacés par lui et qu'il m'achetait. Ensuite, j'ai été très proche de ma grand-mère, qui elle, a vécu beaucoup plus longtemps (morte en 1985). En fait, j'ai été en partie élevé par elle, parce que quand mon grand-père est mort, elle était seule, j'étais encore assez jeune et j'ai été habiter chez elle. C'était une femme exceptionnelle. Elle était gentille mais rigoureuse. Elle m'a donné un cadre… une rigueur catholico-auvergnate.

Nous sommes au cœur d'une saga française et provinciale. De l'amour, mais pas de cadeau gratuit. J'ai fait un rapide calcul, le grand-père adoré (Étienne) a engagé le père adoré (Jean) comme ingénieur pour l'équivalent de 385 euros mensuels. Comment prédire ? Comment même envisager, dans les rêves les plus fous, que cela aboutirait en deux générations à l'une des plus grandes fortunes du monde ? Comment peut-on passer de 385 euros à une valorisation supérieure à 30 ou 40 milliards ? Comment expliquer cette explosion de Ferret-Savinel à Férinel, de Férinel à Boussac et de Boussac à LVMH ?

En moins de quarante ans, Bernard Arnault a été le plus riche de sa rue, puis le plus riche de sa ville, puis le plus riche de sa région, puis le riche de France, puis le plus riche d'Europe, puis l'un des dauphins mondiaux de Bill Gates, qu'il voit de temps en temps. Et il n'y aurait pas de don de la stratégie dans cette ascension ? Qui peut le croire ? À vrai dire personne. Mais ne décollons pas trop vite vers le laudatif ridicule, car cette Maminette vous intrigue comme moi.

Quel est le fluide mystérieux et « catholico-auvergnat » qu'elle lui a injecté ?

Après avoir quitté le cimetière, Gilles le filme dans la rue qui sépare les deux maisons et l'atelier. Je le laisse faire, et je sors de ma poche une photo d'elle, enregistrée sur mon portable. Pronostiquant à l'avance qu'une partie du mystère résidait dans son image et ce portrait en noir et blanc. Comme ça, à première vue, la silhouette évoque une réplique volontaire d'Yvonne de Gaulle.

Son mari disparu, Bernard deviendra son homme. Chez ces gens-là, musique de Brel, on ne refait pas sa vie. Le narcissisme est un mot inconnu. La famille, unique horizon. Bernard joue, Bernard sur les plages de la région avec sa sœur Dominique, Bernard et son ballon, Bernard premier communiant, Bernard le cheveu en brosse, Bernard laqué, Bernard souriant, Bernard triste, Bernard appliqué sur son piano, Bernard et ses copains, Bernard écoute Otis Redding dans le garage. Maminette veille. À chaque fois qu'elle est prise en photo, son regard plonge dans la caméra, l'œil tombe, mais comme un épagneul intense au grand front, elle dégage une incroyable force morale. Le tout jeune homme n'a même pas envisagé, un seul jour, de se dérober à cette autorité supérieure. Sa jupe est toujours clairement au-dessous du genou, le sac à main pas loin, sur l'essentiel des clichés qui restent. Si l'on revient à la comparaison avec la célèbre tante Yvonne, Maminette pratiquerait une sorte de gaullisme bienveillant, mais sans faiblesse. Le Nord, toujours le Nord. Comme le Général. Les Savinel sont des « newcomers » dans la région. La grande bourgeoisie ne se rue pas pour les inviter à dîner, même si Étienne répare leurs usines et construit leurs maisons. C'est avec Jean Arnault que se fera la jonction. Pour Maminette, l'infinie tendresse n'est pas le bavardage. Je suis certain qu'elle a légué à Bernard une certaine attitude à l'égard des mots. Vous n'entrez pas dans le bureau de BA aujourd'hui pour faire la conversation, pour papoter de l'air du temps, une ou deux vacheries peut-être, un compliment, une remarque mais, comme avec François Mitterrand, si vous n'avez rien à lui dire de concret, cela va se terminer extrêmement vite ! D'ailleurs, il n'envisage même pas de parler à d'éventuels interlocuteurs à qui il n'a rien à dire. Le mot qu'il pratique et qu'il articule est une action. J'agis donc je suis. Et si des vertiges existent, il les garde pour lui, en silence.

Sur ce thème, je ne peux pas résister à vous révéler quelques commodités de vocabulaire « made in Arnault ». Il m'est arrivé deux, trois fois à peine, d'évoquer des personnalités de la vie politique ou du monde des affaires qu'il croise et pour lesquels il n'a pas un respect infini, ça donne dans sa bouche :

— Il n'est pas très malin !

Ce qui veut dire dans la linguistique cuisinée « à la Arnault » : c'est un intense connard ! Il y a aussi, mais il faut être extrêmement observateur :

— Karine ? Je raccompagne mon invité.

Ce qui veut dire : aucun intérêt, qu'il disparaisse le plus vite possible ! En général, le type sort blême.

Ce comportement n'est pas une volonté impitoyable d'humilier, mais le goût maintenu des examens. N'oublions jamais que le père, centralien, a fait de son fils un polytechnicien. Si ses plus grands enfants, Delphine et Antoine, accèdent maintenant à la lumière et aux responsabilités, il couve les trois derniers : Alexandre, Frédéric et Jean. Tête-à-tête, surveillance intense des devoirs, week-ends dans leur propriété de la forêt de Rambouillet, près du centre d'entraînement de l'équipe de France de football, à Clairefontaine. Le piano n'est jamais loin. Plusieurs maisons sont réparties dans un parc typique d'Ile-de-France. La végétation est raisonnable comme l'est apparemment cette famille. Quelques granges, dont une abrite un tennis couvert. Je n'y ai été qu'une seule fois pour clore le reportage, bien après l'épisode Roubaix. Le temps d'apercevoir au mur de magnifiques œuvres : un gigantesque tableau abstrait de l'américain Morris Louis datant des années 60, le plus élégant des abstraits made in America. Et puis, l'art d'aujourd'hui : une cible du Suisse Ugo Rondinone, comme un arc-en-ciel, et dans la pièce du bas, qui accueille la musique, une *Nurse* masquée de Richard Prince surplombant des canapés ouverts sur une baie vitrée, puis sur la forêt.

Avec Gilles et Manu, nous sommes un peu gênés, mais en hypocrites professionnels, nous le poussons à jouer un peu de piano pour faire quelques images. Il est en chaussettes car il sort du court de tennis. Il a mis un pantalon, et s'est rué sur le clavier comme pour se débarrasser de cette exigence que nous avions. Problème, son fils Frédéric l'observait. Or, le jeune homme est un prodige du Steinway. À 17 ans, il joue Liszt comme un concertiste professionnel et demandera avec doigté mais fermeté à son père de recommencer. L'exécution était trop rapide, pas dans le rythme souhaité. Lors du tournage de cette saynète, nous avons senti l'ombre d'Hélène Arnault passer. Invisible, elle le restera le temps de notre présence. Il fallait qu'un clap de fin intervienne. Ce matin-là, lumière d'automne, il en avait un peu marre de nous voir, et nous ne savions pas comment sortir et battre en retraite.

Frédéric trouva la solution d'instinct. Il prit la place de son père, enchaîna mélodies et arpèges avec une virtuosité stupéfiante. C'était une manière élégante et radicale de nous dire « Dehors ! ». Le temps de remonter quelques escaliers, nous nous saluâmes sur le perron de la maison principale. Les Arnault, père et fils, souhaitaient clairement rester en famille. Cocon qui les protège du monde extérieur. C'est une exigence d'éducation pour que le dimanche soit un rituel immuable qui les préserve des milliards qui pèsent sur leurs têtes.

Roubaix, Rambouillet, reprenons notre thème, l'enfance est un destin, comme l'a écrit poétiquement Rainer Maria Rilke. Maminette n'est pas morte. Elle surveille les vivants. Toute l'explication de sa puissance d'aujourd'hui est là. Une tombe aimée le juge. L'implacable BA est né dans le regard de sa grand-mère.

Lors de certains trajets en avion, il fait ou refait quelques exercices de Math sup et de Math spé. Il croit, pour se maintenir à niveau, à l'obligation d'être capable de repasser à l'improviste le concourt de Polytechnique. Ils ne doivent pas être très nombreux, aujourd'hui, les Français qui, en hommage au mathématicien Laurent Schwartz, double médaille Fields et modèle inaccessible lorsqu'il était son étudiant à l'X, pratiquent l'intégrale triple à 8000 mètres d'altitude, au lieu de regarder une « connerie vidéo », assortie d'une giclée de cacahuètes et de quelques bulles de champagne.

BA n'a pas fréquenté Notre-Dame-des-Victoires, fondée en 1845, ou les collèges Saint-Marc et Saint-Joseph, pollués par l'esprit bourgeois, comme le reconnaît aujourd'hui son copain d'enfance Hervé Toulemonde. Ni Étienne et Maminette, ni Jean et Marie-Jo, n'ont été assez puissants, de leur vivant, pour figurer dans l'Annuaire des familles, le *Who's Who* local. Jean accéda au Rotary de Roubaix. Mais, dans les années 50 et 60, les invitations ne pleuvaient pas au 4 avenue Pluquet. Un océan séparait la famille du gotha local. Les études réussies et brillantes restaient le meilleur chemin vers l'ascension sociale. Et dans ce domaine, Bernard avait des capacités incontestables. La musique le relaxait. Il lui arrivait de partager un canard à l'orange ou une croustade de fruits de mer, entre 9 et 14 ans, avec le principal de son lycée, à l'occasion de la Saint-Charlemagne. Toutes les photos d'époque montrent un garçon encombré par ses grands bras. Aujourd'hui, quand il marche, si vous l'observez bien, il les tient vers l'arrière comme s'il était coincé dans un défilé militaire invisible et éternel. D'ailleurs, la famille décida assez rapidement, une fois les culottes courtes passées, de l'habiller chez Devlaminck, le tailleur de Roubaix, car il n'y avait pas que les bras qui étaient trop longs ! Que faire de ces jambes et de ce cou interminables ? Le sur-mesure s'imposait pour qu'il ne ressemblât point à un maigrissime Stan Laurel jeune.

Avec sa grand-mère, ils formaient une sorte de vieux couple. Pour prendre un bain, il traversait sa chambre. L'ambiance n'était pas aux dessins animés. Un jour, la principale usine de la Lainière de Roubaix brûla. Immense catastrophe et émotion dans la région. Jean Prouvost convoqua Jean Arnault et lui laissa quinze minutes pour fournir une estimation du coût total de la reconstruction des dix mille mètres carrés de l'usine. Ce qui voulait dire que tout dépassement ne serait pas payé s'il obtenait le contrat. Ferret-Savinel accepta le chantier, reconstruisit l'ensemble, mais en aucun cas, cela ne rapprocha les parents et les grands-parents de BA de la grande bourgeoisie : les Motte, les Tiberghien ou les Prouvost. Marie-Jo, la mère de Bernard, n'en conçut aucune vexation car elle était beaucoup moins conformiste que la plupart des femmes de la région. Souvent bronzée, portant des lunettes avec strass et des jupes courtes, elle marqua très vite un goût profond et réel pour l'art, qu'elle inculqua à ses deux enfants et notamment à Dominique, qui l'accompagna à de multiples ventes aux enchères. Déjà, un parfum Dior inondait le sillage de Marie-Jo. Elle avait étudié la pharmacie, mais devint représentante médicale. Et l'idée de passer son temps à jouer au bridge, ou à prendre le thé avec des copines pour parler décoration, l'insupportait. Moins autoritaire que Maminette, Marie-Jo pouvait être considérée comme une sorte de féministe du Nord qui ne militerait pas. Blonde, attentive aux goûts et à la personnalité de ses deux enfants, elle incarnait la gaieté au sein de la famille Arnault. La gaieté typique de l'époque : les Trente Glorieuses, les années 60. Ferret-Savinel devenant vite prospère, Bernard et Dominique intégrèrent le club hippique de Roubaix. On acheta des chevaux pour les enfants, parmi lesquels Clair de Lune. Bernard travailla son coup droit avec son professeur de tennis, Jérôme, au Tennis Club des Flandres. Il n'eut jamais le sentiment que la rébellion pouvait être une forme d'accomplissement. C'était un jeune garçon avec des objectifs positifs, qui abandonna le football dès qu'il eut la mauvaise idée, involontairement, de marquer un but contre son camp. En revanche, inscrire un point au tennis, reste encore aujourd'hui, à 63 ans, une jouissance extrême. Le tennis accompagne souvent les études de la bourgeoisie car c'est une sorte de duel où l'on ne se touche jamais. De la boxe pour héritiers. On s'épuise mais on ne se fait pas mal. On pratique l'amortie et le passing-shot pour humilier ceux de sa génération qui s'aventurent sur un court avec désinvolture. Le tennis, la terre battue testent les dons mais surtout la volonté. Et puis c'est une esthétique, l'anglomanie règne dans le Nord comme l'Angleterre culturelle règne sur les années 60.

Tandis que notre reportage se poursuit dans les rues de Roubaix, je le laisse de plus en plus revisiter cette enfance devant la caméra de Gilles. Il y eut deux moments marquants.

Comme il fait beau, nous traînons dans la fameuse avenue Pluquet, et pour une fois le propos était badin. Tout d'un coup, une suggestion : et si nous montions dans les anciens locaux de Ferret-Savinel ? Ni une, ni deux, Bernard se fit galopant. Le bâtiment est assez banal, clair, quatre ou cinq étages, sans ambition architecturale. De la construction années 60, installée sur une petite pelouse ouverte au milieu des maisons en briques typiques. Et hop ! Je t'avale la standardiste : « Bonjour, c'est Bernard Arnault ! » Et hop ! Je m'engouffre dans les escaliers pour accéder aux bureaux. Et hop ! Je serre les mains à des salariés qui le croisent par hasard, totalement ahuris de le découvrir en cette fin de matinée ensoleillée. Ceux qui sont au bord de la retraite l'ont connu à la sortie de Polytechnique, lorsqu'il s'est installé ici pour reprendre Ferret-Savinel et le transformer en Férinel. De la construction à l'immobilier. Bernard est un homme qui flaire les impasses : puisque nous ne serons jamais aussi puissants que les Bouygues… abandonnons les grands chantiers pour nous concentrer sur les immeubles et les maisons. Son père se rendit à ses arguments et obtempéra.

Mais ce matin-là, c'est une sorte de chanteur en tournée qui passe de l'un à l'autre. Et hop ! Et hop ! Ceux qui le reconnaissent vraiment ont droit à quelques mots chaleureux, surtout celle qui va lui permettre de retrouver son vrai premier bureau : un meuble en bois blond patiné miraculeusement entretenu qui le laisse interdit de bonheur. Un petit cri d'enfant jaillit de ce grand corps sombre. Il était venu dans la région pour nous faire plaisir et poursuivre le film, or, le hasard de ce bureau retrouvé l'a rendu incroyablement heureux l'espace de quelques secondes. Ce sont des images de lui qui n'existent pas : la joie, l'insouciance. J'ai presque eu l'impression, vite corrigée, qu'il allait dénouer sa cravate et ouvrir une bière ! Cette humeur ne le quitta plus jusqu'à la fin de la matinée.

En redescendant sur terre et dans la rue, il croisa la face rubiconde d'une femme dont le physique évoquait clairement les Flandres. Elle lui soumit un nom qu'il reconnut. Elle avait gardé ses enfants pendant qu'il travaillait. Peut-être ne s'étaient-ils pas vus depuis trente ans, trente-cinq ans ? L'espace de cette petite seconde magique, j'ai compris que Bernard Arnault, s'il n'était pas très populaire à Paris, l'était chez lui, dans cette région où il revient rarement. Pour ceux qu'il a croisés, il est indéniablement le fils prodigue, la réussite absolue. Du côté de Lille, il ne suscite pas la moindre jalousie. Autrement, ce fameux bureau aurait été lacéré par des compas de géomètres exaspérés ou bazardé dans un grenier inaccessible.

Décidément, ce fut la matinée des meubles. Lors de la visite, suivie encore par la caméra, à l'intérieur de La Prairie, la maison que les Arnault firent construire plus tard, à Croix, dans la banlieue de Roubaix, il croisa son bureau de travail avant Polytechnique. Il faillit renverser le bicorne qui traînait sur une commode impeccable. La Prairie est une sorte de maison californienne posée sur l'herbe rase, au centre d'un jardin à l'anglaise, bordée par des arbres majestueux. Les murs sont grèges, les baies vitrées nombreuses, mais il existe une contradiction entre les plans modernistes voulus par son centralien de père et un intérieur où sont conservés dans une multitude de vitrines des bibelots et des photos proustiennes. Sur les murs qui mènent aux chambres, on trouve tissus et papiers peints recouverts d'oiseaux qui échappent à des renards (!), qui font penser à des chambres des hôtels Barrière à Deauville ou à La Baule. Ultra-confortables, cosy, mais presque ringards, en tout cas sans aucun rapport avec l'ambition affichée à l'extérieur de cette belle maison. Comme si les Arnault avaient les pieds dans deux siècles : le XIXe et le XXe. Il est entré dans la chambre de sa sœur sans nous car une kyrielle de photos d'elle reposaient sous le verre d'une table, ce qui semblait apparemment insoutenable pour lui. Mais en redescendant, et retrouvant sa prestance, il nous montra avec insistance la table du salon où tout s'était décidé. Tout. De ce qu'il était hier, à ce qu'il est devenu aujourd'hui. Une banale table en bois, avec une banale nappe en dentelle, le tout conservé comme s'il s'agissait du « meuble iconique » d'un musée familial. Gilles le suivait de trois quarts, et depuis le début de la matinée, il n'avait fait que marcher à côté de nous, devant nous, homme souriant et pressé, s'immobilisant seulement au cimetière, et là, devant cette table, où il trouva les mots qui finirent par convaincre son père de racheter Boussac. J'avais presque l'impression qu'une cuisinière d'âge respectable allait pénétrer dans la pièce avec un poulet rôti fumant et une montagne de frites. J'aurais pu lui demander la date précise de cette décision précise et historique pour l'histoire industrielle de la France, mais j'y ai renoncé sans le moindre état d'âme. Nous devions rester dans le romanesque. Je savais que cette maison avait été construite sur une parcelle de terrain qui à l'origine était un manoir Prouvost. Les Prouvost comme les

Toulemonde étaient un peu les Dupont de Nemours ou les Rockefeller français. Hervé Toulemonde passa son enfance au Grand Val, ce manoir de Croix, construit par Louis Toulemonde. Tout au long de cette promenade matinale et filmée, j'avais entendu des noms. Dominique Tournel, Mariette et Sabine Loridan, Francis Dujardin, autant d'Antoine Doinel jaillissant de la mémoire de Bernard Arnault comme s'il était François Truffaut, tournant, à Roubaix, à proximité du parc Barbieux, ses propres *Quatre cents coups* ou sa propre version de *La Nuit américaine*. La bande du garage, qui n'avait pas ignoré Janis Joplin et les mobylettes, ne pouvait échapper au regard permanent, lourd et absolu de Maminette sur son petit-fils.

L'enfant solitaire, observant son grand-père en action, s'était ouvert aux autres. Mais Hervé n'en démord pas. Dès le début, dit-il, il fut une sorte de leader non déclaré, un sphinx indéchiffrable et affable.

Nous sommes au plat pays, en tournage depuis 11 heures du matin et l'arrivée de la Mercedes noire. Simplement l'observer, ne pas dire grand-chose me renseigne plus sur son identité profonde que de multiples questions à tous les coins de rue. Si écrire sur lui consiste simplement à résumer ses batailles, à additionner ses plus-values et à faire émerger ses multiples optimisations fiscales, nous n'irons pas loin, car ce serait le portrait de tous les maréchaux de l'industrie et du commerce dans le monde. Warren Buffett (n° 3) n'est pas la somme de ses caissières ultra-mal payées. Bill Gates (n° 1 ou 2) n'est pas un conglomérat d'ingénieurs survoltés et Carlos Slim (n° 2 ou 1) ne se contente pas d'inonder le monde hispanique de telenovelas et de téléphones portables. Ce sont d'étranges personnages, évidemment très éloignés de nous, et qui possèdent une qualité rare : cette hyperconcentration sur leurs objectifs. À un moment, plus rien ne compte, sauf ce qu'ils veulent obtenir, ce qu'ils cherchent à avoir. La volonté est une barrière contre le sommeil. Arnault est sportif, mais zoomez sur son visage, par instants il révèle une intense fatigue. Celle du marathonien au trentième kilomètre, qui en même temps règlerait des problèmes de trigonométrie, dominerait son entourage et « imposerait » aux autres un désir d'acheter des produits de luxe planétaires.

En quittant Roubaix et après avoir salué BA, je me demande comment il a fait, à 35 ans, pour sentir que le monde allait basculer dans un besoin effréné de marques et d'objets inutiles et magiques. C'est toute l'intuition de la pépite Dior qu'il a voulu absolument récupérer au cœur du naufrage Boussac. À tout prix. En croisant son destin personnel avec celui de son pays, la France. On raconte que, très petit, il n'hésitait pas à donner son avis à son père sur l'obtention de certains marchés. Le business est souvent une éducation. Petit exemple, quand Jean Arnault épouse Marie-Jo, et là il faut rentrer dans les comptes, elle ne possède que 18 % de l'entreprise Ferret-Savinel, et lui n'a pas la moindre action. Il cohabite alors avec Jean Geosits, surnommé Lady Killer, un garçon brillant à la fine moustache qui ressemble à une sorte de Clark Gable. Geosits va vite le convaincre que sans prise de contrôle de l'entreprise, il n'y aura ni développement, ni richesse. À l'époque, le mécanisme du LBO (Leverage buy-out) n'existe pas. Rares sont les sociétés reprises par leurs salariés. Les deux hommes entreprennent de lever des capitaux pour racheter les parts d'un dénommé Robert Briet et reprendre celles du frère de Marie-Jo, le fameux médecin, lui aussi prénommé Étienne, qui va devenir une figure du parti socialiste. Jean Arnault est réticent. Léger mouvement de panique. Peur de ne pas pouvoir rembourser car le prix d'achat est trop élevé mais « Clark Gable » est convaincant. Ce prix exact s'est d'ailleurs perdu dans l'histoire de la famille. Ce que l'on sait, c'est qu'il faudra huit jours aux deux hommes pour créer une holding grâce à la banque Scalbert : la société financière tourquennoise de gestion et participation. L'oncle de Bernard Arnault signera assez vite. Mais Robert Briet fit un peu de résistance. Il finira pas apposer sa signature quatre jours avant de mourir. Une bonne saga provinciale passe toujours par une banque, un bras de fer, un notaire, des signatures et la perspective de s'enrichir, de plus en plus niée de nos jours.

Francis Dujardin fut l'ami musicien de Bernard Arnault, inattendu car musicien de jazz. Il garde de cette période roubaisienne une certitude : Bernard, le silencieux, fut le premier du clan à ne pas vouloir respecter la ligne invisible qui séparait sa famille des puissants de la région. D'ailleurs, il ne s'est pas trompé, quelques années plus tard, BA allait reprendre l'empire Boussac, garder les marques viables, pour le rendre à la vie. Attitude, sentiment et objectif qui n'étaient même pas envisageables pour son père et son grand-père. Pour eux, l'invisible ligne était culturellement et socialement infranchissable. Mais dans ces années-là, Bernard est déjà très très loin des plateaux affamés de l'Auvergne de son grand-père.

Lui n'a pas perdu de temps, comme moi, à idolâtrer Dylan et Led Zeppelin !

Ce ne fut pas un dragueur incontournable… L'idée de faire de la moto dans le désert avec des santiags ne l'a pas vraiment effleuré ! Évidemment, contrairement à nous tous, il avait quelque chose à défendre, un petit début de fortune familiale. Alors que nous remplissions les questionnaires de *Rock &Folk* pour savoir qui de Clapton ou d'Hendrix était le meilleur guitariste. La culture pop, c'est un truc des classes moyennes en France. À l'époque, cela ne concernait ni les ouvriers, ni les héritiers. Une exception majeure pour la classe ouvrière : Johnny.

Quittons Roubaix.

Dans la voiture, vers Paris, le plaisir du volant pousse à la réflexion. S'impose un visionnage mental des images. Un premier montage. Essayer de comprendre ce qu'il n'a pas dit mais qui apparaît comme une évidence à travers son comportement et ses gestes. J'en retiens que nous sommes à une période clé de sa vie. Au cimetière, il n'a pas croisé « la grive » de Chateaubriand mais il a spontanément plongé dans ses *Mémoires d'outre-tombe*, car ce qu'il veut par-dessus tout maintenant c'est solidifier une dynastie Arnault. Personnellement, être le premier contribuable de France ne lui pose aucun problème, mais il ne peut pas accepter que, par le biais de la fiscalité sur l'héritage, on mette en danger son empire. Trois générations de Arnault se sont échinées à construire une puissance française, à quel titre des gouvernements, quels qu'ils soient, pourraient-ils se servir dans le trésor des Arnault pour réparer leur incurie et leur mauvaise gestion ?

Une fois le documentaire diffusé, il recevra nombre de lettres sur le même thème… Ah, si vous pouviez vous occuper des affaires du pays, cela irait un peu mieux !

Son fréquent silence n'est pas une nostalgie monarchique et boudeuse des titres accordés. Au contraire, il assimile beaucoup des familles qu'il a bousculées à l'oisiveté d'une certaine forme d'aristocratie.

Ce qui le met en porte-à-faux avec l'histoire de son pays le rapproche des écrits récents du romancier Christophe Donner : la Révolution française dans sa deuxième phase a été une perte de temps et une catastrophe. C'est aussi la relecture de Pierre Nora. On a guillotiné des hommes et des symboles plutôt que de se passionner pour l'innovation et les premières grandes machines de la révolution industrielle. Pour BA, naître à Roubaix vous installe à équidistance de Paris et de Londres. C'est un incontestable Français qui n'aime pas une partie de nos passions politiques et surtout pas l'égalitarisme ambiant.

Et puis, guidé par une famille obsédée par le travail, il nous a vus basculer dans le divertissement. Les Français et le monde entier qui réclament de la musique, de la mode, de l'entertainment, des loisirs, des résidences secondaires. Ferret-Savinel devint brutalement hors sujet. Après Polytechnique, après Férinel, après un demi-échec américain, il a senti l'émergence d'un nouveau monde.

Nous voilà au cœur du paradoxe. Au moment où François Mitterrand entre à l'Élysée pour y développer un roman français de gauche, démarre une guerre mondiale autour du luxe. Hasard, circonstances, intuitions, Bernard Arnault va se ruer dans la bataille. Près de quarante ans après, nous connaissons le résultat, mais il aurait très bien pu échouer et rester un bon petit entrepreneur de province. Au tout début, un homme a joué un rôle clé : Pierre Godé, son Richelieu, physique d'acteur hollywoodien et pourtant avocat et prof de droit dans le Nord. C'est lui qui a apporté à Arnault le dossier Boussac. Sans cette étincelle entre les deux, il ne se serait rien passé. Ce qui est invraisemblable rétrospectivement, c'est de penser que les dizaines de millions de gens qui ont acheté un objet ou une fringue LVMH ces quarante dernières années le doivent à un coup de fil entre ces deux types : un universitaire du Nord et le petit-fils d'un gazé de la guerre de 14 qui avait fui la pauvreté pour s'installer à Roubaix.

Le guerrier est intéressant, pas la guerre. Les dizaines de personnes que j'ai croisées à Shanghai via leur performance et la fiscalité contribuent à payer nos pensions de retraites et les infrastructures de notre système social. Mais écrire sur l'utilité d'un riche pour une société comme la nôtre ne passe pas… Il y a eu combien de livres sur Mitterrand et Sarkozy ? Des dizaines, peut-être des centaines. Combien sur Jean-Luc Lagardère ? Francis Bouygues et les autres ? Très peu. Et pourtant leur vie est largement aussi romanesque que celle de François Bayrou ou de François Hollande.

Ici au pays des catholiques aux ancêtres paysans, le riche et l'ingénieur font chier, dérangent.

Un jour, j'ai suggéré ce projet à l'un de nos meilleurs romanciers/critiques… Il ne s'agissait que d'un projet. Son jugement n'a pas tardé :

— Si tu veux te faire flinguer, écris un bouquin sur Arnault ! Ça ne m'étonne pas de toi. Tu cherches toujours les emmerdements.

On ne peut pas naviguer innocemment depuis des années dans le monde du journalisme. Le milieu va mal accepter ce portrait-reportage qu'il qualifiera de courtisan, de lèche-cul ou d'aimable. Avec le recul, j'aurais dû m'abstenir, comme il y a quinze ans, lorsque j'ai écrit contre la « guignolisation » du monde, que la presse révérait. Je n'aurais jamais dû inviter Hollande et Villepin sur une chaîne publique à l'acmé du pouvoir de Nicolas Sarkozy. Mais en même temps, comment renoncer ? Je suis le premier conscient que quelques jours passés avec un tigre ne racontent pas l'histoire de la jungle ! Mais nous sommes quand même un curieux pays. Circulent actuellement, à la une des journaux et des télévisions, une joyeuse bande de moralistes venant de l'extrême gauche et flirtant avec l'extrême droite, qui nous parlent de la France comme d'un parc à huîtres bordé de frontières ! Un joli jardin sans « Arabes » mais peuplé d'ouvriers à l'ancienne, de nostalgiques de Versailles (à droite) ou de la bataille de Valmy (à gauche). Ces prétendus joyeux ne sont que de tristes sires qui pousseront nos enfants à foutre le camp à l'étranger. Dans mon cas, il n'est évidemment pas question de glorifier les chefs d'entreprise, ce serait enfantin. Mais la pensée induite par le comportement de Bernard Arnault, la conquête du monde par un groupe français, est autrement plus intéressante que celle que professe aujourd'hui la coalition des grincheux. Je ne vous parle même pas des campagnes électorales comme celle de 2012, où l'on dénonce la finance en mai pour envoyer, dès le mois de septembre, douze ministres du gouvernement Ayrault à l'université d'été du Medef. Mais pour qui nous prennent-ils ? Des zozos ?

Je ne regrette pas un mot de ce que j'ai écrit pour retracer la petite semaine passée avec Arnault à l'occasion de ce tournage en deux temps séparés par une année de silence. Cela n'a pas eu la moindre influence sur mon parcours professionnel à Radio Classique. Je vais même aller plus loin : j'ai travaillé avec Jean-Luc Lagardère, Silvio Berlusconi, Francis Bouygues, Robert Hersant, Jérôme Seydoux, Bertrand Meheut et Pierre Lescure. Le seul endroit où j'ai jamais été l'objet de pression politique reste le service public.

La pression économique sur la presse via la publicité est une autre affaire bien réelle. Mais elle ne m'a jamais concerné puisque je n'ai jamais été, volontairement, chef de quoi que ce soit, et que je n'ai jamais écrit sur la mode.

Au fond, quelle est la morale commune des aventures de François Mitterrand, au début de ce livre, et de Bernard Arnault à la fin ? Ces deux incarnations marquantes du pouvoir imposent une conclusion : à un moment, ces deux provinciaux ont compris que la France n'avait strictement aucun avenir à l'intérieur de ses seules frontières. L'ancien président a très vite abandonné le socialisme en cours de route pour adhérer au rêve européen. Et Bernard Arnault, lui, a quitté Roubaix, le Nord, le plat pays, pour le luxe et le monde.

Leur réussite n'a absolument pas réglé le problème des inégalités sur terre, mais Arnault a créé 100 000 emplois et François Mitterrand a permis à la gauche de rester au pouvoir pendant deux septennats. Les années et l'expérience doivent servir à quelque chose. Je constate qu'on continue en France à croire que l'économie découle de la politique, alors que depuis Marx on sait que c'est exactement le contraire. Le mot entrepreneur est totalement absent de notre Constitution. Ce qui n'a plus aucun sens aujourd'hui. Car qui crée de la richesse ? L'exaspération des gens porte sur l'enrichissement passif mais qui est totalement indissociable du capitalisme. En dehors de la musique, Bono, le leader de U2, a gagné à peu près un milliard d'euros en six ans en ne faisant strictement rien d'autre que de voir monter les 2,3 % d'actions Facebook qu'il détient !

J'ai bien fait de suivre Keith Richards. Je pense que si j'avais intégré HEC, je serais devenu un enfant sage, peu susceptible de comprendre ce qui se trame derrière le jeu des apparences et le théâtre de la vie.

Vive la Révolution ! Vive l'empire ! Vive le roi ! Vive Tonton ! Vive Chichi ! Vive Nicolas ! Allez François ! Chouette Marine !

J'aime cette histoire de faux cul chafouin, je l'ai enseignée. J'aime cette culture, profondément littéraire et hypocrite, qui fait que l'on célèbre Proust et l'édifice immense du souvenir qu'est *À la recherche du temps perdu*. Et en même temps, ces mots sublimes ne sont jamais considérés comme ceux de l'argent. L'argent n'est un sujet que dans la détestation. La *Recherche*, notre œuvre absolue, ne raconte-t-elle pas aussi l'histoire d'une transformation sociale ? L'Asthmatique n'a-t-il pas bénéficié de la liberté d'écrire aussi parce qu'il était riche ? Nous sommes ce peuple cultivé qui oublie délibérément que les Verdurin, pour leur anniversaire, sont partis un an… en croisière pour soigner le fidèle Biche.

Julien Gracq a raison, chez Proust l'argent coule à flots, mais ne vient de nulle part. Sorte de trésor infini des contes orientaux. Swann, pour distraire Odette, l'emmène à Bayreuth et décide de louer toute la saison un des châteaux de Louis II de Bavière pour assister confortablement au festival. Ce qui, même à l'époque, ne devait pas être bon marché.

Nous passons notre temps à faire semblant de croire que le sujet n'existe pas, alors qu'au fond, il nous passionne : les pièces, les billets de banque, les notaires, l'héritage, les bas de laine, l'argent de poche, la tune, le pognon, le flouze, le fric et les Bettencourt. Nous avons une fâcheuse tendance à planquer nos économies, mais nous communions dans le rejet de la liasse de billets, frappée de vulgarité. Tout est dans cette détestation fascinée et catholique, alors qu'il serait si simple de se demander, comme Warhol et Paul Morand, si l'accession à la fortune n'est pas tout simplement une œuvre humaine, comme un roman.

L'athlétisme est un sport magique. On n'échappe pas aux capacités, quasi génétiques, de son corps. Un lent ne deviendra jamais Usain Bolt. Ce n'est qu'à qualité égale de talent, que le travail entre en piste. Je me souviens, au lycée, d'avoir longtemps traîné ma colère parce que mes jambes ne me permettaient pas de descendre sous les 7 secondes aux 60 mètres. Heureusement, le demi-fond advint. Peu explosif, mais assez fluide, j'enregistrais des résultats assez encourageants sur 600 mètres, jusqu'au jour d'une première victoire sur une piste pourrie située du côté du boulevard périphérique. J'avais trouvé une motivation supplémentaire en la personne de mon suivant immédiat, un type que je ne pouvais pas blairer, et dont je sentais le souffle sur ma nuque, jusqu'à ce que je décide d'accélérer pour le laisser 30 mètres derrière. Il s'appelait Jean-René.

On ne raconte pas assez aux enfants à quel point les premiers succès, hors école, peuvent être incroyablement motivants.

Quarante ans plus tard, je suis à Bercy pour un concert de Radiohead. Curieuse ambiance. Les introvertis du rock avaient décidé de changer de registre et d'exprimer davantage leur talent sur scène. Une grand majorité du public était constituée de jeunes adultes de la génération Internet. Pas vraiment de cheveux longs. T-shirt pour tous mes voisins qui attendaient visiblement de pouvoir communier autour d'une musique privilégiant le recueillement intérieur et l'introspection. Ils assimilaient Thom Yorke, le leader du groupe, à une sorte de chaman pour ingénieurs en mal de spiritualité. Manque de pot, ce cher Thom décida, ce soir-là, de se comporter comme un chanteur de hard rock haranguant la foule, malgré sa voix caractéristique de chat qui se coince la queue dans une porte.

Il faisait chaud, très chaud.

Je décidai d'aller m'asseoir sur une marche d'escalier pour respirer un peu. Comme toujours à Bercy, nous étions serrés comme des sardines, et agressés par un vieux relent de pétard pas frais. La marche d'escalier fut une petite délivrance, malgré les allers et retours incessants de ceux qui vont chercher des bières et qui vous écrasent successivement les pieds et les mains tout en s'excusant de vous avoir broyé le dos à coups de genoux.

En concert, Radiohead ne rassemble pas un monde très féminin.

À l'occasion d'un titre mélodieux et plutôt lent, le calme était revenu autour de moi. Plus de bousculade. Une certaine forme de concentration et de silence au milieu du bruit. Je ne sais pas pourquoi, mais j'ai ressenti brutalement le même souffle, la même haleine qu'il y a quarante ans autour du stade. Quelqu'un me suivait de près. Et je le localisais même, juste derrière moi, trois marches plus haut. Incroyable d'avoir une sensation aussi précise sans l'avoir vu. Je n'osais pas me retourner. Je jouais le fan transi d'immobilité et pétrifié par la musique des gars d'Oxford. Comme pour le Salopard, je sus instinctivement qu'il s'agissait d'un mec, probablement plus jeune, âgé d'une trentaine d'années.

Je n'arrivais pas à croire que mon provocateur anonyme ait pu décider de faire connaissance avec moi, de visu, à l'occasion d'un concert de Radiohead à Bercy. Un gros con n'écoute pas Radiohead.

J'ai toujours eu peur du retour du marin de mon enfance. Un type sortant de l'anonymat qui me planterait un couteau dans le dos. Je pris la décision de faire volte-face, pour affronter la menace, dès que le groupe allait attaquer des titres plus rapides, provocant une onde de bonheur dans le public. Pour moi ce serait l'instant de détresse, puisque mon agresseur en profiterait sûrement pour « s'exprimer ».

Ce moment advint.

Je me retournai pour découvrir la sale gueule bien réelle du type qui était à trois mètres de moi. La tête rasée, il portait une casquette à la Jean Gabin, inversée. Costaud, mais maigrissime, il me souriait, tenant un sac plastique gonflé d'affaires mystérieuses dans l'une de ses mains. Je rassemblais toutes mes forces pour lui coller une droite et un coup de pompe dans le thorax s'il avait la moindre velléité de sortir son surin. Sauf que le sourire inquiétant se transforma en sourire désarmant. Il me proposa son joint machouillé que je refusais poliment en tremblant.

Je suis vraiment un dingue pétri d'angoisse. Je venais de m'inventer une hostilité totalement illusoire. Peut-être parce que Radiohead, pendant trois heures, c'est chiant.

Le fleuve Congo

Depuis la lecture intensive d'Hergé, j'ai toujours su qu'un épisode de ma vie se jouerait au Congo. Le Congo de Brazzaville, celui qui laisse les lumières électrisantes et dangereuses de Kinshasa de l'autre côté du fleuve.

« Partir partir / Même loin loin de la région du cœur / N'importe où la peau change de couleur / Partir avant qu'on meure. »

Julien Clerc a toujours été pour moi une sorte de demi-frère. Un jour, le parrain de mon fils Joseph écouta sans amertume Richard Branson, le patron de Virgin, lui dire :

— Si vous aviez été anglais, votre écho dans le monde serait le même que celui d'Elton John...

Il certifiait que les mélodies de *Ce n'est rien*, *Souffrir par toi n'est pas souffrir*, *Utile*, *Les séparés*, valaient bien celles de *Daniel* ou de *Candle in the Wind*. La langue française est à la fois notre honneur, notre identité et notre prison. Nos familles sont tressées depuis tant d'années, tant de joies, tant de vacances, tant de séparations. Mon pianiste quarteron et cultivé ne supporte pas, contrairement à moi, les solos de guitare et les musiciens qui n'en font qu'à leur tête. Il revendique son statut de métronome de l'émotion. On lui donne des textes, il les magnifie. Julien a réussi à prendre Robert Badinter et la France aux tripes, lorsqu'il interpréta seul, devant son clavier, et dans une demi-pénombre, la chanson écrite par Jean-Loup Dabadie, contre la peine de mort, *L'Assassin assassiné*. Après une longue interruption, il l'a réinterprétée sur scène.

Un soir au théâtre du Châtelet, il pétrifia la salle, comme si nous allions assister à une exécution.

Je me suis bien gardé de lui exprimer, même une seule et unique fois, ma transe « led-zeppelinienne », même si l'Angleterre des années 60 lui a modifié le cerveau, comme nombre d'entre nous. Maîtres de Julien : les Beatles, pour leur incroyable fécondité mélodique.

Quarteron, disais-je. Cette dénomination, pour signifier que l'on est un quart métis, m'a toujours fasciné. Un quart d'Antilles, un quart de Caraïbes, un quart d'esclavage, un quart d'Afrique, comme un volcan pour son piano presque classique.

En 2014, je suis dans ma chambre d'hôtel à Brazza. La moquette est vert d'eau, les meubles acajou, de lourds rideaux séparent l'espace entre le lit et le bureau où est installée une télévision. La fenêtre du cinquième étage permet d'apercevoir en contrebas une piscine. Des nageurs s'y entraînent et n'ont absolument pas le comportement de touristes qui barbotent. Peut-être s'agit-il de l'équipe de natation de la ville ou du Congo ? Leur crawl est énergique. Un type les engueule au bord du bassin pour qu'ils disciplinent leur entraînement. Visiblement, pour échapper à la chaleur torride attendue au cours de la journée, la consigne est de démarrer à l'aube.

Nom de l'hôtel : Olympic Palace.

Je viens d'arriver, exténué, de Paris, car un journal m'a expédié pour écrire un papier sur les soixante-dix ans du discours du général de Gaulle à Brazzaville. C'était le 30 janvier 1944, à l'occasion d'une tournée (la guerre n'était pas finie) à Tananarive, Brazza, Abidjan, Conakry et Dakar.

J'ai le choix entre la minisieste ou le maxicafé. Vaporeux, j'opte pour la caféine, déballe mes affaires et prends très vite la décision d'aller faire un tour dans le hall, ma seule chance de travailler tranquillement, avec le photographe qui m'accompagne, Pascal, tout en évitant le coup de massue de l'endormissement. Le vol a été calme à bord d'un avion d'une compagnie portugaise. Pas de trou d'air entre le Maghreb et l'Afrique noire, mais il me fut impossible de me reposer, car mes voisins avaient soif de bavardage.

J'imaginais que nous allions peut-être parler de Denis Sassou-Nguesso (président en exercice depuis tant d'années), de l'extraordinaire nouvelle de Joseph Conrad,

Au cœur des ténèbres, ou de son adaptation, *Apocalypse Now*, par Francis Ford Coppola. J'imaginais que nous évoquerions peut-être ce voyage de De Gaulle.

Mais non. Toutes les conversations, notamment à cause de la présence à bord de Jean-Christophe Mitterrand (le fils aîné), tournèrent, encore et toujours, autour de nos deux présidents avocats : François Mitterrand et Nicolas Sarkozy. Il y eut bien un petit passage sur la situation compliquée de l'Olympique de Marseille, mais tout le reste nous ramena à cette curieuse et frénétique passion pour les deux hommes. Il n'est pas impossible que j'en aie un peu marre d'être poursuivi par François et Nicolas, à 11 000 mètres d'altitude !

Malgré quelques tirs contre des opposants regroupés dans une villa, qui avaient retenu l'attention de la presse internationale, j'avais entrepris ce voyage avec un bel optimisme. Aussi naïf et rêveur que le magnifique Douanier Rousseau. J'ambitionnais d'aller passer quelques heures, seul, au bord du fleuve Congo. De Paris, le choix avait été simple : Mami Wata… Restaurant situé avenue de la Corniche en face de la capitale du Zaïre. Les photos sur Internet promettaient un rêve exotique : bâtiments et planchers en bois et en teck. Parasols verts. Pirogues qui glissent au loin, pendant que crevettes, poissons du fleuve, langoustes ou carpaccios d'autruche sont mitonnés en cuisine.

Sortant de ma chambre, poussé par mes dernières forces, j'ai vite ressenti que je marchais, comme on rampe, pour descendre les escaliers. Ce déplacement de quarante-huit heures correspondait à une véritable envie de ma part, mais comme souvent, j'avais présumé de mes forces avec les ravages de l'épuisement matinal. La foule était compacte du côté de la réception. Surtout des

Congolais de l'environnement gouvernemental, en général extrêmement bien habillés, car une grande conférence se tenait dans la ville. Des costumes gris sombre, parfois d'un bleu un peu trop éclatant. Les chemises étaient blanches et les conversations animées.

De Paris, les nouvelles n'étaient pas bonnes.

À peine avais-je atterri et consulté mon portable dans le hall, que j'identifiais la voix d'un policier du commissariat central du XIVe arrondissement de Paris : j'avais été cambriolé juste après mon départ pour Roissy. Un autre message de la concierge, cette fois-ci, me rassura. Rien n'avait été saccagé, mais le désordre était total. Et l'un de mes fils, auteur du troisième message, ajouta que visiblement l'essentiel était encore là : meubles, vidéos, livres, souvenirs, quelques gravures, à l'exception d'un placard de fringues, qui avait été totalement vidé. Voilà un reportage qui commençait bien ! Non seulement je n'avais pratiquement pas dormi depuis vingt-quatre heures, mais il fallait sécuriser, à 8 000 kilomètres de distance, un minibraquage. Le Wi-Fi de l'Olympic Palace présentant quelques absences, les contacts avec Paris furent chaotiques.

Et puis il fallait gérer mon compagnon de virée : le célébrissime Pascal qui piégea, pendant des années, tous les people français et étrangers, avant de se reconvertir dans le cliché d'art ou de m'accompagner parfois dans quelques expéditions bizarroïdes. Pascal n'est pas n'importe qui. Il tutoie Nicolas Sarkozy et François Hollande pour qui il a travaillé. Avec son compère Bruno, plus raffiné, le cheveu rare, ils sont partis à la conquête des musées. Pascal et Bruno, après des passages remarqués à *Match*, *VSD*, *Gala* ou *Voici*, intéressent maintenant l'anthropologie mondiale, puisqu'ils travaillent sur les restes des célébrités. Leurs fameuses « poubelles », collectées et photographiées, depuis des années, sur fond noir pour en faire des tableaux, regroupent tous les objets qu'ils ont piqués au bas des maisons de Jack Nicholson ou de Ronald Reagan. Je suis – ils m'en firent cadeau – le détenteur de notes de teinturier, de paquets de lessive, ou de vieux soutien-gorge de l'épouse de l'ancien président américain qui finiront certainement sur les cimaises du Metropolitan ou de Beaubourg.

Pascal, en déplacement, ne représente pas exactement la quintessence de la discrétion.

Rien de plus efficace qu'une jolie fille pour vous sortir de la torpeur. Vittoria est une rousse d'une trentaine d'années qui se dirige directement vers moi, comme si nous nous connaissions depuis des siècles.

— Bonjour Guillaume, bonjour Pascal, Jean-René vous verra en fin de journée. Nous allons commencer par la case de Gaulle. Dans la soirée, l'ambassadeur de France aimerait bien vous dire un petit mot… Vous me suivez ?

Le corps est avenant, mais la marche rapide, car elle déteste qu'on « dévisage » ses fesses. Que peut bien fabriquer une rousse à peau fragile dans un pays où le soleil cogne ? Brazza n'est pas l'autre bout du monde. Mais franchement, aucun de nous deux n'attendait une Vittoria au Congo. Le patron du journal m'avait prévenu qu'il ne voulait absolument pas une grande enquête sur la présence de De Gaulle. Juste un petit papier, gentiment superficiel, avec de belles photos d'archive, plus le reportage d'ambiance de Pascal, qui, en une poignée de secondes, s'était transformé en loup de Tex Avery avec la ferme intention de déployer tout son charme pour que Vittoria craque sous quarante-huit heures.

Seul problème, entre deux régimes et trois chemises hawaïennes, portées subtilement avec des shorts à poches, Pascal navigue toujours autour des cent kilos, fume des cigares qui puent, et garde de sa période de paparazzi un sans-gêne exceptionnel. Pascal ne parle pas, il gueule. Parfois en breton ! Notre druide à Nikon est originaire de la région de Brest. Un gars que les embruns survoltent. Son phrasé est particulier. Pour charmer Vittoria, il s'adressa à tout le monde comme s'il prononçait une conférence historique... Nous étions arrivés dans le hall, discrets et abattus, nous étions déjà le centre d'attraction des locaux qui avaient identifié en nous le duo de ringards, échoués au bord du fleuve Congo, à qui l'on allait pouvoir refiler des adresses bidons, quelques filles à caractère commercial, et de faux masques Fang ou Kwélé. Ce n'est pas faire insulte à ce magnifique pays que d'écrire que rôdaient dans le périmètre quelques lianes à platform shoes dont les microshorts ne laissaient aucun doute sur leurs ambitions. Autant j'avais pas mal bourlingué professionnellement au Proche-Orient, autant ma perception de l'Afrique se limitait au tourisme : le Sénégal, Le Cap en Afrique du Sud ou l'épisode mouvementé en Sierra Leone.

Ma connaissance du Congo relève de l'imaginaire.

Sauf le souvenir d'une magnifique statue dogon dans le salon de mes parents, achetée à Jacques Kerchache, l'un de leurs voisins à Saint-Germain-des-Prés, lequel

Jacques sera plus tard le conseiller de Chirac en matière d'« arts premiers ». Expression qui m'est toujours apparue particulièrement débile.

Au moment où nous grimpions dans un 4 × 4 japonais, mon téléphone resonna. C'était ma mère.

Femme de tous les dons, musicienne et caricaturiste, d'une grande limpidité intellectuelle pour expliquer l'art et la littérature du XXe, elle avait une autre caractéristique : l'inquiétude. Pour elle, son fi-fils était toujours en danger ! Peut-être n'avait-il pas petit-déjeuné ce matin ? Comme il lui était difficile de m'envoyer des sandwichs au fromage par Federal Express à Brazzaville, elle avait totalement pris en main l'affaire du cambriolage pour affirmer son statut de mère juive goy !

— Ne t'inquiète pas tout va bien. Il n'y a qu'un seul truc bizarre, ils t'ont volé trois boîtes de chaussures vides et notamment celle où se trouvaient toutes tes cartes postales. J'ai pris contact avec ton assureur…

J'ai laissé passer l'avalanche de mots. Malgré le tonitruant Breton et le corps de rêve de Vittoria, je descendais encore un étage vers la déprime totale. On m'avait piqué mes cartes postales ! Et puis toutes mes montres, accumulées en trente ans, enfouies bêtement sous des chaussettes, dans une vieille boîte Nike vintage. Mais quel connard…

— Tu sais, les policiers pensent avoir une piste, car d'autres appartements ont été cambriolés à côté de chez toi.

J'éloignais le téléphone de mon oreille, la gentillesse de ma chère mère m'exaspérait.

Plus une Rolex, ma vie était foutue ! Condamné à la Swatch pour l'éternité. La montre est à l'homme ce que la Louboutin est à sa maîtresse russe. J'étais, encore une fois, un collectionneur bas de gamme, mais comment renier ce petit plaisir solitaire du matin ? Après la brosse à dents : choisir entre quelques chronographes et autres montres hyper-plates qui ne servent strictement plus à rien à l'époque des portables. Sauf à regarder son poignet, comme s'il s'agissait d'une « œuvre », d'un trésor, de la main de Raphaël ou du David de Michel-Ange.

J'ai fini par raccrocher en me disant que maman mettrait ça sur le compte des difficultés de liaison. Je suis sûr qu'elle me prenait pour la réincarnation de Savorgnan de Brazza. Pauvre mère, elle a toujours cru que son fils servait à quelque chose…

Vittoria, elle, en était persuadée. Il y avait du taf, et elle entreprit, dès que nous arrivâmes à la case de Gaulle, pas très loin du fleuve, de m'expliquer la genèse du bâtiment. Abruti, j'ai eu l'impression diffuse d'entendre un sketch sur une conférencière de musée… La rousse ânonnait.

— En mars 1941, le jeune architecte Erell (Roger Lelièvre) est affecté au Service des travaux publics et envoyé à Brazzaville, capitale de la France libre. Dès son arrivée, Erell reprend le projet d'une « case » moderne destinée à accueillir des « hôtes de marque »…

Pascal, le Breton, était fasciné. Seul un léger rot propulsé par la cannette de bière qu'il suçote à l'année troubla un silence méditatif et instructeur.

— … mais le projet s'axe très vite autour d'une résidence pouvant accueillir le général de Gaulle lui-même. Lors de l'indépendance du Congo, le général de Gaulle fit don de cette demeure à l'État français. La case de Gaulle est devenue ainsi le lieu de résidence de l'ambassadeur de France…

J'avais lu dans l'avion le contexte politique de l'intervention du grand Charles. Il fallait que l'Empire français contribue à l'effort de guerre des alliés. De Gaulle proposa la fin du code de l'indigène, une rémunération égale à compétence égale, sachant parfaitement que les alliés américains étaient opposés au colonialisme que nous pratiquions encore. Le discours de Brazzaville ne fut pas l'épisode fondateur de la liberté pour les peuples d'Afrique et d'Asie qui vivaient sous notre tutelle. Mais j'avais repéré une phrase qui me paraissait parfaitement adaptable aux futures élections de 2017. Il faut imaginer de Gaulle, debout, après avoir été suivi par une foule considérable, juste avant qu'il ne s'empare du micro.

Cet homme, lorsqu'il s'exprimait en public, m'a toujours donné le frisson.

— Pour ce qui concerne la vie du monde de demain, l'autarcie ne serait pour personne, ni souhaitable, ni même possible…

À proximité de lui se tenaient René Pleven, Félix Éboué, le gouverneur général de l'Algérie, les résidents généraux de Tunisie et du Maroc. En tout, une vingtaine de gouverneurs de l'Empire français, regroupant 60 millions d'hommes et de femmes. La presse avait abondamment couvert l'événement qui fut présenté comme historique, enthousiasmant.

Avec Pascal, nous n'étions pas dans le même registre. Un terrifiant mal de crâne me déchirait le cerveau, car le soleil s'était installé au centre du ciel et j'étais sorti sans casquette ni chapeau. J'entamais une vingt-cinquième heure sans fermer l'œil.

Pascal a une qualité exceptionnelle, il travaille extrêmement vite. Clic, clac, Kodak, emballé, c'est pesé. Le bâtiment présentait un aspect Art déco/Trocadéro d'une assez grande élégance. Comme il n'y avait pas d'interview à réaliser, je rêvassais, le regard rivé vers le fleuve. Avec le jour, Kinshasa s'estompait sur l'autre rive pour mieux délivrer mes souvenirs de cinéphile.

L'acteur Martin Sheen, remontant avec ses soldats un Congo imaginaire, situé au Viêtnam par Coppola, pour mieux déloger le colonel Kurtz, au bord de la folie. Brando, l'acteur absolu, au cabotinage fantastique. Chez lui, comme chez Depardieu, le corps graisseux est une légèreté. Je n'ai jamais su si la scène finale, leur arrivée sur place parmi les têtes découpées, confinait au génie ou à l'opérette délirante d'un monument kitch du cinéma. Orson Welles avait rêvé d'adapter cette nouvelle de Conrad, dont l'influence est colossale sur l'histoire de la culture européenne, puisque Hannah Arendt s'en inspira pour théoriser le totalitarisme. L'homme redevient sauvage lorsqu'il s'enfonce dans la forêt inquiétante. N'oublions jamais que Conrad a réellement fait ce voyage réinventé par Coppola. Kurtz a existé. Conrad est allé le chercher avec un bateau, baptisé le *Roi des Belges*. À l'époque, les jeunes gens sauvages, Conrad comme Rimbaud, rêvaient de littérature, de commerce, d'aventures et de bout du monde. Ils se sont peut-être croisés, à 20 ans, sur les quais de Marseille. Leur présence est attestée par l'histoire de la littérature qui n'a pas la moindre trace tangible d'une éventuelle rencontre.

Ce Polonais, écrivant en anglais, qui occupa la fin de sa vie à lire *À la recherche du temps perdu* en français, me fascinait. Pour moi, Conrad, c'était Proust plus de l'action. Styliste fantastique, adapté à l'âge du romanesque adolescent. Quand il raconte, dans *Au-delà des ténèbres*, ce jeune officier de marine qui traîne sur les docks de Londres dans la brume, j'avais l'impression d'être

Charles Marlow cherchant un engagement. Toujours l'Angleterre… encore l'Angleterre.

J'étais dans le rêve de la Pléiade, lorsque Pascal hurla dans nos oreilles, à destination de Vittoria, demande ô combien séduisante :

— On peut pisser dans le jardin ?

Ni une, ni deux, il obéit à sa propre incantation. Il n'est pas totalement impossible que Vittoria démarrât, à ce moment précis, un léger urticaire, un soupçon d'allergie à l'égard de Pascalou qui, pour prendre ses excellentes photos, se mit à déplacer les meubles tout en poussant quelques objets historiques. Une photo encadrée, datant de l'odyssée de De Gaulle, finit écrasée sous le sac qui contenait tout son matériel.

— Pascal, faites attention, tout ce qui est conservé ici est très important pour les Congolais.

Elle eut droit à cette réponse prophétique et concernée :

— Y a rien à bouffer ?

Ne croyez pas que ce garçon soit sans charme ou un simple lourdaud du cliché. Chacun invente son rôle. Tardivement, après quelques déceptions sentimentales et malgré deux filles ravissantes, il a installé un menhir sur sa conscience pour faire taire sa délicatesse.

Nous quittâmes les lieux. Vittoria avait organisé la suite. Comprenant que j'étais totalement épuisé et que Pascal avait faim, elle nous suggéra d'aller passer les trois heures suivantes dans la maison qu'elle occupait rue Mbama, car Jean-René n'arriverait à Brazzaville qu'en fin d'après-midi, en provenance de Pointe-Noire où il avait travaillé toute la journée. Pascal, espérant un poisson avec du riz ou un bout de barbaque avec des patates douces, devint enjôleur :

— C'est gentil Vittoria de nous emmener chez vous, car le vieux (en l'occurrence, moi !) est totalement hors service. Va falloir lui accorder une petite sieste... Si on le ramène à l'hôtel dans sa chambre, il ne se réveillera plus.

Je ronflais déjà mélodieusement, la tête posée contre une vitre du Mitsubishi.

La maison de Vittoria n'est pas très grande. Un carré de béton brut, installé dans un jardin d'arbres tropicaux. Gros dispositifs de sécurité, alarme, volets coulissants et serrure cinq points. Moi, je suis à peine là. D'ailleurs, notre guide ouvre la porte d'une chambre et désigne un lit où je m'effondre sans prononcer le moindre mot.

Et Pascal de poursuivre sur le terrain du tact, à peine entré dans le salon :

— Jean-René c'est... c'est votre jules ? Que fait-il exactement ici ? Guillaume ne m'a pas dit grand-chose sur la manière dont ce reportage a été construit...

Elle ne se déroba pas et enregistra avec satisfaction que les yeux de Pascal ne la dévisageaient plus avec la même insistance :

— Non, ce n'est pas mon ami. Je vis avec un ingénieur qui travaille dans le pétrole à Pointe-Noire.

La version subtile de la personnalité de Pascal, délaissant le menhir, obtint quelques renseignements.

À 63 ans, Jean-René est très connu à Brazzaville et ressemble comme deux gouttes d'eau à l'acteur américain James Coburn : panthère grisonnante, circulant à longueur de journée dans des 4 × 4 sombres. Il aurait fait fortune en vendant des licences de prêt-à-porter pour une grande marque française en Asie et particulièrement au Japon. Un type sans famille, à l'exception d'un fils, resté à Paris, qui aurait 30 ou 35 ans.

Jean-René serait arrivé ici un peu par hasard.

Un ami de son père, ancien de l'Algérie française, ayant participé à l'attentat du Petit-Clamart, lui aurait proposé pas mal d'argent, il y a dix ans, pour qu'il vienne l'aider à développer une importante compagnie de commerce. Ce gars très mystérieux, Beaulieu, est resté planqué des années en Afrique du Sud, pour donner des conseils militaires aux Afrikaners avant que le pays n'en finisse avec l'apartheid. Sophistiqué, il aurait même réussi finalement à infiltrer l'entourage de Mandela. Entre le Congo, les réserves d'Afrique du Sud, où il a plusieurs propriétés, et un appartement à Paris, personne ne sait vraiment où il dort. Personne ne sait vraiment pourquoi il est si puissant dans cette région du monde.

À l'exception de Jean-René.

Pascal flaire l'histoire dans l'histoire et dissimule son intérêt derrière de grands sourires idiots :

— Pardon d'insister Vittoria, mais je grignoterais bien quelque chose… Il vit tout seul Jean-René ?

Elle détourne le regard et ouvre le frigidaire :

— Jean-René n'est pas le genre qui se confesse. Je bosse pour lui depuis que mon mari a été envoyé ici par sa compagnie pétrolière. Si vous ne faites rien à Brazzaville, la déprime est au bord de la piste.

Pascal insiste :

— Mais pourquoi doit-on absolument le voir ?

— Disons qu'en plus de toutes ses activités, il contrôle toute la communication, tous les journalistes étrangers qui viennent travailler au Congo-Brazzaville…

— Et pourquoi ?

— Asseyez-vous.

La suite est aussi violente que les rares chutes d'eau qui parsèment le fleuve. On y meure souvent et le temps bascule. Je ne sais pas ce que Vittoria m'a fait ingurgiter, mais je suis parti en vrille en un instant, comme pour une anesthésie générale ou un shoot d'héroïne.

Combien de temps ai-je dormi dans cette souffrance cauchemardesque ? Certainement pas deux ou trois heures. J'ai l'impression d'être dans le même état que Martin Sheen avant de partir sur les traces de Kurtz. À moitié drogué. Incapable de tenir debout. Me cognant sur les murs en bois de cette chambre où il n'y a qu'un lit et une chaise que je finis par percevoir, de nombreuses heures après avoir quitté le monde des conscients. L'effort colossal. Les objets menaçants. Suis-je resté plus de vingt-quatre heures tétanisé par des sortilèges ? Tout est flou. Un vague souvenir des photos de la case de Gaulle. Je me sens extrêmement mal et rassemble mes forces, assis sur le lit. Au mur, un simple miroir. L'image me dira ce qu'il m'arrive.

Le reflet ne ment pas.

En me levant, avec l'impression de peser une tonne, je remarque l'absence de bruit. L'épreuve du miroir est terrifiante. Mes rares cheveux sont plaqués par la chaleur et la sueur. Une tête de cire. Des cernes noires soulignent des yeux brillants. Il faut que j'arrive à pousser la porte du salon. Je me traîne. Un mauvais film. Un très mauvais film s'est abattu sur moi comme une œuvre de Henri-Georges Clouzot, que l'on aurait rebaptisé « Durand au Congo ». La trouille s'installe, me dégrise. C'est peut-être le verre d'eau avalé, à un moment, dans le jardin de la résidence. Le salon est totalement vide. Plus de Pascal. Plus de Vittoria. Leur disparition n'est pas explicite. Ils ne sont pas partis faire un tour ou prendre quelques photos supplémentaires. Ils ne sont plus là.

Très vite, je comprends que cette maison va faire office de prison.

Je m'affale dans un fauteuil pour essayer de reprendre mes esprits. Le regard sort de la pénombre pour aller vers la lumière qui surmonte un bureau à l'autre bout de la pièce. Un homme me regarde. Le léger sourire dissimule mal une colère. Je suis littéralement mort de trouille. À cinq mètres, face à moi, se trouve quelqu'un que je ne reconnais pas immédiatement. C'est normal, je n'ai pas vu Jean-René de Saint-Maurice depuis 1971 et le cours du lycée. Il était une sorte de Jim Morrison, faisant du sport torse nu avec un pantalon en cuir et une ceinture mexicaine à boucle d'argent. Il refusait l'Adidas. Aucun prof de gym n'a réussi à le contraindre. Moi, je commençais à peine à me prendre physiquement pour Robert Plant, de longues anglaises blondes dissimulant mon visage.

Nous ne nous aimions pas.

Jean-René était fou amoureux de la diaphane Cécile, l'idole de tout le lycée. Malheureusement, tout le monde flirtait avec tout le monde. Un jour, Cécile m'embrassa, alors qu'ils devaient partir tous les deux à Goa passer plusieurs mois.

Le courage vint d'elle. Un week-end d'hypokhâgne, elle expliqua à Jean-René que leur histoire était terminée et qu'elle allait partir avec moi. Ce désamour, je l'appris plus tard, le détruisit pendant des années. Jean-René n'eut probablement jamais 20 ans à cause de moi. Et, abandon suprême, je ne pris pas l'avion avec Cécile qui se retrouva seule pour y mourir en Inde, plusieurs mois après, d'overdose. C'est à partir de cette période que j'ai commencé à maquiller ma vie avec des mensonges. Lui construisit la sienne, loin de l'Hexagone, entre fortune et ressentiment.

Incroyable.

Nous étions face à face en 2014, dans cette maison perdue au bord du fleuve. Il n'était pas difficile de comprendre qu'il ne m'avait jamais pardonné. Et qu'il allait me faire payer sa tragédie. Un regard dur vers moi, sans l'habiller du moindre mot. Mon cœur réfléchissait à la possibilité de ne plus m'accompagner pour le reste de la vie. Jean-René le savait. Il avait choisi de ne rien dire, jusqu'à ce que je sois obligé de parler, ce qui ne pouvait être que le début d'une contrition.

Je balbutiai ma lâcheté, en lui expliquant que mon père avait tout fait pour que je ne parte pas, que de toute façon, je n'avais pas assez d'argent pour tenir des semaines. De longs silences, entre mes rares mots. Dans la pénombre, je n'entendais que son souffle de fumeur. Un fauve. Puis, constatant probablement avec plaisir ma noyade, il dicta sa loi à la Coburn : sourire méchant.

— Tu vas commencer par envoyer un mail à ta famille, en disant qu'elle ne s'inquiète pas, mais que tu ne rentreras en France que dans trois mois. Tu adresseras le même type de message à tes employeurs. Je t'ai pris ton portable. Quant à Pascal, je l'ai collé au frais. Tu ne le sais peut-être pas, mais ton charmant camarade est un escroc dans ton genre. Il y a plusieurs mois, il a proposé au gouvernement de réaliser un film sur le Congo contre une somme astronomique. Il est gentil ton copain, mais il prend les Africains pour des débiles.

J'ai recommencé à patauger, en lui exprimant que l'inquiétude de Diane serait trop forte. Que des recherches seraient probablement entreprises. Il trouva l'argument massue.

— J'ai un ami extrêmement puissant, Beaulieu, qui va calmer les esprits à Paris.

La détresse se chargea de m'abattre, je voyais défiler des images de Diane et des enfants, et surtout de mes parents, que cette affaire allait rendre morts d'inquiétude, à plus de 90 ans. Il trouva, par un sourire inquiétant, le moyen de me réintéresser à ses propos, prononcés comme s'il était le chef d'une révolte au cœur des ténèbres.

— J'ai mis longtemps à comprendre que tu étais le prototype du lâche. Il y a trente ans, je t'ai envoyé plusieurs lettres auxquelles tu n'as jamais répondu, lorsque le père de Cécile est mort.

Jean-René, la voix rauque mais sans émotion, expliquait lentement sa vengeance, ruminée pendant toutes ces années. Il faut se méfier des autodidactes qui disparaissent.

— Te plains pas Guillaume. Je t'ai évité le pire, il y a quelques mois. Mon fils Carl, beaucoup plus raide que moi, t'a croisé à Paris lors d'un concert de rock. Il avait envie de te démolir, mais il s'est contenté, depuis des mois, de t'adresser des messages de menaces pour que tu trembles. Il s'est calmé lorsque je lui ai demandé d'organiser ce reportage bidon qui va te permettre de réaliser ton vieux rêve, mon gars.

Et là, j'ai senti qu'il se foutait ouvertement de ma gueule :

— Ah, tu vas pouvoir le remonter, le Congo ! J'ai lu dans de nombreux entretiens que tu confessais cette envie. C'est fait. Tu vas crever de chaud, pendant des jours, sur des barges de pétrole insalubres. Tu es l'homme des simulacres, Guillaume. Tu n'as pas de convictions, sinon tu ne serais pas journaliste…

Que pouvais-je lui répondre ? Il conclut :

— Ne cherche surtout pas à t'échapper, ça se terminerait très mal. Pendant les trois prochains mois, sous la garde de Carl, tu vas être chargé d'approvisionner, aux sources du fleuve, plusieurs missions catholiques que l'on ne peut pas ravitailler par hélico. Je ne veux plus te voir, plus t'entendre, je ne comprends vraiment pas comment Cécile a pu porter le regard sur toi. Au fond, j'espère que tu vas crever.

La vie d'un arythmique, sur un fleuve et des barges de pétrole, n'est pas simple.

J'ai souffert le martyre, en pensant à Diane et aux enfants. Le moindre serpent, la moindre fièvre auraient pu m'empêcher de les revoir. À Paris, Beaulieu, l'ami puissant, avait organisé la résignation de tous. Famille, comme employeurs. Les arguments de l'humanité sont toujours les mêmes : de l'argent, contre du silence. La peine des uns, l'inquiétude des autres, avaient un tarif acceptable. Je revins en France, malade, trois mois après. Pendant tout ce périple, Carl s'était révélé d'une perversité tenace, me gardant aux limites de la vie. Son père était vengé.

Lorsque je suis rentré, la vie ne pouvait plus se dérouler comme avant. J'ai revu mon psychanalyste jésuite, qui m'a redit qu'il fallait absolument baisser les épaules. Je sus que Pascal s'était installé à Tahiti, avec un copain navigateur. Dès les premières forces retrouvées, j'ai essayé de reconstituer le piège dans lequel m'avait plongé Jean-René, le moraliste.

Un jour, dans la salle d'attente du jésuite, j'étais tombé sur un vieux numéro de *L'Express* qui consacrait un petit article à la grande conférence qui s'était tenue, lorsque nous étions arrivés au Congo, il y a maintenant un an. L'auteur m'avait croisé dans le hall de l'Olympic Palace, se demandant ce qu'un mondain pouvait bien faire à Brazzaville. Il eut cette formule charmante à mon égard : « éprouvante désinvolture ».

Parfois les gens ne veulent jamais savoir ce qu'il y a derrière le rideau. Au total, je suis resté au Congo quatre mois. Il était parfaitement impossible de s'échapper. Des hommes armés, d'une tendresse limitée, partout.

Je ne suis pas sûr que tout cela soit vrai, mais la vie et le mensonge sont synonymes.

Des semaines plus tard, un peu remis, un avion me déposa à Marseille avec Diane et Angélique. L'idée était d'aller voir ses parents du côté de Saint-Rémy-de-Provence, après avoir passé une nuit sur la Canebière, le temps de déguster un aïoli chez Michel, restaurant de la corniche. Nous louâmes une voiture le 15 août pour nous promener dans la ville et monter jusqu'à Notre-Dame-de-la-Garde qui domine toute la baie. Miracle pour cette fête de la Vierge, il ne faisait pas trop chaud, grâce à un vent discret. Vers 16 heures, une foule bigarrée se précipita sur les marches de cette basilique remplie d'ex-voto. Des pèlerins qui, pour chercher leur vérité, s'emparent de la douleur des autres, inscrite par messages en marbre sur les murs du transept. Depuis le parking, l'ascension vers le bâtiment n'est pas neutre pour les personnes âgées. Il faut franchir plus d'une centaine de marches, ce qui me permit d'observer l'état du catholicisme ce jour-là. On ne peut pas dire que ce soit l'empire du beau, du glam, de l'argent. Tant mieux.

Parmi des milliers de mollets de tous les galbes et de toutes les tailles, j'ai croisé du gros mollet, du mollet mou, du maigrissime, du tacheté, de l'italien, du croate, du bancal, de l'asiatique, du mollet avec canne, du mollet qui implore Dieu que la montée s'achève. Pas mal d'enfants avec casquettes à l'américaine. Une foule qui bouge, une foule vivante qui adhère à une sorte de christianisme touristique, même si nous ne sommes pas à Saint-Pierre de Rome.

J'ai remarqué quelques religieuses venues d'Afrique et trois ou quatre jeunes prêtres complices et joyeux. Pour rentrer dans le bâtiment, on patiente dans une file organisée pour que s'équilibrent les entrées et les sorties. Les bourrasques étant restées à la porte, il faisait extrêmement chaud à l'intérieur. J'ai décidé de m'asseoir et pourquoi pas d'essayer de prier, l'autre manière de faire le vide, pendant que Diane et Angélique avançaient vers l'hôtel pour brûler un cierge. Cette tentative d'élévation de ma pauvre âme fut très vite rembarrée par un type qui, derrière moi, me fila un méchant coup dans la nuque avec la tige de son portable. Tout ce beau monde était en mode selfie ! Peu de regards pour la Vierge. Rares prières, à l'exception de la nuque d'une rousse qui semblait extatique, sur le banc qui me précédait. Elle susurrait des mots émouvants. Tous les autres circulaient dans la basilique en se filmant et en vérifiant, pour les adolescents, qu'ils s'étaient collés suffisamment de gel dans les cheveux le matin. Mais l'ensemble ne suscitait ni la colère, ni l'ironie. De quel droit ? Au moins étaient-ils montés vers quelque chose qui ne ressemblait pas uniquement au commerce.

J'ai rencontré Diane au printemps 1994 lors de la première assemblée générale de LCI qui allait démarrer quelques jours plus tard. Au milieu de la foule, elle était adossée à un mur. Trop hiératique pour qu'on l'apostrophe. Pourquoi une fille d'apparence aussi raffinée était-elle là ? Je me souviens d'un pantalon en cuir. D'un sublime regard dans le vague, de son teint pâle, de ses yeux bleus hypnotiques. J'ai su plus tard pour l'Irlande de ses origines. Elle était mariée à un éternel jeune homme talentueux. Ravagé par le seul réel coup de foudre de ma vie, je n'avais plus qu'à attendre lâchement que quelque chose se casse entre eux. Nous nous croisions tous les jours, car elle s'occupait de l'habillage de la chaîne, mais il me paraissait absolument impossible d'envisager de « draguer » cette femme secrète. Ayant le goût des pantalons orange et des voitures jaunes, nous sommes passés du rien au tout. Il n'y eut pas le moindre dîner, pas le moindre verre pris dans un bistrot ou dans un bar de grand hôtel. Un jour, j'ai rassemblé mes rares forces pour lui proposer de partir en week-end. Elle a dit oui.

C'était il y a plus de vingt ans. Avec le Congo, comme d'autres épisodes de notre vie, elle n'eut pas besoin de me pardonner, car elle me dominait. Avec elle, j'avais épousé le plus beau sourire du monde et une morale du silence.

Puis j'ai repris ma tentative de concentration. Après tout, n'avais-je pas un jésuite comme psychanalyste, qui m'avait conseillé, semaine après semaine, de détendre mes épaules ? De ne plus être un personnage, mais une surface accueillante. J'essayais. J'essayais. J'essayais. J'essayais d'allumer un feu, d'entrevoir une lumière qui expliquerait toutes ces années. Il faut faire attention sur ce chemin tracé par Oscar Wilde : « Quand les Dieux veulent nous punir, ils exaucent nos prières. » J'étais un Puni, contemplant à l'autre bout de l'église mon épouse, magnifique et brune qui, en un instant, disparut avec Angélique, avalées par la foule.

J'ai promené patiemment mon regard sur les autres pendant une quinzaine de minutes, puis j'ai décidé de redescendre pour attendre, près de la voiture de location, le retour de mes deux femmes. Brutalement, assis sur le banc d'un abribus délabré, je fus assailli par une de mes névroses. Et si je disparaissais ? Ou plutôt si je tentais de disparaître pour recommencer l'ensemble de ma vie ailleurs ? Il suffisait de prendre la route qui dévale la colline vers le cœur de Marseille, tout en gambergeant une grande évasion. À 63 ans, c'est évidemment impossible, mais cette impossibilité devient terriblement attirante. À côté de moi, sur le banc, deux dames épuisées par leur visite, le brushing balayé par le vent, s'interrogeaient sur la pertinence de cette promenade qui, visiblement, n'était plus de leur âge. Celle avec l'accent le plus marseillais avait une allure de marcassin têtu et vieillissant. Elle exprimait une souffrance. Au loin, j'aperçus Diane et Angélique qui s'étonnaient de ne pas me voir auprès de la voiture. Je suis Puni, car une petite parcelle de mal s'est installée sans explication dans ma vie depuis bien longtemps. J'ai laissé mariner la blonde et la brune pour vérifier leur inquiétude (où est-il passé ?), voulant constater sur leurs visages l'expression d'un manque, alors que ces derniers mois, je n'avais fait que des conneries.

Jean-René, par pure méchanceté, m'avait dit, avant de claquer la porte de la maison de Vittoria à Brazzaville : « Ce n'est pas l'absence qui va chagriner ta femme, c'est l'aspect momentané de ta disparition. » Et il avait bien insisté sur le mot momentané, sous-entendant que mon épouse n'était probablement pas pressée de me revoir.

Le soleil tapant sur les pierres, je suis sorti de ma demi-cachette et de mon désir absurde de fuite, qui n'est qu'une manière de conjurer l'âge qui avance inexorablement. Tous les trois, nous nous sommes embrassés tendrement. À côté de nous, une autre dame, fort âgée et élégante, avançait avec des béquilles et le soutien moral d'une amie. Le spectacle émouvant interrompit nos baisers, car l'accompagnatrice, au bout de trois marches, lui dit :

— Yolande c'est impossible, tu n'y arriveras jamais !

Il n'y eut pas de réponse. Le visage de cette femme exprimait l'effort et la douleur, mais surtout le refus absolu du renoncement. « La vie est un rêve, c'est le réveil qui nous tue. » Avec l'arythmie, j'ai compris qu'un jour le corps devenait l'ennemi.

Imaginez une gigantesque piscine olympique inquiétante, sans le moindre spectateur. Sur l'escalier qui permet d'accéder au plongeoir de dix mètres se trouvent Jimmy Page et Robert Plant souriants puisqu'ils ont toujours mélangé la gloire et le désastre. Pourquoi s'inquiéteraient-ils ? François Hollande monte les marches tout en donnant un entretien à une consœur journaliste ! Bernard Arnault rêve du général de Gaulle. Paul McCartney chantonne. Michel Houellebecq, badin, grille une cigarette et s'adresse à Nicolas Sarkozy qui ne l'écoute pas. L'ancien président, admiratif et un peu jaloux, a l'œil rivé sur Mick Jagger qui fait des steps sur l'escalier de la mort en réécoutant, grâce à son iPod, *Exile on Main Street*. Jacques Chirac les précède et gravit lentement les dernières marches. Il n'a aucune intention de lutter contre la fatalité. Il fait plutôt beau. Le grand Jacques semble quand même particulièrement exaspéré par son ancienne amie Madonna qui n'arrête pas d'envoyer des baisers à une foule inexistante. Des rumeurs probables disent qu'elle a fait congeler les cellules souches de son génome pour vivre au moins jusqu'à 150 ans. Elle aurait déjà retenu Bercy en 2037 pour y défendre son futur album : *Obsession*. Quelques cumulus s'attardent sur la piscine déserte. Je suis sur l'escalier. J'essaye de rester discret. De toute façon, les larmes m'envahissent, car les deux personnes actuellement au bout du plongeoir et à l'aplomb du vide sont mes parents : Nicole et Lucien.

Brutalement, une main invisible évacue toute l'eau du bassin olympique et active un petit mécanisme chargé de faire vibrer le tremplin afin que ceux qui vont s'y succéder ne puissent pas échapper à la chute fatale.

Notre tour viendra.

Comme l'a écrit Elsa Triolet : « J'arrive au temps des échéances, j'ai dépensé ma vie, qui n'est jamais qu'un prêt, qu'il faut rendre à la mort usurière. » Elsa n'était pas d'une folle gaité. Les adieux sont épouvantablement difficiles. Je me suis quand même débrouillé pour aller saluer et embrasser mes deux Anglais.

Ma vie a été plus belle grâce à eux : *Stairway to Heaven*.

Composition MAURY-IMPRIMEUR
45330 Malesherbes

PAPIER À BASE DE
FIBRES CERTIFIÉES

Grasset s'engage pour
l'environnement en réduisant
l'empreinte carbone de ses livres.
Celle de cet exemplaire est de :
1,200 kg éq. CO_2
Rendez-vous sur
www.grasset-durable.fr

N° d'édition : 19100
Dépôt légal : novembre 2015